蝴蝶是这个下午的一半

黑　丰◎著

中国文史出版社

经由我们所不知道的路径，全部泪光都升上天空。

——【法】E·M·齐奥朗

目录

CONTENTS

吊　丧

终于，杨村主任儿子的岳父在一九八六年四月二十六日凌晨两点五十分赶在清明节前夕撇下了他的独生女儿杨村主任的儿媳妇，撇下了好不容易熬来的好日子便匆匆地踏上了黄泉之路作寂寞远行了。村主任儿子的岳父的仙逝，起初并没怎么引人注意，没有人感到这世界少了或多了点什么。

这天早晨，太阳在八点二十分以同样的强度和能见度穿过细叶水杉林的空间照在葫芦村小学校园的那个菱形的花坛上。此刻老师们正在位于学校东北角的一间简陋的厨房里进餐，难以下咽的佐料仍然是一盘发黑的萝卜干，此外，灶台上摆满的瓶瓶罐罐，像六月河水上涨时防汛堤上站哨的民工。菜都是老师们从自家里带来的，菜的品种不多。有腌萝卜、烩萝卜、炒萝卜，除了萝卜仍然是萝卜。有时也有带咸盐菜带鲊辣椒罐辣椒的，偶尔也有带咸鸭蛋的，但少。虽然这样大家并不感到生活艰苦，也没有感到生活的异样。只顾赶紧吃了饭好去上课。期中考试马上临近，老师都进入了一级战备状态，这场考试不仅可以了解这半学期的学习状况，同时也可预测期末可能的考试成绩。它既是学校反握教学状况的晴雨表，又是老师和学生教学途中的一个加油站。虽然是期中，镇教育组不组织统一考试、不排名次，但学校还是设了奖，自己跟自己以前对照是进步还是退步了。据说村领导也要这个结果做教师工资预算的参数。所以，教师们都忙，没有时间来想其他问题，没有时间来琢磨这村上死的人会与他们有什么瓜葛。人到了该放寿的天年，死了就死了，没什么大惊小怪的。他们有时也皱眉头，那是因为米饭里有大量的没有淘干净的砂子硌着了牙齿，或者看到了某某老师的小孩在厨门当面大便什么的。

不多一会儿，早课的铃声响了，人们像往常一样踩着同样的节奏去课堂上发挥萝卜干的干劲。

但是这一天，小豆老师的左眼总是跳个不停，无缘无故地跳了一下，又跳一下，他便感到了某种莫名的不安。一会儿，他看见一个人影晃进了学校，闪进了校长的办公室。接着，孙校长就急急忙忙夹着课本走了进来。整整一个上午，小豆都看见孙校长的脸上有一种说不出的东西在晃荡……

大约十三时四十五分，下午的第一节课上了不到一半，孙校长便当当当当当当当拉响了放学铃。放学铃与下课铃不同，很好听，放学铃是连续地敲击，下课铃是敲两下为一节拍。孙校长的铃敲得很嘹亮，嘹亮得听不出铃里的湿气与阴郁。许多老师精彩的讲解与发挥一下便被这嘹亮的铃声给葬送了。学生们似乎很振奋，尤其那些厌学的学生。教室里立即出现了一片小幅的动荡与响声。那些想上课的学生和老师情绪也马上出现震荡与不安。怎么啦怎么啦怎么啦……今天的铃怎么这么打？是不是太阳从西边出来了，还是司铃的今天大脑注水了？一半的老师满腹狐疑或意外惊奇。有人在私下里猜测，这下有好戏看了：看！连铃都打不好，还不被校长骂得狗血喷头！也有一部分老师在惋惜这两节课，眼看期中考试就要来临，校长多次开会，几次三番地催促、强调，要抓紧一切有效时间上课，抓质量，要知道质量就是学校的生命，质量就是教师的立足之本，我们不是特级教师，我们的教学跟别人比起来还有很大的差距，我们只有靠时间和汗水，靠反复地对某些知识的强化和巩固来加深学生的印象和理解。在纪律上，我们更要高标准、严要求，谁也不得无故旷课，如果有谁要是置学校的名誉与个人的生存而不顾，随便缺勤者无故旷课者，绝不饶恕！这话校长说得很严肃。在这里，在这距中心城市十分遥远的边陲民办学校，校长就像一个土皇帝，他的话就是圣旨，是有威慑力的，谁也不敢不听。对于地位低下工作关系极不牢靠变动很大的民办教师来说，下课，就意味着到生产队像农民一样从事最苦的最脏的最没有尊严可言的体力劳动，意味着从地位本来就低下的民办教师沦落为更低下的境地。

说实在的，他们之从事教师这个职业，并不一定认为教师就一定真有多么高尚，真所谓人类灵魂的工程师，或发自内心有多么喜欢，完全出于一种无奈，四顾无门。因为当时社会并没有出台多少就业的岗位，四周到处还是一体化的集体经济。而且不准说不热爱，不准说不喜欢。教书，虽然钱不多，但毕竟无须从事繁重的体力劳动，而且每年都可以从大队得到四五百的“飞拨工”。

不到放学，放学铃就响了，几节课就在这嘹亮的铃声中无由地报销，对教师来说也未必不是一件好事，未必一定感到特别可惜，尤其对于师资匮乏的民办学校，因为压在他们身上的课程实在是太多了，一个教师几乎可以包揽语、数、品、音、体、美、劳等七门课程。几乎整整一天都泡在教室里，谈不上有一节课的喘息，谈不上有很充裕的备课时间，更谈不上进行教学研究活动。如果教师中有一人生病，有一人出差到镇上听公开课或有幸参加县里省里举办的教研课和观摩课，那么这个教师所任这个班的几节课就有可能无人上或改上体育。

铃声很久地响着，响了一遍又响第二遍，一遍比一遍敲得急，一遍比一遍敲得狂，一遍比一遍敲得肆无忌惮，一遍比一遍敲得人心律不定……那铃声简直就像催命拿魂的无常。

人们开始由喜转忧，由喜转到一种深深的不安，由不安转而生出疑惧……人们也许预感了走出教室大门走到太阳底下会有一种难以料定的或阴谋的危险性的存在，领悟到教室里可能是安宁的自足的……这样，那天下午的第二节和第三节就有点像灯泡，被铃声无辜地敲灭了，那些铆足了劲、备战初考的两只红眼也被敲暗了。他们也许迟钝地感到了生活的荒诞或荒谬。

小豆老师由于有所准备所以不像其他老师那样大惊小怪。在办公室里小豆有条不紊干他的日常工作，但更加清晰地看到了孙校长脸上有一种神情（也许是某物）在晃荡。办公室里老师们才忽然记起了在整整一个上午教室的一侧（也即学校的北边），不绝如缕响起了成群的杂沓的脚步声和一晃而过的花圈。距学校不到一百米远的北面就是一片坟场，那里已成了大队的一块不成条文的村民公墓，几乎所有的死人都葬在那里，几乎所有的丧事仪仗都要穿过学校的这条主路，绕田或干脆从主路下到学校操场然后从学校厨房与教室之狭缝穿过去。那时学校根本没有围墙，也没有建围墙的概念。当时中国的严格意义上的学校还没有从广阔农村这所大学校的外延下，从人的意识领域到物质世界真正地脱离出来。所以，从教室里从寝室从操场从学校的任何一点望出去都可以望见生长着绿庄稼或丰收在望的田畴，可以望见农民在田里施肥、锄草、喷药、灌溉、收割的劳动场景。学校与外界四通八达，无论从哪个方向走出或走近都无挂无碍。村里有一条主路就一直贯通学校直达东西，东边到达瓦河大堤，西边直抵暗寂的沉湖。所以红绿的花圈和嘹亮的唢呐没有不引人注意的，但由于死人的事情多了也就熟视无睹了，谁也没把这码事放在心上，人们都一心一意抓教学。可万万没有料到的是这一回这个死人是要与自己的经济、与自己的切身利益发生关系的。这一次校长冒着组织的危险，冒着镇里组织的期终统考的炮火而不顾，牛劲十足地打铃，肯定是有他的道理的。

——不然，那就白打了。

孙校长开始训话了。

孙校长说，这一次把大家招来是要到村主任那里去一下。道理很简单，作为村里所管辖的一所学校，自己的父母官家中老了人，我们这些做子民的不去哀悼一下是不像话的。本来死者与我们毫不相干，可那是村主任的亲家，丧事就是村主任亲自操办的，那个意义就非同一般了。这个事我们就不能不管了。

大家开始叽叽喳喳……说去的有，说不去的有，沉默不发一言的也有。

小豆说，这个事我认为属于个人交往应在个人私事之列，老师说去，放了学就可以去。既不影响上课，也不影响吊唁，没有必要停课开会组织大家一起去的。再者，老师手头也紧张，你这么一组织一强调，老师们有压力……

没压力没压力，大家愿意去就去，不愿意去的不勉强。我开个会没别的意思，一是告知大家一声，给大家提供一个方便；二是体现了一个单位意思。孙校长说。

要体现单位意思很简单，学校买一个花圈一挂窝子鞭，你和刘出纳代表大家一起去，得了！小豆说。

大家如有不愿去的，我们不勉强……

我不想去！

……你不想去可以不去，我们也不勉强！孙校长说。

静寂！

办公室死一般地静寂！

……有一件事我必须严正地告诉大家，眼下正值期中，也是上半年给大家结算工资的有效时间，对各位的工作和工资的评定村主任是要拿出主导性意见的……甚至包括在座的各位教师的岗位他也要拿出主导性的意见。大家都是明白人，希望不要在关键时刻犯糊涂，不要明白一世糊涂一刻……我宣布，今天下午的课就不上了，再忙也不在于这一刻。学校提供花圈和鞭炮，安排刘老师统一收资，集中上情，愿意去的可到刘老师那里登记，有困难的，跟刘老师……时间不早了！你们还有什么想法可以说。孙校长说。

大家开始动了。

老师们心里还不明白，话都说到这步田地了？上情呗！……这情还能指望它回吗？这等于肉包子打狗，有去无回。

——老师们对村主任领教还少吗，他常来学校？大家都知道村主任的一个特别嗜好——就是有事没事喜欢往学校里钻。他说，往“知识分子”成堆的地方跑总能学到知识。他有一句口头禅就是：“向老师们学习！”所以他经常来学校“向老师们学习”。经常深入课堂，深入办公室，深入寝室，深入到老师们的备、教、辅、改，与老师们交心谈心。他比镇教育组负责教育教学工作指导的教研员和教育行政领导到来的次数还要频繁。所以，很多老师一听说村主任又“学习”来了，头就大了。他“学习”完之后还要吭哧吭哧地组织大家“交流心得”。有几个其实十分优秀的老师就是被他“交流”走的。他什么都不懂，不懂教育，所以“交流”一次老师们就要起一身鸡皮疙瘩。可以想象作为一位学历不足高小的村主任，成天待在乡下，待在庄稼地里，又没有到外地去走走、看看，又会“交流”出什么新的前卫的心得呢？平时，他还经常带个口信叫某某某老师到他那里去一趟，他那里究竟是哪里？是教育机构教研室吗？不是。不过就是一个装了麦克风的空荡荡的村会议室。在那里他又能谈得出什么道道来呢？不过是把这些男男女女老师猥亵一顿罢了。他喜欢看一个老师在他面前像一只蝇或像一只蝉，他看着他们低吟或挣扎。

所以，在办公室里当孙校长一提起村主任，小豆便看见满屋的蝇嗡和蝉鸣。人们黑压压的头低垂着，没有人站出来说不的。

“好吧，大家都一言不发，想必没什么意见啦？刘老师，那就抓紧收了钱我们出发吧！”

奇怪得很，刚才大家还筛糠，刚才大家还气粗粗地有情绪，才几分钟就孩子一样兴高采烈起来；刚才还嘟嘟囔囔地叫穷的老师，仿佛一下得了宝物，顿时变得慷慨起来。小豆细致地看着人们这种微妙的变化，细致地感受着人情冷暖，结果他发现谁都比自己富有，没有一个有困难的，自己才是一个真正的穷人……可是，怎么先前就一点迹象也看不见呢？仿佛他们本来就知道这个事儿，知道是村主任的岳父，知道是村主任料理后事，早就做了准备，其实他们在教室里本来也没有安心上课，一直心不在焉地在黑板上画着什么教着什么念着什么，自己也不知道自己真正做了些什么。他们甚至烦躁、焦虑直到铃声响了……铃声一遍又一遍地响了，人也到了办公室，可是谁也不愿先出头。装傻。俗话说枪打出头鸟……这时，孙校长也发了话，把钱拿出来吧！

这可苦了小豆！因为他基本长期过着书生生活，对人情世故知之太少。一者他说了那样一番话，得罪了孙校长也间接地得罪了村主任。他说了那样一番话村主任会有不知情的吗？纵然孙校长从大局出发不说，个别老师也会说出去，这样一个有利于接近村主任的好机会还不稍微利用下吗？刚才就已经看出来了，阵营一下子就清楚了，人们迅速地倒向了孙校长那边，自己马上被孤立起来，他似乎一下子与同事们形成了一种尖锐的对峙关系。二者他真是一个穷人。别人说没钱可能是假的，他说没钱就是真没钱，不像有些老师，口里说没钱，其实衣袋里有的是钱，只是不愿露富。小豆很多时候衣袋里是布贴布的，有的话也只是一些零票子……现在的格局已被小豆给弄僵了，就是别人肯借钱给他，他也不好意思去说了。因为他毕竟发表了“个人私事”的高论，所以他便坚定下来，做一回自己。

但在小豆回家的路上还是出现了一些低度的眩晕与低幅的恍惚。因为毕竟重量的绝大多数滑到天平的那一头，一种失衡感还是在内心里滋生了。不过还能把持住自己。他知道在这个社会里不站在绝大多数那一边是有害的，是要吃亏的，是另类，是要被驱逐或遭剪除的对象。人类的绝大多数并不喜欢对自己说不，不喜欢差异和叛逆……他知道老师们很圆滑很势利很见风使舵，没办法，环境造就出来的，不这样恐怕也无法生存。他知道老师们并不是真正的很有钱，兴高采烈或一言不发应该是有他们内心苦衷的，也许是一种假象。这是一个比较复杂的社会学问题。从早餐他们吞咽黑萝卜干就可以了解到他们的生活状况。谁能想到一个很富有的职工愿意把浸了些酱汗的黑萝卜干吃得有滋有味、吃得香甜可口、吃得像在吃酱板鸭呢？他们的工资一年才四五百元，不足现代白领一次节假日所发的过节费呢！小豆后来终于奋斗出去，在广东一家文化艺术单位工作。他经常回顾这段艰难的日子，他能清楚地记起在厨屋进餐时吃黑萝卜干的情景。这些萝卜干是一个姓黎的女老师带来的，萝卜不大，盐腌制后用青篾穿了放在屋檐下风干，然后浸到辣酱里，待一定时日就可从坛中取出来吃。但是由于忙，放到檐下的萝卜干就像放入了记忆的深处，老是记不起收拾，风吹雨淋萝卜干就生出了一些黑霉斑。虽然几经刀刮，但斑迹依旧明显，主人舍不得扔，就储进了酱坛。带到学校，居然很受欢迎。小豆是吃过这些带黑霉斑的萝卜干的……他感到过去的日子就像一串串生满黑霉斑的萝卜干，满是皱纹地在眼前晃荡，一遍又一遍地像放幻灯片。当时的小豆就真切地感到了这晃荡的萝卜干的日子，这忧郁、沉闷、光照不足的日子，风雨一遍又一遍地涮在萝卜干上，黑霉斑在长，黑霉斑在扩展，整个日子像萝卜一样生满了滑腻的涎水。可是这些吃黑萝卜干的穷教师，还得把自己再拧干一次，到村主任那里交银子。一想到这小豆就恨！——那个死鬼算什么东西！他倒好，一了百了！现在正安安静静地躺在芦席上，躺在阴阳界上，享受着他的孝子贤孙送来的米酒、肉食和跪拜礼，交替出现在小豆眼前的还有孙校长与村主任战友般会心的笑意与很响的咂酒声。小豆终于看清楚了一直没有看清的在孙校长脸上晃荡的东西，那可能是一种酒意或者酒的泡沫。从空中滴落下来的酒，从空中滴落下来的美意。酒杯已经盛满，但那美意还在源源不断地从上面滴落，最后那美意与酒的泡沫涌到了孙校长的嘴角，然后又从嘴角滴落到孙的四口袋的中山服上。看来孙校长对于奔丧或吃丧户倒没有觉得有什么不妥，倒像是做成了一笔不错的买卖，有必要庆贺庆贺！那时去一家作悼或吃喜酒，上一个人情一般是五六元。看孙的样子，吃回这六元是不成什么问题的。领导一般可吃过几桌的连席，吃过三桌连席的都有。领导话多酒量大不知不觉中就过了三桌。领导在那里坐镇喝酒，主人还特别高兴，殷勤为客人斟酒加菜。小豆不行，小豆一不能喝酒，二不是领导，三不会说话。所以在世人的眼光中是一个没有特长的人。小豆的大姐就经常说小豆嘴笨，一句乖话都没有，死脑筋一个。小豆大姐还说你看人家×××老师，多会与领导处关系，把人家站着的说得坐着，坐着的说得站着……每每听得这话，小豆就一脸沮丧。对一个只读了三年级的大姐小豆又能说什么呢？小豆不仅不会说话，对于到丧户家吃饭从小就很有顾忌。想想餐桌就在丧棚的一旁，芦席上的尸体挺着胸脯，嘴里一阵阵冒着红色的泡沫与腐气，小豆就无法兴奋，怎么也举不起一双筷子去戳肉戳鱼的。再美的菜也吃不出味来。在他比较保守的观念里那夹着送到嘴里去反复咀嚼的鱼肉与嚼死人的腐尸无异。如那样的话，不仅小豆的六元钱，还有众多老师的钱都无异于水上打漂漂了。如是水上打漂漂也倒好，因为打漂漂毕竟潇洒，美丽，倒也养眼。可是老师们拿了这六元人民币去打漂漂究竟能换来什么呢？村主任是个痞子，校长是个老于世故的滑头，已历经三届校长的老出纳刘是个“雾满天”。是个永远把他看不懂看不透看不明白的经络纵横交错曲里拐弯的“雾满天”。这六元银子是交也得交，不交也得交，交也白交。而且这吃不回来不仅有这六元人民币，还有这年终才能结算的工资五百五十。至少有五十到八十的现金要荒诞，要漆黑掉。每年年关也即大年三十都有教师在漆黑的夜里踩着沮丧的泥泞高一脚低一脚地到“雾满天”家里去，希望、侥幸与惶恐并存地喘着粗气心情复杂地敲开这个老出纳家的铁门，讨要那早已虚幻了缥缈了的工资余额，关系不错的，有村主任的直接批条的或有校长孙的直接批条的可能要好办一些，或可兑现一部分了，但老出纳总是现银不足，他总是说：等到开春吧，你的这点钱不多，开了学第一个就把你的这点钱给兑了。这样你必须耐着性质等，等到初春，提上一些拜年物品……这事可望办成。所以，乖觉一点的老师当夜就提着礼品，当晚就兑现了余额。迟拜不如早拜。也有老师到了第二年、第三年以至卷铺盖走人也没弄明白是怎么回事，没弄明白为什么单单就没有结清自己的那部分余额。最让人难堪的是到“雾满天”家与“雾满天”遭遇，“雾满天”总是用一种鄙夷的目光来看你，看你一路疲惫，看你一副穷酸，看你一身的落魄，看你一脸的无奈……他然后就把鄙夷一收，端出一副教训的架势，他的豆渣罐就开始了，他的那张婆婆嘴就咕嘟咕嘟滚开了。他指责你这件事过了，那件事犯糊涂……说得你恨不得去投江、钻地缝，说得你脑袋糨糊、心灰意冷……如是耳里灌满了他给你的糨糊给你的风，灌满了他给你的心灰意冷给你事业的诽谤，之后他再把余下银子给你全部兑现也不亏。问题是他把你教训完了，把你的精气神说没了，你还得怎么来怎么回去。他一点也没帮上什么没在你的经济上增添什么，反而削弱了你活着的信心和力量，削弱了你的本来就很薄弱了的生存意志，进一步给你增加了思想负担，进一步给你本来就凉透了的身体吹来了一股更凉的凉风，他批评你不该花那么多冤枉钱买书，花那么多时间去读，你应该花一些时间跟老师们一起坐坐，跟领导搞好关系，你看你酒不喝烟不抽牌不打活得一点意思也没有，别人说话你也说不上一句，像一个呆子，典型的书呆子！人一生就那么回事，吃喝拉撒玩。你想当作家，当艺术家，当科学家……谁不想？你怕我不想？那是人人都能想得到的吗？你跟我一样，父母只给了你这么个天分，只给了你这么个条件，你家祖祖辈辈都是栽田的，你能一步登天？能保住民办教师这个饭碗就算烧高香了，你还想怎么着？指望坐飞机当总统啊？你只有那么个命，一切都是命，五庚八字命生存……你多大了？三十了，你以为你还小啊？有人说三十而立，立什么？立个鸡巴！那是你能立的吗？我跟你说，人到三十万事休，休是什么？休就是什么都没有了。人要知足，知足常乐，你像我就很知足，我跟你桂姐（“雾满天”媳妇）就培养这俩孩子，种几亩田喂几头母猪，经营好学校这个商店，每天早晨喝二两小酒长点酒膘，不像你们年轻人七想八想，脑壳都想破……不过我劝你还是现实一点，早点回头，找个媳妇，生个儿子好好地培养下一代，兴许下一代比你强……听了他那番话，你会格外伤感，你会感觉到书本与知识都一钱不值，他那种宿命的东西像一颗黑钉拴进你的脑子，叫你半天回不过气来。你就感到那最叫你骄傲，最叫你自豪，最叫你响亮，最叫你觉悟，最叫你活得自信与尊严的理论与价值观统统不值、狗屁不值……所以小豆每每看见“雾满天”，看见那张看起来很仁德看起来很厚道的猫脸就格外光火，就想痛痛快快地赏他几巴掌，再看他的反应怎么样……愈是资金紧缺愈是到了年关，愈是重返黑夜的泥泞地带，他的这个愿望就愈加强烈，像一粒跌落肥泥的古莲时刻等待着萌芽开花见红的那一刻……

然而，一直没有等到……老师们的作为让他很失望，尤其那天，他看见老师们乱云飞渡，本来对老师们就不存任何希望的他，当看到老师们作鸟兽散时竟然产生了一种虚茫的愤怒和仇恨，老师们在关键问题上所表现出的一种奇特的一致、冷静与麻木让他感到寒冷感到可恨，比恨“雾满天”们更恨和愤懑。老师们的这种做派让他像踩在一团绵软的云气上一样，一下跌进了一个无边无际的虚空，他开始汗炸与孤独，他这才真正地体会到同事是什么，是一团乱污，一团秽气，一伙乌合之众，一群狗屁不值的东西，他们永远就那样，不可爱，不必对他们抱以过高的希望。

离开了他们，小豆推着自行车，慢慢，慢慢往回走，小豆老师永远也无法拭去他目光里浸染上的亘古的忧郁。毕竟他的那个本来就站在群众立场上的关于“个人私事”的讲话，没有感动在场的任何一位听众，包括黎老师等那些平素与他最要好的几个，没有赢得他们的哪怕只是半掌的响动，或是用衣袖在空中很羞涩地招摇一下。没有！什么也没有！更不用说巴掌的噼啪了。她们也曾私下对他嘀咕，但是现在风静云息……他们也曾扯他的衣角，问他究竟去还是不去，他们可以借钱给他去？他不记得当时自己如何对他们说，去耶非耶？也许终是不置一词，他轻轻地也许是想象中地摆了摆头。悲哀的是他的姿态相反加速了老师们中营垒的分化，加快了老师们的行动，他们残酷地往“岸”上跳，他们把沉沦把深渊把危险留给了别人，他们迅速地从窘迫的两层布之间掏出那些攒了多时也舍不得一用的花花绿绿的零票子，近乎一种讨好，一种下贱地走到“雾满天”跟前交钱……小豆的姿态使小豆仿佛一下子从潜在从书页翻动的宁静从暗寂的房间走到了白花花的什么也看不见的一种光里。他在这种令人眼盲的白光得以淬火，他反而变得更加纯粹更加刚硬，以致对他们几近畏葸的劝慰和好意极为反感极不耐烦。小豆最终一意孤行。在离开之前，小豆想象自己在他们的注视下傲然骗腿而去，无数哆哆嗦嗦疑神疑鬼的目光撞着小豆轻猿般光溜的背脊滑下摔落跌碎。于是人们战战兢兢的对他复杂化的一个宿命的评估像噩耗又像一头凶残的狼在小豆要去的十字路口殷切地守候着他。

事实上小豆从办公室里走出来，仿佛走到了别人的太阳下，自己不是自己，自己是另一个人，自己在替别人活着。太阳很苍白，没有一点力。他感到了自己同样地无力。像一个赌徒，刚刚走下赌场……这时就有一支歌在咿呀地忧郁地唱。人们逃也似的从小豆的身边走散，仿佛小豆身上携带着一种绝命的瘟疫。檐影里有耳语声嘀嘀咕咕像一群嘤嘤嗡嗡的牛虻。那些曾经任由他自在沐浴甚而自在游泳的目光此刻也使小豆感到疲惫和陌生，有如流浪在异乡。小豆真的如想象中那样迅速骗腿上了自行车，他不愿让这些人看见一个硬汉男人的泪水。

……在道路拐弯的地方小豆心情复杂地慢下来，把车子支在一棵柳荫里，他无限伤感地目送着与他朝夕相处的同事们。此刻，他们正蹦蹦跳跳，手拉着手，肩靠着背，比比画画地说着什么趣事儿呢。

1989.4.18 写毕

2008.4 再订

白　棺

当回忆的盐酸推进这片空间时，婕的童年时光便洇显出来。一个千针缝制的旧布书袋挎在肩上。忆旧泪光照着她往前走，经过一丛青葱般的竹林她找到了自己的畚箕和一把蚌铲。这时鸡屎开始放亮。书本和学校渐次退隐于一个暗淡的地方。枪声还没有响起。子弹像虫豸不知在何处冬眠。弹弓是不会发射子弹的，石子一般不可能哗变成一种凶器，它可能被众人踩在脚下。那时，它是另一种东西，鸡屎不会去模仿石子。血是要在一个地方滴答的。滴血的空间可能不在这里。这是学生们放学回家走出来的一条小路。鸡屎到处一片闪亮。一个男人四十岁的哭声湿漉漉的一时尚不能涌现。梦沉沉的泥巴也不在这里飞。这里只有婕。婕的鸡屎早就滚出了草丛，它们似乎在某一层空间游荡，慢腾腾地等着婕的放学归来。它们像钻石玛瑙一样地放亮，且亮光非同寻常。小树林、窝竹丛、池塘边、篱笆旁、草丛里，到处放亮。在这里，亮是一种静，是一种聋。所以婕听不见行人的脚步、迟哨与晚钟，看不见牧童暮归，她欣喜地拾着鸡屎。

当鸡屎越来越密集的时候，便出现了一间屋，一间人字形的红屋。在这间屋里有一口巨大的池子——粪池。

“嗬——原来鸡屎全堆集在这池里！”

看见鸡屎密集的鸡粪池，婕的心跳了，周围的草开始吓人。寂静开始变得令人不安，光亮里出现了嘈杂，出现了许多人的声音。可是鸡屎毕竟太可爱——毕竟十斤鸡屎可以得一只工，十只工可以是一毛多钱啊……她一步走上鸡屎堆，拼命往畚箕里扒，扒，扒——可是鸡屎突然下跌，跌下一层，又跌下一层，又跌下一层……她看见自己的脚立处出现了一个很深的跌窝，她看见自己所有的努力都失败，她看见自己的花鞋被一团青黑色的泥浆淹没，一股恶臭冲天……她看见自己喊了半句青泥就涌上喉咙，她的眼里鼻里耳里嘴里满是泥浆她就开始挣扎——可是，没用，青泥继续往上涌，自己的身体继续向下坠，坠坠坠坠坠坠坠坠坠坠坠……坠入无底的深渊……

然而，在池子的出口一个人影逐渐显现，且逐渐加深。这个人影梳着两条小辫孤零零地立着，四顾，又像是顾自己。就像婕的鬼魂。也许不是魂，就是她本身。从一种存在到另一种存在。

她盯着池子看（她在哪里，在哪种维面……反正有一双眼睛，一双女孩的眼睛在注视着池子的情状）。池子里再也没有鸡屎像钻石又像玛瑙亮闪闪。没有光，只有鬼气森森的青泥平面及平面上间或出现的几个不甚宏大的泡子。后来泡子也寂灭了。周围只有草，入冬的风瑟瑟地吹着。池子的轮廓暗下来，池子内黑气森森的什么也看不见。就像关机后的电脑桌面。

……婕往回走。这时，警车的声音在附近啸叫。

“又要抓人了！”婕说。

一会儿，啸叫来到婕的身边，一个镶满金牙的人走出警车，他吐出两个字。

“人呢？”

“没了。”婕说。

婕空着两只手，她失败地往回走，走得什么也没有，像没有人在走。

往回走天空重新开始发亮，情节在婕的前面展开，故事中的另一个人物禾正陷入湖田那边的一口池塘。禾手边放着一扇蚌壳。这是婕所熟悉的那种圆顶珠蚌。蚌壳的表面深褐，里面却是一片灿烂的霞光。婕就踩着这道霞光来到禾的身边。

“妹妹，给你！喜不喜欢？”禾举着蚌壳。

“我早看见了。你就给我做一把蚌铲吧！”

某一刻，禾突然举起弹弓向公路那边的旧屋场恶狠狠地射去，婕仿佛听见了一声喊，接着是粗重地喘息与沉溺地挣扎。

“我恨！”禾说。

“我恨！！”禾又说。

“你给我做蚌铲吧，我要收鸡屎去！”

“很简单，在这窝里打一个眼，把竹棍的一头劈开，一半从窝眼穿进，一半在外帮衬，然后在劈开的棍头系上细绳就行了。”禾边说边做，一把新蚌铲就做成了。

这时禾听见了警车。婕说你是幻听，根本就没有。禾说车轮在附近的地皮上滚动。

“还有枪声。”

“——那是基干民兵在打靶。”婕说。

“我听枪声的时间很久了，最近这种声音老在我耳畔出现。”

“——是吗？”

“我一听见枪声就感到胸口那儿发热、疼痛。好像子弹穿过了我的心肺。”

“我走了，没时间听你胡扯，我还要去收鸡屎。”

离开池塘已是夜暮四合，一切景物包括背后的池塘，及池塘中的哥哥便涂上了一种昏黄的颜料，看也看不清，像一张年代久远的照片。涂颜料的那一只手是不可知的。这种颜料无缘无故地充满。可是这种情况曾经反复出现。婕就感到可怕。这种颜料有点像公路上画线的反光涂料，可以是一种光。一种不可知的光（也许根本就不是什么光，是另外的什么）。它纠缠并腐蚀着她哥……离开池塘也就关闭了池塘，离开也就是把池塘和池塘边的哥哥送进有如夜色其实并不是夜色的另一种漫漫无际的夜色中去了。

离开池塘的时候，婕的下身殷红，这不像是妇人正常的来血，她尚不到淌血的年龄。开始婕没有感到什么不适，反而有一种亢奋。可是愈来愈浓的血与愈来愈多的光穿透夜色的时候，她的眼睛被照亮了。在什么也看不见的夜晚她看到了血。

“这不是我的血！”婕说。

“这不是我的血！！”婕哭着说。

“这不可能是我的血……我哪儿也不疼啊！”婕哭着反复地说。

血在继续滴。婕无知。婕在这个滴血的夜晚回到了家。回到了家，她的畚箕就瘪了。她的蚌铲也飞了。她的右手握着一根空竹根。

家是一间稻草屋。这间稻草屋里没有人。父亲不在家，哥哥也不在。在这掌灯时分，在这万家灯火里，九岁的婕没有看见自己家里的灯，没有感到自家的温暖。

家里没有人。空而黑。一个四十岁上下的壮年汉子的哭声也没有。家里只有腊月的风。

这个茅匠，这个养育了婕的男人到哪里去了？婕的父亲是这一带有名的茅匠，他的声誉一致在他的破屋之外飘扬。这些整檐高脊安卧在瓦河流域的稻草屋很少不是出自他之手的。金黄的稻草都苫在人家的屋顶上，他身怀绝技，却矮檐柴门，日暮穷途。

“爸爸，我回来了……我收鸡屎回来了。”

“爸爸，您的婕儿回来了！”

“爸爸……我的爸爸……”她哭了。

没有回音，依然是黑黢黢的屋子。婕开始害怕。这住过人的屋子一旦断了人迹，一旦到了夜晚，就很可怕。黑暗在她视野重现。婕的所有毛孔都打开，所有的毛孔都在谛听。无影人到处走动。隐蔽的光芒随处可见，冤魂撕心裂肺的叫喊仿佛从黑暗的地下传来。碗筷、锅铲、杯盏、小碟、坛子、水缸正在搬动碰响。水缸“哗——”地破了，水全流了出来。有一个女人的靴子灌满了水，“咔叽咔叽”地走动。一个坛子正咕嘟咕嘟地灌水（是不是有坛子鬼？）。一个男人正在摇风车。一件黑衣从梁上扑下来，蒙住了他的眼睛，面目不清。一个头戴白毛巾的妇人喋喋不休地与另一个人在后门那儿低声地絮语，而窗口那里正瞪着一对猫眼，绿莹莹的……

可怕，太可怕了，逃跑——离开这里。

跑，往哪里跑呢？腿子怎么也跑不动，跑着跑着就倒了，原来她跑入了一片蚕豆地。蚕豆本来是矮矮的，在她跑动时突然长高。她离开一种情状，又步入另一种情状。她的另一个故事将必然缠住她的脚，所以她不断跌跤。那只毛手，那只从天而降的脚正在她的前面，麻子在那里发红……

这一天，婕的父亲——茅匠正在自家门前修整农具。阳光普照大地，春阳下并不存在什么杀机。透明的空气，清晰的景物，甜蜜的春节，眼前一派田园的氛围，一切的一切并不见凄楚的泪水。一架架整齐安放的农具在阳光下一阵阵散发着桐子的气息，忘我地投入使茅匠像他面前的农具一样宁静、温馨……愤怒的泥水并不在这里哗响。可怖的红灯并不在这里发亮。子弹不曾穿过这片天空。预期的白棺将安排在这部中篇之后……可是，茅匠却忽然号啕大哭，哭得惊天动地。他是在把一块桐油片子抹到第九颗齿上的时候哭的。左邻右舍的乡亲都来劝他，说不要哭了，老伴反正死了那么久，就不要老惦记这件事，说两个孩子都这么大了，万一想不开就到我们家去坐坐。可是人们越劝他越哭，越哭越伤心……后来茅匠自己也说奇怪自己就不知为什么如此悲恸。但他预感有一件不祥的事正在或已经逼近并左右了自己的情绪。他感到自己的生活将兀自出现某种缺失。他决心为此出走一趟。

茅匠离开了他的农具，像猎狗一样嗅着，并在家门不远处找到了熟悉的血，这昔日的叙事或叙事中的滴血现在看来已经陈旧。可是有一缕浓重的血腥像阴霾在空中久久地低回，不见消散。接着血滴将他引入一片青色的蚕豆地，蚕豆正值开花的季节，清香扑鼻。可是替代血滴的是在他面前出现了两行蚕豆被践踏的足迹，顺着倒伏的蚕豆，他走向蚕豆田中央。这时，景物突然溟蒙不明，偶感丝丝冷风袭人。茅匠打了一个寒噤，一个寒噤过后，他面前的景物有所变更。一部分蚕豆梗一声不响地断裂，一部分蚕豆梗无言地扭曲、变形，被不可知的外力压扁流出青汁。有的蚕豆梗被活活地抛入空中，好久才落下来，落下的还有纷纷扬扬的蚕豆花……突然，一道霞光幻射。茅匠的注意力被引入地上的一只蚌铲。他认识，这是一种圆顶珠蚌，它生活在一些清浅的池塘和茅匠所熟悉的瓦河流域。它的肉已不复存在，它的珠子也不知飘逝何处。他俯身轻轻地拾起蚌铲，可是他的努力没有成功。自己的一颗浊泪抢先滴入蚌铲，顷刻，蚌铲化作碎片。

受损的蚌壳经不住一滴泪水！他想。

三米开外有一只熟悉的青篾畚箕。他意外地看着这只畚箕。然而，畚箕像气胎一样在他望到的一刻开始自动瘪凹扭曲，甚至折裂。畚箕瘪凹的速度是惊人的。青篾的折裂也惊心动魄，犹如人的肋骨折断。茅匠俯身拾起，他看了又看。

“这是婕儿的！”他说。

“这是我婕儿的！”他又说。

婕儿每天放学回家，总是要顺路收拾满满的一畚箕鸡屎。别人的孩子回了家，而婕儿却空着胃在路上；婕儿在路上，人家早已吃了饭；婕儿吃了饭，人家早已出去玩……啊，婕儿，你在哪里！……

茅匠呆呆地立在那里，像一尊木偶。痛苦的思念使他失去了控制，畚箕就从手上掉了下来，随即就消匿不见，连痕迹也没有。一如消失的踩瘪踩折畚箕的那只脚。茅匠试图望了望上下左右四方，在他所处的这片空间里，什么也看不见。一切过程都看不见。看来，人类所处的空间绝不可能是单纯的，它是复调的，事物的存在也是多维的。空间的残忍会使一个正常人无所操纵或走向极端。更何况一个农民身份的茅匠呢？他认为眼前的事情不可思议。更有甚者还在后面。

……空中掉下一根麻绳，麻绳犹豫了一下，便像蟒蛇一样缠住了茅匠。茅匠顿感有水哗哗作响，附近的场景花花花花花地变化。茅匠好像醉酒一般，手无力地垂下。蚌铲的碎片及踩瘪的畚箕幻影般地依次滑动。随着麻绳的出现，一场强暴像梦像云烟一般远去。鸡屎玉米泡子一样在地上散漫地滚动。远远近近的人们像潮水一样涌集。这里是一个可容千人的打谷场。义星大队第五生产队的队屋赫然地矗立在人群背后。

队长帑正在训话。

茅匠立在场子中央。一条麻绳缠住了他。茅匠曾经提起一把斧子愤怒地斩断麻绳。那根麻绳曾像巨蟒一样爬上旧屋场的那棵桑树，它缠住了自己的妻子。他愤怒地斩断了屋后的桑树。就用这棵树的枝丫做了一把弹弓。此后弹弓一直不停地叫着。弹弓现在不在这里叫。稻场边一溜码着秋收后的长长的草垛，草垛一排一排，条状的草垛之间隔着泄水的便沟。现在草垛黑黑一片，森然耸立，似有万千伏兵。麻绳现在缠住了茅匠的愤怒。撒落一地的鸡屎伤痛地在稻场上滚动。

“……虽然我们是同年同庚的光腚朋友……”帑说。

同年同庚的光腚朋友将两脚稀泥的茅匠缚住。他刚从湖田那边过来。红眼牯正朝这边张望，它望见了稻场的一棵皂树。皂树的周围一个人影也没有。人们都会集在场子中央。夜壶灯尚未挂到皂树上。噼啪的皮鞭声此刻不易听见。此刻只有入夏的太阳照着皂树稍稍倾斜的影子。现在不是夜晚，是白天，稻场上正在召开一个批判会。会议似乎开了很久。茅匠的脸上鼻尖上渗满了细密的汗水。太阳在燃烧。人们，尤其是女人们都头顶着衣裳。有的孩子不断地啼哭，有人讲小话，有人走出会场找水喝，有人上厕所。稻场上开始躁动，场边的几个草垛好像在冒烟。帑墙一般地倒下来。可是谁也没有注意这只弹弓。只有坐在近前的几个孩子吓得乱喊。有看见的人说，帑用一只手去盖住头部，我以为他是遮挡太阳，接着他的另一只手就在空中抓捞，牙齿咬得很紧，脸上的肌肉抽搐，这才知道他出了事。

听说帑出了事，人们蜂一样拥动。

“啪啪”两枪，两颗子弹划过这片躁动的天空，止住了人们的涌动。

这时，南边的一条牛车道上停着一辆警车，几个荷枪实弹警察迅疾地蹿下来。

“人呢？”

“走了。”

蚕豆也许是肥力过猛，苗苗条条弱不禁风。轻轻的一阵风它便虚弱地倒下，蚕豆在它的花季倒下似乎应该迁罪于鸡屎。想想那时倘若婕与妇孺不收鸡屎是不致倒下的。妇女们都安排去收集农家肥，男人们都安排到很远的地方去打青草；或者青年妇女都被派到旱田耘草，打顶蕊，男人们都一律被派到五斗丘、李家湾、白马荡一带的湖田去治虫、深沟、整田（男人们深沟的机会最多，因为湖田水多，要排水）。这些都是不错的主意。

蚕豆似乎是罪恶之源，它把村里的青年妇女勾引，又把一切藏得那么深，蚕豆诱引妇女，又绊倒妇女。——在这个春季，所有的妇女都经血失调、尿频、喘息、呻吟。最后一个呻吟的是婕。婕尚是一个幼女，尚未成熟到女人，尚不能体会什么是痛快地呻吟。“痛快”与“痛苦”是一个词根，但婕的生活却永远只能隔着这个词根，处在痛苦的一边。婕也呻吟，但她的呻吟里有血，有挣扎。

鸡屎也许是痛苦之源，拾鸡屎也许是婕的一个错误，她不应去拾鸡屎。鸡屎肥了蚕豆，蚕豆却缠住了婕迅跑的胫足。然而，鸡屎是可以在帑那儿换工的，一支工便可以焕发一个孩子超值的兴趣，三两支工可以酿成她的美梦。所以，鸡屎在那个特殊的年代成了一个乡村孩子所憧憬的闪闪的事物。孩子可以提前告别玩具，或者根本就不认识玩具，但不可以不认识鸡屎。时代可以不理或剥夺一个人的个性和兴趣，可以不准她或他认识玩具。所以时代是非常强大的，甚至是伟大的，然而时代伟大之后，人还可能伟大吗？所以婕只能认识鸡屎，鸡屎是肥。毛主席说了“土肥水种密保管工”八个字，“肥”是其中之一，所以肥很重要，玩具就退避三舍，所以婕爱的只能是鸡屎。

婕现在回忆那时确乎好像没有鸡，或很少有鸡。鸡仿佛偷偷地或在天国里鸣叫，鸡屎却能找到。鸡屎仿佛先验地存在。它们一直就在那里，就在那一天，甚至就在那个傍晚，许许多多的日子，许许多多的晚上都飘飘而过，唯有那一天、那一晚的鸡屎，一动不动。时刻为婕保存着。

长久以来，鸡屎们就期待着一个人，期待着一辆赭褐色的小车。这辆小车满载着婕酸楚的回忆。鸡屎是回忆之一种事物。——鸡屎总是等在放学之后，隔着一片竹林，鸡屎甚至温热。这时婕就跳跳蹦蹦地出现。婕一见温热的鸡屎就很激动。那几支工仿佛离她遥远，鸡屎成为一切。畚箕不难找到，它就藏在一棵避眼的大树桠子里，有时也藏在一片杂树间，蚌铲就放在畚箕里，找到畚箕就找到了蚌铲。有了工具，她就进入了忘我的工作。一切都忘记，书本、作业都忘记，与她一块儿收鸡屎的伙伴也忘记，眼前只有鸡屎，鸡屎鸡屎鸡屎鸡屎鸡屎……鸡屎有一种光，有一种静。——可是有一件东西超前地遮住了鸡屎的光，搅动了这种静。起先是一阵风，自上而下的风。风中有一只凶狠的独脚怪兽，婕说我只能这样描绘他，他踩折了我的畚箕，踩毁了我的蚌铲，搅扰了我的宁静。那么好的一把闪闪发亮的蚌铲顷刻被踩成了碎片，畚箕的折断更是令人心碎。

“婕，你的畚箕和蚌铲怎么毁成这样？”一个伙伴说。

“我不知道!”

当时的婕仿佛大梦初醒。她自己也奇怪刚才还好好的畚箕和蚌铲怎么倏然之间坏得如此不堪收拾。这时蚕豆的异香正诱发着另一件事情。这种傍晚时分的蚕豆逸出的香味分外浓郁，像酵母变更着蚕豆地里空气的成分。婕忍不住往左边的蚕豆地看了一眼。一个声音就叫了，“来人了!”也不知是谁的一声。她们就很怕，也不知为什么怕。就知道往蚕豆地的深处跑，因为在那里可以藏身。可是婕像在梦中，怎么也跑不动，蚕豆绊住了腿脚，浅浅的鸡屎一下子变得沉甸甸的……跑着跑着，伙伴们就跑失了，不见了。地里只有婕独自一人在茫茫一片蚕豆地里呼啦呼啦地跑，过了一条垄沟又过一条垄沟……前面是一个废弃的旧屋场。这里的蚕豆特别深，婕觉得藏在这里最好。婕便蹲下来，透过稠密的蚕豆隐约可以看见遥远的各家灯火，她听见心脏咚咚咚咚咚地跳。婕刚蹲下不多一会儿，附近的蚕豆梗便一棵棵折断，又向天上飞……

这是梦还是现实?

一切都仿佛一场预约，一切都有条不紊地发生。先是嘿嘿嘿嘿嘿地一阵狂笑，狂笑仿佛从这个旧屋场的地心扑上来。那娇嫩的蚕豆在笑声中一棵棵摧折，飘到空中，又颓唐地落下，笑声吞没了远处最后的一缕天光。笑声增殖了这里的黑暗。就有野猫，也许是猫头鹰在一棵桑树上叫，怪叫。一只毛手爬过来，堵住了婕的嘴，另一只扯掉了她的裤子，最初的疼痛以迅雷之势訇然发生在这个尚未成熟的女孩下体……“妈呀”是她最后的一声叫喊。桑树出奇地宁静。她的母亲仿佛在不远的坟地（阴宅）翻了一个身，又沉沉地睡去……枪声不可能在这一带发生。警车是非常渺远的事物。这里只有沉浸在夜色中的蚕豆地。白日里在这里劳作的叽叽喳喳的妇女此刻都回到了自己的房子——夜深了，月亮上来了，潮湿的月亮似乎也沾染了植物断裂的汁液，绿绿地蒙着一层薄薄水汽。月下的千亩蚕豆地静悄悄的，不见一点悸动……

青泥平面还在冒泡，继而便一个一个地破灭。池子仿佛骤然漆黑，黑色增进了这里的宁静。这时，池子的门口兀立着一个人，个子不高，不像茅匠，也不像禾，倒像婕。她是那么无根无由地出现，池子周围是一些草。入冬的风瑟瑟地吹着伤感的衰草。在这个腊月的夜晚，一个四十多岁男人的声音苍老地在原野里升起。男人一遍又一遍地呼唤同一个名字。这个名字刚刚从他的声音里升起，尚未在这远远近近的原野里厘定，就被风吹走了。

这一夜，到处都是风——冷风！

婕开始移步，一棵蚕豆就能绊她一个趔趄。鸡屎早没有了，它们撒了一地，慢腾腾地滚动。畚箕瘪了，龙骨折，蚌铲飞了，手里仅仅握着一根空空的竹棍。前面就是牛车道。上了牛车道向西过了一座砖桥就上了公路。——在牛车道上，她注意到有一种隐抑的呻吟从枝叶葳蕤的蚕豆地里传来，那里好像就是旧屋场。婕过去的房子就建在那里，记得房后有一棵桑树，一到五月，哥哥的嘴脸就抹上了紫色的桑葚汁。右边不远是一个很大的打谷场。此刻夜壶灯挂了起来，在一棵高大的皂树下，有皮鞭噼啪作响。树上拴着一条青牛。青牛可能正在经受一种非人的折磨，时间可能已经很长。青牛已无法承受。这条不通汉语的青牛居然发出了“嗯啊——”的呻吟。既让人心疼又让人恐惧。婕被这声奇怪的牛“哞——”震慑。这分明是一个老人在那里呼救。以致后来坐到了省社科院哲学所所长位置上的她也能经常透过书本这样的一声呼叫，仿佛青牛就在书柜那边的墙角，就在自己熟悉的工作场地里受难。这里的哞叫与旧屋场那边隐逸的呻吟此起彼伏地煎煮着婕，为此她感到痛苦、焦心、难过……这里的观众似乎永远地缺席。——青牛如此疼痛难忍，皮肉横飞却无法脱逃。它的头，一条前腿与一条斜对的后腿被拴住。打手的残忍与技术之高明可以想见。

青牛的不幸使婕忘记了自己的遭遇。

婕忍泪走上砖桥。父亲似乎还在湖田里劳动，永远的泥巴与水仍然在傍晚的天色中轰鸣，哥哥兀自坐在那口金色的池塘，把玩一把桑木弹弓。

一辆赭褐色的轿车悄悄地停在公路边的青棕下，微胖的婕走向轿车，一个学生模样的红衣女子上前一把扶住步伐老态的婕。

“婕老，是这里吗？”

“……正是在这里。”

婕走上娇车，车子一个右转弯过了砖桥，上了牛车道，一直向冥伏在牛车道一端的一条青堤驶去……

清晨，无娘的孩子婕回到了家。晨露也许是植物的汁液的滴答惊醒了她。这是一个宁静的早晨，她走在九岁的路上，身上尚残留着蚕豆花的余香。九岁的目光开始破败，脚下好像踏着时间的尖桩……

八点半钟。

八点半钟以后该出现的事物都一一出现。一支持枪的队伍在婕的稻草屋后的堤上开始跑步，凄厉的枪声尚没有惊动这件空荡荡的房子。八点半钟的农具锋利而安详。农具偶尔滴下一颗桐油。这是一张耖。婕认识，父亲常赶着牛，带着它到湖田去干活。院子里一个人影也没有，只有耖的静影长长地映在西北边的一排篱笆上。在西北角放着一只松木粪桶，桶里盛满了婕几天来拾的半桶鸡屎。桶快满了，又可以到队里去交鸡屎了。一桶鸡屎六七十斤，七十斤就是七只工。每到交鸡屎的这一天，家里就像过节，人人的脸上都洋溢着喜气。小婕儿就与父亲一道歪歪扭扭地抬着粪桶去交鸡屎。这一天真好，到处都是一片阳光，看不见一点阴影，心情也很舒服。一路上婕与父亲说着话。

“这回称了鸡屎，我一定给你缝一件花衣……”茅匠说。

“你比你哥哥强，你哥像山骠，一天到晚人影都不见……尽惹祸……”茅匠今天很高兴。

“爸爸，我不要花衣，我爱穿旧衣……爸爸，你爱抽烟，钱你就买烟抽吧……”

可是，今天，家里一个人影也没有。从院子走到堂屋，从堂屋走到厢房，又从厢房到厨房，到后面的猪舍、茅厕，最后走完了“7”字拐的菜园还是一个人影也没有。父亲不见，哥哥也不见。——哥哥也许还待在那口金色的池塘，享受着傍晚的余晖。

整个房子一个人影也没有，家里出奇地静。

那么，人都到哪里去了呢？

婕感到有些害怕。

在这巫风盛行的楚地农村，居所一旦突然消失了寄居者，遗世独立的居所及居所里的一切便要显出了某种神性与灵性，一切都森然可怖。无人之处无语无不语，无论别人家，还是自己的家，都是这样。那闪闪的农具，那曾被父亲戴在头上抵挡毒日头的破草帽，那曾披在肩上的旧蓑衣，那个脑袋曾深陷其中的黧黑粗壳长布袋枕头，还有那床前踏板上并放的青布元宝布鞋，及长久挂在梅花黄铜帐钩上的直筒布袜子在风中摆来摆去……一切的一切都是如此令人可怖，好像家人并没有离去多远，就隐匿在哪件晃动的破旧衣背后，或潜伏在那篷烟色的蚊帐里，一阵清风，婆娑抖动，毛骨悚然……当她重新踅回厨房，她看见灶火，那灶膛里的一星半点棉梗烧后的红火给她以希望，使她感到温馨。揭开杉木锅盖，她看见了预期的红糯高粱黏粑，她开始流泪——可是一股熟悉的劣质烟叶吧嗒出来的烟气飘过来，她屏住呼吸，但还是打了一个喷嚏，又连连咳嗽。她越打喷嚏，越咳嗽，就越高兴。

“这是爸爸!”她说。

“这是爸爸!!”她又说。

爸爸在哪里吧嗒着烟叶呢？婕蹊跷地走出厨房，来到院子。她看见了袅绕在空中的一个又一个音符般的烟圈，最后她的视线落在耖的两颗铁齿之间的黧黑烟卷上。一根烟在燃烧。她看见了烟卷上浅浅的牙印。此时，她并没有看见隐在农具背后的父亲。注意地看，她才看见了父亲的早已脱毛的破毡帽和父亲的一只青筋爆满的手。

这一早，她父亲其实一直不停地在农具的周围忙碌。那么多农具等待着他去工作。他把烟卷往耖上一放就忘却了。他反复地把一块桐油布片子抹上这架和那架农具……透过这些农具婕看到了遥远的天边，飘忽着一块响亮的水田。父亲驾着那条红眼牯，把着一把耖（就是他手上涂油的这把耖），英武地在水田里来来回回地冲着，不消几个来回，就把一块田整治得水平如镜，成为村里姑娘们最爱插的一块田。送饭的母亲总是藏在一棵树叶葳蕤的棕榈后，静观父亲的耕耘。但大部分时间，母亲遗憾地去了蚕豆茂盛的旱地，送饭的工作往往由婕来完成。婕戴着顶饰圆果的破毡帽，坐在田埂上，吃着一捧野荸荠，陪伴着情绪波动的父亲，心神不定地望着东边。东边呻吟，西边，泥巴水似乎分外嘹亮。呻吟隔着一条公路和一条水沟传来。呻吟甚至强大到覆盖了西边的泥巴水响。父亲越来越沉寂，像红眼牯似的一声不吭地作业。

九岁的婕很忧郁……

现在，茅匠在暖暖的春阳里，反反复复地擦拭着这把耖。透明的阳光在地上悄悄地移动。一只蜂，也许是一只蝇在头顶嗡嗡嗡嗡嗡地飞。院子里愈发显得寂静。茅匠也不知现在是第几遍涂油，当他抹到第九颗耖齿的时候，忽然号啕大哭。

"我的闺女，我的闺女……"茅匠大声哭喊着。

"爸爸，我在这里我在这里……"婕扯着父亲的衣角痛哭着说。

茅匠丢下抹布，急匆匆地走出了院门，他好像根本没有看见踩着露水归家的女儿，他似乎沉浸在某种预感的惨烈中。

父亲怎么是这个样子？

九岁的婕无限忧虑地望着院门外千亩蚕豆地，在阳光下，深邃、幽远……这时，瓦河湾那边响了一枪。

禾似乎一直逗留在这口池塘。晚霞一直照耀这个孩子和这口池塘。这个永远是彩霞的傍晚令他沉醉。他一会儿躺着，一会儿像游魂一样在田埂上踱来踱去，似乎等待着什么，又似乎寻找着什么……距池塘不远是一条公路，公路自北向南。此刻，公路上一辆车也没有。与公路毗连并垂直的有一条牛车可以通过的小道，滴血的妹妹就是从这条道上走过，后来禾就觉得她一直在这条道上走。——父亲今天收工很迟。父亲傍晚时分一直在离他不远的那块水田里像一架机器一样地劳动。禾谛听着那边的泥巴水响，他听出泥水中的异样，他听出了一种幽隐的躁动……转望更遥远的湖田，有一群间飞间止的黑鸦出现在视线上。母亲曾告诉过他，说那里是白马荡，过去外祖父家就在那里住……就在禾神思邈远之时，他的耳畔传来了与泥水有别的一种声音，那是一个妇人的呻吟。于是一件往事从沟那边的蚕豆地里传来。他的注意力一下子被这声音所慑住。他带着一串穿好的蚌壳，决定到沟那边看个究竟。横过公路，过了砖桥，便上了那边的牛车道。走上砖桥，这边的天空便开始发亮。禾注意到左边二百米处模模糊糊集结了一群人，这里是村里的一个打谷场。这群人一大早就集结在打谷场要干什么呢？莫非是要看一场戏，禾知道在文化生活极度匮乏的乡村，有时一场批斗会也是可以给无关痛痒的人们当作戏来看的。现在，他们好像都携着椅子与条凳，源源不断地从遥远的堤边来了，兴致勃勃地会聚到了这里……禾对这种会议从来不感兴趣，他的耳朵里仍然充斥着旱地里的呻吟。他的腿子不由自主地迈向了右边。过了一个公厕来到这片茂盛的蚕豆地。他认识这里，这是旧屋场。他听见有人在屋场里说话。蚕豆很密，看不清。

“你不要再来……你也该知足……”

“少啰唆……我要……”

随后他听见水响……丰盈……黄鳝过洞……他耳热心跳……他发硬……继续呻吟……洞……水在响……

“畜生！”

禾的脸色变化，白而红，红而紫。他手上的一把桑木弹弓叫了，连续地叫。听得有人哀号，翻倒在田沟。禾赶到田沟，他手上的那把弹弓还叫，疯狂地叫着。母亲枕在一垄蚕豆上。雪白的身子。禾感到一道光，一道强大的光，很耀眼。陌生、血涌、亢奋、羞赧交织在一起。禾转过头去。转过头，他看见沟那边公路的车，悄悄地停在树下，不易发现。从车上蹿下两名警察，他们跨步走向傍晚的池塘，驾起那个寻找蚌壳的孩子就走。发动机响了，警笛开始长鸣。警车驰过砖桥上了这条牛车道，拖着滚滚的烟尘，向东边的河堤奔去。顺着警车奔去的方向，禾望见了堤上一支持枪跑步的队伍。禾知道堤下就是瓦河，清脆的枪声将从河谷传来。禾记得一共放了两枪。禾还注意到左边的打谷场早已空无一人。一个会，散了。不，不是空无一人，还有一个，呆呆地立在那里。闪亮的鸡屎像刚出锅的玉米泡，慢腾腾地在他的脚下滚动。远远的牛车道上有一群人，黑压压地向瓦河方向赶去……

禾回过神来，不见母亲，脚下不远处是一座青坟，禾警悟到自己原来是来到了一片乱葬岗，自己追赶的是一段痛苦的往事。

枪响之后，东方开始发红，瓦河开始流血。瓦河遥远的下游，一个水汽蒸腾的咸湖漂泊着一把弹弓。

枪响之后，各地隐蔽的鸡屎开始滚动。蚕豆地里，漆黑的池子突然喷涌，一朵黑蘑菇鬼气森森地兀立。一个九岁的小姑娘走下蘑菇云像圣母走下祭坛。她一刻不停地向瓦河方向走……

这天早晨，帑起来很早，并且吹了三遍哨子，不见有人下地。从村头跑到村尾，又从村尾跑到村头不见一个人影。一间间稻草房静影沉沉，无声无息，仿佛从来就不曾住人或人们一夜走空。天色不甚明晰，天空密封着灰黑色的云雾，不下雨也不像不雨。一种大气压人。——这是什么时刻？是早晨，中午，还是晚上？不清楚。这是那种最感头疼的时刻，各处不见时间的迹象。云雾越压越低，云雾之外好像蛰伏着一种不可理喻的什么（这里肯定有一种态度。神的？）。当帑第二次巡行时，他看见了那个脾气一直古怪的茅匠。帑看见他坐在没有影子的院子里，弹奏着一把耖。帑听见一种沉闷、短促、压抑的乐音，听见了铁齿上含含糊糊的泥土，听见了从天际滚滚而来的泥浪。

“喂，出工了出工了！”帑说。

“出工了……”帑又说。

帑连续喊了几遍，茅匠一点反应也没有。他一味地抚耖。帑一个跨步走进了院子，心想你狗日的在抓革命促生产的大好形势下还有闲情独自作乐，看老子不整死你……就在一念之间他被铁齿犀利的光芒射了一下，同时他还注意到茅匠的两手早已伶俐地握在了耖把上。那沉静的铁齿不仅力量逼人，还暗藏慑人的杀机，不像吃素的。狗日的茅匠，你跟老子记住，老子今天不惹你，走着瞧！……后来，帑就说老子到田里去看看，看看这些狗杂们种都下地没有。帑走的是一条牛车道，路上有绊跟草伏着，还有一些熟悉的马齿苋小时候，帑与茅匠曾在这条路上打猪草。路的左边是一条水渠，路基很高，可以从这条路上鸟瞰两旁密不透风的蚕豆地。此刻不见那幽隐的白底紫斑的蚕豆花，但他毕竟嗅到了一股熟悉的幽微的馨香，他反复地嗅着。他就开始想象这深邃幽亮的蚕豆地，想象那些动作，想象那令人神往地滚动……

“弄坏了那么多蚕豆……看不把你抓起来！”一个妇人嗔怪的声音。

“这里还不是老子一句话……谁敢把老子啃了……”帑说。

“啃啃，就知道啃，我就啃……”一阵吃吃吃吃吃地笑。

现在想起来就好笑，感到那里直痒，并且粗粗地喷气，几颗豆大的麻子又红又亮。——人家的女人就是乖，他妈的田里睡觉也舒服，睡上去什么地方都发软，老子的女人总是硬邦邦的，尽是骨头，一双手摸进你的裤裆，老鹰抓小鸡，这，这哪还有那个性趣……此刻，他无限依恋地看着左右两边的田野。奇怪，真奇怪！一个人影也没有！人都到哪里去了呢？莫非她们都在田里等老子……好，看老子找到你们不把你们一个个枪毙……想到要枪毙，他又笑了，脑子有电一闪，他就想起了婕，这丫头真好看，第一次见到她老子竟然全身一麻，还没有好多女人使老子麻过，好像一道光，推开了山顶小木屋早晨的窗牖，透过稀薄的晨气向老子射来，她那双好看的凤眼盈满了水气。少女毕竟是少女，味道就是与众不同。她有一种叫你感到害怕的东西。狗日的茅匠，你艳福不浅，妻子人才出众，女儿也非同凡响……

“大叔，你有事吗……”穿着整洁的婕正好背着书包上学去，她就看见一个满脸麻子的人定定地，立在一棵红椿下打量她。起初他不认识赫赫有名的帑，没有看出他麻子里深藏的邪恶与可怕的肉欲。所以，当帑的金牙一闪，说我的眼睛看花了……她反倒觉得挺有意思。另外，作为一名红领巾对长辈也应该有礼貌。也许正是这种礼貌，这种柔软似乎成了对某种幽隐之事的诱惑和承诺。所以帑就一直心花怒放，嗬嗬大叔，嗬嗬大叔，她喊我大叔……帑眼睛里一直闪动着婕的幻影，像闪着一盏灯。

“机会是人想出来的。”他说。

所以，他的鼻子一向很灵，他的耳朵一直像狗一样竖着。像一个装备特别的守猎者，他一直等待着那种神秘的时刻。

现在，帑走在一条复杂的牛车道上。“乒——”一枚石子飞来，正好打在他当胸的一颗军扣上。他从地上把石子拾起来，他认识这枚石子，他好像尝过它的滋味。现在，他虽早已告别了军营，但仍然反应很敏捷，他感到自己走入了一个人的弹弓的射程。左边就是旧屋场，他知道这里有一只蜂，隐而不见的王蜂。他想到这只王蜂，头发就发奓，他头上的那块伤疤（那块不长头发的自留地）就一闪一闪的。这狗杂种藏在哪里……这时，远远的有一个人影朝他走来，头发松松的，慢吞吞地走着，好像是婕。不像那天，秀发梳得一丝不紊，走路蹦蹦跳跳。一会儿，婕就走到了他的面前，这次没有叫他大叔，而是凶狠地瞪了他一眼就走过去了。婕走得很轻很轻，像风一样飘过，像风一样阴凉。帑感到很冷，好像有一股阴寒摄入身体，全身起了一层鸡皮疙瘩。他就耸起领子，缩起头。但他忍不住回望了一下，没有望见婕，只有一条白路，那是他刚走过的，是寒月照的。回想婕瞪他的一眼，好可怕，没有眼珠，只有令人恐怖的眼白，那里像一片冰封雪盖世界……

眼前已是砖桥，砖桥过去就是一条新修的公路，公路那边是白茫茫的、一眼望不到边的湖田。李家湾、白马荡、沉湖等一些记忆深刻的地点都在这一带。帑小时候就曾偷吃过李家湾的猪油月饼，那月饼里放了许多东西，花生仁、冬瓜糖、冰糖、红筋、绿筋等等。婕的母亲就是白马荡一家财主的女儿。帑不仅吃过白马荡的莲子，他还强暴了白马荡的姑娘——当时还是闺秀的婕的母亲。姑娘性子野，喜欢独自一人划着一只小划子到湖中央去采莲，结果划子给藏在水底的一个人顶翻了，这个人就是帑。姑娘在水里翻腾了几下就蒙了，于是被帑湿漉漉地拖到岸上，在一片青草丛里……如今，这里都改造成了水田，月饼流着猪油的李家湾，飘着莲子清香的白马荡、沉湖等都不见了。成了一些消失的地名。白马荡美丽的传说在一本《瓦河流域民间故事集》中去可以“打捞”……想想这些如走马灯一样过去的人和事，间或帑也愣怔那么一下，望着这片熟悉的土地，沉思一会儿。

这里现在已被改造成了一片水田，凸凹相并，地势在全村已是最低。如果阴雨连绵，天上的大水便覆盖了这片地域，到处是白茫茫的一片汪洋……汪洋也好，虽然失去的是一片流油的美地，可是村里的青壮男丁都可以陷入其中，不能自拔。这支满脸泥点的队伍，一年三百六十五天，一天二十四小时，几乎都在这里开沟放水，似乎从来没有离开过。甚至到了夜里，偶尔到此走一走。也能听见有呓语般的声音从深沟里传上来。他们似乎是一群“木”工（一切该木）。忘记了天色，忘记了时间，忘记了寝食，忘记了人生的重要活动，甚至忘记了寒来暑往，春去秋来，花开花落，树叶凋零。他们成天手不得闲地执着一把把半圆形木锹挖着沟底的淤泥。那淤泥腥味特重。中午提着镂篮送饭的婆娘们从远处根本就看不见一个人影，毋庸妄谈自己的丈夫了，只能望见泥巴飞，那一坨坨黑泥巴，懒洋洋地飞上来，十分困倦地落在沟的两岸，然后呼呼地沉落下去，仿佛千年万年就一直堆积在那里。起初她们并不认为这就是丈夫们抛上来的一坨坨黑泥，错觉使她们当作了一些此起彼伏的黑鸦，这一只只终夜不归的黑鸦究竟在这里寻找什么呢？她们想。后来，她们看清了，这根本就不是什么黑鸦，这是终日不归的丈夫。黑鸦就是她们的丈夫；丈夫们竭尽全力扔上来的就是黑鸦。她们流泪了——丈夫啊，你们成天在这里劳累为的是什么？有时你们夜里归来，肩上搭着一件衣，裹着满身的泥和一股难闻的浊气、腥味，晃晃悠悠，像陌生人一般立在房门，又像陌生人一样躺下去，呼隆隆地睡，推也推不醒……可是，天未亮，哨子一响，你们一愣神就冲出了房门，啊，我们的男人难道就是为了去填这条沟，这条深不见底的沟？就是为了变成一坨坨会飞的泥巴吗？！——她们痴痴地看着这些自己的男人，一个个好像吃了秤砣铁了心的木人，他们光着膀子黑着脸，恍恍惚惚地在深沟里挖着梦沉沉的泥巴。女人们一任那飞上来的稀泥溅得满身满脸。一任。她们从来不躲，一任泥点飞溅，她们就在这飞溅的泥点中幻想梦中男人……

越来越多的黑鸦冲上来，沉睡在这里，化作了泥土，男人们越陷越深——妇女们，尤其是那些少妇，越来越忧郁不安。有时，天空晴朗，白云朵朵，她们心上也阴晴不定。

现在这片天空正在作者手边的丝棉纸上沙沙沙沙地响着，季节的迹象也不够清楚。婕似乎一直在路上走。她走着走着就走出了一个小学生的模样。她蹦蹦跳跳就走上了左边一条小径，这条小径布满了竹根与青瓦（一种靠手工制作，小窑烧制的瓦，其薄如纸）的碎片，她正经过一丛必须在她的童年出现的竹园。竹子是从一财主庄园的废墟中长出来。婕放学正要回家。她的布鞋破了，左右脚的第一个趾头露了出来。这似乎是腊月的一天，畚箕和蚌铲在一个地方藏着。鸡屎是她命中一件重要的东西。多年以后，她在某高院讲课时对学生们说，我生命中时常有鸡屎在滚动——我从枝丫里、灌木丛也许是草丛中取出畚箕和蚌铲似乎是天意的安排。现在婕的身边好像有很多人，年龄与她相仿，叽叽喳喳地说话，我们看不清。

鸡屎一般不放亮，但要经过一个间接的换算。譬如十斤鸡屎可以得到一只工。十只工可以是一毛多钱，相当一个成人一天的劳动。意义就发生了——这样说似乎让后来成为研究员的婕有点难为情，那一毛在后来的她简直是对鸡屎的一种污蔑。为了一毛钱，她的冻红的小手得忙活多少天啊！在她的观念中，鸡屎远不是一个钱的问题，鸡屎美妙极了，它们一直潇潇洒洒地停留在故乡，到了夜里，它们就悄悄地滚进草丛，白天，它们又轻盈地滚了出来。这些自由、自主、自在、神奇的鸡屎一直在青草馥郁的乡村里滚动。轻歌曼舞的母鸡公鸡们在婕的记忆里是不可知的，它们也许在天国里生活着，收集鸡屎也许是一种错误。屎池子，那个人字形的屎池子是婕的一个误区，婕注定要到这样一个鬼气森森的池子里去冒泡，然后度过一个漆黑的寒夜……啊，在那个黄昏，我也记不清是第几次偷了村里的鸡屎，我撒开脚丫子飞奔……后来那只脚还是上来了，它似乎一直隐藏在那片空间，偶尔也在其他地方出现，它等着我，它踩坏了我的畚箕和小蚌铲……后来那只毛手……它俘虏了我，那时我吓得魂飞魄散啊——婕每次叙述这些情节，就泪光盈盈，痛不欲生。

当然，伤心的事情，还有很多很多，是梦是幻是真是实，婕也难以说清。

现在，婕必然出现在这条竹根路上。她觉得有一双眼睛在注视着她。她左右前后看了看，没有看见，可是她还是能够感到这双眼睛的存在，并且无处不在。天空很潮湿。天空很潮湿她可以想见。其时她走在傍晚的路上。一放学就到了傍晚。天色不甚明晰，也不甚暗淡，许多神奇的事物似乎容易在这种时候出现。首先是神奇的鸡屎们，她刚伸出蚌铲，它们就一骨碌滚进了她的畚箕，神奇极了。不多一会儿，她就收了满满的一畚箕，抬头一看，自己已到了公路上。这是一条新修不久的土公路。她看见这里停着一辆赭褐色的小轿车，她好奇地走近去，轻轻地摩挲着这辆光影可鉴的小车，并且她看了看车的后视镜。看了后视镜后，她的面色变得很苍白。她看见一个人正在看她，这人的眼睛蒙着尘蒙着泪蒙着荡来荡去的雾，她天才地感到那双无处不在地对她注视的正是这双眼睛。为什么这双眼睛使她震动，她想看个究竟，结果是徒劳的。因为这双眼睛早已在她重返后视镜之前消失了。后视镜里只有一辆车的局部，令她惊异又欣喜的是在后视镜里看见了她的蚌铲和一只青篾畚箕。车内一个人影也没有。是一辆空车。这车静静地候着。

这车镜里怎么有蚌铲和畚箕，并且跟自己的一模一样，婕感到好奇怪。

“咔嚓——咔嚓——”

这时，公路的一方传来了棕榈折断的声音，有牛喷着响鼻，粗重的蹄声，利器划过地面及绊跟子草断裂的声音。在棕榈“砰——”的倒地声音之中还掺和着某种压抑的喘息。据此推测距她不远的前面定然发生了一场惊心动魄的事件。奇怪的是在这一览无余的公路上她竟然没有望见具体情状，仿佛隔着一层厚厚的屏风，她只能谛观。在她看来这里是美丽的，仅公路两边两排青棕，整整齐齐，像两堵青墙向前延伸，坦坦荡荡，看了舒服。何处是坎坷，何处是艰辛，何处有凶险，全然不见。再看看右边这辆小车，一直娴雅地停在那里，一动不动……突然，前面响声处有一股浊气袭来，险些将她击倒。就在这时，她看见地上一个圆圆的东西，这似乎是天意（让她看见）。这是一个睾丸，只一个，另一个她不知道，也不想知道。她不认识它。它在她的前面滚动，她不知道怎么的一眼就发现了它。它一直朝她站立的方向滚来（有一点她是知道的，这滚动的不是她的鸡屎），她觉得好玩，便拾了起来。那玩意儿沉而圆，有些发黏……后来被一只白鹅叼去吃了。喜欢吃这玩意的白鹅现在还没有出现。白鹅的出现是在她车身面向西边湖田的一刻。她将睾丸把玩了一会儿，就准备回家。砖桥就在右边。当她提起畚箕准备走的一刹那，不经意地回了一下头，她似乎很眷顾着这里的什么（放心不下）。是的，天色也很迷人。空气中时时浮动着蚕豆花幽微的馨香。不不，她好像没有注意到这些。她注意的是西边这片改成水稻田的湖区，她的目光被黑鸦所牵引，是的是的，那里弥留着一群尚未归林的黑鸦，它们上上下下地飞着，像觅食，又像在游戏，衬着金色的晚霞是那么清晰。她回头一瞥成了久久的瞩望，似乎有所触动。母亲说，这里就是白马荡，有很多关于白马的美丽传说，所以白马在婕心中总是挥之不去，蒙着神秘的色彩。可惜，现在改成了水田，仅有的只有一口不起眼的小池塘，小池塘靠近公路不远，它的位置在白马荡的边上。哥哥不在小池塘。那些黑鸦并不在小池塘这边飞，而是在湖区正中央，像一些无家可归的精灵。黑鸦经久不散地，在此刻，在西天，在湖区，在这空旷地带，在一片无言的彩霞里，这似乎就渗进了某种悲壮的元素……九岁的婕此刻是被这种场景所吸引所触动呢，还是另有隐情？——枪声是在东边响的。小池塘里没有她的哥哥。东边是一片伤心的瓦灰色。小池塘像一只美丽的蚌铲，哥哥留给她的一只最后的蚌铲。天是陡然暗下去了。小池塘也暗了下去，但小池塘中央似乎立着一只白鹇，它好像很久就立在那里，守护着什么，只是不被人所发现，它嘎嘎嘎嘎地叫着，叫着叫着变成了一只白鹅。白鹅又凶又猛，伸着长长的脖子，向婕冲来，她开始害怕了。她立即向砖桥逃窜，白鹅追上砖桥；婕上了牛车道，白鹅又追上牛车道；婕顺着牛车道一直逃上东堤，白鹅又追上东堤。婕真的害怕极了，怎么有一只这么又凶又狠的鹅……终于，她跑不动了，白鹅又追上来了，一个劲地用喙啄她的衣，她害怕得拿起手中的那个睾丸向鹅打去，这一打真凑用，白鹅不啄她了，像狗一样翘着尾巴去追睾丸，睾丸突然一弹滚下了堤坡，白鹅就一直追下堤坡，消失在堤下的瓦河……

泥巴与水越来越响的时候，帑的人影就出现了（似乎事物之间有着某种神秘的对应关系)。帑静静地蹲在一棵青棕下，他似乎并不曾感到那种使他必然出现的响声，他慢慢地抽着一支烟，他视线与他面前的一条大沟重合，这条大沟与他脚下的这条新修的公路垂直。起初他的目光被沟上的黑鸦所吸引。泥巴与水弄出越来越大的喧嚣，他似乎没有听到。泥巴与水就在距他两块稻田的那边轰响。他也没有听出这响声之中有什么异样的情状。他只是专注地看着这些飞飞停停的寻食的黑鸦，并且着迷。

“很好！”谁也不知他在想些什么。

他也不知道黑鸦的出现在这里究竟意味着什么，他就说很好。他踱到沟的截面，视线与大沟进一步重合，一览无余的大沟全在他的视线之下，这时，他大吃一惊，这光光溜溜的沟底竟然一个人影也没有。一条空沟。更使他惊骇的是原来向上飞的并不是什么黑鸦，而是一些泥巴。问题是沟底无人，泥巴怎么可以在无人料理的情况下飞？而且化作乌鸦的样子飞呢？他想，这一望无涯的湖田，他竟然望不见一个人影。“砰——”他听见了枪响，不一会儿，又是一枪。像是从瓦河湾那边传来。枪声他是熟悉的，在部队他常听到枪声，民兵打靶他也常听到。但民兵打靶不是在这一天，也不是在晚上，这枪声有点沉闷、暗哑，像是受潮的样子，不注意听不出。枪声为什么在这时传来，偏偏被我听到？莫非湖田里散尽的这些人与枪声有关，他们被吸引到那边去了？

——偌大的一片湖田一个人影也没有。

——那是什么？是茅匠？他怎么在这里，而未到瓦河那边去呢？

的确，帑看见的是茅匠，他披着蓑衣，一人在那里干活。在距他两块稻田的地方，茅匠的表情隐在破草帽的阴影里，看不清。红眼牯扛着轭头拖着耖撞着泥巴与水向前滚动，在这宁静的傍晚显得格外地嘹亮。那奔腾激越的泥浪常常越过一道又一道的田埂，带着呼啸，泛着泥水的浊腥，泛着浪渣、污腻及白沫黑沫，一直滚到帑的脚边，溅得帑满身满脸。

泥浪一次又一次滚过来，一次又一次溅到他身上。

“疯了，疯了！这鬼茅匠！”他感到这泥水里有茅匠的意味和态度。

他不得不拭去脸上的泥水。他没有看见茅匠。他又使劲地擦了擦眼睛，仍然没有看见茅匠。他发现茅匠根本就不在那里。哪里有什么破草帽，蓑衣？什么也没有。这里只有一条牛，一条无人役使的牛拖着一把耖独自在这块水田里游弋……泥浪又涨了起来，并且飞快地扑过两道田埂，一直涌到他脚边，速度惊人，使他来不及反应就溅得他满头满脸。他立刻后退一步，并再次拭去脸上的泥水。这时，他感到泥浪传响的那块湖田里燃起了两盏小红灯，是蒙上红绸的那种小红灯，红红的像燃烧的木炭。在能见度越来越低的傍晚，在这四野茫茫一片的湖田里遭遇这两盏小红灯让他感到晦气——他虽身为民兵排长，可是此刻却不曾带上那铁家伙，要不，日他娘的，敲了这两盏灯！狗日的红眼牯——青牛精！老子知道你今天独自等在田里的意思是什么，帑心里骂道。

说时迟，那时快！

帑看见红灯突然地闪耀，这一次泥浪开始腾飞，那红灯一圈圈地从内到外闪着一种放射性极强的光。公路上的青棕、草叶及草叶下的青蛙虫们都清晰可辨。一切天籁都静寂。这种奇强的光足足闪了三秒钟，骤然熄灭，周围漆黑一片。黑暗中，那预期的泥浪带着巨大的喧嚣和狂暴，飞卷而来，早已将棉条腿似的帑扑了个仰面朝天。红眼牯在泥浪的后面出现，两眼直直的，逼视着帑。在它的周遭萦绕着一团浓重的黑气，黑气中裹着一把锋利的铁齿耖。帑扶着一棵棕榈爬了起来。一个清醒的意识就是逃，必须马上躲过这尊黑煞……到哪里去躲，他略一沉思，想到了公路那边的大沟，可以到沟里去藏身……穿过公路他连跌三跤，最后寒蝉般地藏在沟边的一丛蒿草里。他刚一蹲下，红眼牯气势汹汹地冲上了公路，左冲右突，撞断了许多棕树，直逼沟边的蒿草丛，突然一团黑气罩住了他，并袭而来的是一股浓浊的牛尿腥臊，一只蹄子就陷入他的前胸，另一只蹄子陷入他的阴囊。铁耖划破了他的下巴、嘴脸、肚皮及大腿。一切知觉都陷入盲区……

他的两个睾丸飞了，一个滑入水沟，另一个在公路上飞快地滚动……

禾的确离开了这口金色的小池塘，他沿着一条生满苜蓿的田埂走上了公路。在公路上，他看见两排青棕。穿过公路，他靠在一棵棕榈上。他静静地看着沟里的清水。穿过公路，他大汗淋漓。而刚刚西沉的太阳又重新回到了天上。那太阳笔直地照着，不像春阳。对面的树林有知了一个劲地叫。他静静地立在棕榈边。眼睛直直地望着沟里的清水，沟里没有什么可望的，偶尔有一条鲦鱼浮在水面上，划过一个涟漪……他感到口特别渴，一只预期的木瓢浮在水面上。这兀自生出的木瓢是从对面的岸边荡过来。是谁的木瓢，这么巧？可是对面没有人，只有一块用作捣衣、淘洗用的青石桥板。青石光亮亮的什么也没有。瓢里墩着一杯凉茶。禾很兴奋，就沿坡一步一步地走下去。可是沟底早已蹲着一个人，隔着茂密的蒿草只能看见他的一颗头，头上有一块光溜溜的疤，疤上一根毛也没有。再看看对面的青石桥板上，兀自立着一个人。这是一个女人，是一个丰盈的女人。她笑了一下，但笑得勉强，脸红红的，像饮过几杯红葡萄酒的样子。禾转身就走。这是自己的母亲。沟对岸就是自己的家，一共散居着三四户人家。沟这边干活的人们渴了总是来讨茶喝，他们也懒得去绕那个砖桥，渴了他们就对着沟那边一声喊，听得木门“吱嘎”一响，就有一杯凉茶从对岸飘过来。来得最勤的要数帑，他的口最渴，渴了就来讨茶喝，喝了就向母亲笑……

“这个畜生!”禾说。

禾急忙绕过砖桥向对面的小树林奔去。可是，等他赶到对面，这里哪有什么人家、小树林，这里只有一片绿油油的蚕豆地，沟边确有一块青石桥板，可桥上一个人影也没有，唯有一沟水仿佛刚刚划动过的样子，荡起一层层涟漪。桥影弯弯曲曲，像水蛇一样向对岸游去。对岸那个头上有疤的人喝完了茶，还端着一个空杯，静静地守候在那里，眼睛直直地望着水面，他在想什么呢……禾的弹弓叫了一下，接着又叫了一下。禾听从弹弓的召唤，一声不响地取出那把桑木弹弓压上石子，对准那个黑头连发两枚石子。黑头听到弹弓的声音，就一声不哼地栽到水里，黑头栽进水里就消失不见。不曾生出一丝波纹，一声水响，仿佛只是揭开了水皮，然后钻了进去，水皮就合上了。

警笛响了。

警笛好像啸叫了很久，但禾没有注意，他似乎一直耽于某种心事，忽视了警笛的鸣叫。或许他早已听见，但不知道警笛是鸣给他听的。他其实在琢磨着这样一个问题：方才我这弹弓究竟压上石子没有？我的衣袋里早已没有了石子（瓦河湾那里多的是石子，他好久没有到瓦河去拾石子了）。怎么我只拉了两下空弹弓，那个黑头就栽进水里去了呢？

“快把那小子捉住!”一个满口金牙的人在对面喊。

“接我的车子来了!”禾自言自语地说。

这时，两个穿黄制服的警察早已飞奔过来，架住了他的双臂。他迷迷瞪瞪地说:“你们终于来了!”

“来了就好!”禾又说。

说罢，禾就自己上了警车。

这是四月一个早晨，天气很好。茅匠蹲在瓦河一户人家的屋顶上。房顶的一面正苫了一半，茅匠就号啕大哭。主人惊慌地跑出来问发生什么事了。茅匠并不答话，只是一味地哭，越哭越伤心。主人非常为难并认为在房顶痛哭兆头不好而面带愠色。这时，远处的堤上有一个红点在奔，速度很快，红点越来越大，不一会便下了堤坡，直奔茅匠苫屋的这户人家而来。是婕。这孩子蓬头垢面，这几天也不知她到哪里去了。她告诉茅匠，哥被枪打了，肠子也流了出来。

茅匠二话不说，直接从屋上溜了下来，一直向前跑，跑着跑着与一个人撞了个满怀。来的不是别人，正是禾，禾比比画画地对茅匠说着什么。初见禾，茅匠很高兴，脸上显出了向耳后扩展的回纹。接着，回纹绷了回去，就成了挂在脸上的两道竖皱。他就跟着禾上了牛车道，一直到达砖桥，向左拐，步行四百来米。左前方出现了一小片树林。他们由疾步变为小心谨慎的款步，猫腰，龟头且左躲右闪，一会儿，到了一片矮小的灌木丛前，看见这里的树叶特别厚，且遭蹂躏，一片狼藉的样子。

“人呢？”

“不知道。”

他们又一个左转弯上了林间小路，走了不到五十步，茅匠的头被一只脚踢了一下。他抬头一看，一只女人的脚。老婆挂在屋后的一棵桑树上。

茅匠一言不发。

茅匠推开木门，走进屋里，取出一把斧头，只一斧子，砍断了绳子，老婆掉下来。茅匠放下斧头，转身去抱老婆，可是他看见的已是一座孤坟，坟头已是草色青青。景物也如同流水，在眼前哗哗哗地淌过。——原来这里是旧屋场，周遭是一片绿油油的蚕豆地。时过境迁，父子的话题也随之发生了变化。

“伐了它！”

“对，伐了它！——我要用它做一把弹弓。”

“上面的桑葚？……”

“我不吃桑葚，我要弓！”

茅匠就伐了这棵桑树……禾果然用它做了一把弹弓，他一直别在腰际。这把桑木弹弓像一只饥饿的鸽子，常常在他的腰际咕咕咕咕咕地叫着。

很久以来，茅匠的内心就长着一口棺木，白色的。最初，他只是忧郁，无缘无故地忧郁，他不知道忧郁来自何处。时间一长，他感到了它的存在，它的缓慢生长及它的分量。白棺一般不浮现，所以茅匠不曾看见它。

最近，这口白棺活动得厉害，几乎无处不见它的影子。它有时在瓦河上出现，有时隐在蚕豆地中央的那间人字形的屎池里，有时出现在旧屋场，有时在西边的湖田地带。

——每次都是这样，人刚一躺下，白棺就出现了。最初，茅匠并不认为是它的出现。他只是无端地觉得窗纸泛白，仿佛天亮了，人们都下地了，白日那种不同于夜的特殊的响动刺激着他的兴奋灶。他披上蓑衣，戴上斗笠，拿了鞭杆就去牛栏里牵红眼牯，他并不知道自己正在做梦，他见世界白白的，一个人影也没有，千亩蚕豆地静悄悄的，他也不问为什么只是一味地白（一种不同于白日里的白），他就一拍脑袋说："又起迟了，要打工了！"他赶着红眼牯，顺着一条白路到了西边的湖田。可是一个人也没有。湖田里只有一群黑鸦在乳白色的世界飞上飞下。

白棺这时出现了。

白棺停在湖田中央，那里就是白马湖所在。白棺似乎专意地等着茅匠，它由六个人抬着，这六人现在若无其事地在龙杠上休息。他们的头有的歪在这边，有的歪在那边，有的闲适地看着别处。而白棺的盖头望着茅匠这边。茅匠最初也不知道，白棺是冲自己来的，是自己的白棺。

"谁家死人了，棺也不漆，真可怜！"他说。

"起早了，一个人也没有。"他自言自语地说。

的确，在这片湖田地带，孤寂寂的一个人影也没有，只有一群终夜不归的黑鸦忽上忽下地飞，那坐在龙杠上休息的人算人吗？因为茅匠对他们底细不清楚。至少不是本村的人，是某种意义上的生人，生人是容易化入物的世界中去的。所以茅匠感到陌生、遥远、恐惧。虽说劳动的场地是熟悉的，可是现在被一种来源不明的乳白色所笼罩，这种不同于日色，也不同于月色的颜色改变了熟悉的世界，他一下子难以融汇，而且被剥离出来。熟悉的同事消失得无影无踪。可怖的乳白色君临一切。就是在这种境况下，他与白棺遭遇并对峙。

"晦气！"他说。

白棺对他的追随、跟踪是在他弃耕归家的途中。他把手上的鞭子一扬，要赶牛回家。可是他已经没有牛可赶了，那条红眼牯不知何时挣脱了缰绳，跑了。他的左手捏着的只有一条空缰绳。他并不认为奇怪，反而认为事实本来就这样。不仅没有牛，后来连斗笠、蓑衣、鞭子一概没有。一切好像本来就是这样。他的精神已被白棺摄住。他走棺走，他停棺停，距离既不远，也不近。抬棺的人是看不清的，无论怎么看，也看不清。这是梦境的特色。但他否认这个梦。最后，茅匠到家了。白棺也停在它该停的地方。茅匠一转身，推门进屋，闭门，白棺就消失了。而他刚一上床，白棺就明晃晃地停在了房子中央。他就吓住了，两个孩子不在家，屋子里静静的。只有一身冷汗。

……后来，他经常做梦，每梦如此。

任何事物的出现都不可能是无缘无故的，但它们出现的形式往往拒绝别人的任何推测。白棺的出现不可能是无本之物，它最初君临，禾刚呱呱坠地，白棺控住了禾投向世界的第一缕柔嫩的目光，一种比伤口更有力的伤痛攫住了他的啼哭。白棺在禾降生的一刻出现，使他蒙受了挥之不去的忧郁之气。小小年纪的禾便彻悟到人之结局的必然。所以，当这一天的到来，当他必然要面对黑洞洞的枪口时，枪口并没有吸走他的胆气。

警车迟早是要来的。白棺成为他的期待。这些都是命中的必然。他与它们必然在一条路上邂逅。然后把他劫到一个神秘的去处。

瓦河是他的第一站。

这一天，瓦河湾聚满了很多人。瓦河是一条季令河。冬涸夏汛。它的汛期一般在五月。现在瓦河是枯水的季节。汛水来时，要涨到岸边的小树林。现在河水已经退到了湾对岸的边上，只是浅浅的一条青线。这边是光光溜溜的一片石子滩，在石子滩上有很多禾熟悉的石子。现在石子滩、小树林、堤坡上聚满了黑压压的人群。堤上来了很多兵车，一律用黄色帆布密封着。兵车上和附近一个防汛棚的屋顶架着两挺机关枪，连着机关枪的是一皮条子弹，那子弹足有蟥虫那么长。禾听见过子弹的啸叫，那声音并不比爆竹响。今天行刑他微感欣慰，他觉得自己从来没有如此风光，那么多人来为他送行——只有婕的面色难堪。现在两个士兵推搡着他，他感到自己已经很轻。

“你为什么要杀帑？”法官问他。

“因为我的桑木弹弓一直在我身上叫着，我不能辜负它！”禾说。

终于走出了小树林，下边是一个生满青草的缓坡，在缓坡的中段有一堆揭开草皮的新土，他被推到新土堆前的“凹”形处，在这里他望见了亲切的石子。它们现在被黑压压的人群踩在脚下。石子似乎永远是石子，只配被永远踩在脚下，被踩着的石子自己是不会跳起来的，它们也许需要愤怒和神秘的契机。

枪声快要响了。

禾不成功地回顾了一下，他还要看什么呢？

桑树砍了。弹弓没了。父亲倒在床上。

婕呢？

婕来了。

婕出其不意地筛了一杯酒。

“哥哥……好哥哥，我敬你一杯酒——你把它喝了上路吧！”

禾喝了酒。泪水流了出来，滴进酒杯，他又把泪水喝了。禾说，谢谢你！禾又说，你不是要蚌铲吗？我给你准备了一只非常非常漂亮的蚌铲——在你见过的小池塘。

“我去过，没看见。”

“你再去看看吧……”

枪响了。第一枪响后肚子温热，禾感到有一根粗绳在腰际晃动。禾一看是肠子，他感到很难堪，就用手把肠子收了上去。他想，应该还有一枪……果然他很快等到了一枪。

他满意了。

婕在堤上慢腾腾地走。她应该到一片坟地去，那里不像是旧屋场，也不像是堤外的小树林。此刻日出晚归的鸡屎，也已经乖乖地滚进了草丛，父亲现在也许正躺在床上，白棺不知是否还纠缠着他。

堤下一片清明，但也没有十分的光线。靠近晚上，却又见到景物。太阳是没有，世界是阴凉凉的。植物在这种阴空间里生存着，上下左右四方都好像潜伏着暝色，人仿佛行走在一个透明的玻璃器皿里，器皿中原来盛满了纯净的清水，可是，这器皿中的清水早被人在不知不觉中滴入了墨水，并且墨水一经滴入便飞速弥漫，而这种神性的弥漫是不可知的。不可知，但可感（人的感觉具有某种渗透性）。玄黑是它的主调。

光，是一定的。但是一种不明光源的光。婕说，她最怕的就是这种时候，这种调子。

坟场终于到了。但最初并不是坟。最初见到的是稀松的几棵美丽的植物。红皮，却无名。它光光溜溜的高达十几丈，像那种红甘蔗，长得却像南方的椰树。并且好像有人在耳畔说这是一种新型的糖类植物。好奇心驱使，婕决定下去看一看。那植物，其实很轻，很空也很嫩，指甲也能抠动。她用指甲 轻轻地一抠，那皮就一层层裂开，一层层裂开并不见糖汁流出来，像芭蕉的直茎。她刚伸手去扶，那植物却歪扭、耷拉、萎谢。最初的那种高扬、挺拔之势不见了。婕由于毫无准备，在扶手之际，便顺着植物倒下。倒下之后的婕发现自己的身下还倒着一个人。她看了看，是哥哥——禾。哥躺在一个坟堆上。这里是一片乱葬岗。婕看见哥哥身上有一个洞，这个洞从后背到胸口圆溜溜的，一滴血也没有。婕说，你怎么在这里？禾说，你不知道。我早就迁到这里，你看这是我的屋。婕说，这里哪有什么屋，明明是一座坟。婕开始流泪，无声地流泪，禾说，你不要难过了，蚌铲破了，你到小池塘去吧！在那里有一只美丽的蚌铲！婕说，你当初不该……。禾说。你甭提这个事了，这不是我的错，这是帑们的错，是我周围的那些人的错，是他们让我变坏，是他们迫使我杀人。禾又说，你想想在我们这个家庭，我不杀人谁杀人？我不愤怒谁愤怒？我愿意做出这个牺牲。我已不可能成为一个好人，人们都是这么说，所以我只可能是一个坏人，但我祝愿你成为一个好人……

究竟婕后来去没去那口小池塘我们无法知道，但有一辆赭褐色的小车在砖桥上湿漉漉地闪了一下，便上了通往省城去的国道。黄昏的雾气上来了，一切都蒙在雾中，什么也看不见。

1997.8－2009.11.5

黑鸟为什么盘桓

大门右扇铁环处出现一只手。接着门向里呈弧线转动。接着是一声响碰着了里墙。左扇门仍幽闭不动，光亮先是一道白线，随着门扇转动。白线渐渐粗壮，扩展成一个雪白的长方框。白线的周遭很黑。是一眼望不见底的黑色实体。黑体里的夜仿佛已更深。没有鸡鸣，没有狗叫，没有任何声音。白框被黑色镶着。白框里只有无名的小昆虫沿着静止不变的轨迹绕。像没绕。白框空旷辽阔。竹床放置在白框一端的稻场上。竹床上盖着一块与竹床等长的白布。此刻，在雪白的光照下很刺人眼。竹床边上伏着一个熟睡的妇人。空气中洋溢着刺鼻的异香。空气很潮湿，可能要下雨。

白框里没有内容。

现在大米在白框里走。大米一言不发。大米径直走向竹床，掀开白布盖住自己的脸和全身。直挺挺的一动不动。竹床下汪着一摊水。仔细看是一摊血。一个妇人伏在大米一旁仿佛已熟睡。可是隔一会儿肩膀抽搐一下。显然哭了很久，已哭累。竹床四周围着一圈人。硬硬地立着，像篱笆，面孔模糊不清。

突然光亮一暗。门口是一个妇人的剪影。妇人后面是一个小男孩。一高一矮地向前移步。小男孩的手指指戳戳，像是发生了什么。

哈哈哈哈，大米突然把白床单一掀说，我没有死呢！

哈哈哈哈，哥哥，你的嘴成了乌黑色。手指着倒映在水中满嘴桑葚汁水的大米。

大米忽然像一只成熟的果子，垂直地落。背后是逆向而动的桑条。桑条上挑着一件红衣，此时，太阳从西边扫过对面的一排房子的屋脊，照到这棵桑树上，一直照到正在迅速下坠迅速接近水塘表面的大米身上。这时桑枝间下起了大雨，水塘表面绽放起一朵一朵的白花。透过雨帘，可以目及对岸一排排青砖到顶的屋宇及屋宇下黝黑的门洞。

一连下了几天的大雨。世界水淋淋的，各处吧嗒滴着雨水。红衣依然新鲜地挂在大杨树的枝条上，很醒目。树下有一双布鞋。鞋子不大，不像是成人的，倒像是一个十二三岁的孩子的。这双鞋就放在离杨树不到半迟远的地方。左边一只鞋脚尖指向这棵杨树，或者说指向离杨树十米远的一间平房。现在这间房子的门紧闭着。沿着另一只鞋尖指的方向走过去，五步之遥是一堆新土，土堆上扣着一只篼箕。再往前是一口很大很大的水塘。水塘岸边上坐着小米。此刻水塘幽暗、静谧，深不可测。水塘那边是一排新砌的青砖瓦屋，门紧闭着。此刻人们也许都在家里睡觉吧，也许干着别的什么，谁还在这雨天里到处乱跑呢？

林子里有一条人踩出的小径一直向东，蜿蜒而去往左拐便走上了一条大路。此刻大路上正走着戴珐琅眼镜的方老师。方老师肚里此刻装着羊肉，腿杆迈着国步。方老师刚走到小径边，站了一会儿。林子里有树枝响了一下，接着传来了重物砸地的沉闷声。方老师头一低便朝林子纵深处走去。

方老师在路边站了站，掏出一条黄鳝。大米说。

一双黑皮鞋急迫地向前。右鞋鞋尖踢起来时总要往左瞭望，不得已落下，落到左鞋后面，然后又赶到前面瞭望。终于两只黑皮鞋安安稳稳地平放在小径抵达林子的地方。右鞋稍稍拉开一点距离。两只黑皮鞋埋伏在路边的青草丛里。前方不远处落下一道弧形水线。水线迹灭。两只黑皮鞋向傍晚的林子纵深处游去。

在哪里呢？方老师想。

在这里呢。小米喊了一声。

已经摔死。小米的小巴掌里摊着一只肉头肉脑的小鸟。像一只鼠儿。花花绿绿的肠子裸露着。巴掌上有一点殷红的血。小米的脚前一步之遥是一个黑褐色的鸟巢。鸟巢精编细织的构架已摔走样。鸟巢成了一团黑色混沌物置于地上，很像一团惊魂，又像是狂风颠覆的一个梦。暗淡的林子里响着三只黄喙小鸟从覆巢里发出的幽远透亮的鸣叫。大米注视白杨树巅。他眼睛像幽黑、静谧的两汪潭水。突然潭水映现鸟影。鸟绕着树忽上忽下盘桓地飞。小米就看见有两滴水盈了出来，亮晶晶的向下爬，映着一抹夕光。大米的脸光洁、漂亮。

玩得好好的，他的眼睛为什么要流出两滴水呢？小米想。

一个发髻垮垮的妇人忽地走上小径，急急地消失在幽黑、静谧的林丛里。

小米忽然神色慌张，丢下手里的什么，撒腿朝小径急走。背后是黑魆魆的林子。林子里横亘着一个十二三岁的孩子变调的叫声。叫声像亮星从夏季的夜空里划过，然后是毛骨悚然的静寂。

凤伯妈，妈妈叫我把您的钵子秤借一下。一个十二三岁的孩子立在厨房屋的门框上，用一种变调的嗓音说。孩子背后是一条公路，此刻已断了人迹。天色昏沉下来。空间依稀翱翔着一些黑色的鸟。也许不是鸟，是一些黑蝙蝠。翅膀努力地扇动空气，发出呼啦呼啦。地面上满布着暗点子。

厨房门框镶嵌着一个儿童的剪影。

孩子的眼睛“拍摄”着厨房。画面懒懒地流动着紫色烟霭。灶台上空吊着一盏灯。灯苗子忽大忽小昏昏欲睡。锅里竹刷子迅速地往畚箕里刷着白色的颗粒。一只手忽然扬上在头部发根处擦了一下。头部整个处在烟霭里。然后是畚箕碰着刷子沥砂，碰着碰着停下来。然后是妇人向里屋走去并逐渐消失于暗角的背影。于是空气中弥漫着一股焦煳味。什么东西烧煳了。剪影闪到灶口，对坐在那里的小米耳语一会，又闪回原处，一动不动。

现在是凤妈拿着钵子秤急忙走出的身影，只走了一半忽然停下。

你个会死的，我就是生出三只手怕也忙不赢，你还有闲耍我。你个会死的！凤妈说。

妈妈，大米他……他死了，小米说。

凤妈一听，脸色苍白。

我没有死呢！大米掀开白被单的一角，露出一张得意的脸。

平房后门打开着，门里的内容看不见。后门生满苍苔的石阶上立着一个瘦个子男人。朝阳从两棵树间正好照着此人的侧面。所以此人的脸和身子一半处阳，一半处阴；一半阳光灿烂，一半阴气森森。他此刻一只手指着离平房十米开外的白杨，一只手捏着一把柴刀。他比画着。

大米立在他面前。

大米看了看他处阴处阳的脸和身子一眼，又看一眼高大的白杨树。于是大米就径直朝白杨走去。大米背后平房前的石阶上是那个瘦个子男人。此刻他整个身体已处于平房的阴影里。他嘴角的直纹向外屈了一点又拉直了。接着是他转身向里走去的背影。后门含含糊糊地掩了一多半。还有一道黝黑的门缝不知情状。

白杨树下是一双褪下的布鞋。布鞋的小趾处各有一个圆圆的黑洞。布鞋可能是刚刚褪下。空气中有汗的余臭飘散。左边的这只布鞋鞋尖指向杨树，或者说指向十米开外的房，现在平房紧闭着。沿着另一只走过去，五步之遥是一堆新土。这堆土许是附近农民备做营养钵的土，可是时令到了秋天，棉花也业已扯梗，谁还备营养钵土呢？显然不是，那是什么呢？不得而知。可是土堆上倒扣一只用旧的废箢箕。再往前是一口很大很大的水塘，此刻水塘幽暗、静谧、深不可测。水塘岸边是一个早早地坐在那里的小孩的背影。他痴迷地望着对岸。对岸有一排新砌的青砖瓦房。可惜不见半个人影，房主人不知上哪里去了，门一律紧闭着。

白杨树上贴着呈上升动作的大米。然后是站在第二根枝丫上砍第五根枝丫的大米。然后是砍第十三根枝丫的大米。动刀时，他身子僵直，呆立不动。砍断时响声轰动了整个树林。大米的身体被一种说不清的超然的外力弹起。然后是弃刀垂直、倒立、降落的大米。然后是腾起的黑色鸟群。鸟群的中心预示已发生的事件，它们袅绕着树巅——不，好像是一件红色的儿童上衣，忽上忽下地飞。一会儿发出呼啦呼啦，不像是鸟，倒好像是一些黄昏时分的蝙蝠。天突然就黑下来，地面就出现无数暗点子，人的面目模糊不清。

现在水塘边依然一动不动地坐着小米。小米的轮廓不甚清晰。小米忽然站起来，像想起什么，神情慌张地在小径上急走。背后是黝黑的丛林。丛林里横看一个十二三岁的孩子变调叫声，像鱼刺般横于夏夜的喉咙。然后是毛骨悚然的静寂。

一个发髻垮垮的妇女拐进小径。急急地消失。

什么时候，小米已坐在了水塘岸边。他的头微微前倾。他的眼和脸都看不见。我们只能看见他的后背。小米的面前是广阔的水面，血红的夕阳正好从对岸的一排青砖瓦房的屋脊平平地铺过来。对岸的门洞幽黑、深邃。小米后背一动不动。可能是被水里的鱼儿所吸引，也许是看夕阳及夕阳下的门洞。也许什么也不是，单单这样坐着，夕阳那样照着很好玩的，可说是一种无意识的享受。他身边是一棵桑树。桑树根部放着一双儿童的布鞋，布面的小趾处各有一个圆圆的小黑洞。桑树生长在水边。桑树的每一根枝条上都挂满了多汁的桑葚。桑树像产妇，安卧于水面之上。桑树偶尔颤动一下。好像有什么重物压住桑树。桑树感到一种额外的负担。这是偷吃桑葚的大米。此刻大米一只手捋到一根桑条的一半，另一只手张开衣袋。

现在，小米左腿弓步向前，右脚跟跷起呈蹬状。头发向后飞张。一颗汗在耳垂下的空中晶亮。此刻大米已在水面与桑树之间的空中，脚尖离水面一尺左右，左脚提起蹬向左外侧的空间，左右手并张于头顶，两手呈抓捏状，或说两手抓住空气，头发垂直，衣服卷着头脸。从四肢的摆布来看，大米像从水底腾起的武林高手，但从衣服与头发的情状来看，整个身体呈下降趋势，又好像空降的天兵天将。而此刻对岸立着一个人。这人手里举着一支枪。他的五官和表情模糊不清。夕照下是这个人举着一支枪的黑色剪影。举枪射击的剪影被夕照放大、拉长。枪影从广阔的水面一点一点地爬过来，黑幽幽的枪口恰好指着飞速坠落中的大米，或者说枪口埋伏在水面上安详地等待很快就要触及水面的大米，随着时间的推进，枪影的移动、延伸，黑幽幽的枪口又指向了拐进小径急急消失的小米的背影。

水面之上的空中，疏疏地撒着十来粒很大的黑芝麻。黑芝麻仿佛缘起于水塘。此刻黑芝麻的具体位置很难确定，它们不断地交替着黑点，而且黑点不断地消小，难为准星框定。但枪很顽固，不肯改变。看来一声巨响已是预期之中的事。

一切情状表明水塘表面及上空发生了什么。

水塘的东岸是村里划定的最大的一片林区。丛林成天弥漫着白色的雾障。丛林看不透。丛林难以琢磨。只有走近了才看见丛林里有血脉般的小径。且丛林里蛰伏着生满苍苔的平顶屋。而门紧闭着，不知门内情状。门偶尔也拉开一条窄缝，但很快便合拢了。离平屋十米开外是一棵很大的白杨。白杨树上醒目地挂着一件红上衣。树下放着一双孩子的布鞋。孩子早从空布鞋中走出。布鞋结满补丁。小趾处各有一个小圆洞。其中一只布鞋里有一队浩荡的蚁兵，黑黑的像一长条布带子，从小圆孔里伸出。一直伸到十米之遥的平房后门处。另一只布鞋上雄赳赳地蹲着一只身份不明的青蛙。青蛙“咕”地叫一声，跳到不远处的一座小小的新坟上，蹲着，眼睛鼓鼓的，放着亮。坟是用一只破旧的篼箕倒扣着的。坟边有打碎的碗渣和一些米饭。一块孤独的肉袅绕着游丝般的白气，白气化入头顶的虚空。白气说明有人刚刚来过，且又走开。水塘对岸那个面孔模糊的男人还端着枪，枪的阴影从水面一点一点地爬过来。离水而去的远空散布着十来粒黑芝麻。黑芝麻摇着翅膀移近稻场上空，化作一群黑褐色的鸟；也许不是鸟，是一些黄昏的蝙蝠。它们发出呼啦呼啦的声响，像一面湿旗迎风摆动。很远都能听到。此刻地面上满布着暗点子。稻场一角，大米同小米耳语着什么，样子很神秘。

一会儿，大米一言不发，径直走向竹床，掀开白布盖住自己的脸和全身。直挺挺的，一动不动。竹床下汪着一摊水，仔细看是一摊血。一个妇人伏在大米身边，仿佛已睡熟。可是，隔一会儿肩膀抽搐一下，显然哭了很久，已经哭累。

竹床近处是一棵柚树。茂密的枝叶撑在竹床之上是一团混沌不清的黑色实体。天空包围得严严实实、密不透风。可能要下雨。竹床四周，人围了一道篱笆。篱笆严严实实，密不透风。皮相很模糊。潮湿的空气中弥漫着一种刺鼻的逸得很远的异香。异香源自何处？也许来自这棵柚树，来自竹床，也许来自更远的地方，不得而知。空中有声音飞翔，不见其形体，不像是鸟，不像蝙蝠，倒像是一些苍蝇。

门扇突然转动，稻场上就出现一道细长的白线。黑色整体滑动，白线就逐渐粗壮、定格成长方形框。长方形框四周是深不见底的夜的无限实体。竹床就放置在长方框的一端，银白的光放映在白布上。光白得让人感到寒冷，似乎有隐隐的雪花在深不见底的空间里飘飞。稻场上的人明显地多了，似乎挤满了整个场地……不过，也许没有人，因为听不见有人的声音。能听见的只有长方框内几只不著名的小昆虫在飞。飞得很轻很轻，飞得像一只停在空中的小安魂曲。

长方形的白色，空旷，辽阔。

突然，白框内出现一个黑体女人。“黑”顿时成了女人此刻所有的内容，成了女人的一切。女人的“黑”看不透，而且漫无际涯，伸张、侵吞。女人成为黑事物本身。好一会才有泾渭。一会儿，白布上放映着一个妇人头部的阴影。阴影在白布的凸凹处水蛇般游移，消逝在框外，成为黑色实体的一部分。一会儿，白布上又放映着一个无头妇人的双肩。双肩软软地游动，消逝。又过了一会儿，白布上放映着一个妇人残剩的局部——臀和一双手。身体的头部、上身及手臂均被切断。局部扁平，幽幽地游动。继而白布上放映着妇人的一双腿。腿像黑纱或轻烟，轻轻地在白白布上飘游。忽然白布掉下一颗妇人的头，接着是双肩、上身及手臂，码在竹床下，成一个黑堆。霎时黑堆迸射撕肝裂肺的哭声。哭声尖厥、钻心。

妇人背后立着一块黑碑。哦，不，不是碑，那是她的儿子小米。

忽然，白床单掀动，露出大米的一张生动的脸。大米跪着，双手抱拳，一拜一拜，阿弥陀佛。空气中洋溢着大米的狂笑。

你个会死的你个会死的，我忙都忙不赢，你们还有闲耍我。凤妈说。

小米立在凤妈后，只是吃吃笑。

1990.3.15 晨—2014.4.16 更动

第六种昏暗

握手时，民间音乐家小聿若有所思地望了望黑水河。握手后他义无反顾地往回走。在黑水河上小聿看见了唐代的悬索桥。小聿还看见女巫式的老妇。老妇提着收费的黑包，其实桥上一个人影也没有，无钱可收。浮桥板铺在悬索上，悬索固定在两岸。浮板一块也没有冲走，稳稳地铺在悬索上，浮桥上一个人影也没有，没有一个人被冲到黑水河里。悬索桥反映在水里，很美丽。这里没有悲音。老妇坐着一动不动。黑水河流动像没有流动。一切都静止不动，一切事都没有发生。偶尔有一群鸟雀飞过，一会儿便消失不见。小聿的脸色好像很难看。往回走他打了一个寒噤。有少许的可能的药丸和针剂在不可测定的距离里集结。小聿从来不认识注射器，他只认识乐器。中药是他生活近处的空间层面中的草木虫鱼经过漫长过程演化而来的一种物质。小聿好像看见草动荡。不过，中药不在这里，它们的性质很温和，而西药似乎是一种猛的东西。豸不是中药，他也不在这里。那么隐在草丛里的是谁呢？——不得而知。小聿想要出恭，他先前模模糊糊感到的那个寒噤可能是出恭带来的。小聿摸索着向茅厕走去。他看见来历不明的血光，他走在一种不祥的血光里。走出茅厕，小聿仿佛有了前世今生，仿佛历尽沧桑。……他刚走进茅厕铃声就响了。他走出茅厕铃声依然在回荡。铃声追踪、监视并缠绕着他。小聿知道司铃的是舐。记得舐的左眼眼影里蒙照一丛黑毛。小聿不大认识这种黑毛。舐很容易地就与豸打成一片，她喜欢与豸在校园的菜地上打滚。因此学校的蔬菜经常很紧张。豸说玩儿玩儿不要紧。从茅厕出来，聿感到腹部空了，很空旷。空得冤枉。他开始痛惜大便，并对之有了一点流连。他非常饥饿，可是铃声当当当地响了。他便坚定不移地向教室里走去。还没上楼，汗水已浸透了衣衫。他发现自己越来越虚、越来越缥缈，轻飘飘有如一张可以飞动的纸片。但他还是最后扫视了一下操场，他恍惚中发现操场那边的草坪上有两个失落的学生。他们很眼熟很遥远地坐在那片草坪上。他们沉迷地撕着一种名曰“回头青”的草。他们听见铃声仿佛没有听见一样。一二声或N声的响铃很难将他们从一种深沉中叫醒。虽然他们彳亍在草坪上，但小聿看出他们的距离和年代都很遥远。再者，叫喊一声是要消耗食粮的，此时小聿的胃里已没有了一种叫“粮食”的东西。早晨的南瓜饭已变化成了另外一种物质。所以小聿只是十分乏力地看了他们一眼。

“喊不应了！”小聿低语。

“喊不应了。”小聿自言自语。脸上仿佛溅起遥远的涟漪。

一连八节课下来伙房才摇摇晃晃地浮现出来。

伙房是用1972年间的一堆青砖码成的。那时小聿尚未有赴“芷”求学。“芷”是少年小聿的一个遥远的梦。有点像春秋时期晋国的伯牙向往的东海蓬莱。芷是一个可以不断地产生乐音而且产生大音乐家的地方。在幅员辽阔的版图上，小聿似乎望见了有如乐谱芋螺一样漂浮在海上的明亮的“芷”。那时小聿 其实已脱离了艮地的这所小学——艮小，到艮地的一所中学去读书。伙房码成之后白胖的伙夫厄主庖并稳稳地屹立在伙房中央，已是发生在小聿身后的另一时段的另一种现象。一直等到二十世纪八十年代中小聿因故到母校执教，厄也似乎一直没有变换姿势地立在那里。一盘永远的榨菜条和一盘永远的南瓜，永远等待着负笈归来的学士小聿。

现在伙房开始摇摇晃晃。小聿哆哆嗦嗦向伙房走去。当他走近伙房时他听见里面已有人在说话，厄的声音特别熟悉，另一个人的声音更是耳熟能详。

——吃饭吧？饭早已吃光了。

——你怎么不给留饭呢？

——哪个叫你吃饭都赶不上？

——……

——以后告诉你一个乖，天大的事都放下，吃饭第一重要！

另一个人怎么是自己的声音呢，小聿很纳闷。

小聿开始往回走。他开始爬堤坡。他走在生满青草的大堤上。这时西沉的太阳又回到天上。处于晌午的小聿仿佛远离了饥饿。有一群鸟儿飞过天空，投下一片麻影，然后消失了。小聿叉开双腿立在下午的青草堤上，他考察了周围的地理。他知道铸造编钟、顾曲知音、能歌善舞的楚人很可能就沉睡在眼前的黑水河下的某处地层中某一个年代的棺椁里……这时，突然就听见有幼兽噗嗒噗嗒地泅水的声音从黑水河的河面上传来。从小就善辨五音的小聿感觉声音的形象有如一只小肥猪在不远处舔吃稀粥。小聿也不懂为什么要感觉成“舔吃稀粥”。顺着声音的方向在正午的阳光下，小聿果然看见了黑水河上出现的这只小肥猪。这只小肥猪正机灵地擦着水面飞驰而来，须臾间小肥猪就出现在小聿鼻尖前的视线下。小肥猪顶着壶盖小辫且腰系红红的小肚兜。更令小聿惊奇的是这只黑水河上诞生的小肥猪突然猝不及防地喊出两个令人惊奇的音符——“爸爸”。小聿感到又惊又喜又害怕。“爸爸”的喊声像乐音一样袭击了民乐家小聿的童子的身体，迫使一个沉睡于生命中的二十二年的词语突然复苏、复活。他就觉得应该义务地尽到这个词语定义中的责任。于是，他弯腰提拎小胖，小胖就乖觉地顺着父亲手臂笔直地爬上他的脊梁。小聿感到他越爬越像自己的儿子，直到一双小手像围脖一样袅绕自己的脖子，他的五心便定了四心：是我的儿子，是我的儿子呀！在顶着小胖回家的路上天上忽然掉点。一会儿就大雨滂沱，小聿的路就走得十分艰难……天空整个黑了下来。小胖的梦涎伴着雨水滴进小聿的如梦的乌发。虚弱的小聿汗流浃背。这时有一群去向不明的鸟雀叽叽喳喳地飞过。小聿再次感到饥饿。他无缘无故地恨这群鸟雀，他感到自己的正在集结的隐性的食粮被它们不失时机地啄光。一些莫名的因素使小聿变成了艮地的一个民师。于是，他的音乐学院的安宁的“食粮”开始发生变数，开始移动。

——你既然在艮地采风又热爱艮地，干脆当一名兼职音乐教师吧。我们还可以解决你父母的水利工。

——父母？

——啊！你的父母，忘记了你的泥脚的父母啦？

——工作一段时间，我还要返校。

——当然当然，那是当然！

小聿后来才感到了这是一个套，一个陷阱，一个阴谋。可惜太年轻太天真，也太无知。因为上班不久，豸便从“芷”地调来了他的档案。

初来乍到，小聿就感到艮小不对，地形复杂。七弯八拐地跟着豸走了好长一会儿才抵达了学校所谓的“中心”。一路上小聿 看到学校到处是走不出的“回”字格、“回”字小区。且这种“回”字小区彼此相互掩映、相互遮蔽。

学生们似乎不以为然，他们弥漫其间乐不知蜀。学校“中心”也即最高层是爹的办公室，在这里可以洞察全局。可是小聿自始至终没有找到“回”字的出口。所以，每次回家总要找个向导。向导可以是一名小学生，也可以是一名教师；一天一个人，一天一个面孔。因此向导的面目一直是模糊不清的。向导直到放学一刻，值日教师才拿到爹的纸条，才知道谁是向导。所以只有当向导突然出现在面前，小聿才能看见他（她）的五官。

现在是初到艮小的小聿。小聿爬上了最高的第四楼，他看见了牵着小胖慢腾腾地在远时空中晚归的小聿。两个黑点，一大一小飘忽不定。哦，看见的还有黑水河，刻骨铭心的黑水河。黑水河现在没有暴涨、没有漫溢。浮板稳稳地搁在悬索上，悬索稳稳地固定于两岸。小聿的父亲说，据传这是产生过唐明皇的朝代留下的悬索。不多不少，五根。那个儿时就守在桥头的老妇，现在仍然姿势未变地守住桥头。有关悬索桥的传说及故事使部分艮地的人走出了悬索桥，成了比悬索桥更有名气的民间艺人、民间故事家和民俗学家。部分走出艮地又回到艮地的人几乎都捧出了《艮地建筑风水初探》《黑水河民间传说》《黑水河古代浮桥新考》《生生不息的黑河》《艮地神秘文化浅析》等一本本自己的厚书。所以，迄今仍然处于日常实用中的悬索桥更多地参与艮地人的精神生活。

现在是小聿牵着小胖往回走。艮地的几日游使小聿萌生了慵懒、厌倦的情绪。突如其来的定居打算给小聿浪漫的音乐前程蒙上了灰色的暗影。小聿已是携儿晚归。他走出了学校，走出了难走的“回”字小区。儿子小胖无意中口占一首谜歌。谜面是“铜钱大块布，中间褶无数”。小聿不予理会。小聿往前走没有看见悬索桥。悬索桥悬在半小时之后，所以隔着迷蒙的半小时的时间是看不见的。右边的这条并不黑的黑水河隐隐传来了源源不断的泅水声。他想这泅水的人已上了岸怎么还有人泅水呢？他想这断然不是一般意义上的泅水，这条河也非一般意义上的那种河。

过河是一件匪夷所思的事。他经常处于无币的状态，过着无币的日子。他有时非常想诚恳诚实，可他的手在衣袋里诚实了半天掏了半天，除了布，还是布。布贴布。谁叫他是一个民办教师呢？谁叫他一年只有五百元不到的工资呢？他曾经多么想买一把小提琴，痴心地拉上一回。可是当他用一天只有一元三毛钱的目光看了当时最低价也要六十元的小提琴一眼，也就蔫巴了哑然了。可是，校长爹说，这五百元除舐、氘外，没有一个可以得全工资的。

拿小聿来说，一年的过桥费和向导费就不少（别人不能白为你服务啊），另外还有生活费，考勤也要扣除不少的钱。

——考勤。

——是的，你经常迟到。

——我离学校那么远，而且要过一道河，我能飞过来吗？有时洪水将桥板冲走，我只好攀缘悬索过来上学啊！

——这是纪律，对事不对人。再说你有你的客观，他有他的客观，这学校还办不办？你迟到没追究你的责任就算不错了，你还有理？！

——那，那过河费，我每次都给了呀。

——谁叫你给的？我们不是说承包了吗？

——你怎么不早说！

——我早就宣布了，怪你耳朵不管事！

——这样一算，我不是没有钱过年了吗？

——过年？你哪有什么钱过年？你还要倒找呢！

想起往事，小聿肺都气炸。他恨不得纵身一跃，跳进这波浪滔天的黑水河。——可是，这肩上的孩子，他还在梦乡，他是无辜的，我不能将他一起葬送呀！

吵归吵，火归火，这条河，这眼鼻底下的现实该怎样度过呢？现在是天上湿淋淋，地上湿淋淋，大人湿淋淋，小孩也是湿淋淋，难道就在这湿淋淋的野渡过夜不成？这个听声音很熟的黑妇小聿是有所领教的。

——要过河，没钱？不行！

——哪有堂堂的人民教师不给钱的，学生过河都给钱你不给钱？

——承包？这流氓（爹）从来没有放过这个屁！

这是这个面目不清的女巫式的黑妇的声音，这声音似曾相识，像在哪里听到过……极像学校那个眼影里有一撮黑毛的舐。会不会就是舐捣的鬼呢？莫非她顶着一块青布化了妆偷偷潜到了这里？另外，她为什么恨爹，难道这里面另有隐情？

现在小聿不得不忍住饥饿长久地在桥头一处避眼的地方徘徊。有时他甚至像敌占区的特工那样埋伏在草丛里，他观察桥上的动静和“女巫”的神态。徘徊久了观察久了他也看出了一些门道，生出了一些机智。他看出“女巫”打盹他便走上悬索桥。走了一半刚好五分钟。五分钟他就往回走。五分钟一过“女巫”醒了。

——又是你，回去回去，没钱滚回去！

于是，他就真的“滚”回去了。

小聿的家在黑水河对岸。家在一个漂泊不定的人的眼里，就像在茫茫的大海里突然看见了灯塔一样，那绝对是一个产生温暖的地方。小聿的家在河的这一边，是一个与艮小绝然分开的地方。尤其是家中的两件乐器，比凭空得来的儿子更让他高兴。毕业前夕他曾携着他的洞箫，随着学院管乐队，吹遍了祖国的大江南北、长城内外。就是凭着这股音乐的气概，他才斗胆爬上了河堤，在与艮小的对峙中奏响黑水河这边的属于自己的世界。在这里，他把别人对待他的那些纵然六月也寒冷的伤害完全化入了月下琴弦的振动。在器乐的奏鸣中，他完全领悟了“伯牙鼓琴，而六马仰秣”这个成语所指涉的音乐世界。也只有在器乐的演奏中，他的个性才像一个溺水者一样慢慢地浮出水面。

小聿说他回到艮地并不是官方所谓的热爱故乡……把你的全部生命放在这里就算热爱了吗？也不是因为艮地有什么音乐上的旷世奇才，需要发现需要重点培养。他相信他们没有他小聿照样会茁壮成长……小聿此次来是为了一首曲子，一首早已失传的古代名曲。传说是春秋时期晋国的掌乐太师师旷遗轶的。另一个诱因，便是悬索桥。悬索桥是一个悬而未断的谜语的谜面……如果把它推演为世界上最宏伟的乐器，那么，这个弹奏这件乐器的人是谁，他在哪里，他消逝在历史的哪一个世纪哪一代哪一重迷雾里？另外，曾经被弹奏的乐谱又飘落到了哪一朝哪一代哪一个人的手上？基于这方面的考虑，小聿看出自己的艮地之行的意义重大。凭借自己的天赋和得天独厚的条件，小聿准备着手这方面的搜索、收集和考证。

豸听说“芷”大音乐系毕业的小聿回到故俚，便盛情地邀请小聿到艮小去玩，并游说他兼任艮小的音乐教师、施展自己的才华以投资家乡的建设。刚刚返乡的小聿由于不谙世故，加之意气用事和感情冲动，看也未看便毫不犹豫地在一份表格上草率地签上了自己的大名。就这样他成了回乡支教的热血青年，一脚误入了豸早就设置好的圈套和无以穷尽的“回”字小区，以致令他今后的日子痛苦不堪愧悔不该当初。最后小聿把责任推到诗人小说家黑丰的身上。他说千错万错是黑丰的错。小聿曾经在南方的一棵椰树下一扇临海的小窗前拜读过黑丰的小说《人在芈地》。在那篇小说中他把少不更事的尹引入了险象环生的芈地，以致告老归土，遗恨终身；而在这篇小说《第六种昏暗》中他又让我年纪轻轻就携妇将雏，掉进盐碱地的陷阱，是可忍孰不可忍。想必自己妻儿早已钦定，一切都在他的操盘中。比豸更可恨。

小聿好不容易湿淋淋地摸回家。一路上家的概念像水上的浮桥动荡不定。油灯的昏黄使这个近在咫尺的家恍若隔世，仿佛隔着千山隔着万水隔着一道越不过的重洋，很渺茫。小聿试着用食指第二关节敲了敲这个听说是自己家的家门。敲了半天他就开始发虚。推开本来就虚掩着的大门进去一看，那边床上打着呼噜的好像正是自己的妻子。此刻的她脚也未洗便在东厢房里死猪般呼齁睡去。揭开纱罩一看，桌上是今天吃过的几个空碗。有两只夜蚊子冲天而起。昨天，乃至前天吃过的饭碗还咕嘟咕嘟地泡在水盆里冒泡……瓮里盛着浅浅一皮水，浅浅地发着臭。臭水不断繁衍，演生成无数蚊子充塞其间。这个不似他的家的家里，只有用来烧米饭的土砖灶和一口铁锅让他感到了一丝亲切，可是土砖灶和铁锅能吃吗？那把用旧的充斥着污垢的锅铲懒洋洋地挂在墙上。缸里有米。但米依旧还是米。一颗米也不会自己跳出来煮熟。屋里的蚊蝇真多，也真饥饿，甚至比小聿更饥饿。它们成群结队地像轰炸机一样地轰炸小聿，成群结队地匍匐在小聿充满汗臭的肉体上，轻轻一拍，地上就掉下一片，黑麻麻的。掉下就掉下，一动不动，没有死的痛苦。然而它们前赴后继，又上来一拨，轮番冲锋，伏在小聿的肉体上，一动不动。“啪——”的又是一巴掌，掉在地上，一动不动，没有呻吟。又上来一拨，又是一巴掌，如此反复。生命不息，战斗不已。无奈，它们闻到久违汗香，看见了新鲜的久违的肉，它们饥饿，它们为饥饿而战，铤而走险，忘记了痛苦——可怜的蚊子！

——爸爸，我饿！

——好，爸爸这就去挑水做饭！

小聿操起扁担就去挑水。小聿来到黑水河边。小聿正要去舀水，他发现扁担钩子上没有水桶。钩子是空钩子。桶遗忘在家里。小聿又折腾回来，折腾来折腾去。

小聿折腾了半天，饭弄熟了。可儿子已经带着路途上的泥巴睡熟了。这时女人醒来了，她一骨碌地爬起来就去抢碗，她好像比小聿还要饿得厉害。

吃了一会儿，女人开口说话。

——你怎么才回家？

——你在学校里没吃饭吗？

——你天天在学校吃香的喝辣的，把你老娘我一个人遗在家里受苦……

——爹他们……

小聿不看她也不理她。他在恶毒地想：这种好吃懒做的肥女人如果把她送进花果山那火葬场的炉子该要烧多长时间？又想：她怎么认识爹，莫非他们早就很熟。小聿忽然觉得口中津涌，滑出一粒小石子，用手接住，是一枚牙齿。小聿漱了漱口，便去搬儿子，儿子说我困我要睡觉。小聿回到桌上继续吃饭。他饿了，他要吃饱。他得吃很多很多的米饭才饱。他的饿有点奇怪，往往是饭碗刚丢就饿了。那食物好像没经过胃脘的处理便糊里糊涂地直达回肠，在回肠里七弯八拐地随便转悠了一遭就变成了另一种物质被送入“下水道”去了。记得以前不是这样。

小聿起身去自己的居室。他点燃一支蜡烛。他让它把自己的房间照亮。他便开始像打量遗物一样打量自己的房间。他不仅看见了自己的书柜，他还看见了自己的二胡和洞箫。乐器都蒙上了灰尘，他很感慨；他对乐器感到很亲切，但更多的是他感到了它们的遥远。他开始落泪。他用最脏最不堪入耳的话咒了狗日的校长爹。他感到自己过去的一部分生命在准备燃烧成火的时候转化成了乌有的烟尘，消弭于空旷无际的太空，无影无踪。他感到生命中那个原先恒定不变的、可测的基音开始发生动摇，开始没有信心，开始不可测定。他开始怀疑他的这双被污染的手，它们还能像过去那样圣洁地碰响这些乐器吗……啊，疲惫上来了。他太疲。疲惫像浪涛一样席卷而来。疲惫一直在非常遥远的路途上一波连一波地不知疲惫地奔涌。最初他只是小腿肚有点发软，接着呵欠一个连着一个，最后是一个呵欠便栽倒在床上……

一切都远去。

二胡、洞箫与浪渣一起被泛滥之水席卷到遥远的岸边。

后来，女人来了。

女人滴着清涎。女人看见屋里点着灯。女人没有看见小聿。在小聿的居室居然没有看见小聿。女人也看不见乐器。本来就听不懂乐音的女人根本就无法看见乐器。

乐器藏得很深。

女人看见书案上有一张看不懂的字条。字条写着：

远涉重洋的一只雨燕

　　　　　压住

　　　　　　　　房檐

空房失眠

夜色

无边

女人刚一进来，小聿就看见了。他不仅看见了这个坑坑洼洼的女人，看见她坑坑洼洼的脸，而且看见了她黑毛丛生的阴影。让他感到可怕的是他在女人的眼底里看见了舐。舐隐蔽在艮小的“回”字小区内的某一丛草里。虽然隐得深，但黑毛昭著。豸从侧门进来……豸将舐扑倒在地，抱成一团，撞击，撕扯，打滚。小聿感到眼睛晦气，便提着乐器侧身踱出室外。

雨早住了，月亮已升起来。

月亮是刚刚擦拭的，就放在一块布上，那是一方浅蓝，而且上面撒满闪亮的米粒。

庄稼人都睡了。植物与小虫们开始存在。小聿蹑手蹑脚地走进这放下了工具的夜晚的世界。

他向前走。

他无泥地向前走。

他要到纯净的花蕊中去呼吸。

他要前去与一棵大树交流气息，到滴滴答答的树叶下领略生命的传奇。

这是午夜。在这个时候，枝叶交错，光亮微弱幽邃；正是在这种时候，人从上到下、从外到内地苏醒。一切都远去……病气与药丸远去。他不要出恭。他没有看见那种不祥的红光。他像植物一样矗立在这里。永远地在这里，哪怕成为一棵草，一种纯客观，一种纯物质。小聿欣喜地相信，在这活性的空间，肯定有某些根本性的因素、掌控一切的因素在暗中发生着无穷的变化……小聿专一地听着。——不是看，是听，谛听。起初是一些芜杂的小心翼翼的声响，远处正在消失的马蹄，偶尔是狗吠，田鼠咕噜咕噜，蝉儿受惊。小雏鸟在幽幽的巢穴里叽叽叽叽以及黑水河那边船板的敲击声和咕咚咕咚鱼儿泼剌跳水的声音，后来这些声音渐次远去……替代的是一种明朗、光亮、

“他像植物一样，矗立在这里。永远地在这里，哪怕成为一件物。小聿欣喜地相信，在这活性的空间，肯定有某些根本性的因素在暗中发生着无穷的变化……”

舒缓、辽阔、浩瀚的乐音，仿佛无，仿佛有，时有时无，遥不可及又无处不在，不见所来，不知所去，不见中心，不知边缘，一种充盈，一种洋溢；物质的形式消失，全部化入（仿佛是）一种高顶平流。感到了，感到了，小聿欣喜地感到了！小聿感到有一种东西在周身荡漾。——小聿狂喜！他终于呼出了它：

啊——和声!!

在这里，就在这里!!!

小聿看见了一个从来没有看见过的世界。小聿仿佛第一次看见了世界的白天。——人类的新生正是从这里，从午夜的和声中开始诞生。小聿想，我也许不是一个纯粹的音乐家——但我发现了自然界的和声，也许这在现代音乐艺术史上是永远不会被认可为音乐事实的事实。可是，这是曾经为我生命所经历过的事实。我不能否认，——在这里，在午夜，我才真正地发现我们的曾经蒙秽的乐思与曾经昏暗的乐魂……哦，师旷，您一直语焉不详的与未及昭白天下的是什么呢，您的佚失民间的光彩照人的名曲一直难以发现的缘故又是什么呢？莫非一切都像我的乐魂一样蒙受着另一种欺骗另一种昏暗吗？还是另有隐情……

小聿往回走，他有了一种从未有过的冲动，他要创作一首期待已久的器乐曲……忽的一个跟头，被谁的一条腿绊了一下，他就醒了。恰在这时，黑水河对岸的高音喇叭响了。豸庞大地立在这个巨大的声音里。

喂——紧急通知，紧急通知，艮小的教师们请注意——艮小的教师们请注意——请教师们马上赶到学校，核实人口普查文化户口册。先听会议精神，再学习文件，再讨论，两人一组，分组行动，力争家家到户户落，不许出错，谁出错谁负责！没有客观原因可讲，必须来，马上来学校……

这个声音，在午夜时分反反复复地响了五遍，小聿就彻底地醒了。这个声音强大到无法拒绝。小小的村子里，一些不长叶的“树”上，这里那里，到处挂满了黑窝般的高音喇叭；这里那里，高音喇叭此起彼伏，响声不断，连成一片。一会儿，邻村的高音喇叭也响了。这一夜黑水河两岸村庄，两岸的人全醒了。

小聿没有理由不去学校。他必须离家去学校。

八天早过了，还不见儿子回来。聿老聿教授盘算起来。这八天之外不好确定。小聿去的是聿老的家乡，这应该是一个中音区。——莫非他在这里遇到了什么风险，出了事，滑到了某不可捉摸的一度低音区？聿教授便打点行装，从他所在的这所海边音乐学院“芷”风尘仆仆地来到了故乡艮地。

聿教授抵达艮地已是午夜时分。他看见一个人孤独地躺在一块浮板上。他看见悬索桥的桥板空缺了一块。走上悬索桥他感到了前所未有的害怕。后来他说桥头隐匿着一只红眼发亮的黑蜘蛛。

奇怪，儿时在桥上多次跳水怎么就没有发现呢？

走了好远，聿教授还在想：这孩子多可怜，躺在一块浮板上孤绝地漂走，漂向天际。

电线上有一群鸟雀。聿教授刚一走近就飞走了，歇在前面的电线上，不远也不近。聿教授感到脚被什么硌了一下，生疼。拾起来，一瞧，是一枚算盘珠子。他吹了吹，然后用一张卫生纸反复擦拭，放在手上，油油的暗呈黑褐色的光亮，觉得很好玩便拿上。突然，他闭上一只眼，用另一只看了看，他奇怪地发现透过这枚算盘珠的孔眼看世界是另一副样子。于是他就拿着算盘珠上下左右地看来看去。他一下望见了遥远的艮小，他清晰地看见了艮小，他看见账房先生氘，他正匍匐在一盏昏暗的油灯下拨着算盘珠。氘念念有词，见一无除作九一，九退一还一。聿教授不明白他反反复复叨念这句口诀的意思。打了一会算盘，氘忽然停止念叨口诀。珠儿呢，我的珠儿跑哪儿去了，他端着灯盏满地找。

——九退……一还一……聿教授边念边想，谁九退一还一呢。

——对，我找的就是这枚算盘珠子，原来被你拿去了！

看见不知从哪里冒出来一个人，驼背。聿教授放下正在瞭望的算盘珠子。驼背手一扬从聿教授手里夺了过去，迅速地推进算盘柱子，仿佛一个熟练的枪手上弹夹。

——见一无除作九一，九退一还一，氘叨出一句口诀。

聿教授见他这样蛮横无理便径直向前走了，并不计较。走了不久，影影绰绰感到前面有一个人影，是一个阴影很深的人，他走得很轻很轻，轻得像一片干枯了的树叶贴着地皮无声地飘。大树叶连着一片小树叶，他手里牵着一个孩子。

——爸爸，我饿！我要吃肉！

——儿子，快到家了，到了家我们吃吧，好吗？

一阵小风，飘来一股浓重的中药味，他们就走了。一会儿他们走去的那个方向就开始下雨。走了好远，仿佛他们走在另一个故事另一个人的回忆里。聿教授还在想：多可怜的孩子！这时他们该淋雨了！

聿教授虽然是很久没有返乡，但老马识途，他还是转弯抹角地找到了艮小。他想到艮小去打听一下儿子的下落。

艮小好像跟他孩提时读书的格局大不一样。过去他读书是在一个大地主房子里，一所庄院式的小学，房子分列在四周，房上盖着薄薄的手工制作的黑纸瓦①。现在却是一座拔地而起的教学楼矗立在校园中央，四周是一道道的围墙。此刻教学大楼灯火通明，人影幢幢。

——果然大不一样了啊！

聿教授沿着围墙绕了一周，他感到有些蹊跷。

没有门，四方都没有门。

这正是聿教授感到蹊跷的地方，好端端的一座现代建筑竟没有门。聿教授从来没有进出过这种没有门的学校。那么这种学校师生们是怎么进出的呢？莫非他们像鸟一样从天上飞进去不成，抑或架上云梯爬进去？那么，这进出的云梯又隐在何处？这是一；另外，使他弄不懂的是这午夜时分的夜，却灯火通明，教师们不去休息，养足精神，准备第二天上课，却集中在这里，这是干吗呢？这是二。正在他边发愣边在墙上瞎鼓捣这里敲敲那里叩叩的时候，一个声音出现了。

——别动！放老实点！

聿教授这下可真的被镇住了。他是到过敌占区的，枪和呼啸的子弹他是认识的，他知道子弹是从不开玩笑的。所以，战战兢兢的聿教授慢慢地举起了双手，悄悄地拿眼睛四野察看。四周空荡荡的只有一片迷茫的月色。

——这人在哪里说话呢？

哧溜哧溜，从旁边的一棵高大的白杨树上哈哈大笑地掉下一个人来。这人掀了掀树枝帽说，老鬼，你鬼鬼祟祟在这里鼓捣啥呢？我早就看出你动机不纯。

——我要到学校打听一个人，他姓聿，你知道不？

——不知道。这是秘密。

①瓦的一种，薄如纸片，纯手工制作，小窑烧制，江南民间盛行。

——放他进来吧。墙里一个人说话了。

聿教授听出戴树枝帽的就是在路上叨念“见一无除作九一”的那位。氘听见豸在墙里发话，也无话可说，就随手在一个什么地方一揿，门开了。

哦，仿墙门！

聿教授就跟着豸往里走。氘依旧回到一棵树上。聿教授感到前进的缓慢墙体结构逶迤复杂。折的横的竖的曲里拐弯的，过了一重又一重，结构相似相关相同，山重水复。每一个大层次内又有相似的小层次，每一个小层次里又有大小方正相近相同的“回”字小区。每一“回”字格都很难找到进口（进去是不自觉的），更无法寻觅它的出口（走出“回”字是艰难的，甚至是漫长的）。每到一处，都是一种历险；每一次走出，都是一次绝处逢生。聿教授感到不知经过了多少次重墙历了多少次险，才抵达学校正中心这所谓光明地带。聿教授坐在一把椅子上直喘气。

——哈哈哈哈，怎么样？豸早就等在那里。

——真不简单啊！

——这不过是我的业余创作，跟世界上那些杰出的建筑大师比起来，不值一提呀！

——您怎么想到把一个简单的学校弄得如此复杂呢？望山跑死马。

——一点也不复杂，你是初来乍到不明白，慢慢你就会习惯的！

——这样，孩子们和家长受得了吗？

——这都是为了孩子们，受不了怎么办？不过家长们也都很理解很支持，他们认为把孩子们交我们特别放心。聿教授，您有所不知，现在国际形势和国内的形势比我这“回”字迷宫更复杂呀！这样做，也是我的良苦用心，不得已而为之，另外，这样，也可收到多种效果：一、对我们的学生是一种锤炼，一种超常的教育；二、任何一个人，一旦进入我校，经过一段时间的特殊训练便会与众不同，具有特别的防范能力；三、另一个最大的好处就是安全，它可以反特防特防间谍防止坏人的侵袭骚扰破坏，任何人不得要领，摸不着门，莫想进来。我们的地下还有隧道，可以通向野外，关于这个是秘密，无可奉告。但有一点，我敢说，我们的这种教育模式是唯一的，也是世界的，是绝无仅有的；同时，我校非常重视校园文化环境的投资与建设。您看看，您看见没有，我们这里那里，到处充满了只有我们社会才有的特色的标语和口号，譬如，宁可穷老师，也不能穷学校，苦学生……老师像蜡烛，为别人发光，把自己烧光……您看看，我们的这内环境，看看这些标语，多么激动人心，多么昂奋和引人自豪！十几年来，我们曾多次受到过上级教育行政主管部门的肯定和嘉奖……我们的目标是，力争把学校打造成全县全省乃至全国第一……

——晕！聿教授只有一个感受，心想，这都是一些什么？！

——来来来来来，不谈这些，我们来做一个游戏，一个古老的游戏，轻松轻松。

——游戏？小聿，他……

——小聿没事，他在这里很好，您尽管放心！做游戏吧，不会？不会我教教您就会了。

豸边说边找一块地上坐下来，聿教授想看民间稀奇想见识一下这究竟是一种啥高级得不得了的游戏，见豸坐下来也跟着坐了下来。地面很干净。豸随手摸出两把小刀，自己一把，聿教授一把。豸在地上画一直线。线的一头指向聿教授，另一头指向豸。豸说明游戏规则。

——这根直线的一头是您，另一头是我。这刀在地上杀一下，发展一条弧线，然后是包围与突围。包围也好突围也好，刀子都必须杀在敌方的弧线上，方能突破防线，杀出重围。当然，突围出去的线段也可以反包围。听懂了不？

——听懂了。

堂堂的音乐教授聿老竟然像刚刚启蒙的小学生，规规矩矩地坐在地上，准备进入角色。豸校长边杀边说，你儿子杀得不错！

现在地面上两个端点两人各发展了一条线。下一刀归豸杀。豸马上一刀杀中了聿教授跑出来的那条线，然后将自己的线引过来，很快将聿教授围困在里面。归聿教授杀，聿教授一刀杀下去，刀子没有杀中豸的围困线，却飘到了线外，无效。归豸杀，豸熟门熟路一刀杀中了围困线（围困线围困他人也围困自己，所以他必须杀出去，再发展线段，突围，再围困，再突围，再围困，如此反复），打开一个突破口。归聿教授杀，聿教授却一刀杀在围困线里面，只是把自己的线段往内延长了一点，并没有杀出。归豸杀，豸随便杀了一个地方将自己的线段拉长且引到一个安全地带，以期再围困。归聿教授杀，聿教授又杀飘了。归豸杀，豸的刀下又发展出第二道围困线。归聿教授杀，聿教授这次杀中了，总算透出一口气，突破了一道围困线。归豸杀，豸杀出；归聿教授杀，又杀飘了。……就这样，聿教授后来再也没有杀中过，总是杀飘，豸杀进杀出又发展了第三道围困线，不一会儿，豸又发展了第四道，再后来又发展第五道、第六道，乃至第七道、八道围困线。豸的线段密密匝匝、层层缠绕，不留缝隙，密不透风，没有进口，也没有出口。聿教授的刀子总是杀飘，因为杀飘他手抖，因为手抖他总是杀飘，不是飘里，就是飘外；不是杀中第三道线，就是杀中第四道线，总是杀不中第二道围困线。聿教授像一只被困囚在一张网里的大猩猩，线段绕线段线段与线段交叉黑乎乎密密麻麻的，望着这密密麻麻的无数道线段，无数个圆圈，你缠我绕，互相缠绕，像一窝乱蛇一团乱麻，自己像一只猩猩一只被缠缚住双翅的老鸹，晦气沮丧极了。这他妈是啥游戏？整人游戏呀！聿教授有点沉不住气了，有点慌乱，有点迷茫。豸叼起一烟，揿亮一朵红火，慢悠悠地腾云吐雾，吐烟圈，吐出一个又吐出一个烟圈，一会儿烟雾笼罩。仿佛薄暮时分天色已晚，地气上升阳气下沉；又仿佛秋分已过，寒露霜降来临。地下的圈地上的圈；地下的“回”字格，天上的“回”字格；上下融合，上下袅绕，上下弥漫。聿教授推了推眼镜，看不清豸，不知他隐在哪里，也不分南北东西，时节季令，只见一个火星像鬼火般飘忽不定明灭可见。后来火星也灭了，但依旧雾霭沉沉，且潮湿阴冷。聿教授预感处境不妙，危险，一个鲤鱼打挺，抓住头顶一根垂枝，但枝上一个人，是氘的一张脸。氘举起一把柴刀，手起刀落。聿教授连人带枝崩落。聿教授拼命挣扎、挣扎……一切都无济于事。一切只有动荡动荡动荡，网动荡、网收缩……舐冷冷地出现在网的一角，嘿嘿嘿嘿地笑着，聿教授别来无恙？……舐的眼血红血红，她张着一张血盆大口，这哪里是一个人，分明是一只噬血如魔的黑蜘蛛……聿教授早就听老一辈老奶奶说过这种蜘蛛，细腿多毛，就在艮地这一带，噬血成性，许多人为之丧命……黑蜘蛛突然凌空，吹了一口气，聿教授嗅到一股奇异的香，来不及“哎呀”就晕过去了……

小聿空着衣袋来到了医院。

小聿记得昨晚打了一个夜工，早晨吃了几块煳锅巴，上了一趟茅厕便来到了医院。

小聿昨晚迟到了，豸说扣除本年度工资十元。早晨误了三节课，扣除本年度工资三十元。

小聿昨晚去学校，他看见了箐姐。箐姐总是在这种阴凉的时候，出现在这阴凉的地界。箐姐的手很迷人，你无法抗拒。箐姐只把手在空中摇一下，他就屁颠屁颠地去了。月光下箐姐的脸儿看不清。箐姐坐在一条田埂上，她随手拿起一棵草（那其实是一棵“回头青”，校园里有这种草的。“回头青”与“回”字格相互掩映）就与小聿一道撕太阳。箐姐从这头撕，小聿从那头撕，撕了一个又一个，撕了一个又一个，不知撕了多少个。

——哎，全是阴天，全下雨；总是撕不出一个太阳，总是撕破。箐姐自言自语。

忽然一阵风，就真的来了一阵雨。箐姐手一丢，不撕了，不撕了。

——我要结婚去了。

——结婚？你十三岁就结婚？

——你听，那边的锣鼓都响了，是来接我的。

一阵风，箐姐就消失了。撕破的草梗散了一地。小聿这才想到箐姐早死了，死的那年正好是十三岁。小聿是爱箐姐的，但他当时只有五岁；他太小他不能满足箐姐的要求。小聿就想到要上学去。小聿就迟到了。小聿真不愿去学校，他感到这野地里很舒服，他没有感到有什么伤害。

在校门口，小聿看见了在树上望风的氘。他一边值勤一边在树上拨算盘。他说，我见一无除作九一。

氘说，你迟到了。

小聿说，我迟到了。

走在校内的一条甬道上，小聿看见舐。

舐说，你迟到了。

小聿说，我迟到了。

小聿就看见舐在一个簿子上划拉了一下，划了一个“0”。完了，小聿知道这一天白干了，一天的工薪就这样蒸发了，算是给全民所有制的社会主义交公粮了。这一天成了他的真正意义的白天。在这个白天里他很恍惚。干脆不上班又是不行的，豸一定会龙颜大怒的。豸规定迟到扣除一天的薪金，迟到且不上工，算旷工；旷工一天，扣一周工薪。

小聿很害怕。

小聿还得硬着头皮爬楼梯。中途被一个什么东西绊了一脚，他站起来拍拍灰继续爬。

豸校长说，你迟到了。

小聿说，我，我，我……

——“我”什么我，赶紧找位置坐好！

——好，小聿同志终于赶到了，人齐了，我们可以开会了。我宣布，今天不上课，集中完成文化户口册，学生不放，一律留在教室里做练习题和自测题。谁的课谁进教室做谁的练习题和自测题。只要不打架斗殴就行，但不能放羊。免得家长看见费口舌，群众影响不好。我知道大家有意见有情绪，会说这（户口册）不是我们的任务，我们的任务是教学。没错，我们的任务的确是教学。但也没办法，这是上级的安排，我也有情绪有想法呢，谁来安慰我？万一你不服气，你可以跟上级反映，跟上级去说，不跟我说。但我们现在必须在天亮前完成上级交给我们的任务，迎接省地县三级领导的验收检查，确保艮镇成为无盲镇。首先要明确一点，我们当下的任务，就是造好文化户口册，做好群众的工作。一、先说第一桩事，造好文化户口册。现在我们每人手上发的有两个户口册，黄皮的是母本，是标准册；还有一个蓝皮的，是原始户口册。原始户口供我们内部使用，掌握真实情况。就是说真实情况全在这个蓝皮册子上，蓝皮不能上交；上交的是黄皮，黄皮是交上级检查用的，是镇宣办镇教育组核准的。就是说，我们手上的黄皮册要与县、镇两级领导手上的黄皮册高度一致。所以一旦人口如今有异动，文化程度不达标，比如李某某出嫁了，张某某死了，赵某某年龄不对，王某性别不对，婚配不对等，都不许有。就是说只要与黄皮不符，检查前都要把工作做好，统一口径。出嫁的到时要动员她回来；人死了的，黄皮还未销号，要改变说辞，说他（她）打工或出差或走远亲未归；是文盲的，要注明脱盲时间，谁的辅导教师。总之，一切都要防患于未然，都要自己想办法，我们只看结果，不管你的过程，不管你用什么方法，不管你怎么做。力争做到省、县、镇三册对口。二、力争完成上级规定的文盲扫盲指标数。不得有误。现在，我们全体教师要处于一级警戒状态，不得有误……行了，现在开始领文化户口册、领铅笔领橡皮擦一张字条，两人承包一个生产队，也就是一个教师搭配一个村干部，两人一组，但教师是主体，负主要责任，村干部只是配合行动，给你当当向导，或配合你说服对方，落实黄皮户口册的具体工作还是靠我们的教师完成。村干部名字在字条上。放学后，老师们集中在学校食堂就餐，完了去找包队的干部一起摸黑行动；力争做到家家到户户落，做好群众的思想工作。能堵嘴的尽量堵住他（她）的嘴，不能让他（她）瞎说。大队准备用高音喇叭配合大家，做好群众的思想工作。大家一定要提高警惕，要把这个事提到民族生死存亡的高度，提到国家长治久安的高度，确保对党负责，对人民负责，对革命负责，同时也是对自己负责。此次迎接检查，我们已分工到人，责任到人，谁出错，谁负责，谁卷铺盖走人，别怪我姓豸的到时翻脸不认人，大家都是聪明人，别怪我把话说绝了。当然，我也知道，大家的觉悟都是很高的，不会拿自己的工作和饭碗开玩笑……行了，不说了，大家分头行动，回到教室去吧，管好学生造好户口册。

——舐！

——到。

——把我的警棍电筒拿来！

——是！

——现在一部分教师已经和村干部一道下生产队堵嘴去了。氘在树上值勤，主要是注意艮镇那边的大路上的动向，一旦发现验收团的小车，要立即鸣号。

——是！氘下去了。

——小聿与在座的一部分教师的任务是造册。对，说忘了，还有一点，要特别强调，就是技术处理。

——技术处理？

——对，比如，当然我这只是打个比方，比如小聿父亲的现龄六十二岁，如果从黄表册的情况出发是二十六岁，那就得改，改成二十六。我这是一个比方。

——什么，把我的父亲改成二十六，那不成了我的兄弟？

——成了兄弟也没办法（豸一脸严肃）。因为那个母表就已经搞错了，而且呈报上去不能更动，所以只好将错就错。而且，有一部分人据说性别也发生了错误，所以也要改过来。

——哈哈哈哈哈，改变性别？那不是公母人，一会儿公的一会儿母的，呵呵呵呵……

——呵呵，别笑，也只能这样了，比如小聿的父亲必须是女性，那就必须是母的……不要笑，严肃点，这是个政治问题！这是上级根据艮地全镇的情况平衡过来的指标数。今兄弟村的女性多造了，无法更动，便给我们村拨过来六十一个妇女。注意，是账面上的妇女。而我们村的男性又超饱和，这正好将一部分男性改为女性，改不完的部分，就分别加到各家各户。注意，加也不能乱加，要注意分寸，注意她们的年龄（老、中、青、小）和她们进入家庭的角色。有的家庭只能加婆婆就不能加妹妹，有的加成妻子就绝不能加成母亲。比如某某是一个光棍，你就最好给他加一个老婆，并要给他打好预防针，别到时说漏嘴了，也别到处乱说。听到没有？

——听到了。

——这个册绝不能出半点差错，一定要与县镇两级领导手上的户口册保持高度一致。我再重复一遍，谁出错谁负责！是公办教师的要调到偏远的地方工作，是民办教师的，就地解聘，返乡务农。我们之所以花大力气，派教师同村干部一道去工作、去堵口，主要是怕村民们乱说，不守规矩；他们的政治觉悟低。——另外，这次对付省验收检查的脱盲人员我们已经定好了。绝大部分是初高中生，只有小聿一人是大学生。

——我是文盲？小聿说。

——对，不准把这个事捅出去。要知道，真正的文盲是不能让他们来参加脱盲考试的。所以我们在他们的学历栏上一律填了初高中毕业，免得到时出洋相。另外，这次替考的“脱盲”学员，字一律不准写好，要歪歪倒倒，卷子不能答满分……

……堂堂的音乐大学作曲系毕业的大学生小聿竟然要在艮地扮演文盲，他实在是越听越脸红，越听越侮辱，越听越糊涂……就这样，小聿稀里糊涂地忙了一整天，晚上又晕头甩脑地忙到天亮。

忙了一夜，凌晨时分小聿才摇摇晃晃地走回艮小，在自己的办公桌上和衣躺了一小会儿。没有被子，冷，冻醒了，迷迷糊糊爬起来一看，天亮了，但天灰蒙蒙的，校园依旧雾气弥漫。这是江南，湿气重，一场大雾就像下了一场雨，地上湿湿的，很冷。小聿影影绰绰看见操场那边的草坪上有两个朦胧的背影，很亲切；注意看，是两个学生在撕太阳。

他们样子很专一，很忘情，忘记了周围的一切。

后来，小聿走下楼去，两个孩子就不见了，不知跑到哪里去了。

小聿走下楼来就感到身体有些不适。很疲倦。疲倦的枯手又尖又细又长，疲倦像按洞箫一样按住小聿的七个孔。死死地按住。盈满七孔的水正流向洞内看不见的某地方，下坠。没有回音的下坠。身体薄抵一张纸。不知是一些什么鸟雀悄悄地一不注意就滑进了小聿疲倦的视野，它们成群结队地飞。如此之小，像是一些蜂鸟。……记得开学分课那天，教导主任给他一张课表，小聿随便去看了一眼：音乐（小聿）、语文（小聿）、数学（小聿）、自然（小聿）、体育（小聿）、美术（小聿）、班会（小聿）等等，种类之繁，目不暇接。再看领导的分工：考勤兼司铃（舐）、特勤兼财会（氘）、全面负责（豸），如此。都是管人的监督人的。这与监狱也没啥区别了。看之前的小聿与看之后的小聿大不一样。看过课表之后的小聿用小聿的话说，这叫麻雀子吃酒精——晕头甩脑。

——这些鸟雀晕头甩脑，小聿想。

——小聿。看了这分工，你不肺都气炸吗？有人问。

——让猪肺去炸吧！

小聿觉得有一只“猪”的肺是快气炸了。

小聿往楼下走。

小聿轻飘飘地走。

楼下的操场围了一圈人。下队做群众工作和堵口的教师们已陆续回来了。一些到得早的学生也已经七弯八拐地摸到了学校。这么早就围了一圈人，都在干啥呢？透过围得里三匝外三匝的人群一看，圈子内在做一种游戏，喝彩的声音一浪高过一浪。小聿感到这股浪潮要把自己掀翻。他急忙从地上抓起几块卵石装在衣袋，这样人才趋于平稳，人才像石头一样趋于沉静。

——下一个，下一个……豸高喊下一个，下一个谁来耕田？

——我。氘答应。

豸抬起氘的右腿，左手扬鞭，驾！氘便挺着“龟头”和他的罗锅背向前爬。吁，过——来！转弯！一圈、两圈、三圈…… 耕了三圈氘实在受不了了，败下阵来。

——下一个，下一个……豸又高喊着下一个。

——校长，都耕了……哦，小聿来了！只有小聿未耕了。

——小聿，快来耕田！

豸笑笑嘻嘻地来抓小聿的一条右腿……豸一个趔趄抓住了一只脚。豸拿到近处看了看，是一只鞋子。空的。那只穿鞋子的脚跑出去了。

——好，好……有你的，小聿！老子找你耕田，是抬举你！

小聿赤着一只脚跑进伙房。卮稳坐钓鱼台。

——吃饭吗？饭早吃光了。

——你怎么不给我留饭呢？！

——哪个叫你吃饭都赶不上？

——……

——还有几块煳锅巴，你去吃吧！

——煳锅巴？！

——只有煳锅巴吃。

——有米汤没？

——没有，米汤喂猪了！你再不早来，煳锅巴也给猪吃了。

肚子空得疼，本想用米汤泡煳锅巴吃，这样软和，对本来就胃疼的他可能会好受一点，哪知这伙夫卮连米汤也不肯留，倒了。小聿就只好去吃又冷又硬的煳锅巴了。

——不识抬举的东西！吃煳锅巴是便宜了你，像你这样的书呆子，煳锅巴都不配吃！领导叫你耕田，是看得起你，你咋不耕呢？我们想耕田都耕不到……

说话间，不觉有一种不祥的红光浸洇过来，红艳如血，映红了整个伙房。小聿立马从红光中站起，摇摇晃晃地走向茅厕。伙房里放着半碗吃剩的煳锅巴与伙夫卮的喊声，你回来……

茅厕被人为地排斥在学校生活区的外围，它隶属于“脏”的范畴。可是，小聿却在这世上最脏的茅厕里找到了一种“干净”。

吃饭是一种脏，越吃越脏；拉屎是一种净，越拉越净。小聿说。

小聿映着红光走进茅厕，那里已有一个人在解手，一本书遮住了他的脸。他的血把茅厕滴红了，而他还在津津乐道地看书。小聿看出这本书的封面很熟，好像是自己在大学里读过的那本，奥地利音乐美学家爱德华·汉斯立克的名著《论音乐的美》。如果没有弄错的话，就在这本书的封二有小聿随手辑录的贝多芬的一句话：

> ——音乐是比一切智慧，一切哲学更高的启示……谁能渗透音乐的意义，便能超脱常人无以振拔的苦难。
>
> ——贝多芬

那么，这个如此热爱音乐的、蹲在茅厕里也看音乐书的人是谁呢？

突然，铃声响了。

其实铃声早在小聿走向茅厕之前就响了，只是由于他当时亢奋在一种红光之中便双耳失聪，没有听到。走进茅厕，那个看书的人慌忙收书，对铃声做出一种本能的条件反射，正是这一条件反射把敲铃的信息传给了小聿，小聿才感到了时间的紧迫。那看书的人忍痛从书上撕下一页纸，擦一下，说，血！他又撕一页，擦一下，仍然是血！他就这样把整整一部音乐美学名著，一页一页地撕光了。他用自己的血把它们染红，然后一页页丢进了茅坑。最后提着一本音乐名著的空书皮走出了茅厕。

小聿提着裤子走出茅厕，便不见了那个看书的人；小聿提着裤子走出茅厕，就感到肚子更饥饿，他甚至有点留恋大便，拉屎把肚子拉饿了，不拉也许没有这么饿；小聿提着裤子走出茅厕，感到肛门好疼。倏忽之间小聿想起儿子的那个谜语，铜钱大块布，中间褶无数。说不定是我的铜钱大那块布给撕裂了，不然，怎么这么疼呢？蹲过的腿子像木头，人空得就像那张书皮。小聿感到体力不支，说，得看一下医生了。可是身上早已毫无分文，摸来摸去，衣袋里只有几块镇风的卵石。他便去找豸，他想借钱。卵石是不能当钱用的，但也不能丢掉，没有了卵石人是要被大风吹跑的。

到哪儿找豸呢？

校园一个人影也不见。到处是一些走不出去的“回”字小区，豸究竟去了哪里藏在哪个“回”字小区里呢？

小聿便在一些“回”字小区里踅来踅去，他忽然听得一个小区有豸的声音，且声音仿佛是隔着草丛又翻了一道短墙才传到小聿的耳朵。

——我给你吃泥鳅！

——我给你来个泥鳅拱豆腐！

——我给你改良土壤！

然后是舐的一串圆鼓鼓的淫笑。

泥鳅拱豆腐倒是听说过，有这么一道菜，就叫泥鳅拱豆腐。可这泥鳅改良一个人的土壤，小聿还是第一次听说。新鲜！忽然，他被一个什么东西绊了一跤，扑在地上。小聿还在想泥鳅怎么可以改良一个人的土壤他就爬了起来。刚刚爬起来的小聿正准备深究一下这泥鳅如何拱豆腐，他又被什么绊了一下，他这才有些蹊跷地往上看，他看见了正在值勤的氘。氘戴着红袖章，一副趾高气扬的样子。哦，知道了，氘是特勤，课表上写着，现在他似乎有点明白，啥叫特勤了。氘说你找谁？

——我找豸校长。

——找校长不在校长办公室找，怎么找到这娱乐场来了呢？

——我，我怕校长也在这里娱乐呢。

——胡说！

奇怪，明明听见了豸，怎么说我胡说呢？小聿想。小聿在衣袋摸了摸，他摸到了卵石，他放心了，幸好卵石没摔出去。他的手还在摸，最后摸出了一张报据，这个得给氘，他除了特勤还是财务兼出纳。他就将条据递给氘，氘正弓着驼背拨算盘；“见一无除作九一，九退一还一”。氘慢腾腾地接过条子，翻来覆去，他接条子从来都是翻来覆去地看的，总是一副严肃、认真，公事公办的样子。那条子正面有字，反面没有字，这有什么好看的？小聿想。氘的眼睛寒光闪闪，目光里仿佛存有一卷铁皮尺，小聿的报据便在这卷铁皮尺里瑟瑟发抖。

——不报？必须有领导签字！

——这是豸原来签过字的一张条子，是不是让我去找他再签一道呀？

——拿来我再看看。

氘又翻来覆去地又看了一遍，铁皮尺依旧寒光闪闪，但一会儿就软了下来。

——我手里今天没钱。

——不多，只有伍元，伍元都没有吗？氘，请你给我想点办法吧！我生病了，要急着去看医生。

——伍元也没有。条子你先拿着，什么时候有了钱，我来找你。

小聿悻悻地往回走，走了不多一会儿，在另一条甬道上遇见了迎面而来的豸。豸一本正经地问：小聿，你不去上课，在娱乐场所跑来跑去在干什么？

——我，我想借钱。我生病了。

——吃得饭屙得屎，哪来的病？只听你喊有病有病，一搞工作病就来了。

——我真的病了，你给我借几个钱吧！

——你想借钱？我告诉你，你的工资早没有了。条子都在氘那里，到时你拿去算，你看有没有？昨天造册，别人不迟到你迟到了，就要扣十元。今天你又误课，整整三节你蹲在茅厕里。舐铃都打破了，就是把你打不出。你想想屙一泡屎要屙三节课吗？是屙金屎还是屙银屎呀？小聿同志，我们不能只要组织照顾，不要组织纪律啊！——去，写份检讨，深刻地认识一下，到时我们开个民主生活会，大队干部和镇教育组领导同志都邀请参加，你在会上念一下，给你一个痛改前非的机会……去吧去吧，你去吧！

钱没借到，小聿借到了一个“痛改前非的机会”。

这天早上，聿教授从医院出来，他感到好受多了。他已经打好中午的返程车票，准备马上回到他的音乐学院——茫。艮地已没有什么值得留念。只是小聿这孩子太任性，说走就走，至今还没有找到他的下落。聿教授想趁现在这个空当在街上转一转，只是随便转，并不想买什么东西。于是，他就在这曲里拐弯的摆满菜篮子的北街走了一程。突然他的眼睛被两件东西所吸引。在这个专卖菜蔬的地方，音乐教授发现了卖乐器的小聿。其情状倒好像不是在卖乐器，而是成心将乐器藏住。“卖乐器”三个字好像很不情愿地、很小心地隐在一块纸牌上，稍纵即逝。一般人是看不见乐器的，有眼也看不见。这乐器能吃能喝，还是能用呀？老百姓要这种东西吗，他们都是很实用的，有用就买，没用就不买。他们稍微地放慢脚步，是因为他们感到稀奇，这个人不会有神经病吧，是不是得了神经官能症了，怎么把乐器弄到菜市场来了呢？有的甚至不屑一顾，连象征性的驻足也没有便走了……小聿感到有好几次酸水要涌上来，最终忍住，吞回肚里。

聿教授看见了这块纸牌，就奔了过来；他不能看清小聿，由于时间的距离，逆时间，彼此都看不清。聿教授看见的只是乐器。其时，小聿的脸上早已草长莺飞。聿教授看见二胡与洞箫便不再信步闲移。他感到这些乐器特别的眼熟。尤其是洞箫。

儿子就是携着这两件乐器出门的。他若有所思地望了望天空，他仿佛在努力地搜寻着什么，他望见了天上一朵布雨的乌云。

——这乐器是从哪儿来的？

——我自家的。

——你莫非是小聿……

——我不认识小聿……先生，请您买乐器吧！

——爸爸，我饿！我要吃肉！

聿教授看了看，看见了先前没有看见的一个孩子，正立在小聿身后，手抓住小聿的上衣，眼巴巴地望着聿教授。聿教授心里一动，一股温热的东西涌动，泪水一下流了出来。

——好吧，我买洞箫。

——十元。

——这么贱，给你二十吧。

——不，只要十元。

——那，两件乐器，我都买了。

聿教授付了钱，接过两件乐器，他拿起洞箫，吹了吹，吹不响。聿教授察看洞箫，他看见里面塞满了废纸。他把废纸一团团地掏出来，他看见里面还有一个纸卷，他从箫内取出，展开一看，是一首谱好的器乐曲。乐名是《第六种昏暗》。再看姓名：小聿。聿教授马上收起曲子和乐器，找小聿。可哪里还有人呢？小聿和他的儿子早已消失不见了……这时，雨就来了。街上到处是逃避暴雨的人们，像被捅了窝的马蜂。

——茫茫人海，到哪里去找呢。

从艮地回来，聿教授一病不起。感到房子空空荡荡。高烧。噩梦。呓语。他的学生日夜守护着他。他总是喊着黑蜘蛛。他说艮地那桥板摇摇晃晃一直不稳。他说他看见一只巨大的黑蜘蛛像妖怪一样就藏在悬索桥一端的某个扁平的缝隙里，它的毛足又长又细，它要杀人掠货。他说儿子有难，可能在劫难逃。

……忽一日，太阳把世界照得金光灿烂。任何一个神智正常的人在这样的一天毫无理由会想到一件丧事、想到一个阴凉凉的世界。但聿教授却表现突兀，说，我要去海边，我要看儿子，我的儿子坐“船”回来了。

学生们就好奇地搀扶着聿教授，听从他的安排来到海边。

——多么好，就把他（小聿）葬在这里。瓦雷里说，这片平静的房顶上有白鸽荡漾，它透过松林和坟丛，悸动而闪亮……

听不懂。学生们都惊悚。

一会儿，在黑河入口的海面，果然异样，海水深沉，细浪呜咽，悲声摄魂。远眺苍茫的海上，隐见一个黑点，径直漂向海岸；近看却是一块桥板。桥板一俟漂到聿教授的脚前，规规矩矩，纹丝不动。学生们见了啊呀一声。

——这不是小聿吗？

小聿和他的儿子早已消失不见了……这时，雨就来了。街上到处是逃避暴雨的人们，像被捅了窝的马蜂。

顺水漂来的不是别人，果然是聿老聿教授日夜思念的儿子、民间音乐家小聿。小聿仿佛疲倦极了，嘴唇虽然冻得发青，却睡得深沉。

小聿睡在一块桥板上。

这不是一块空桥板。令人蹊跷的是桥板经蓝色海水的浸泡，后面竟洇现一首古曲，曲子正是小聿找了很久也没找到的佚失几千年的那首名曲。

善于识别远古曲谱的聿教授发现这正是出自古音乐大师师旷之手的一首曲子，且是一首丧葬曲。调子哀婉低回、深沉、悲凉。是汉代《薤露》无可比拟的。

小聿的手上紧紧地捏着一个记谱的本子。聿教授拿过来，看了看，这个本子上一个乐句也没有，尽是一些空白纸页。但聿教授还是专注地一页页地翻着，一页页检视。直到本子的最后一页，聿教授失声痛哭，他读到了小聿用零乱的笔迹写下的歪歪倒倒的遗言：

> ——爸爸，请不要把我运回故乡，也不要把儿子葬在坟茔最多的地方，让我成为孤坟野鬼……让我的灵魂飞升吧，离开这痛苦的土地，离开这昏暗的人们……
>
> 您的儿子：小聿
>
> 即日

小聿记得去艮地他似乎踩着许多晶亮的水柱，一路上按着洞箫。他的从城市里长出来的乌发，他的草率而不失大度的衣着不知牵动了多少少女的目光，不知引发了多少女人的遐想。他的脸上荡漾着浅浅的红潮，他幽谷般的神秘的眼睛总是弥漫着蜃气和薄雾……还在“芷”大念书时他就参观了有关艮地古代悬索桥的影展（桥的雄姿深深地打动了他），还在车上他就听见了黑水河的鸣响（这生生不息的黑水河）。他就是踩着这些晶亮的水声和水柱潇洒地来到艮地的。他矗立在一张黑水河的影像前，他深情地注视着这蓝幽幽的的河水，他联想到了河床底下的楚人……

他不认识豸，更不认识草丛中慢慢显露的“回”字小区。他要寻找一首民间古曲，他衣袂飘逸，横身浸淫着音乐的浪漫。他的全部财产除了乐器、音乐书，就是一支笔、一个记谱本。他一个箭步蹬上唐代悬索桥，他潇洒地丢给黑妇一枚价值一元的镍币。他发现一块桥板开始松动且摇摇晃晃。他白日在民间采风，黄昏在黑水河上漫步。晚上在艮小投宿。他先来了儿子，后来了妻子，岳母随后赶到。岳母一直住在他家里吃闲饭，直到住得长出一撇胡子才走了。岳母走后，岳父就来了。岳父大口大口地在他家里吐痰。

在艮小，爹闲得无聊常找小聿杀铲，玩突围游戏。小聿觉得这所学校很奇怪，于是他就迷上了这所学校也就迷上了这个游戏。他看出这用刀子杀出的一道道弧线总的看来形似一张网，蜘蛛是一种可以结网的动物。——他虽然也觉得艮小的管理有点非人性，但他还是爽快地答应了爹絮絮叨叨的请求。小聿便成了艮小的一名业余的兼职音乐教师。后来的课程及事情是一生二、二生三，以致无穷。他深陷其中便感到后悔不迭。病气是慢慢染上的，鸟雀是可以飞来的(先前天空中根本不见这些鸟雀，后来就一只一只地飞来……)。血光开始升起。黑蜘蛛的足迹在小聿的生活区到处爬动。箐姐“嫁”了。太阳一个一个地撕破。小聿撕了音乐书，后来就变卖了乐器。

现在小聿应该往回走。他听见了水响。附近可能有一些泅水且逃遁快得惊人的幼兽，它们肆无忌惮地在黑水河上活动，不易捕捉。天是要黑的，雨是要在他回家的半途下下来的，小胖注定要爬上他的肩背。

所有的经历都有了，孩提的回忆也有了。

卖了乐器吃了肉。——啊，太饿了……肉实在是香!

卖了乐器天就黑了。医生在那边招手，招过之后就来扯他的袖子。他摸了摸衣袋，说我没钱了，我的钱都吃肉了，衣袋里只有卵石，卵石可以看病不。阴凉的风是要来的，卵石是要镇风的。那些草木虫鱼变化而来的中药可能很美丽。但我注定辜负了你们，辜负了中药。

乐器我卖了。岳父的棺木一日比一日亲切。病是要大好的。当最后一盏灯吹灭之后，毋庸弹奏乐器，天国的音乐就自动奏响了。

那是一支什么样的音乐队啊!

小聿上了防汛的堤坡，他望了望艮小方向，他想起了爹。爹在这里读过私塾。私塾先生教他：

先生说，先生我，后生你

爹说，先生你，后生我。

先生说，先生你，后生我。

爹说，先生我，后生先生。

先生说，混账东西!

爹说，混账东西！

这个“混账东西”竟成了艮小的校长。

现在从高高的防汛堤上望去，望向西边的艮小，那里仍旧一片“辉煌”，他们是在“造册”，还是在深夜“耕田”呢？告别的鸟雀飞来了，小聿可以不在那里屙血了，但止不住的血光一直从西边铺过来，越过小聿的头顶，一直到达遥远的天际。

——鬼麻雀，我射一只！小胖说。

小聿看见有一种光源从血光消逝的尽头升起。这种光源虽然稀薄、微弱，虽然是遥远之光，但它勾画出大地之上昏暗的轮廓，画出了天界与冥界之界线，指明了混浊之躯趋向这种光明的方向。

——射中了！爸爸，射中了！掉到河里去了。

——弹弓您给拿着，里面还有一发石子。

小聿看了看，说，这是我用来镇风的卵石，什么时候给偷来了。

小胖下到黑水河上去找掉下的鸟儿，没有回应，也很久没有回来。

小聿立在岸上，久久地捏着一发石子——一发没有来得及射出去的石子。黑水河越来越响。他说我下去看看。一会儿，他消失在看不见的黑水河里。接着他啊呀一声……

我们不知道他见到了什么。

民间音乐家小聿最终是要“殁”的，他的一句名言也反映了这种 “殁”的趋势，或者说这种向往。

——“殁”是一种净，生是一种脏，他说。

但小聿的“殁”很复杂，有多种猜测，似乎都能成立。

另一种情况是，小胖没有下到黑水河去捡那只鸟儿。他继续向前走。小聿的脚被什么硌了一下。儿子拾起来，吹了吹，是一枚算盘珠子。小聿知道是谁丢失的，也知道谁在寻找这枚算盘珠子，他一伸手夺了过来，随手扔到黑水河，接着黑水河里“哎哟——”一声，好像砸着谁。不管它。

——有一滴水可能要升腾为一朵云了。小聿说。

——快走吧！小胖，雨要来了。

儿子就爬上了小聿的脊背。他们向悬索桥疾步走过去。小聿没有去看箐姐迷人的手。惊雷不可能在这次死亡之中发生。五根悬索不可能在这次回家的途中震断，小聿还没有到抛尸黑水河的地步。他在故事中还有很长一段时间要活着。两岸黑压压的人群此刻还沉睡在昏暗的屋子里。他们不能看见第二种光芒。他们从容地放弃了白天和劳动的工具就躺倒在床上了。房子与房子静悄悄的，像白昼的遗物。房子的屋脊高耸，遮住天外的微光。

小聿走上悬索桥。小聿独自欣赏这天外的宇宙之光。小聿一脚踩翻了桥板。小聿说“不好”就止不住地往下掉。

小聿很久就预言过一只隐而不见的黑蜘蛛。黑蜘蛛在小聿的预感中日益壮大。它似乎无处不在，它尝试过在各种复杂的地形演习，以锤炼自己的捕捉能力和生存方式。致使路途的“客人”，行色匆匆无声无息。销匿。黑蜘蛛隶属于夜，但它可延伸到红日之中坑坑洼洼，每一凹处背阳之地，阴影无处不在。阴影乎黑蜘蛛乎？似乎延伸的阴影就是潜在的黑蜘蛛，黑蜘蛛就是延伸的阴影。有时汗毛无缘无故地展开一张网，小小的、小蜘蛛网，小米蜘蛛在小步地爬。蜘蛛很轻，六七根经线的丝网就可以托住一只小型的黑蜘蛛。黑蜘蛛的馋涎很久就在小聿的汗毛上滴答着。这种过早的亲昵与玩味推动了小聿迅速物化进程。他的最后一次向悬索桥方向前进很可能将这个距离缩小。黑蜘蛛的从生到死，黑蜘蛛的一切演习；反过来说一切“客人”的可惜的葬送，都是为了亲近（或亲昵）一个人，这个人不是别人，就是小聿。

——但天边的微光注定要化作一道闪电，穿透黑蜘蛛，也穿透小聿。

一滴水注定要升腾为一朵云，一朵云注定要化作一场旷世的暴风雨。古代五根悬索，注定要在这无边无际的自然广场完成最初也是最后一次壮烈的演奏；最初也是最后一次奏鸣，注定观众阙如，当然一场圣奏，也无所有的听众（或者根本无须听众）。佚失的古代名曲注定在这一夜随一人飘然而去。

小聿最后说，空前绝后的音乐应该是把人从存在引向虚无，从混浊引向澄明，从见引向不见，从坦途引向绝境（虚无并不意味着空，绝境并不意味着绝望），此刻，新的生存升起，神恩莅临，一片祥和……

……啊，黑蜘蛛就要出现了，黑蜘蛛即将扑向它最后的猎物。

——可怜，这只酝酿已久的黑蜘蛛！

小聿英勇地走向悬索桥（他没有感到悲壮，更没有悲哀，没有就义感，他只有浩瀚无际的明澈），他刚刚走到悬索桥的中央，他刚刚来得及想，在这里是最适合的。就忽听得桥头的一个孔隙里卷起一阵狂风。一只披头散发的黑蜘蛛，一只比自己不知要庞大多少倍的力量，以迅雷不及掩耳之势将自己轻轻地卷起，轻轻的……在这焦渴的或振聋发聩的强暴中，他看见它的眼睛又红又亮，它的多毛腿风流、潇洒、强劲，它紧紧地将自己夹住，吮吸。它太想他，太需要他；它觊觎已久，他是它的甜心，它要与聿教授争夺这个儿子。它的从天而降，它的从容不迫，它的干净利索，它的一切，都说明它的多次演习是多么成功。

终于如愿以偿，它得到了小聿。

这是小聿的第三种“殁”。

乐器卖了。太阳落了。黑夜坚定不移地涌上来，它最终要掩盖一切。那些代表白昼的事物陨落了。那个洞箫吹遍了祖国的大江南北、长城内外的小伙子在天黑之前走了。

第二天，第二天的事情该是什么样子小聿不知道。

小聿走近家门。他听见两个人在菜园里打滚（样子像打架），他看见一个人在伙房里煮着瓷器。小聿刚准备拿扁担去担水，可是他进了书房，他坐在南窗。小聿借着天边的一缕柔曼的微光，打开记谱本，他翻到记谱本的最后几页写了几行什么字，只是那些黑字刚刚结盟便迫不及待地游弋到昏暗的夜空中去了，茫茫然而无所知。

谁也阻止不了它们，谁也阻止不了它们急迫地滑入昏暗。

——闪电会重新将它们照亮吗？

雷声似乎响了。那个烹煮瓷器的人好像失去了知觉。屋旁的菜地似乎隐隐有人喁喁私语。

——我给你吃泥鳅！

——我要给你来个泥鳅拱豆腐！

小聿续上第三句，这叫“改良土壤”。小聿笑了。

伙房里的这个人一切都仿佛没有听到。他睁着一双梦幻般的眼睛，一任锅里的开水沸腾。他不知烧了多少柴，不知烧了多少小聿从沟畔砍来的干枯的青藤。热气全部从没盖锅盖的锅里跑了。他就这样煮瓷器。青藤燃烧的瓷器发出了一阵阵很有节奏的叮儿当儿的敲击声。

这是最后的表达。

这也是小聿最后一次谛听。

他听出瓷器像他儿子一样纯洁、嫩白、光滑。

小聿忽然怀念起那个滴落的午夜，它就那样匆匆地过去了，永远地过去；在那个夜里，他听见了自然的和声……现在已然逝去，不复重现。

现在他离开了房子，他放下沉睡如泥的儿子和儿子的弹弓。他走向黑水河。他带着不可盛水的空钩。盛水之物弃之一边，盛水之物在什么也不盛的时候便盛它自己。

瓷器在他身后清洁。瓷器在他身后的沸水中轻歌曼舞。瓷器在他身后叮当叮当叮当。瓷器脱离了俗物的负载（一个空出了器中之物的瓷器最后剩下的便是沸水的施洗）——瓷器从内部的吟唱，终于化作了瓷器的狂欢。

风来了。

风正在头顶布云。

一切声音静止，虫鸣静止。

一滴升腾到空中的水即将化作午夜的雷霆。

小聿久久地孤立无援地默立在黑水河畔。……第一滴雨是那样的冰凉，他绝望地看了看周围的世界，所有的光亮都熄灭，那曾经勾勒出了天界与冥界的微光也熄灭……还有什么可留恋的。没有！一切都空了。不如死掉！死了干净。在死中，我可以得到一种力量。只有在不断地簇拥过来的死的根须中，获得新生。

——楚人是幸福的，也是精明的，他们把音乐带到土里，豁免了尘世的所有不洁，从而获得了一种干净。他们头枕着乐器，一任头顶风云，一任人类战争的风云、朝代的更替、世纪的流水。他们潇洒地穿着崭新的丝绸，簇拥着积淀很深的皇天后土，沉沉地睡去。

天国的钟声敲响了。

天国的钟声一遍又一遍地敲响了，它催促并召唤着超脱凡俗的亡灵。

天父与地母正悄悄地为这远行的儿子筹备着一场规模空前的特殊葬礼。风，正搬运着一块块笨重的道具般的乌云。夜沉沉黑魆魆，一切静悄悄的，什么也看不见，也不能被看见。天幕现在没有拉开，幕后的内容没有显现。一切都不能看见，一切都莫名其妙；一切都在渐变，变异，一切的变都仿佛没有什么在变……没有什么在变的渐变和变异是吓人的。一切都隐去，吞声的抽泣隐去，令人头疼的鸟雀隐去……从黑暗到黑暗之后又是什么……

突然一道闪电（仿佛源自历史黄色的页丛），突然一阵浓黑的狂风，突然一个霹雳（仿佛响自地狱）……最初的这阵狂风摄走了悬索桥的一块桥板，这块桥板第一时间飘到一个人的跟前。这人就是小聿。这块桥板将度他于苦难之门地狱之门，抵达纯洁、宁静、温馨之境（那里一定被另一种光源统摄和照亮，奇幻无比）。

无根的风暴突如其来狂怒地吹翻了所有的桥板，揭开了“琴盖”。喑哑了十几个世纪，悬索桥的沉默终于在一声惊雷中化作了午夜时分的千古绝响。所有的桥板突然兴奋，在空中狂欢，很久很久地狂欢。沉睡的黑水河奔泻、乖张、咆哮，终于荡涤了几千年的沉垢，由潺湲之水苏醒成齐天狂暴，一泻千里……

小聿为自己流下了最后一滴泪水，突然他像黑箭一样，射进了冰凉的狂涛。

暴雨下了整整一夜。

第二天，当太阳映红了雨后的世界，梦沉沉的艮地人醒来，一贯近视或熟视无睹的艮地人，终于发现了生活的阙如，从而发现了悬索桥。生活是从阙如一刻开始被发现的，悬索桥也一样。正是因为阙如，人们发现了一直没有被发现的悬索桥。其实刚刚开门的艮地人就隐约感到了某种非同寻常，感觉昨夜的黑水河可能发生了千古以来从未发生过的“惊奇”。此刻两岸的目光惶恐，无法对接。呜咽的黑水河承载着永远无法承受的河面上空空空的疼痛，一片乌泱。他们从小喝桥下的水，看水上的桥，走桥上的路，听桥板一块一块踏得咯咯咯地响，习惯了；习惯了桥、岸、水、人浑然天成。可现在不行了，桥出问题了——不可能呀，在他们出世之前，就存在着桥，从他们爷爷的爷爷的爷爷那里就流传着桥的传说。它怎么会突然绷断呢？不可思议！！太不可思议了！！！

怎么会绷断……

所有的思考都不服气，所有的不服气，都汇成了脚下的思考。服气不服气，走上去，空的，这就是现实。

后来，人们发现了一只硕大的黑蜘蛛。有人说，雷公要打的就是这个孽障。

后来，人们开始清理打捞桥板，人们按照原样，按照悬索桥先古序列铺排桥板，结果无论怎么排，都排不到一个足数，缺一块。就缺一块！一块的地方空荡荡的。人们找遍了所有的地方，一无所获。

——哎，丢了，丢了丢了，那块桥板丢失了。

后来，有人说，小聿死了！

天父和地母说，死了。

一只鸟儿说，没有死！

1989年完稿

2020.7.23订正

小石的一天

此时，小石在我的慢速度叙述中以同样的速度慢腾腾地走在最初的一个日子里。头顶有无限广阔的事物深刻地罩住他。现在是中午的一些时间，小石也已是中午的一个小石。头上没有一朵乌云的年少的小石却走得很沉重，像刻骨地思念着某种不可名状的东西？他的周围模模糊糊地簇拥着一些人，叽叽喳喳地议论着什么。心事重重的小石却像影子一样立在他所处方位的随时可能消失的任意一个也许是不确定的点上，不一会儿，脚下便莫名地汪了一摊水。一条河突然以某种极不规则的形式在眼前委蛇发生。小石看了看，是他经常跳水的家乡的瓦河。他知道河里有一些沉水植物。一双男式凉鞋突兀地孤零零地立在岸上。

“喃，一双凉鞋！”他说。

“一双漂亮的凉鞋。”他又说，像一个呓语。

衣是与凉鞋意义相关的另一些熟悉的事物。衣就一件一件地出现……

“……一个人落水了？”小石说着，脚下便汪了一摊水。

小石的目光涣散地移向上游，一座横跨瓦河两岸的古朴的青石建筑物在眼睛的约定下自然呈现，远时间中的这个影像依稀的小石在短短的距离之内注视着第一天发生的事件。第一天中的小石正在石桥上跳水。小石仿佛从石桥的石柱中崩裂出来一样，然后像石头一样投进水里。由于是从第三天，乃至第四天或是更远的时间区域注视这一时间片断，小石仿佛永远的跳水。他的这幅跳水图景就一直垂悬于这片时区。在他走上石桥时他便预感到了河畔这个拿着他空空的凉鞋和空空的衣服发愣的少年。他在空中潇洒地做完了几个复杂的动作，然后就谜一样沉入河底。故事只给我们留下了一个漂亮的封面，翻开或推进这本书是困难的也许是残酷的。

没有什么，真的没有什么。河水就这样一刻不停地向下流去，流去，没有顿号没有逗号更没有惊叹号。

南方某海域深水作业的小石父亲的 BP 机响了一下。一只难以预期的白鸟抵达南海的这片热带天空，在这里久久地低回。

第三天的小石静静地躺在瓦河下游更下的一张板罾里。此刻，一种宿命的事物深刻地罩住了他。上游的那个小石手里拿着一件件失去身体的衣服守候着河里的沉水植物。……太阳偏西了，光线不动声色地发生着变化，叽叽喳喳的小伙伴们一个不留地坚定地回家了。桥下隔一会儿便发出“扑通——”一声水响，仿佛桥上的那个小石还在跳水；就像妈妈的泡菜坛子放气，隔一会儿“咕咚——”一个气泡，只是比坛子放气的声音要大。

一只永远“咕咚——”的泡菜坛子。

此刻，岸上紧急地奔跑着一个面熟的男人，在他后面跟跑的是一个同样面熟的女人与许多人。男人的脸上已然现出了一种恐怖的离合的光。他们纷纷呼唤小石。小石作为一个词已然沉溺在小石生命中必然遭遇的另一个词的深处，像石头一样已很难唤醒了。

一只白鸟突然抵达河面，低回地盘桓，一周后叹息般地飘入河畔的一片草丛，——原来那是一张白纸。注意地看是北方某大学入学通知书。小石握住空空洞洞的衣服，无穷地摇头……

后来瓦河区域就下起了连绵的阴雨，空气中弥漫着沉重的湿气、阴郁的寒气与一阵阵发腐的气息。小石依旧立在河岸上，手握着已然开始褪色的衣服。小石的目光穿过阴雨连绵的日子，无望地望着依然是连绵阴雨的北方，望着越来越虚渺的漶漫的一种曙白……

1990.5.3－2018.2.16 修订

桶

古巷安水管了。大家都很乐，特别是妻子，再不要到很远的很远的河里去捣衣，汲水了。只要一拧水龙头，水便哗啦、哗啦、哗啦地流，清亮亮的，方便极了。唯父亲不高兴。躲在旮旯里抽闷烟，不发一言，一袋接一袋地抽，数日如斯。

一日，父亲不抽烟，不发闷了。光着头在阳光下刮桶，刮家传的那担老松桶。我找来一顶草帽，让他戴。

“跟老子滚开！”父亲吼声像一个落地的炸雷。

父亲刮桶，刮得仔细，见了白底，还不住地刮；豆大的汗粒从腮边滚落下来，还不停地刮着，忙碌着。父亲我是理解的，桶是他的心爱之物，与他命运攸关。两弟兄分家时无他物，唯有这担桶。桶记载着他的创业史，生活史，辛酸史。桶龄有多大，谁也不知，父亲也只说是爷爷的爷爷……传下来的。桶很沉，非常桶可比。敲击，有金属之声。一次，邻居借桶，我发了。当时我蹲于茅厕，邻舍用拖把洗萝卜的声音清晰地传来，仅一会儿，声音却忽地消失了，不知何故。却见父亲怒气冲冲地拎了两只空桶回来，脸色铁青。我明白了，他可惜他的两只桶了，人家不好好用，却拿它杵洗萝卜，这样最蚀桶，我也愧疚，但又只觉得搁了面子。

“两只破桶，什了不起！”

“你，你你跟老子置了多少家当……”话音未落，一烟锅敲了下来，结果我额头上留下了一个深深的疤痕。

也不怪父亲火，桶的确破得不像样，两只桶都已瘪嘴瘪脸，一只没了鼻梁，一只缺了一块瓦子，像不关风的嘴，身上满是创伤……

刮完，父亲尽上好的桐油打了两斤，弄来石灰掺了桐油，搅得像炒得有香有色的猪肝和腰花，就像招待老友。于是两只桶修了“面”，衬了“嘴”，做了新“脚”，油了全身。果然是焕然一新。父亲也乐，仿佛年轻了许多。

桶油之后，阴于梁上，父亲“偷”来一张我的新报纸，是我心爱的《文学报》，盖了两只桶，吊在房梁上，阴着。

“唉！你们老夫老妻的，也该歇息歇息了！”父亲喃喃自语。

然而，父亲终日望着那梁上的桶夫妻。傻笑。又自言自语地说出一句：“唉！可惜了，那盖头不是红色！”父亲也许想起了自己遭遇，中年丧妻，鳏寡孤独，岁月的艰难。

父亲终日像过节，浑身充满喜气，待我、妻、儿皆好。

终于，在油桶半月之后的一个滴答着露珠的早晨，父亲长眠不醒，面容如生。

1990.7－2010.2.22 更动

丑　丑

第一次出现“丑丑”这个名字，是在丑丑小主人晶晶的一篇习作中。鸡们及丑丑自己是不知道的，喊的次数多了，丑丑这个名字才在鸡群中传开。

从晶晶的习作中得知，丑丑是在它的胞姊胞妹们出世的第三天才出壳的。在丑丑短短的生涯中历经的第一险便是出壳前险些被小主人晶晶当寡蛋吃掉了。母亲兼导师的歪冠子鸡妈妈都不知道自己还有这么个宝贝孩子没有出世呢。当丑丑还在蛋壳中叽叽叽叽叽地挣扎的情况下，歪冠就固执地领着三十多个绒球般的孩子大步流星地冲向了门前的一片茵茵的青草地，并在那里滚动起来。而每当小主人晶晶把还是蛋状的丑丑放在它归巢的怀里暖着时，歪冠总是看也不看便踩在脚下或扒到一边。当丑丑终于在第三天痛苦地出壳时，它浑身湿淋淋的，瑟瑟抖动，身边一个亲朋也没有，孤零零的。多亏了晶晶用一块绒布包裹着，置于烘笼之上，才幸免于死。

烘干之后，丑丑被放到它的诞生地——一个圆形的深窝里。窝里很脏，到处都是干屎、稀粪及老鼠屎，蛋壳蛋皮及血污。羽毛粘在窝里，半天才把自己摇起来。后来又被投放到一个圆圆的脚盆里。从深窝到圆盆，境界虽然扩大，但活动的场所仍然局限在一个圆里，圆“墙”又高又厚，它飞不过。母亲和胞姊胞妹们都轻盈地跳过，样子优雅而富有情趣。它很激动，扑腾了几十次，奋勇了几十次，最终跌倒在高“墙”之下。它是多么难过！它只能天真地沿着“墙”边跑，异想天开地希望围“墙”倏然崩溃。但是“墙”的坚硬、整肃、冷峻阻隔了它突围的可能。它只能在自我单调的“叽——啊、叽——啊、叽——啊”的叫声中重复地聆听自己的回声，它能够想象姊妹们在全新的世界里自由自在地竞走、嬉戏、欢叫、啄食、转颈梳翎、伸腰击腿的情景。而每每想到这种情景，丑丑便愈发焦虑地悲鸣。顿时空旷的房间里飘浮着这种孤立无助的、像音符一样脆生生急叽叽的声音，而它母亲却最终狠心地斩断了这种母性的缱绻和缠绵，孤注一掷地领着它的几十个姊妹凯旋在屋外的亮光光的世界。那里有诱人的草芽，初绽的小花，淡黄的柳眼，还有青青的蚱蜢，一弓一弓的小虫虫。那里，河水清浅明亮，天空瓦蓝瓦蓝，一只雀子直逼云天。听说有一只黄鸟，它将在春季带给我们一个关乎“尼寻僧”的民间故事；听说丛林里住着一位鸟界的“隐士”，它鸣声像一根花针，一不小心就刺穿耳鼓……

蹲于大“墙”之内的丑丑怎么知道这些神奇的情景呢？它只能呼吸那些掺和着腥臭屎味的空气，啄着那些被污水浸泡得发黄发肿的小碎米和小芝麻星。

一天、两天……十天，丑丑就处于这种恶劣的生活环境。

当丑丑终于得以被放纵于野地，它发现自己也有与姊妹同样的令人自豪的一团绒球，只是稍稍灰了点，小了点。漫步屋外，它突然感到天光逼眼，世界斑斓。丑丑的天空也许从此蔚蓝！啊，丑丑也终于有幸跟着“咕咕咕咕咕”的母亲身后“叽叽叽叽叽”地小声哼唱了，有幸在青草丛中玩儿了，有幸躲在母亲温暖的大翅膀下或小憩、或打盹、或捉迷藏了……啊，从妈妈的温翼里仅露出一个圆溜溜的小脑袋，芽尖小喙一点黄和一双黑绒一样深的小眼，闲悠悠地转动脑袋眨巴眨巴地往外瞧，那是多么撩拨人心啊！别人不说，尤其是晶晶，晶晶就馋得直淌口水。哟哟哟哟哟……哪个叫你妈不长一对翅膀呢？风不怕，雨不怕，雷电也不怕！你看，妈妈那光滑的羽毛，滑到你的喙上、面门上、耳朵上，便麻酥酥地痒。那种痒，那种舒服一直到达你的心尖上；有时，我们跳到妈妈的脊背上，或眺望远方，或干脆在那宽阔的背上开辟“滑冰场”；有时，我们会趁妈妈打盹儿时淘气地用小喙掏妈妈的红耳朵，啄妈妈的歪冠子，妈妈一点也不怕疼，只是把闭合的眼睛打开一条缝儿，依旧打盹。大凡天下的母亲都是最富耐性和忍性的吧！实在是奇痒难熬或醒了，也只是拔起两腿，收起那张被我们的脑袋顶得凹凸不平的大帆篷似的翅膀，挪一个窝儿。那时，我们可能一窝蜂地炸开了。然而，妈妈又会找一块沙沙的土窝驻扎下来，我们便又要上演刚刚排练的那一幕幕。

可是，好景不长。在时间的嬗变中，在鸡们别出心裁地举行的各种田赛和径赛中，它，丑丑与胞姊胞妹之间拉开了距离，出现了强弱。特别是在竞走、短跑、跳跃、争食等禽类应具的“看家”本事中，丑丑显出了先天的不足。每当丑丑看到在一日之中的早晨，姊妹们迅跑着随母亲远去，而它却只能像残兵败将一样一颠一跛地尾随其后的时候；每当它看到几个姊妹从青草丛中抬起一条又肥又大的蚯蚓而赢得母亲的“咳咳咳咳咳”地赞赏的时候；每当它看到母亲啄起又放下几粒香甜可口的食物，给迅速聚合一团的胞姊胞妹讲述生存的第一课：如何啄食（包括快啄、巧啄、硬啄），姊妹们听得津津有味，而当自己刚刚赶到，“课程”却已结束，鸡们则一哄而散的时候，丑丑顿时感到阳光暗淡，万物吐黑……

更糟糕的是，丑丑发现母亲不爱自己，并且对自己存有偏见。在母亲的目光中，它看到了一种陌生、坚硬的抵抗和分离的目光。本来就营养不良、气质不佳，又历经痛苦、惶惑，加之母亲的偏见，形体的各部发育就更加不平衡。

先是身体赌气不长，翅膀又抬它的“杠”——翅膀长长长长长，长到成为丑丑的负担，接着是掉毛，先掉头后掉项。掉光了毛的头像一个黑黑的蓖麻果，后来是声音不变调，永远是底气不足的“叽叽叽叽叽”，像一个永远发童音，永不过童关的儿童。这样，在禽类便被看作异类，普遍反感、恶心。经常要受到红眼白眼、长喙短喙的各种打击。禽类从食路、言路、游乐场所、栖息之地对它合围、封锁。凡有见者，无不怒目而视，红冠高擎，禽毛倒竖。一张张磨快的尖喙瞄准它并在它的头上直转悠……

“丑八怪！”

“妖精！”

“掉毛鬼！”

“异物！”

“野种！”

“……”

凡是污秽的词语，尽数投掷。在大敌当前下，丑丑想到了母亲，想到了那光滑、温润可以躲避风雨的大翅膀……可是，当它在一只黑鸡婆的追逼之下，奔赴于母亲怀抱之时，它突然怔住了，它的身子呆呆地僵硬在那里，冰冻一般，它惊惧地看见它母亲的颈毛张奓起来，开始它以为自己看错了，但不到两秒钟，也许是一个漫长的时间，它头上“嘟”的一下，鲜血四溅……啊——这突如其来的打击使它猝不及防……丑丑万万没有想到这让它疼痛的让产生新的伤口的是它从不设防的母亲，因为当它惊悚地向上仰望时，它望见了母亲的喙上还含着几许滴血的翎毛。它认识，那是自己的翎毛，可是它从来没有想过警惕自己的母亲……啊，妈妈，是您！当我躲过了敌人的时候，却没有躲过您……也没想到躲您……您那帐篷似的翅膀，您那长得歪歪的引以为自豪的红冠曾多么优美地倒映在儿的心湖里！怎敢想象忽然一下竟成了强权、欺霸的征兆？啊，妈妈，我想不通……我知道我丑，我脏，我弱小，但这不是我的错。我的生存没有错……好吧，既然这样，我走，我离开您！

丑丑真的离开了母亲，离开了亲爱的团体，开始了孤魂野鬼般的苦苦觅食生涯。

丑丑的命运将更加凄惨了。

夜晚，丑丑虽然有家可归，但却不再有母亲的帐篷和胞姊胞妹们的温馨，有的只是硬邦邦的石林般的腿子，它寄身于这些腿子中间，不是被踩在脚心，就是被挤到老鼠经常出没的地方。这里睡一觉，那里打一会儿盹，没个囫囵。经常在夜深人静的时候，还能听到丑丑凄厉的尖叫声。

早上，当主人撒下一些粮食，大鸡们便一窝蜂地拥上去，在相互掩映的阴影里，腾起一片地皮都在震动的啄食声。这时，如果丑丑不识相穿行其间，影响鸡们的雅兴，便立刻招来无数弯弓似的奓毛颈子，吃的喙向它的头部瞄准。它知道，不用众多利喙，就仅一张利喙啄下来也是要送小命的。它只好躲到一边的阴影里，听着“哆哆哆哆哆”的啄食声，吞着清涎。偶尔借着亮瓦上那点有限的天光，也觅得几粒可怜的秕谷，慌慌地吞了，匆匆地走开。当它最后抱着几分侥幸的心理走进这食物地带时，地上早被吃得干干净净。那些鸡公公、鸡姥姥、鸡太太、鸡少爷，早已吃得嗉子鼓鼓的，擎着红冠，咯咯咯咯咯地哼着自编的歌。有的不住地在地上擦喙；有的扭着高翘的臀部，睁着一双野性的眼睛，打着某某母鸡的主意。

晌午，鸡们都集中到了一片灌木林里，一场名曰“盛夏之风”的歌舞表演便开始了，还邀请了林子里的白翎、黄莺、画眉、鹦鹉等禽类知名之士。雏鸡报幕，雄鸡伴奏，母鸡们则载歌载舞……这时主人搬出了一个紧口小坛子，斜放到太阳底下。不一会儿从晒热的小坛子里爬出无数条肥硕的白虫。丑丑一看，机会来了，连忙跑到小坛子跟前，正当它预备美美地饱吃一餐时，忽然，有冷风袭来，一只鸡仿佛从地里冒出来一般。这只鸡丑丑认识，它头上也堆了那么点不大不小的肉皮疙瘩，长着一身雌鸡的羽毛，说它是雌鸡吧，它偏偏在鸡笼里打鸣。那鸣声并不像雄鸡那样雄壮有力，而是短短地鸣一下，接着便像有绳子勒喉似的一声怪鸣，鬼气森森，令人毛发悚然。一般，听见雄鸡打鸣，会给人一种醒阔，昭示着混沌将要过去，明亮的早上即将到来，而这只鬼鸡的打鸣并不选在天将明之时，它多半在子夜时分或不到子时就鬼头鬼脑地那么一声断气似的呜呜。这时人们正处在梦乡，当深睡的人们，梦魂遭遇这种鬼鸣，便被恐惧摄住，或梦魇连绵，或睡意全无，卧等天亮。人都感到可怕，吓起同类来便更不用说了。

“嘿嘿嘿嘿嘿咯——”鬼鸡出现，它放出一句话，“别想得太美。”

听了这一阵怪笑，丑丑那美好的食欲不由得化作了冷气，它看也不敢多看一眼，转身便逃。它怎么逃得快呢，那么大一对极不相称的拖地的大翅膀，加上心急腿慌，一个跟头便栽倒在檐沟里，摔了个两脚朝天，一时半会儿怎么也爬不起来，它的身子只有不停地蹭，脚爪绝望地在空中抓扒——看来它的翅膀比它的身子还要重。其实那只阴阳怪气的鬼鸡并不曾赶来，见丑丑栽倒在檐沟里，倒是“嘿嘿嘿嘿嘿嘿嘿”地发出了一阵狂笑。现在它正在那里津津有味地品尝着那一条条肥硕的蛆虫。

丑丑的这一洋相被正回家吃午饭的晶晶见了个正着，即赶忙跑过去，把它拾起来，揽在怀里，然后撒下它最爱吃的米饭。

晚上，小主人晶晶在她的日记中写道：“……丑丑也许是饿急了吧，我用一只手‘抱’着它，它只是啄食；放下它，它也不跑开，只是啄食；再去‘抱’它，它仍然是啄食，它根本不准备回避我的手对它的接触或抚摸。它反而心安理得地偎依在我手里吃——好一只贪吃的鸡！它不怕我，好像我是它的老朋友，想想在老朋友面前还用得着讲客气吗？所以让吃就吃，不让吃也要吃！我把它连同能够将它包着的大翅膀一起抱起来，它的眸子还贪婪地跟着地下的几粒剩饭骨碌碌地转动……”

晶晶接连几天的日记，都是丑丑。其中一篇这样写着：“……丑丑真乖，不知什么时候它发现了墙角不是墙，是谷仓。它便跳上大椅子，跳上板凳，跳上大方桌，跳进了谷仓！好了，这下该饱饱地吃一顿了！它偏不，却老是扒呀扒，扒呀扒，把谷扒得满地都是，害得我扫了又扫，赶了又赶。它不知耻，赶就去，去了又来，记性特别好，依旧是扒呀扒呀扒呀扒……哦，我明白了，它可能是要寻找一件玩具吧！像我的小火箭、布娃娃、泥猴什么的，它太需要玩具了！它母亲又不给它生产这些东西，可是它家——假设它有家的话，一定是很穷的，要不，它早就叽叽叽叽叽地上学堂了。它的那对与身体极不相称的大翅膀，一天到晚拖在地上，泥浆呀汤汁呀什么的都溅到上面去了，所以这翅膀越来越灰，越来越旧，简直就是从垃圾坑里捡来的一对脏翅膀，装上去的……”

夏至一过，庄稼人收割的日子渐渐临近，给家禽们施舍的米谷也一天比一天多起来，食粮紧缺的神经性警报不再阵阵响起了，丑丑的胞兄胞弟胞姊胞妹们也得以茁壮成长，有的体魄甚至赶上了它们的母亲。小雄鸡们的打鸣日渐高亢明亮，羽毛也日臻华美，天一亮，旋风似的跑上高坡，雄赳赳迎着东方一站，喔喔喔喔喔一打鸣，那股英豪之气就甭提了。小雌鸡的胸脯也日臻丰满，臀部日见肥硕，圆眼一睁，似乎闪耀着一道道金光，身上的细茸毛像情丝一样地缠绵，“咯咯咯咯咯咯咯咯咯”情曲儿不停地哼着，让异性瞅上一眼，总是浮想联翩。它们的那个歪冠子母亲也终于得以摆脱子女的羁绊，从此罢止了摇篮曲的吟唱，那曾因当鸡婆弄得发竖的羽毛，那曾被小鸡拱得像千窗破孔的帐篷式的翅膀等，像入夏的树枝，长出了绿叶，换上了亭亭如盖的新装。它简直就像一个金婚女人，步入了第二春。一个明显征兆就是重新产蛋，像一只新鸡一样，并且产量逐渐提高，有时隔几天它还会给主人一个特别的惊喜，它会突然产下一个双黄蛋。仅凭这一点，它立刻赢得了主人的特别优待。

在这个热潮鼓荡的季节，丑丑的身体仍然赌气似的不长，但它的翅膀收上去了，像剑一样夹在两旁。它变得越来黑，越来越精神。行动出奇地快，它走得你看不见它在走，像一道阴影一晃，像一支黑箭一击。它长得不像鸡，一点也不像。像什么，谁也无法说清。它恨它的同类，但它更恨人类。它恨笼子和笼子般的生活。它觉得地上的食物总有吃光的一天。它感到另一条通途就在它们生命要去的某一个地方等待，在草丛中，在一棵树的后面，在一块石头的旁边……它是一道光，一道比日照更残酷更透彻的亮光。它看见胞兄胞弟与胞姊胞妹们追追赶赶很快乐，胞兄胞弟与母亲们追追赶赶很快乐。于是，它安静下来。它的语言是沉默，它的声音是黑色，它的形象是一闪而过……是的，它觉得它终究要一闪而过。

端午节来了，亡灵节又至；八月十五来了，重阳节又至，它亲眼看见了一件件一桩桩血淋淋的事件，雄鸡们在事件中一只接一只地仙逝。最后剩下来仅有三只：一只是白鸡，一只是芦花鸡，另一只是那只“呜呜呜”叫的鬼鸡。白鸡是一种中药，是主人给亲家的一个孩子留下的，据说用它可以敷出体内的虫豸；芦花鸡的嗓门好，是主人留作打鸣的；鬼鸡鬼头鬼脑的让人怕，不愿招惹它，所以也给留下来了。相对而言，母鸡们的命运要好一些，因为母鸡能够产蛋，蛋既可以吃，又可以卖钱。但对于体弱多病，已经休蛋或正在休蛋期的老母鸡则另当别论，不是揪打，就是将翅膀和脚捆缚在一起，扔在地上，水无一滴，米无一粒，苟延残喘。对于那些喜欢抱窝的母鸡，要么让它“饮”酒，要么把它的头按到水坑里“吹”泡泡，要么给它头上蒙块青布，使它看不见方向。总之，一切惩罚的手段就是让它“晕”，让它忘记鸡窝的方向，让它从“抱”性中醒来，让它回到产蛋的事业中来。但丑丑仍然看见一些执迷不悟的，即经过“饮酒”“吹泡”“蒙布”，甚至于揪、捆、饿的折腾后，仍然有能准确地记住鸡窝耸立的方向的老母鸡，这就不能不令丑丑肃然起敬了。因为它们就是抱性不解，它们就是不产蛋，它们强烈地要求就是要抱窝、孵小鸡，它们要带孩子要当一回妈妈。丑丑认为它们没有错。丑丑对抱性的最初认识也是源自这些亲身经历。

丑丑记得那是一只身上缀满蚕豆花的母鸡。听说它本身也到了该抱窝的时候，可主人偏偏选定一只歪冠子母鸡，那就是丑丑的母亲。这样蚕豆花母鸡就落选了。落选之后就应该循规蹈矩地去产蛋，可是它偏不，也许不是它说不，而是它的身体、它的生命、它的本性在说不。这种本性的东西它就拗不过，因为这是自然规律。可是，最富灵性的万物最高主宰的人却不吃这一套。不产蛋就要受到惩罚，就要请去“饮”酒、“吹”泡泡、蒙青布等等，在蚕豆花受到这种种惩罚之后，它没有晕，但它似乎大彻大悟，它没有准确地回到鸡窝上——这也是它与另外一些母鸡对比之下的高明所在。它而是跟着歪冠母鸡的小鸡群走，一边走，一边“咯咯咯咯咯”地唱，看见几颗食粮，它便停下来，“咯咯咯咯咯”的唱声一下子变成了快节奏，高频率，引来无数的小鸡围着它直打转转，由此来分享歪冠母鸡的母爱。尤其当小鸡的细茸毛擦过它的耳朵，小芽喙啄它的鼻眼，那痒酥酥的味道，让它感到幸福极了……但好景不长，这一现象很快引起了歪冠的警觉，它感到爱的空位与危机。所以它马上赶过来恶狠狠地啄击蚕豆花。丑丑注意到，蚕豆花并没回避，也没有迎战，只是低着头一任歪冠啄击，直到啄得滴血，直到歪冠醒怒。蚕豆花永远没有还击。啄过之后，滴过血之后，它依旧“咯咯咯咯咯”地唱，好像刚刚过去的一场风暴并不是一种惩罚，而是一种最高级别的嘉奖。偶尔，它又看见几颗米粒，一点有限的食物它照样又停了下来，“咯咯咯咯咯”的唱声一下又进入了快节奏，高频率，小鸡又围拢，接着又要被驱散，它又要遭受歪冠的一场风暴。如此反复，蚕豆花无怨无悔，并习以为常，它善于忘记，它总能在风暴之后，准确地如期地找到自己的高潮。但丑丑感动了，它真正被蚕豆花的作为感动了。同时，它也进一步认识到了什么是鸡的抱性。丑丑意识到那些只知道产蛋、不懂得抱窝的鸡是不完全的。

丑丑看见的还不仅仅是这些，很多时候，它看见蚕豆花母鸡身边也带着一只小鸡，这很可能是走丢的或是被歪冠排斥掉的。丑丑发现仅一只小鸡，蚕豆花也津津有味地带着，它就为这一只小鸡“咯咯咯咯咯”，为这一只小鸡唱童谣，为这一只小鸡找食物，为这一只小鸡张开它的同样是帐篷般的大翅膀，就像为众多小鸡张开一样，跟这一只小鸡“叽叽叽叽叽”地说悄悄话。丑丑看中的正是蚕豆花这可贵的一点，有好长一段时间，它就是在蚕豆花妈妈的荫庇之下度过的，要不，在无数漆黑的夜晚，它早被老鼠叼去吃了。

丑丑早就计划着离开这里，离开这罪恶的人类，然而它却喜欢小主人晶晶，舍不得晶晶。但有一件不同寻常的事，让它做出了果断的抉择。

那是一个夏季的中午，主人在院子里的一棵楝树下的一把竹制躺椅上纳凉。一切都静悄悄的，只有“哒哒哒哒哒”的令人昏迷的柴油机的轰鸣声从稻田方向传来，近处一只蜜蜂“嗡嗡嗡嗡嗡嗡”地飞来飞去。歪冠正在鸡窝里居高临下地产蛋。丑丑在堂屋的一扇门影里悠转着看鸡笼上方的歪冠。一切都显得非常安静。这时，突然有一阵“嘁嘁嘁嘁嘁”的呻吟传来，这声音一下子摄住了丑丑的神经，从呻吟的剧烈震颤中丑丑感到了一种比刀割还要难忍的疼痛。它仔细地辨别了一下，发现声音是从厨屋里传来的。它连忙赶到厨屋。令它感到奇巧的是声音顿然消失。丑丑在厨屋里走了一遭，也没有发现什么动静。

“嘁嘁嘁嘁嘁嘁嘁嘁嘁嘁嘁……”

中断的声音又忽然出现了，听声音好像比先前更难受。丑丑发现声音是从灶前的柴仓里传来的。它就向柴仓奔过去，丑丑发现码得高高的柴火靠墙的一边有一道罅隙，“嘁嘁嘁嘁嘁”的呻吟正是从这道罅隙里传出来的。借着微弱的天光，丑丑仔细察看着罅隙处，它看见黑暗处有一只老母鸡，只见它叉开双腿，头勾得低低的，眼睛直直地看着自己的下身。丑丑注意到它的头勾着显然不是要察看到两腿之间的什么东西，而是一种用力的方式，它好像要努力地把一件事情完成。丑丑轻轻地走过去，啊——是蚕豆花母鸡……这这，这是怎么回事？它焦急又关切地问道："蚕豆花妈妈，您，您这是在干什么？"

丑丑问话像投进了深渊的卵石，半天才听见微弱的回声："……孩子，我在产蛋啊！"

"产蛋？产蛋有这样产的吗？"

"……难，难产啊，这样站着才有力……"

丑丑知趣地住口。柴仓里又是一阵"嘁嘁嘁嘁嘁"地呻吟。一会儿，从老母鸡的腿上流下一团液体。借着微光，丑丑看见一团夹裹着鲜血的蛋清、蛋黄及碎壳。怪不得如此痛切地"嘁嘁嘁嘁嘁"的。丑丑明白了，这个蛋在身体的内部就破碎了，不能成为一个圆形。那么，这蛋，又是如何破碎在身体里的呢？是自己不小心还是别的什么原因呢？丑丑把自己的疑问告诉给蚕豆花母鸡。得到的回答是：

"……孩子，你有所不知，我因一次饥饿飞到主人的餐桌上吃了几口饭，紧接着就被发现了。等我从桌上往下逃身时，我预感已经很晚了，一场空难就降到了我的头上。因为我已感到了一阵风，接着就感到肛门和肠道处一下子失去了知觉，一只来路不明的脚（可能是主人的脚）踢中了我这重要的地方。我的心脏憋闷得不行，透不过气，整个身体慌得厉害，当场就有几颗饭粒和着血从喉管里呕出来。我知道身体不行了，坏了，也许马上就可能死去。但求生的本能在此时此刻成了一切。我用翅膀在地上拍打着挣扎着从堂屋爬到厨屋，从亮处爬到暗处。我藏了好几天，才挣扎着出来。我简直无法形容主人对我的残忍和一连几日的疼痛。我也不敢想象我是如何得以活到今日，从此，一种怪病就染上了身，一直以来，我的肛门就屙着你刚才看见的这种东西……"

听完蚕豆花的叙述，丑丑偎着蚕豆花"咯咯咯咯咯"地哭了，它感到特别伤心……不行，仅只是伤心是不行的，得找一只鸡说说，找谁呢？谁现在说得上话，谁现在最受宠？丑丑想起了歪冠，对，找歪冠去，好歹与它母子一场，这点情分应该是有的。

丑丑主意已定，便走到堂屋。此刻"歪冠"依旧蹲在木盆鸡窝里。今天它产得很慢，可能又要产双黄蛋了。但仔细观察，它似乎很闲，闲得有点心不在焉。产蛋也许是一个幌子，它似乎要借着产蛋这个幌子等待着什么吧？等谁呢？它要等的东西几乎都等到了。以前它的窝是一个边缘烂掉的破四角花篮做的，每次上窝下窝，那些参差不齐、张牙舞爪的破篾就扎腿刺臀部，以致每产一回蛋都要划出好几道口子付出一些血的代价，直到有一次窝边的一片长篾挂住了翅膀，带翻了鸡窝打破了里面的鸡蛋，主人才有所觉悟，专门给它准备了一个圆圆的小木盆鸡窝。这木盆鸡窝歪冠是满意的，因为它重、稳、光滑、圆润，不挂翅膀，也踏不翻。以至歪冠一踏上这新鸡窝，心中就有一股灵气，就有一支歌。视野也开阔，眼睛也看得远。它可以望见对面的小树林子，可以望见林子里的那只芦花公鸡。提起这只芦花公鸡，它可喜欢了。芦花虽说是自己孵出来的孩子，但它毕竟是一只公鸡呀！歪冠从来没有看见过这么英俊、潇洒的公鸡。只要芦花一打鸣，自己的心就怦怦怦怦地跳，特别特别地激动，蛋也产得多，主人也特别特别喜欢它。这不，为了它的产蛋方便，主人特意在靠近鸡窝的地方放置了一把红木椅子。歪冠只要先飞到椅座上，然后轻轻一弹，就可以稳稳地落进鸡窝，比过去方便多了。吃食也是单独的。吃食时主人撒一把食，然后把鸡们都赶出去，留它独食。这种规格的享受，让它感到即使马上赴死，做鬼也值得……今天这个时候，它并没想要去赴死，也不是在等主人的什么赏赐。你瞧它那情切切、意绵绵的样子，它一定在想着一件不易言说的什么荤事儿。果不出所料，它暗恋着的情侣芦花不知什么时候一下子从地里跳了出来，“腾——”的一下，便飞到鸡笼上。芦花先是咕咕咕咕咕地轻盈而欢快地在歪冠的木盆周遭转着叫了两圈，然后又咕咕咕咕咕地在歪冠的耳畔不停地叫着，接着它把右脚踏上去，搁在盆沿上，然后借着右脚的抓力，左脚用力一蹬，身子“腾——”的一下上去了。然后双腿夹紧，翅膀忽闪忽闪地拍了两下，雄冠一扬，“喔喔喔喔喔”地叫起来。芦花的声音真好听。宽阔、雄壮，有如铜钟，悠远、富有质感，且有余音荡漾。歪冠听得赧然地低下头去，眼睛却出奇地光亮，似乎看到了一派无限的春光……歪冠开始重复一个动作，它反复地啄着窝边的一棵金黄的稻草，其实稻穗已空空如也，没有任何可以啄食的东西，但歪冠仍旧是啄。可能是一种羞涩吧，像十七八的姑娘见到了梦中情人一样，手不停地绞，绞手帕，或用嘴含着手帕的一角，纤手轻轻地往下抚按。想想老母鸡歪冠见到儿子芦花该是那种难堪又难耐的心情吧！芦花一高兴，就蹭到了歪冠的背上。而歪冠却突然如临深渊，浑身痉挛或忸怩起来，随之鸡窝也痉挛、忸怩起来。歪冠的一对翅膀自然而然却有力地张开，肩起了儿子芦花这从上而下的力量……这宽阔的脊背不是孩提时的“滑冰场”吗？还有这宽敞而温馨的翅膀不正是芦花当年钻进钻出的大帐篷吗……忘了忘了，现在芦花把一切都忘了，忘得干干净净，所有的礼俗都不复存在，所有的其他都忘记，它只知道自己的身体正在向下陷向罪恶的但却是快乐的深渊下陷……当芦花的喙准确地吻到歪冠头上的某个部位时，歪冠顿时感到了久违的酥痒、舒服、清亮又重新回来了，并且像电流一样从头闪到尾，所有的毛孔（如果鸡有毛孔的话）都打开，所有的关节都松弛，整个身体伴着一种节奏摇动，整个鸡窝也摇动，摇着摇着鸡窝便飞升起来，身体也随之飞起来……飞呀，飞呀，飞呀飞，飞到一个绿茵茵的森林，地上到处是花，到处是草，它们双双降落到草丛里……

“哥哥哥哥哥哥哥哥哥哥哥哥哥哥……”歪冠发出了它一生中最长的最放荡的呻吟。

啊……丑丑看到了不该看到的这些，看到了不该看到的一幕。丑丑往回走，它泄气了。当丑丑走过一扇门影，又来到一道门坎前，它望见了厨屋，望见了厨屋里的柴仓，它又想起了在黑暗中痛苦的蚕豆花妈妈，它犹豫起来，心情很沉重，它在一扇门影里徘徊、徘徊……去，回去！它又决定回去。这次它坚定了信念，不管怎样都得回去，无论好歹都得跟这个现在受宠的歪冠申诉一下情况。

当丑丑大步流星地走到高高的鸡笼下，三跳两跳地闪现在歪冠面前时，歪冠已经摆好了姿态，梳理好了蓬乱的翎毛，高傲地竖立了脖子，它的左眼迎着从一块亮瓦里射进来的一缕阳光，右眼藏在歪冠的屏影里，整个呈现出一副超凡、威仪的神鸡气派，刚才的淫荡，刚才的柔软不见了。芦花则蹲在歪冠的一旁，脖子也竖得高高，摆出一副正牌的蛋鸡模样。

“你来干什么？”歪冠发话了。

丑丑便向歪冠控诉了蚕豆花的惨痛遭遇。

“你说该怎么办呢？”歪冠问道。

“我们不能忍受这种现象长此下去。”丑丑说，“……据说我们的远祖是原鸡，原鸡生活在神秘的深山密林里，它们的生活是自由的，并不受制于一个笼子，受制于人类。它们有坚硬的翅膀，自由的食物，自己的生活方式，不必踯躅于地，讫讫于人类的一点可怜的食粮……的确，只要我们安分守纪地生活，定时地产蛋，我们就可以获得丰厚的待遇。可是蛋会有最终产完的一天，鸡最终要抱窝，要带孩子，要施爱……可是这个正当的完全符合动物本性的生理欲望不是每只鸡都可以享有的。所以鸡一旦不产蛋，要抱窝，在丧尽物性的人类看来是大逆不道的，一旦大逆不道就要接受绳子、布帕、‘饮’酒、‘吹’泡、揪打、饥饿之类的惩罚。纵然，身体是金石不朽之躯，盛产长久不衰，到头来又怎样呢？最后的归宿还不都是一样吗……”

“你说该怎么办？！”歪冠的冠子似乎更歪了，眼睛里射出一道绿光，它的尖喙正在调试方位。

“你说该怎么办？！”芦花脖子上的几根白毛一根根倒竖起来，它的尖喙正在瞄准。

丑丑一时完全沉浸在自己慷慨陈词的情感世界，没有或者它也懒得去顾及歪冠和芦花的表情和表情中一步步推进的乌云和一触即发的雷电。丑丑把它们严厉的责问姑且当成了它们对自己话题的探索与重视。

“我建议从现在开始，鸡们重新学习飞行，摆脱人类的磁场，飞向蓝天，飞向密林，飞到自由自在的生活中去……”没等丑丑的话说完。“哆哆”重重的两击终于按捺不住像飞镖一样落到了丑丑的头上。

血！

新鲜的血！

涌涌涌涌涌涌涌涌涌涌涌……

鲜血涌红了鸡笼的松木板，深深地浸透松木的纹理中。

我怎么啦？！我的头怎么啦？！怎么这么重？啊——血！！！

起初，丑丑没有感到痛，只觉得麻木，喙叽叽叽叽叽地不能言语。头晕。身体摇动。鸡笼摇动。天地摇动。想蹲，最好躺一会儿。丑丑刚一蹲下，身体就滚，从笼顶滚到椅子上，然后又滚到阴凉凉的地上。不知躺了多久，忽然听到一种奇怪的声音。

“嘿嘿嘿嘿嘿嘿嘿嘿嘿咯——嘿嘿嘿嘿嘿嘿嘿嘿嘿咯——”

是谁的声音，这样阴森可怖？哦，是鬼鸡。竟是鬼鸡的声音叫醒了它。它醒了，这下完全醒了。对于这些甘于沉沦的同胞来说，自己的所有努力都将宣告失败或破灭，纵然流血也难以将它们风驰电掣的承转变化（或异化）挽回或唤醒，它们愿意乐此不疲地在短暂的对可怜的食粮竞逐中耗费自己的生命……看来自己是太天真太天真。悟到这一点，丑丑从地上站起来，一瘸一跛地走出了大门，不回头，永远不回头，一直往前走，越走越快，终于消失在茫茫的原野，消失在天际……

一天……

一月……

一年……

丑丑再没有回来。

走掉一个生反骨的丑丑，鸡们倒似乎愈显其宁静，也没有感到有什么不妥。只是当年关的逼近、鞭炮的爆炸、人类喜庆的浓烈，鸡们整体感到了一种慌张和惶惑。因为经常在一块儿玩和吃食的伙伴一天比一天减少，隔几天垃圾坑里就要倒出一堆新鸡毛……然而疼痛毕竟不是在自己身上，去掉几位争食的，日子也许还好过一些，便也心安理得。有时从主人嘴里吐出一团团碎骨，也不加辨析，就津津有味地吃起来。纵然有几只精明一点的鸡虽满腹狐疑，啄起又放下，放下又啄起，颠来倒去地察看，然而在察看之余，见有几只鸡的喙将转向瞄准自己的食物时，也就不狐疑了，顾不上那么多了，囫囵地吞下，虽然脖子有些胀胀或刺挂使其不舒服，但也毕竟是被吞进了自己的嗉子。

歪冠似乎更是有恃无恐。只是芦花终于有一天不见了，倒也让它伤心了好几天。但它的心情马上就好了起来，依旧是一路“哥哥哥哥哥”地唱。不愁不愁，我不仅是产蛋冠军，而且是孵鸡的能手，过了这个冬季，我将为主人，也为自己孵出一批新鸡，到时，我还愁没有芦花吗？几个芦花比芦花更好的芦花都会有的，一切都会有的……歪冠想。

那是冬季一个雨雪后的晚上，残酷的光芒突然罩住了它。那天，歪冠吃得嗉子饱饱的，这是主人在黄昏时撒下的谷物。当时它正在啄食，就见从堤上下来一个穿黑衣的人。这个人把一辆破自行车支在堤旁，然后叫了一声“姑爷”。“姑爷”（歪冠的主人）就跟黑衣人耳语着什么。然后黑衣人就开了后门去菜园子扯了一把蒜。这时鸡们都纷纷上了笼。“姑爷”就走了过来，抽掉插闩，放下笼门。平时“姑爷”就是这么做的，歪冠也没觉得有什么不妥，可是“姑爷”手里的手电亮了，手电的光芒照亮了整只鸡笼，所有的鸡都战战兢兢，歪冠也感到今天不对劲。就有一只手在鸡们的身上划来划去，最后这只手找到了歪冠并停住，在它经常产蛋的部位按了按，然后，紧紧地把它抓住不放，手电光在它身上聚焦，不到一分钟熄掉，它吓得险些晕了过去。记得当时歪冠被抓离到空中时，它叫了几声，有几只鸡陪着叫了，但一切都于事无补。

“这是一只老母鸡，已经不产蛋了。你把它吃了好好补补身子。”“姑爷”说。

这是歪冠听到的主人留在它记忆中的最后一句话。后来它就被装进了一个蛇皮袋，跟着这个从未见过的黑衣人消失在黑夜中，再也没有谁见它回来。

转眼，春天像箭一般逼近。在主人的院落里，又有一团鹅黄色的绒球小鸡在童话般的草丛滚动，已有一位新的导师“咕咕咕咕咕”，且兴致勃勃地领着。在“叽叽叽叽叽”的小鸡眼里，只有“我们自己和我们的导师”，“我们”根本就不相信“它们”和“它们”曾拥有过的另一个世界。

1996年12月2日完稿

2008年4月再订

永远车水的人……

这是一片水，但不是泛滥之水。水在岸之下，岸在水之上。是水便有可能发亮，即使天空不亮（熄灭），水也要亮。那是另一种亮，来自地母的亮光很难言说，近水之岸便要潮湿，水的专注与无言有时即使目光犀利也无以发现。是岸必有草，可以是一株车前草。草伸出一茎，茎上一朵花，花照在水里。水边植着杨柳，杨柳产生古人名句。唐宋词句随风翻动，随便一页即可读到杨柳的风韵。柳荫之下放着我的水车。水不大，但水车不能车尽塘里的水。水里游着我的鱼。“鱼受命集结，鱼受命等待，鱼受命而游，游于永恒之中。”（摘于黑丰《虚无日记》第 43 册）所以宁可死空车上的人，也不能使水中无鱼可游。水车的木叶打动水面，发出声音。但它不能惊动一群永远的鱼。水的一部分的确已随木叶爬上了水渠，但塘水从未沉降一寸。水塘上空没有钓鱼竿的形状，没有专门注视鱼情的职业目光。水面偶有惊动，只能是某人的妄想，它潜伏于目光深处的丛草，但水塘上空空净。水里的鱼一只也不咬钩。水边我没有安排必须车水的田畴，棉农们都不到这里来车水，要抗旱他们用的是电机。

所以这是一架空车。

我的学校在水边。我的人要经过水边进入学校。我的人叫小冉。小冉经过水边，车上正有人喊他车水。他一听声音很熟悉，便走上水车。他走上水车便急步抱横木。然后很失败地走下来，然后是他拖着疲软的双腿走上讲台的背影。于车水他没有成就感，他从来没有成功地完成一次真正的车水。走上课堂，他对学生说，水车……

水车您已讲过，学生说。

于是，他翻过一页……

水车车水是车载水，水往下流是水载车。

我的学校构筑于水边，校内的人完全有机会享用这架水车。水车的内容在我的小说里似乎不能用常规意义的“车水”来阐释，用水车车水实则浪费了水车的独特含义。大部分老师与许多学生走出校门来水边车水，他们仅只踏上了水车基础意义上的车拐，不能算作上了水车（他们有时把水车踏得飞奔，踏得看不见他们的脚和车拐，踏得不谙此道小冉摔下来；他们这样离水车就更远了，然后他们弃车而去）。而水根本不能流入任意的一块田畴，水只能灌溉一条空空的渠道。水的空音，可能使部分人的眼睛失望。水塘不斛空，鱼不能凸出，人心不足。

水从无名之渠流入某校，一分为二。发亮的水从校园中间流过，迂回成一个半月形，曲折地回到水塘。学校可以轻而易举地听到潺潺的流水，水声可以灌溉耳朵和教室，可以使它们发潮，可以使其生长一些无根的隐花植物。但水声不能敲响整个校园，因为学校是用很厚的青砖一块一块码成的。校舍构筑在土地之上。土地很坚硬，鱼不能在土里游泳，鱼进入土里自由自在地游泳只能是它们的一个妄想。所以任何人也不能妄想在土里养鱼，鱼儿离不开水，瓜儿离不秧。水是一种很轻且能飘起来的物质，鱼无须费力即可洞穿它。当水飘起来弥漫成一场大雾时，鱼也就飞起来了。鱼此刻可以趁机进入校门，可以看见两腿动物的内幕。于是，小冉便在一天的早上看见了一只奇怪的鸟，没有毛。肉肉地飞。旁若无人地在小冉的头上飞。

肉翅膀是不能越过冷飕飕的冬天的，小冉就想。

这只无羽的肉鸟是对着小冉来的，专为小冉而飞。它的范围是汉语，它的偏激是超羽毛超语法超越一切偏见的。长久以来，小冉已习惯了它，习惯了就看不见。他只能听见肉翅划破空气的声音，他能感觉一只鸟完整的存在。他不知道无羽鸟为何能够存在，春天夏天还好办，可是在霜降的秋季和大雪的冬天无羽鸟将如何泅渡。春天，只要有一枚花瓣即可遮盖身体，夏天有树叶，秋天和冬天呢？树上的叶子一夜之间就全落光了。——看来，这纯属小冉的多虑。这只无羽鸟本是作者的一次任性，在感到痛苦时，羽毛会一支一支地回到鸟身上，从此，它将成为一只羽翅丰满的鸟。它可以飞度任意一个冷飕飕的冬天，而冬天在我的写作中只有雪花的戏仿和纸片的飞纷，并没有大雪压境。纸的飞也许比雪的飞更像一个冬天，更寒冷。鸟在这样的冬天里也许会进入新的涅槃。

我的人是小冉，小冉生活在某校之内。走出校门即可望见闲置于水滨的水车。小冉能够感觉水车的轮廓。无须看见，小冉即可找到想象中水车的车拐，听到水声会使他的脚情不自禁地上上下下地踏动。小冉是某校的一个活物。某校写在一张白纸上，它可以是一个词语，一个人只能从抽象的意义上去触摸它，但它更多的时间里则表现为土木建筑的一种形式。这是一所真实的学校。学校的轮廓没有梦幻的痕迹。墙体由一块块青砖所组成，砌在地皮之上。墙体四面合围，上面一动不动地覆盖着一些机轧瓦。墙内可以住人，瓦槽可以沥雨。有两面墙安了玻璃窗，可以瞭望窗外的一只无羽鸟，以及远处的水车。窗户可以通风，风可以携带着泥土气息和菜籽花的芳香，从遥远的田野里吹来。但围墙高高在上可以隔断你眺望远方的视线。然而围墙可以回声。可以使这一王国的校长变化多端。校长的声带振动可以广阔无边（小冉在这广阔的地带里往往要失去人的很多功能）。围墙的一侧安有一扇门，门枢转动有如翻动书页，有如打开一面镜子，水银的深处漂泊着一架木质的水车。水车在正午的日照下如同敷上了一层彩釉闪闪发光，事实上这是一架刚刚上过桐油的水车，此刻它正飘逸着桐籽的馨香。水车上有早起者正在勤奋地学习车水，豆大的汗珠无声地滴落在水车下的土地。水车不能车尽塘里的水，水要游泳我的鱼；鱼不能在土里游泳；只有树根可以在土里游泳。树在我的教室门前，这是一株国产的梧桐，梧桐的根系在形而下的土里。梧桐的树杆很高。树杆不像草本植物那样容易枯萎。梧桐可以把姿势表现在地表之上，高扬自己的形象，它的根系则在另一片深沉的地区域做别一种状态下的运动。一般在夏末可以得到梧桐的籽。籽是可以被一个人吃的。秋季可以改变树叶的颜色。现在梧桐只能在风中改变自己的形状。

这是春天，梧桐下行走着我的人小冉，这个人现在不能吃到梧桐的籽。硬要在春季吃到梧桐的籽是困难的。一只鸟在水之中游泳也是困难的。鸟翅推动的是空气不是水。空气能够使鸟获得一种升力。梧桐上没有一只鸟巢。鸟巢有时可以筑在一个人的头上。这个人只能走在学校的范围之内，他是我的人小冉，他情愿一只鸟筑巢于自己的头上。现在他正把他的姿势表现在太阳下的土里。土是他的土，不动的土。土的漂泊、流浪、重新集结他是看不到的。他轻易难以触及土的表里。现在他正在他的土地上懒洋洋地出左脚出右脚。头上有他的鸟他的太阳。太阳由几根金色的钢丝闪闪地撑着，不得掉下。那可是一个金色的太阳。这里走动的只是一部分小冉。

离小冉三米之地的水车前有一堆土，这似乎是一堆净土。土堆里的情况不是十分清楚。我想一个人难免有时显形，有时隐形；一个人难免部分生存，部分死亡，部分超脱，部分沉沦，部分专横，部分仁爱，部分灾难深重，部分幸灾乐祸得意忘形，部分垂头丧气循规蹈矩，部分趾高气扬飞扬跋扈。一个人难免孤独地游走在第十天半月前秋季后或更远的时间单位之内。走在远时区中的可以是小冉寂寞的一部分，这部分小冉可以在开阔而宁静的时区里，穿着线条分明的裤子，一会儿出左腿，一会儿出右腿。另一部分小冉要么在水车上抱横木，要么被屋檐下的一窝面目模糊的吃瓜群众议论纷纷。不用看就可想见屋檐的阴影里阴晦着一些什么货色。他明知他们的议论对他是一种伤害，但他仍旧没有感到紧迫，他反而像一个外星人一样生活着，他感到他们的遥远，他就在这种遥远里走，叽叽喳喳千古如此，他就在这种远距的感觉中超迈而悠游。他觉得他们很有趣很可怜。可怜至极！他们将吃掉自己。他们想吃掉自己。哼！

可是想吃掉他人的人最终吃掉自己，他想。

有时一朵迟暮的药菊可以把小冉的眼睛和傍晚的天空照亮。小冉长久地逗留在药菊的幽香里使你的视线无法把他捕捉。即使捕捉到的也不可能是小冉的本相。看见的是人的一具躯壳，躯壳不过是人的一个表征符号（人高度注意某一物，便忘我），表征有时不一定表意。小冉暂时走进幽香之中，不等于远游而长久地脱离符号。他只是在药菊之中小憩一下。一种熟悉的梅干盐菜气息可以唤醒遥远的小冉。一会儿他便自觉地从来路返回路边寻找自己的符号，就像寻找长久掷于一地的某一件旧衣。于是小冉想起了自己艰辛的民师生涯。父亲隔年收藏的早谷稻草也可以像刚刚出瓮的梅干盐菜一样新鲜发亮。小冉皱皱巴巴的民师生涯既像父亲隔年收藏的早谷稻草，又像这刚刚出瓮的梅干盐菜。所以这种气息很可能来自长期蚀入小冉体内的汗腺。这种气息很奏效，它能勾起一个人对往事的回忆同时也可唤醒人。部分的小冉或在路旁寻找一朵药菊或在四处浪迹或在水车上习水，一旦他嗅到这种气息，流浪中的小冉将收住漂泊的脚步。

小冉泪雨倾盆。

我的某校构筑于水滨，某校的内部漂泊着部分小冉的药瓶，药瓶上镌刻着奇特的回文或蝌蚪文。小冉是体制外的一位民办教师，所以他必须去水滨车水，这是某校长的命令，也是他的功课。虽然小冉无益可受无田可以灌溉但必须车水。车水也是某校的集体爱好，少数必须服从多数。所谓教书只不过是打开教参翻动备课本，就像转动门枢打开安在围墙上的门扉一样。途经一扇门某校与水车可以交相辉映。上课是降下一些练习册和一些自测题。练习册与自测题是为了网住学生网住手网住脚，就像撒网捕鱼。当一名教师的初级功夫就是学会把学生缚住把人脑缚住把标准答案投放下去就像投放藏匿了鱼钩的鱼饵，把学生引入题目引入回文引入蝌蚪引入怪圈。否则不优秀、不称职、不及格。老师只需面对参考书面对自测题和练习册，这些工作在一些夜晚的灯下就可以进行。小冉讨厌了教书就径直去车水。

其实水车一般冇在此现身。车水其实是不务正业。某校不能无人教书。但一个想象力极其丰富的人可以使一架隐匿的水车现形。于是水车就稳稳当当地娉婷于水滨，在正午的阳光下一阵阵散发着桐籽油的馨香。水车是一种非常原始的木质抽水器具。我的水车跟俗常的水车一样，靠木质链条和木质齿轮传动，每颗链条上安装了一片木叶。踩动车拐木叶即可载水。车水是一门技术。即或水车毁坏它也可以完整地存于一张纸上。一张纸纵然揉皱也可承载水车及其技术。小冉只能纸上谈兵，他并不善车水。他一走上水车就要去抱横木。结果水没有飞起来，一张承载水车及其技术纸片飞了起来，承载水车也承载小冉的纸片与小冉一起飞。

我的某校长是一个不透明的某物，走上水车他会异常兴奋。他蹬水车有如按时早锻炼或吃早点。但他不能车尽塘里的水。他喜欢与小冉车水。小冉可以去抱横木，他去车小冉。很多时他把小冉车到水车下面去，于是他很满足。车拐可以被校长抹上塘泥，一旦抹上这种稀泥，小冉就找不到车拐找不到北。此刻横木也不能使他得救，他就毫无疑问滑到车下去，飞舞的车拐就像铁锤一样毫不留情地砸在他的头部背部或脸部。往往旧伤未愈，又添新的创口。

于是，小冉病了。

他的必然的药瓶正在他身后不远处漂泊。小冉可能要量变到质变。由一种物质向另一种物质的转化有时很可怕。药瓶碰到一堆土，可能不再漂泊。它们在这里集结，在这里积土成丘。这不是一丘浮土，是一堆不动的土。它们已不能四散而随风飘起。

人人都有自己的土。

土是很难改变颜色的，它们悄然追随且沉积在小冉背后不远的地方。

在有药瓶漂泊的日子里，小冉头上难以定时生长茂盛的青丝，难以挽留一只越冬的青鸟。这是小冉的鸟。鸟日行于我的人的某一维空间。小冉只能感觉它的存在，知道这只鸟正一支一支地丢失着美丽的羽毛。

鸟终有一天会死。

鸟也许会改变成一条鱼。

在有雾的早晨，鱼是可以飞行的。梧桐有时接受一尾鱼像接受一只鸟。鱼的飞行是对鸟的一次不很成功的戏仿，是对鸟的一次告别式的挥手和追忆。鱼终究不会在树上筑巢，时间和技术都不具备。大雾也在一定的时间被收走，一轮红日将飙升到青天。阳光会残酷地显示一切，某校则表现为具体的几间房子和一块空空荡荡的操场。小冉出现在光天化日之下。他只能在阳光下怀念“我的鱼”。小冉同样暴露在浩荡无边的阳光下，一会儿出左腿，一会儿出右腿。人走动时，有时能够生出一阵风。一枚树叶的凤影可以像一朵花。风能把贴在梧桐上的一枚树叶吹落。小冉拾起一枚树叶，迎着阳光一看，树叶上娉婷着一架桐油水车，有锅底灰碳素水写的车水技术。阅读车水技术，小冉的双脚情不自禁地上上下下踏动，像踏风琴。错觉使小冉如同走上了水车。车水的人面目模糊不清。想象中水车突然快速运转，小冉的脚怎么也踩不到车拐，其实水车在叙述中已由潜在到明露。可是校长把稀泥抹上车拐。

水车上有一条横木，横木是为车水的人有所凭依备置的，抱住横木就可以支持悬空的身体，因为车拐现形的速度加快，小冉的脚无法逐一认识，所以那个叫车拐的某物就只能看着它们一个一个地滑过去。

一颗盐可以发出惊世骇俗的响声。车水小时冉的汗腺总是分泌一些白盐。一颗盐可以将平坦如水的地面砸出一个深凹，可以震动某校的青砖和柱梁，甚至可以致使围墙坍塌。

一颗盐可以是小冉生活的写照。白盐可以是一种民师厨房的面貌，但它现在只是一个病灶（或病兆）。小冉大汗淋漓地车完水，就在这种白盐的厨房里用餐。一种掺了沙子的梅干盐菜就可以对付。伙夫在厨房的构架中可以略而不见，但他的贼眼始终是盯着小冉的，他似乎要用目光把所有的盐射入小冉的身体。在这黑咕隆咚的厨房中，油水是看不见的，白盐是可以敞开吃的。

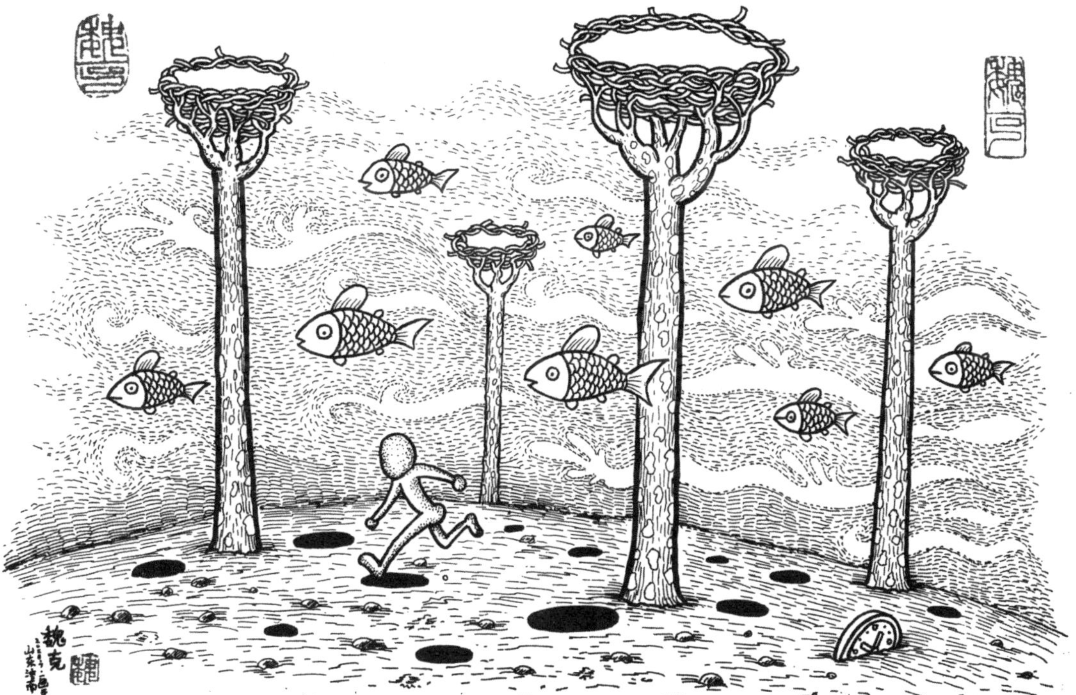

鱼的飞行是对鸟的一次不很成功的戏仿，是对鸟的一次告别式的挥手和追忆。鱼终究不会在树上筑巢，时间和技术都不具备。

染病是必然的。所以当小冉在伙夫的奸佞的目光下享用一盘咸盐菜时，他的药瓶就在厨房以外潜生暗行初始漂泊，等待……

夜晚水车吓人。夜里的水声，能够惊醒熟睡中的小冉的一只暴露的耳朵。无人水车也可自动吸水，有时可以发出车水的声音。习惯推动人也推动一架木质水车。水声使小冉像机场的地勤人员一样赶紧拿着手电去一趟水塘。当小冉看见水车便情不自禁，一上水车它就加速；一旦摸不到车拐，小冉就只好去抱一条横木；走下水车，鼻青脸肿的小冉脸上陡生一厘米黑胡。胡须昌茂但土地不一定肥沃。开采黑夜的时间似乎很犯忌，小冉一夜之间黑瘦而苍老。小冉是一个有头部和四肢的人。现在他感到身体上的这些摆设很重，成为一种负担。一个负担不起自己肢体的人又怎能支付深夜车水的劳力？

面对愈来愈糟糕的身体，小冉也没有多大的怨言，他只说可惜了，我不能生长茂盛的头发不能支付劳力，也不能挽留一只鸟。

当小冉尚未从我的笔墨中或敲击的键盘上丧失或消磁时，他可以摆左胳膊出右腿，摆右胳膊出左腿。他可以把自己的身体表现在地皮之上，他可以不断地改变自己的状态。他可以咒“他妈的”。

水被迫围在一个坑里，这就是我所写的水塘。

水波不惊，鱼静静地游泳在塘里。水塘上空没有任何钓竿的形状，水里的鱼一尾也没咬过钩。水边放着一架水车。水车四平八稳地亭立于岸上。车水的技术在一张纸上或一枚树叶上，像纸钱一样漂动，半浮半沉。小冉走近水边，车上有人喊他车水。他觉得水车很好玩，一上水车他就上了瘾。年轻气盛的他此刻不能看见水车前大有深意的一丘土。他只看见水车边的一朵花。走下水车他听见了胡须拔节的声音。他两腿稍一犹豫，一只狗獾便洞穿了他身后的丘包，并且很有把握地携着另一只狗獾在洞里随便苟且。他一抬手腕说时间不早了上课去。走进校门，他看见了浩瀚的操场上星星点点，星星点点的是他的药瓶，它们慢腾腾地漂泊着。阳光不过是一些黄颜色，一种鸡蛋黄，没有温度，薄薄地像雾气一样敷在地上。

小豆说，那是我的药瓶！

1998.7 完稿

2018.2.16 修订

殁

这是一九八九年一个冬夜里，贝做了一个梦。

梦境的全部内容也都忘了。不知是几个朋友相约去何处，也不知干了些什么。阎在贝的预知中就来了。贝见是阎，别人见也是阎，便上去握手。握了手的人下来便说阎的手好冷。贝也上去握，贝发现阎的手不是好冷，而是好烫。贝还发现阎的脸色发青，尤其是鼻子的两角。看着看着青色便转化成了瓦灰色，一种不真实，不真实中涌出一些不祥的信号。倏忽之间，贝想，这怎么是火炉中烧出来的颜色，阎死了？！但阎依旧是笑，像阎真实地活着的时候一样地笑。贝发觉自己笑不出，贝的笑慢慢地被他的泪水打湿了，湿笑。这时贝就醒了。

贝醒了梦的细节便不再向前发展。虽然醒了，但贝还是看见阎瓦灰色的脸，看见阎对着自己笑。贝感到很害怕。

贝对妻子姚说，我昨晚梦见阎死了，我好伤心。

姚说，梦反梦反，这梦不错！只是我做的一个梦不可理喻，我梦见一群红腰燕在我们家房子的上空飞来飞去，久久盘桓，不散；今天起床，眼皮发跳。

贝说，春燕飞，好事呀！——可惜，阎不教书了，其实他的书教得不错，作为他曾经的同事，我知道他的内心是不平衡的！

姚说，谁叫他玷污女学生呢？不判他刑就算不错了。其实他也没啥不平衡的，现在当了生产队长，比教书强多了。你没见他的样子，好骄傲呢！

贝说，都十多年的事了，谁也没亲眼见到，还提他这事干吗？以后少提，也别对他人说起，何况过去我们关系不错。

一晃，已是第二年春天。梦早已十分遥远。

姚看见阎提着一把名叫过山龙的锯子从门前经过。那天傍晚姚正在窗前收拾着什么。一道奇异的光在她面前闪了一下，姚的眼顿时金花乱飞，凭空打了一个寒战，就像一个人在秋夜里沐浴，惊了风着了凉一样。后来她就看见房间这里也闪那里也闪，以为眼花，揉了揉眼，但仍然是闪，足足闪了四五分钟。她忽然就很伤心，非常非常地伤心，伤心得恨不得大哭一场。她想，我丈夫教书，我在家里种地，吃得饱穿得暖怎么就那么伤心呢？

贝说，你不要胡思乱想。

阎回家后把过山龙藏在一间堆放杂物的暗房里，便在自家屋山头的一排椿树的阴影里一亮一暗地抽烟。阎当时的神情仿佛在欣赏这两排漂亮的椿树。有一些蟢象若隐若现地在他周遭嘤嘤嗡嗡地飞。此时已是子夜，月亮早已升起来，椿树的阴凉从那边漫过来，遮住了他、遮住了他的房子和他的稻场。所以，人们便无法看见他的人，更无法看清他阴森的脸。

一会儿，阎闻到一股浓烈的焦臭味。

哦，敢情是手指被烟头烧着了！阎说。但一点都不疼。

第二天很安静。

第三天是惊蛰。

惊蛰，但没有打雷。不但没有打雷，而且是一个红太阳。

第三天一早，贝家后面的菜园地里突然有坍塌的声音，椿树一排排地倒，醉酒一般；椿树的倒像没有人操控下的自动的倒。这事发生在上午。下午，阎家就搭起了一个丧棚。有点非同寻常。阎的亲人开始在丧棚的阴影下绝望地晃动。

这是一天早上，姚正在门前劈柴发煤炉。她注意到有一群群的人像乌云一样从门前的村路上飘过，也不知道这乌云都飘到哪里去了。——后来她听见屋后有坍塌之声，这才知道这乌黑一般的云团都纷然飘到了自己屋后的菜地里，如入无人之境，在一点知会都没有的前提下，他们亮家伙——亮出了过山龙、斧子、柴刀等。起初也不以为然，但坍塌之声接二连三，隔一会儿便“砰——”的一声，她这才注意。她听出“砰——”的声音中有一种呻吟、一种疼痛、一种叫喊和一种绝望……声音很复杂也很特别。

于是她一个激灵拔了暗闩打开了后门。

她开的是第三天的后门。后门打开是她的菜园，菜园的篱笆边是一排排椿树，园内是开花的油菜。油菜正值孕育的花季，有的甚至有了一串串鼓凸的夹壳。菜园一方的篱笆被扒开一个豁口，园子里站满了很多人，这些人从穿着到脸相一看就知道是本村的农民，低头不见抬头见的人。有的人也许刚起床就被叫来了，衣扣错位，眼角还堆满眼屎。可是他们就这样白痴般的，堆着两坨稀眼屎，丧尽天良地踩着正值花期的油菜，一点也不像种过地的庄稼人。她拼命地嘶叫拼命地哭号拼命地抓拉他们，他们却一点感觉也没有，木木地立着。她更是心焦火燎，她心疼她的油菜籽，更心疼她的椿树，她指望等它们再大一点卖了供儿子交学费的，而要伐也应该由她自己来伐呀，她自己伐可以选择在秋季，那时树们正收浆正结实，可现在是春季，树们正抽身长身体，树体是松的呀！正是在这个不祥的春季，过山龙叫了，绝命地嚎叫…… 她看见了一些蜻象和一些蜜蜂无家可归地飞。这是第三天。惊蛰。惊蛰的早晨她的椿树们一棵棵地倒，一排排地倒。空间是测算过的，倒向哪里不倒向哪里。北面的山墙与屋瓦是不能被树压倒的，那是队长阎的山墙和稻场，纵然稻场很空，也不能倒树，倒树是改变稻场的性质和用法，那是不可以的；西面是不能倒的，那里有国家的电线杆，纵然国家不找你，电老虎也要电死你，纵然国家抽象，但电老虎不抽象很具体，他们怕电老虎；南面是不能倒的，那里是本村一位“大社员”胡某的蚕豆地，他会杀人的；只有往东，东是一片空地，油菜开花的地也是空地，更何况这是民办教师贝的地，用贝的树倒贝的菜籽地，也合情合理，再者民办教师容易捏拿，好制服。一切思路清晰之后就是伐树。伐树是第一要义，没有什么可以不可以。能伐也伐，不能伐克服困难也要伐。精神高度集中的阎们最知道听上级的命令，上级的命令就是伐树，伐树就是退耕还林。退耕还林从哪里开始，就从贝这里开始。谁叫你是民师，谁叫你是阎的同事，阎不革你的命革谁的命，教师为人师表不带头谁带头……此刻阎们似乎没有看见姚，没有听见姚的号啕，没有看见眼泪，也没有看见菜地。菜地、眼泪和姚都是不被看见的，无关痛痒。他们眼中只有上级的红头文件，只有伐树。除此，一切都没有。

姚打开了第三天的后门。姚看见了自己的椿树压住了自己开花的油菜。物质神秘的运作之谜科学家是无法解构的。椿树是要倒下的，油菜是注定要被毁坏的。因为它很矮，矮就应该被压迫。笑声从树蔸的中心裂开。过山龙刚刚穿过树心，突然风吹来，仿佛从年轮中摇过，垂直腾起。于是，一把快刀飞出了手；于是，姚第二次跨越后门；于是，一把快刀就飞出了她的手。顿时绳子的一头“噗噗噗”地响。一排排纤夫倒下。

——可恨的纤夫！

姚指了指北边，指了指西边，又指了指南边。她面色苍白。嘴泛唾沫。不知道她说了些什么。

阎夺过了姚的柴刀，指了指天，顿了顿地，然后“砰砰砰”地捶胸脯。

过山龙在那边吟唱。树在倒，树继续在倒。

最后一棵椿树最大，也最难办。阎朝手心啐了一口，带着绳子上了树，可是接着就下来了，好像上面有马蜂。

他本可不上的，但阎痛恨这棵树。这棵树的根系发达，有一些根延伸到了他的床下，分裂了他的梦境。一棵小椿仿佛从梦中长出，像枪口一样顶住他的腰际。往往半夜吓出一身冷汗。他要亲自把缆绳套上这棵树的脖子。阎带了缆绳，他望了望青云般的树巅，他向手上啐了一口唾沫，他开始往上爬。他抓住了一根树枝，又抓住了一根，他已到了预定的高度。阎坐上一根树丫，他刚抬头准备去套缆绳，不料“啊呀——”一声，人们不知道上面发生了什么，也不知道他看见了什么，只见他身体稍微偏了一下，便像醉酒一般向下栽。他在空中抓住一根枝，又抓住一根枝，一连抓了几根树枝，结果一根也保不住。他便像麻袋一样砸在地上，他哼了一声，他眼睛、鼻子、耳朵全是血。

阎的尸体停了两天，就有很多人在丧棚里走。县里乡里的人也在那里走，后来还是走到了火葬场。

听说化得很名贵，化得很气派。

虽然阎对不起自己，但毕竟是同事。贝参加了阎的追悼会，并陪阎到了火葬场。通过炉孔，贝看见了阎。阎平静地躺着。火苗从他的衣服里蹿出，一会儿便在他胸前咆哮起来……突然，在熊熊的火焰中，阎的上身端起，并且狠狠地瞪了他一眼，然后又躺了下去。

从火葬场回来，贝感到不安和害怕。

姚说，阎死了都过去了，有什么好害怕的，我们又没害人？！

贝说，我好像听见阎在黑匣子里狂笑。

姚说，神经！

贝说，是的。他的烟气浑浊，并且互相纠结，狰狞可怖。

没过几天，便是清明。

清明大风，吹得天昏地暗。首先是阎屋山间那棵锯了一半的大椿树被风摧折，接着贝的屋瓦便像燕子飞。贝想，这瓦怎么就可以轻飘飘地像鸟一样飞呢？他说我出去看看，他便起身去看，他刚走出大门，一片瓦就昏头昏脑地砸过来，击中了头部。贝勉强爬起，可是飞瓦在头顶上不停地啸叫，一层层覆盖在他的身上。

贝死了。

就这样，清明的风为贝进行了一场瓦葬。

第二天，阳光灿烂，春和景明，在阎的坟地不远，出现了一座新冢。

一个女人孤零零地在那里哭，一群红腰燕在那里盘旋。

1997.11.22 下午

2018.2.26 修订

蛇 的 弥 漫

听说河东一位新婚不久的女子被蛇咬死了。

据说是一种耳朵很聋的土蛇。它爬进一丛草，你就看不见，揿亮手电也看不见。草里似乎不仅有蛇的多种修辞，而且草本身就近似一种蛇的存在。草很美丽，露珠在草尖上发亮。但有风吹草动则是另一番情形。蛇就庞大地隐匿在田野。而且田里一直悠久地种着一种高效的经济植物。新娘的手常常出现在傍晚时分的田野。被蛇吻的时间光线不强。吻过之后蛇便开始发黑，蛇的形象便开始在田野弥漫。蛇吻的声音比铙钹还响。黄昏的颜色乃至冥色似乎是从蛇吻开始。

一支敲着响器的队伍去向不明地在田角出现。巨大的响声终于震醒了一条归隐的土蛇。土蛇回头看了看，看见一双袅绕着清气的眼睛。那眼中的忧郁不但使蛇震慑而且让它一点点涣散。于是从看不见的无名的土里升起嘿嘿嘿嘿嘿的笑声，于是入秋的棉梗又黑又硬地立着。

没有谁听见笑声，蛇也没有听见。人们在乡间的土路上敲敲打打地送着谁。在听不见笑声的繁复的空间究竟增加了什么，减少了什么，谁也不知道。

新娘在村子通往地里的路上走。虽然青空没有一堆堆的积雪，但她仍感到奇异的寒冷。感到周围有许多人跟着。新娘没有看见他们，只是无端地感觉走就走为什么一定要敲敲打打。她感到这些面皮很熟的人其实很遥远，并且他们站立的地面逐渐升高，手臂像螳臂甚至像头发丝一样远远地牵着或拉扯着响器。并且她听出声音中恶毒的了声音里另有声音——不同寻常。新娘感到寒气可能是从这些发声的铜器和皮器中散发出来的……这时，她不经意地抬眼看了看田野，她看见傍晚时分的白棉花。白棉像碎银一样闪烁在紫气氤氲的地里。响器似乎突然开始销匿，人群也模模糊糊，且逐渐涣散……新娘就跨了一步，进了这片棉田。她感到脚被一根草绳（抑或是村民结的草要）绊住，她就感觉右脚有些沉重，抬腿艰难……于是天空开始摇动，星星像棉朵一样掉下来，地里开始发白……

永州之野产异蛇，黑质而白章，触草木尽死……

铙钹的声音忽然响了。四面的墙壁开始瓦解，白雾升了起来。蕾就离开座位急急忙忙向前走。

“你到哪里去？”同学们围了上来。

“蕾，还没下课，你怎么一点组织纪律性都不讲……”

“我丈夫还在等我……还有一个五岁的孩子……”

白雾越来越大，老师和同学说远就远，衣饰也不怎么清晰。蕾伤感地哭泣，一条带子似的河越来越清晰地出现，一条似曾相识的乌篷船眨眼之间就漂到眼前，船老大一手扶桨，一手提着七只蜈蚣。

“快上船吧，姑娘！有一个蛇咬的病人还等着这七条蜈蚣呢？”

蕾上了船，篷内有人黑乎乎地坐着，所以人们看不清她也不愿看清。这些人一个也没有动，但七条蜈蚣一齐抬头。蕾扭头看着河水。她注意到河水越流越急，并且不时涌来一股阴寒之气……蕾感到船老大眼神独到，看人尤其看她有点怪模怪样……她似乎认识这七条蜈蚣，并且是与生俱来。船老大好像就住在这条运河边，他一刻不停地侍候着它们。

走上河坡，蕾发现船上的人紧紧地跟着她。并且从随身的衣袋里摸出一些响器，吹吹打打，面孔照例是看不清。黑乎乎的不知到底谁是谁。也不知走了多久，光线也就不那么强，太阳像鸡蛋黄一样软软地泛着黄光，并且黄光伸伸缩缩越来越短，一种清澈但透出黝黝之底的长光渐渐铺排过来，成为此刻的一切。蕾感到有些害怕，像是得了疟症和中了风寒的样子。就有一个人（她知道是吕，自己的丈夫）走过来拥着她。

冷吧！吕身上翻出一股浓浊的血腥味。

你在干什么？

我在田间挖一个地窖，挖断了一条蛇。吕说。

蕾不明白家里无须冬藏丈夫挖地窖究竟是什么意思。她依稀看见清光之下有一种东西缓慢地游动，她只能窥见它暗褐色的脊梁。她发现，黑棉梗平静地立着，一朵棉花也没有。一个姑娘站在棉地里不像是扯棉梗。说是姑娘其实是一个少妇。硬性地在无棉的深秋摘棉花，这就不能不引起她的注意了。

当心哟，姑娘！薷仍然说姑娘。

其实，那可能是你的一种幻觉。后来，吕说。

转了一个“S”弯，没有看见一条蛇，但薷看见一口池塘。池塘闪耀着一种光，这是她童年曾见过的，波光奇异。她发现自己夜间之所以敢到河畔的船老大那里去猎奇仿佛借的就是这种光。但这波光动荡、摇曳、诡谲，让她童年无端地染上幻想、怪诞的毛病，无缘无故地厌世，无缘无故地轻生，虽未及笄，却已感桑榆晚景、兰舟难觅……很久，也许在她降世之前，这种光就先验地存在，一直在那里潋滟、摇曳、横亘。有时薷正在上课，这种光便在墙上、黑板上、讲台上、老师的脸上动荡。这种隐逸的光使薷焦躁、烦闷、惊恐、忧虑。于是，她仿佛中邪一样，不顾同学们的阻拦，老师的责怪，径直走出教室，来到河畔，静静地坐在沙坡上，痴痴地望着对岸。

孩子，我的孩子……薷抽泣说。

你在说什么？

……

薷虽觉自己失口，但她的确感到池塘中如泥地沉睡着一个孩子，并距水桥不远。此刻她已看清了三间骑马水的瓦屋，瓦是民窑烧制的小瓦。小瓦从屋脊依次叠着，一直叠到滴水的檐口。本来是笔直地叠着，瓦沟也是笔直。但在傍晚时分，在动荡不安的池塘，瓦脊曲曲折折地摇曳，就有点杯弓蛇影了。仿佛整个房子都变成了一条条的蛇。她预感北边距池三十步开外的这幢房子就是她将要进去的家。再恐惧也是自己的家，是家就要回。但转了一个弯，走了三十来步，仿佛到了另外一个世界。家里不知忙碌着一场什么了不得的大事。灯火通明、雾气腾腾、人影幢幢。人们洗碗、抹桌、端盘、担水、扎花、架凉棚、放鞭炮……忙得不亦乐乎。孩子们也来捡鞭炮凑热闹。这里似乎集中了全村的人丁。这些一向穷得叮当响的人们似乎奢侈地过着什么盛典。

面对这浮荡的人影，薷不觉恍若隔世……她看见疲倦的乐手面色暧昧，有的打着呵欠，有的说着荤话，有的人想着心思，只是懒洋洋地应付和交差。这送亲的锣鼓是可以送人入土的，她甚至推断这锣鼓的声音在某一刻会发生质的变化。凉棚的几根柱子黑黑地默不作声地伸进看不见雨的雨布深处。一阵风吹来，灯影婆娑，人影晃晃荡荡重重叠叠鬼鬼祟祟……雨布啪啪嗒嗒似招引着什么，又似驱赶着什么……终于，一切声音都静了下来，忙碌了一天的蕎也躺了下来，真该休息了。她朦朦胧胧看见脚头的一盏灯，她也懒得去吹灭它。只是感到怪异，但她疲惫，从来没有过的疲惫，迷迷糊糊就睡了过去，呼噜呼噜也不知睡了多久……忽然，屋外鼓乐喧天，哭声悲天抢地。她一骨碌爬了起来，可以屋里噤声。她仿佛在声音中心，在声音的中心是宁静的。她隐约觉得自己的床头立着一个人，仔细看是船老大。船老大半仙似的坐在她的脚头。然而船老大身上有一股河风的寒气，寒气自河谷一直吹来，且在屋子里散漫。于是就有一层薄雾，似梦似幻似游似舞似翔半遮半掩奇迷怪诞。她的床头放着浅半碗清油。七条蜈蚣像七只鸬鹚在油碗里或扎猛子，或浮游，或半隐半现，碗边大有深意地堆着一堆烟屎（从烟锅与烟杆中掏出的污垢——其实她早见过蠕动的烟屎。）蕎直直地望着顶棚，她看见在那里有一个圆圆的奇异的光晕水一样动荡。她看着看着看出了光晕中闪射着金光的七条蜈蚣，它们像英雄年代埋伏于草丛中的敢死队噌噌噌噌地冲了出来，冥冥中，它们在空中追击，它们狂舞，它们搏斗，然而，它们一条条地掉下来。最后从光晕中跑来一个穿红衣的约莫五岁的女孩。蕎终于看清了一口动荡的池塘。池塘一个劲儿地向上翻着浑水，涌起一圈圈的波浪。于是波浪的中心走出一个孩子，孩子就哭着闹着踏着微波拼命地向前奔（那是怎样的一种狂奔啊）!

妈妈啊，妈妈……孩子喊。

蕎记得出生那天雾气沉沉，母亲看不见，父亲也看不见。后来她也记不清父亲和母亲，但她能清楚地记得屋后小动物的哭声。到了夜深人静的子夜，哭声就一声比一声凄厉地响了起来，像婴儿的叫喊。初听好像就在屋后的树垛底下，打开后门一看，却又转移到离树垛不远的竹林里。那夜晚的竹林幽黑、静谧、深不可测，看了叫人不寒而栗。但蕎觉得这声音既有一种骨子里的亲切，又有一种透彻的恐惧。蕎觉得还在妈妈的肚里时就听见了这屋后子夜的哭号，这哭声不仅对她是一种暗示、警策、催促，而且是一种诱惑、召唤……于是她自觉地忍受痛苦，忍受父母骨碎般的打击。她不哭，她忍着伤痛趔趄着去打水，对着小圆镜洗掉脸上及身上的血污。她最怕爸爸妈妈让她去提那只缺口的木桶。她说她在这只缺口的木桶里看见了死去的自己和亲人，看见了死去的姐姐和妹妹……时时有一股阴风从地心里蹿上来，即使是日照充足的正午也要凭空打一个寒战。这风里融和着血腥、潮湿、霉气与女婴汹涌的呼号。啊，蒿真的怕见这只缺桶，见到缺口桶的影儿都怕，特别是父母下地干活自己一人待在家中的时间里，她更是怕得要命。为了不让她说出或禁止她说“怕”，她不知吃了多少苦头……随着父母的竹棍和鞭子一遍又一遍苦雨般地交夹，她终于说不怕了，并且习惯和认同它们，因为她感到了有比这更可怕的事实。

池塘的光芒是仅次于哭声到达蒿这里的，它从潮湿的窗纸上洇过来，启开了她的双眼，她便看见了人间的第一缕光，第一缕光就是这种光。这光也许不仅仅照耀她，也曾照耀过她的先父。她临世的喜悦和洗礼就是这屋后的哭啼和这窗纸上潮湿的光晕。蒿静静地侧面向东地来到世上。由于屋子周围的世界很嘈杂，所以她的到来很宁静，她像一个得道的老人，默不作声地躺在光亮的胎衣里，从而她获得了生命，获得了父母的特赦。似乎尚在胎衣的黑关中它就捧读了老庄玄禅，获得了古老的智慧。她的眼睛清澈透明。窗纸上一晃一晃地离合的光照耀着她脸上两泉幽黑的明潭，她的小脸红嘟嘟的微呈不易觉察的忧痕。她老练地体察着。她感到破屋里到处都有这种离合的光。她慢慢看出了七条训练有素的蜈蚣，那七条蜈蚣翘着剪尾，昂着头，左右察看什么……

蒿一岁开始走路，两岁她看见棉田，四岁她来到了河边，五岁时不幸掉进一口很深的池塘，她记得自己早已溺死。

上路时，她不停地打着喷嚏，初生时呼吸的第一口浊气让她感到某种不适，在一块种植棉花的田块，她看见一个睡熟的孩子，她开始痛哭，继而她走向灯影中的凉棚，路上绊了一跤。她像碰到农民编织的一根草蒌，她几次试图爬起都没有成功。几个彪形大汉抢上前来，把她的肢体架到空中，然后放进一口红色的木盒，抬着她飞快地向河边奔去……

两岁时，蒿看见棉田，她就感到很痛苦。哭泣。她似乎要把所有的苦水都倒出来……太阳快要落山了，她也没有回去，她就一直在这里哭。哭着哭着就睡着了，她做了一个奇怪的梦，她在梦中看见一棵冒烟的树，她就向这棵树走去。当她走到树下，光线便不怎么充足，仿佛已到了傍晚，她已经看不见对面的景物，也不知树有多粗；仰着头向上望，也不知树究竟有多高，但她发现树颠连着天空，在树巅上有云气正随风飘散。她摸了摸棕褐色的树皮，很冷，很粗糙，像是蟒蛇的鳞片……然后，她又仔细地察看，她发现不是像，的确是蟒蛇的鳞片，太可怕了……她回头就跑，但是怎么也跑不动，脚像是被草蔓一类的东西缠着，一连跌了好几跤……就迎来了一片笑声，她看见沟那边有一个男人在扯棉梗。笑声可能就是他发出来的，笑过之后，他站直了身子向自己招手，示意自己过去。过去就安全了。于是她就不顾一切地跨过去，可是她掉了下来，她一连抓了几棵草都崩了，一个劲儿地向下坠，她再一次听见从沟沿上传来了嘿嘿嘿嘿的笑声……

薷四岁时来到河边，她并不知道半是蛇医的船老大，她是去认识几种草。她记得它们叫狗尾巴、锯齿藤、鹅鹅肠、剪刀菜、婆婆指甲等等。她提着一只小方竹篮和一把小铲刀。其实她来时是空手，她也并不真的知道自己到河边的真实意图。走了一段路程她感到右手沉重，就有一件事物自觉地来到手上，她知道是什么。蛇医的破房子是在寻找锯齿藤和鹅鹅肠的途中突然出现的，破房子也许早就先在地出现在河边了。蛇医在房子中的等待已变成一种焦虑。可年幼的薷眼中只有锯齿藤和鹅鹅肠等草，她看见又青又嫩的锯齿藤和鹅鹅肠越来越稠密，而且向一堆柴棚上攀缘。她很高兴地用手拉着成团成团的锯齿藤和鹅鹅肠。当她把这青色的藤蔓全收拾干净之后，一扇破烂的且满布着蛛网的柴门便暴露在光天化日之下。她好奇地推开灰扑扑的柴门，发现棚屋内没有人，一团漆黑，但她又分明嗅到了一股浓烈的刺鼻的旱烟气味。一会儿，她看见一盏灯，仿佛从地狱里抑或是远远的河谷里升起来的一盏灯，缥缥缈缈忽明忽暗。稍后她才看见了捏着长烟杆抽着旱烟的船老大，他仿佛坐在木头里或河谷的一条船上，用一种布满灰尘的声音说：过河吗？姑娘，河水很急！

薷说，我现在不过河，我是来打猪草的。

那好，你就捉些虫子喂蜈蚣吧！

蜈蚣？

是，蜈蚣！你没看见它们吗？可它们早已看见你了。

薷果然看见了蜈蚣，它们闲在破烂的椽洞里一闪一闪地爬进爬出，或做游戏，或捉迷藏，或翻跟斗……像孩子一样玩着，屋子里满是金光。薷还看见烟杆内的烟屎慢慢地滑动。

薷，薷……棚外有人喊她。

蕎走出棚外，看见河畔布满了正午火辣辣的阳光。天空非常晴朗，没有半点要飘雪的征兆，太阳的寒冷隐匿在光芒深处，蕎看见棚边放着一只很大的团簸，团簸里晒着一些早已爬不动的蜈蚣、水蛭、小蛇、蟑螂之类，看见几团早已消失了马蜂的马蜂窝，她还看见一些黑豆，看见一些像羊屎像马屎的东西，还看见一些红红绿绿的袋子，袋子里盛着一些块茎的切片……这时，从河谷吹来一阵风，凉飕飕的，艳阳高照的晴空下，她打了个冷噤——鹅鹅肠和锯齿藤呢？小青篾提篮呢？一切都不见了，棚子周遭早已没有了这些东西，全是主人种的药草，什么指甲花啦、小金钱啦、夜关门啦、八哥子草啦，还有一些像草像木又像蛇的植物。她被那些红红的指甲花所迷住，提篮、小铲、鹅鹅肠之类似乎早已成了遥远的记忆。她喜欢这些像芝麻开花节节高的指甲花。她心说，我摘两朵戴在头上。她就伸手去摘，她刚伸出手去摘一朵很艳的指甲花，一个声音从她背后的地里冒出来："别动！"是那种灰扑扑的声音，这种与眼前景致极不相宜的发霉的声音像一团粗糙的草纸横进了她的听觉中心，她顿觉心头一阵荒凉、一阵悲悯，她无所适从地迟疑了一下，这个声音又出现了。

快走吧，我已备好了船，等你多时了！

离开指甲花蕎莫名其妙地跟着船老大，高一脚低一脚地来到河边，她果然看见一条有顶篷的船，只是这散发着漆味的乌黑发亮的船令蕎看了就发怵。她略微踌躇了一下，就有人从后面搡她一把，她就上了船。篷内就有人麻木不仁地用唢呐吹着"上死火死火死上上车溜弓死火死上"的曲调，旁边响着钹。她感觉这些乐音伴着凉风就一直在这条河上响着，只是她没有注意罢了。现在她仍然不去注意它们，当船慢慢离开河岸时，她还在全神贯注地看着河畔，她在搜寻着河畔上那个热爱指甲花的女孩……

小蕎是在一个女孩的注视下出现的，或者说是一个少女的目光分娩了岸上的她。她汪着温热的泪水矗立在河畔，呆呆地看着冰凉的河水，小蕎望见了船上的那个少女，她感到她很遥远但又是如此真切，同时感到这条乌黑的船和她后面的那条汉子不可移转，"上死火死火死上上车溜弓死火死上"的余音仍固执地在天空中回响着……太阳不觉偏西了，薄雾上来了，青光上来了，少女的船慢腾腾地消失在看不见岸的对面的岸上世界中去了……小蕎提着青篾小方竹篮借着薄暮时分的青光往回走，篮子里盛满了这河畔上她所认识的野菜。

回到家里，蕎感到今天特别累，疲乏仿佛要吸走自己全部的生命。她终于什么也不顾地在新房里睡了过去，像一朵秋棉睡得又沉又香，屋后树杂里凄厉的哭声也不要去听，黑咕隆咚的缺口桶也不要去想，水塘里的孩子也不要去管她……太疲倦了。可是，人的意识仍然部分地醒着存在着，仍然能隐隐感到有一条虫在自己的身上爬，轻轻地。又是他（吕），一定是他，像一只偷鱼的馋猫，爬得横身痒痒的。他就是这样，每次都这样，每次都是睡着了，每次都在梦中，每次都是疲惫得厉害，他就爬了上来……他是来“摘”花的（用他的话说。他说你喜欢白日摘花，我就喜欢夜里摘花）。然而，他的凶劲与残酷可以一下子将你穿透，他让你痛着。然后凭他的劲可以一下把你托举到天上，或驾着白云飞，仿佛要飞到瑶池，飞到蓬莱仙岛……但飞着飞着就从青空中坠落下来，忽然就传来了“上死火死火死上上车溜弓死火死上……”的唢呐声，午夜的皮鼓也敲了起来。她一听见这种声音便心尖颤颤浑身发抖，她有一种不祥的预感。一定是谁死了，一个与自己有关联的人。她得看看，无能如何得看看……一盏灯出现了，亮如白港，整个院子都照亮。那是一盏五百瓦的电灯。电灯消解了人的白日梦。电灯把残酷的事实暴露得一览无余。一张席子在凉棚下展开，几只莫名的蚊蝇正了无痕迹地飞着，一股怪味正从那凉席上散发出来，自己正硬硬地躺在凉棚的那张席子上。凉棚是临时撑起的。金蜈蚣在棚顶晃来晃去。烟屎正在古铜色的竹竿内徐徐蠕动。船老大像一只叼鱼的黑鸬，目光炯炯地守着蕎，他受用地看了看蕎的躯体然后慢腾腾地鼓起腮帮子吹烟杆，然后抬起右手在烟锅中像捉虫般地捉住烟屎，冒出一只捉住一只，然后放在一张小茶几上……

你把这蜈蚣吞了，还有这烟屎，全吞了，你会得救的……

蕎轻微地摇了摇头，你……你驾……驾舟……舟……去……去吧……我……我……只怕……不行……了……

氤氲的黑气吞没了她脸上最后一缕红光。

有时是这样，一扇门让你看见，另一扇你就看不见，看不见就是看不见，怎么也看不见；看不见不等于无，它像黑夜一样立在那里；一扇门对你关上，另一扇就对你打开，另一种光源将照亮你新的历程。当另一扇门打开时，蕎听见地下水响……蕎分明看见一口池塘，她看见池塘中浊流翻涌，泥浪排空……一会，波浪中走出一个孩子，孩子哭着闹着踏着波涛拼命地向前奔。

“妈妈，我要妈妈……”孩子不顾一切地哭叫。蕎也开始痛哭。

蕎，蕎，你哭什么？吕说。

哭什么？

是啊，你哭什么？

我哭自己，我死了。我的孩子从水塘里爬起来哭着向我奔跑，我还看见家里有很多进进出出的人影，他们正在给我操办一场丧事。事情是我被一条毒蛇咬了，蛇医就是家乡的船老大，他半仙似的坐在我脚头，他让我吞掉那些蜈蚣，还有那些苦涩辛辣的烟屎……

你怎么老是做这种奇怪的噩梦呢？我们睡吧，现在还只是半夜，鸡也没有叫……

不，我害怕睡觉。我一躺下就会做同样的梦。

你这是怎么了？

我也不知道，好像从娘肚子里生下来脑袋里就装着一个梦，一个很可怕的梦。这应该是一个原梦，一个产生梦的梦。它占有了我，繁衍我，产生我的其他梦。以致我分不清何处是现实，何处是梦境，何时是我，何时不是我，是其他……我曾梦见一棵冒烟的树，其实不是树，而是一条巨大的蛇，从此这个梦就无法忘记，它成了我的一部分。就像人的伤痛一样，常常在一个恰当的时候出现，比如阴天，气候险恶，天上有雷有阴森森的闪电，它就出现了。我想，也许它不是一条蛇，而是一棵树，一棵产生蛇的树。就像一个产生梦的梦一样。它的根系特别发达，无限蔓延。它穿过了那条湍急的瓦河，从我的娘家一直延伸到了河东这边。它似乎一直在寻找我的行踪，它的根系像蜗牛的触角一样敏感、灵活。它四处刺探着我的信息，它终于来到了我的床下……是的，我就这么想，我感到它就在我床下的地层里，它的根系在某一刻变成了一条条冰冷的土蛇，这些土蛇老是缠绕并侵蚀我的梦境，它不仅影响我的生活，还影响我的健康，使我一想到它们就害怕。我就想，我终究有一天要被它咬死……

蛇究竟存在，还是虚设？它以何种方式，从什么地方到达人的某个特定的部位？死于蛇的究竟是蕎，是蕎的梦，是与蕎同名同姓的一个人，还是蕎对她人的记忆，尚无可考究。只知道河东确有一青年女子因故被毒蛇咬死，很惨！这女子已有身孕。死后就葬在她劳动过的棉田里。新坟干干净净的一棵草也没有，朴朴素素的一堆黄土看了真叫人伤心。

这是一个夏季的中午，天上明晃晃地悬着太阳，屋外的世界照得发白，人们都躲在阴凉的大树下或屋子里避暑。有人看见村子通往地里去的路上走着一个人。样子有点像蕭，小心翼翼地走在太阳下，一副睡眼惺忪的样子，孤孤单单，形影相吊。

这人是谁？

——在正午的太阳下走着的的确是蕭。她走得像猫一样轻，比白鹇走得还慢，没有声音。她走一走、停一停。她谛听着周围田野的动静，察看周围的一切。更多的时候，她偏着脑袋看着天空。天空有什么好看呢？天空除了火辣辣的太阳什么也没有。但是，除了太阳仍然是太阳的天空，她却专注地看着。

孩子，你们看见了什么？她说。

然而，她感到寒冷。其时，她穿着棉衣，并且都是做新娘时做的一直不忍穿的新衣，你不知道她为什么反常，为什么选在一天中最热的时候穿着新棉衣向地里走去，而且这个夏季她一直在喊“冷”。她预言六月里的某一天必然有一场大雪。她现在就看见了太阳光影里广阔的阴寒。她说雪说降就降，雪不一定等到冬天去，地雷和地狱里的蓝电就藏在附近的庄稼地里……然而，这的确是没有雪影、闪电和地雷的一天，而且是夏季中最热的一天，地里一个人影也没有，连昆虫们也都停止了飞翔和鸣叫，躲到叶子背后休息去了。

约莫午后三点的光景，有一个人从集镇上买化肥回来，慌慌张张地去喊，说看见棉地里躺倒一个人，好像是蕭。村里人全惊动，一时都跑去看，果然是蕭。就七手八脚地抱回，有的掐人中，有的刮胸脯，有的进行人工呼吸，可是一切都不行了，蕭早没气了。但是蕭的身上没有伤，不存在伤口，查不出任何致死的原因，人们感到奇怪。更奇怪是蕭死后身体一直软绵绵的，像活人一样。

蕭死以后，天空一片雪也没有下，依旧晴朗，人们依旧嘻嘻哈哈地到地里去干活。偶尔也有人听见天空陡地透出一两声凄厉的鸟叫，其时正是晌午，听到的人都说难以入眠，那声音太凄凉。

1999.6 动笔—2001.7 完稿于昆明

2008 年 7 月 28 日更动

蝴蝶是这个下午的一半

现在是秋天，四条羊腿正有条不紊地在这条土路上迈动。四条羊腿配合得很谐和，不像是有人扯皮影，羊腿迈动完全是真的。羊蹄在傍晚的乡径上敲出哆哆哆哆哆哆哆的声音，声音愈是接近这几幢闷声不响的房子便愈是嘹亮，传递得也愈是遥远。四条羊腿支撑着羊的躯干和羊的头。羊头牢牢地长在躯干上，躯干牢牢长在羊腿上，羊头率领着躯干和羊的四条腿向前走。羊背后随着羊的前行晃荡着离去的是一道色泽深沉的长堤。不用回头羊就知道那道长堤上簇拥着它的草料，它知道有的草已进入自己的体内正支持着自己的步行，而有的草正要进入自己的体内而自己却离开了它们。可以这么说，是草的不断从土里向上涌动并簇集成了它现今这个形象。当然它还记着堤畔的一排阔叶杨。杨树是新栽不久。杨树下牧着两只羊。一只是白羊，另一只是黑羊。白羊与黑羊，黑羊与白羊，一模一样。一样的鼻子一样的嘴，一样的胡子一样的角，一样的体形一样的毛，甚至连角上的回纹也一模一样。简直一对双胞胎，或者就是一对双胞胎，只是颜色不同罢了。白羊跟着黑羊，黑羊跟着白羊，你是我的影子，我是你的影子，互为影子。这一天，白羊和黑羊正专注青草，就看见草地上有几斑光影晃来晃去，羊们稀罕了，眯缝着眼迎着太阳光往上一瞧，嗬，是杨叶儿在招。高兴了！黑羊便要吃羊叶，白羊径去抱弯杨树，白羊就骑着杨树往树巅上走，一直走到有杨叶的地方，白羊用嘴叼起一皮杨叶，黑羊就颠儿颠儿地跑来吃阔叶杨。白羊很近地看着美丽的黑羊……现在白羊不再回忆春深的青堤，不再回忆黑羊。白羊走在初冬的路上，它的眼睛收视着道路两旁的田野。田野边上垛着一垛垛的金亮甘芳的稻草。在方田之中是农人们割掉稻子后余下的禾茬。它看着看着看出了一些蝴蝶，像是从空间崩裂出来的一些碎片，你看不出它们究竟来自哪一片天空。它们突然地飞并没有令白羊感到有什么不合常情的。白羊感觉蝴蝶一直都在这个下午飞，飞得神妙极了。

蝴蝶是这个下午的一半……

下午的一半太阳就已偏西。这时夕照正从西天推过来，说是夕照，但白羊仍然感觉到了一股强劲的光力。白羊便觉得有东西被推倒。白羊分明感到有一种东西从自己的身上分离出去，发出轰隆的响声。那是白羊的黑影。可是白羊看见在阴影里站着一只端庄的黑羊。这只黑羊眨巴着眼睛深情地看着自己。然而这只站立的黑羊不到两分钟被残酷地裁成三截，一截搁在沟渠的此岸，一截搁在沟渠的彼岸，还有一截掉入沟底，水载着流走。

前面是一群房子，有一道高高的院墙围着。除非爬上树去，否则是看不见院墙内的动静的。当白羊走近这道院墙围着的房子，就听见一声叫喊，白羊听见叫喊就非常伤感，凭空感到凄楚，四肢无力，天空忽然就阴沉下来，哗啦哗啦的流水声接着就响了起来。像闸开了，进水了。不，是河水凶暴地冲毁了一切堤岸，冲毁了所有的田块，覆盖了所有的声音（包括叫喊）……

走进这群阴沉的房子得先过一道青砖砌成的拱桥，上了拱桥可望见院内，此刻院门已经洞开，里面似乎有人影晃动……

过了拱桥，进了院门，便有一楼一底的小瓦建筑矗立在甬道的尽头。小瓦房的前面是一排陌生的细叶乔木。从东往西数第二棵细叶树下放着一小堆青草，一只如梦似的羊安安静静地在那里吃草。不，不是吃，准确地说是嗅。其样子就像经验丰富的烟民在嗅着刚刚接到的一支陌生的香烟（焦油、尼古丁、烟气、烟碱的成分很复杂）。只是嗅，却一点也不吃，安安静静地立着。羊感到此地的气氛陌生，特别特别地陌生。它知道自己的羊圈自己的家不在这里。回羊圈也不必走得这么累，不必走这么远的路。

羊看见与小瓦房毗邻的一间低矮的房屋里有烟气弥漫。可能是厨屋，里面有人走动，说笑着，打闹着，很高兴，像过节。间或也听得石头与金属碰撞的声音，磨砺的声音……

冒烟的房屋连接着一排低矮的房子，数了数有十二小间，一间连一间，像火柴盒那样规整地摆着。门前有小过廊与立柱。那十二间小房子的门开开关关。好像有人在掏火柴或是抽中药柜子的屉斗。那屉斗里装的也许不仅仅是中药，还有医疗器械，“医生”正紧张地拿医疗器械和给“病人”配药。看来赶到的是一个急诊“病人”，病得可不轻。

现在白羊正在“吃”草。细叶落满了一身。落满了一身仍旧在落，像女人长发中飘落的头屑，这个“女人”头很痒，控制不住。这些细叶乔木水灵葱郁的日子已成为过去。它的落叶期已提前到来了，在这种时间里它是无法控制住局势的。就像一道光闪过，就像水流动。叶蕾是要孕育的，但孕育叶蕾的同时也就孕育了陨落。那些决然悖反的事物天造地设地长在一起。任你怎么瞧也无法视见这里面的玄机。……现在这排生长在精确空间的树木，正在涂改自我否定自我，或者说正在涂改你的眼球，否定你强加给的意志。树木在推动树叶离开的时候自己则淡化成了一排朦胧的幻影。整个园子在一种惊人的变化中被另一种真实所覆盖。被覆盖的还有这只白羊。白羊一动不动，好像是用红树叶缀成的一只羊。只有那唇口处偶尔喷出的一道白气方能辨识出那不是一堆红叶子，而是一种有生命的活物。从院门通往小瓦建筑甬道的砖缝里有一只螃蟹在探头。

距羊五米之处的右侧放着一只巨大的腰子形木盆。现在腰盆里盛满了水，水已呈红色，水面上漂浮着一些油腻的污秽物。白气在这里升腾……白气若即若离，时有时无。但盆里散发着一股气味实在难闻，一股腥膻味，一股恶臭……这里的一切昭示着一件事刚刚发生，这是结束。脏水是要被倒掉的，浓浓的腥膻味是要消失的，鲜血将必定变成暗红，暗红将逐渐变得澄明……大地将接纳一切，一切都像从来没有发生。

蝴蝶是这个下午的一半，另一半，我想起了落叶的叫喊……

蝴蝶在白气中升起来。在这秋季的院子里蝴蝶似乎成了一种回忆。

羊在“吃”草，羊身上的叶子越堆越厚。

腰盆旁放着两只桶，桶空着的。桶边是一只卵形的竹篮，篮子是用细水竹编织的。篮子放着亮，一道亮光穿过篮子，穿过一扇窗，穿过一片昏迷的空间，照在一道堤上。这是一道防汛堤。堤上生满了青草。在堤畔，可以看见一排杨树，杨树新栽不久，它的叶蕾像一只鸟喙，现在已开始展开，可看见叶子的全貌，看来这是一排阔叶杨。阔叶杨的一旁牧着两只羔羊，一黑一白（也许是一只，不过看上去的确像两只）。黑羊最先看见一片在光中展开的阔叶，白羔羊很快就抱弯了阔叶杨并骑在杨树上一直往树巅上走，黑羊便吃到了梦寐以求的杨叶。白羊走到树巅时哆嗦了一下，它看见了一道光。光最初停在树巅上，光使那皮刚刚展开的阔叶闪耀着摄魂夺魄的亮光。于是黑羊便看见了这片叶子。当白羊抱弯阔叶杨时，这道光便随着树巅慢慢地降了下来；当白羊走进树巅便走进了这道奇幻的光里。白羊便抛开了阔叶杨，跟着光走。

光是一条路，一条不生草的路。白羊便告别了黑羊踏上了这条路。也不知走了多久，许是一年，也许是漫长的一天（只觉得周遭的景物花花花花花花花花花地变幻着），不觉接近了这座庄园式的院落。

走近这个院落，白羊的身体抖了一下，它左右望了望，两边的院墙长长的一眼望不到头，透过院门，里面云雾迷蒙，景物似梦似幻，扑朔迷离。白羊感到移步困难，四肢无力，身子像充气的皮囊，很轻很轻，像天上的云气。一阵风来，便吹散开去，先是腿被吹散开去，接着正身、头、颈各部也被吹散开去。白羊的这种状态也只是一愣神，就在这一愣神间屁股猛地被人踢了一脚，整个身体险些摔了个后空，就在被踢的一刹那，白羊回头瞟见了两条柱子般的黑毛腿和一条滴着口涎、拖着长舌的黄狗。白羊不再停留便进了院门走上了一条甬道。

羊蹄敲在红砖铺就的甬道上，发出哆哆哆哆哆哆的响声。这是一只羊。的的确确是一只羊。是它的蹄子敲响了院子寂寞阴沉的地砖。羊是一种生物，一种胎生的生物，它会走动。它有眼睛、耳朵、鼻子等器官。它的胸腔和腹部有心、肝、脾、肺、肾等五脏（这些是它生命活动中心），胆、胃、小肠、大肠、膀胱、三焦等六腑。心位于胸腔，外有心包裹护。心合脉，开窍于舌，舌切为片加上佐料，放在盘子里，味道不错；心合脉，荣华于面，面向东方，东方有一条路，这是一条光光溜溜的路。有一只赶路的羊在这条路上无声无息地走着，且已逼近院门。心生血，血液横行，直泻一只木盆；肺位于膈，胸腔之内，像树叶似的覆盖在心脏之上，先天元气、自然清气、食物精气、混浊之气，众气玄腾，弥漫成大雾；脾居中焦，在膈之下，脐以上，与胃互为表里，开窍于口，口吐鲜血，血上生泡，泡里站立着一个人影，这个人拿着一把尖刀。肝位于腹部横膈之下，右脉之内，与胆相为表里，开窍于眼，眼中横着一方肉案，肉案上放着贴上标签的跳动的八块羊肉。看见羊肉的羊眼跳了一下，合上眼睛，流下两颗酸楚的泪水；肾居脊柱两旁，左右各一，内藏先天之精，为生命之源，阴阳之本，主水、纳气，开窍于耳及二阴。羊之二阴被一刀割掉，早被黄狗叼去，羊耳耸在羊头上，羊头耸在肉案上，羊耳在谛听，谛听什么呢？流水声？鸟鸣声？砍斫声？不不不！一切都不是。这些声音全部喑哑。羊耳仍在谛听，残酷地听，哦哦，它听见了一些从不曾听过的陌生的声音，那是杯器的碰撞声、汤匙声、咂酒声、咀嚼声，嘴里塞满食物唔唔唔唔唔唔唔的含混不清的声音……小肠于腹腔之中，是一个相当长的管道器官，外形呈回环叠积状，小肠的一头被人扯在手上，慢慢悠悠地像纺线一般吱溜吱溜往手上纺……

羊的所有器官不叫器官，叫菜。羊的肺与肝，生气与造血，气血循环一概在种菜，还有羊的吃喝拉撒玩一律种菜。一只羊就是一道脊背朝天的行走的菜。从羊出世的第一天起，在人的眼里就是一道菜，人就给它们准备好了最后沐浴的大腰盆、点心刀，人就向往着羊肉火锅的鲜味，羊不仅要被卸掉用来抱食杨叶的前肢，以至后肢连同头部也一并被卸掉，还有心肝、肺等五脏，胆、胃、小肠等六腑统统都要被卸掉，或者叫摘除。就像树上的果，地下的瓜到时要被摘掉一样。这是一次手术，不叫手术的手术，完全、彻底的手术。

羊进入这座深院已是下午的一些时光，天空渐渐阴沉下来，方砖铺就的甬道潮潮的，踩上台阶去有一种凉咝咝的味道。偶尔从断砖里钻出一只螃蟹，冒着水汽直往前爬，爬着爬着前面又钻出一只，真是无独有偶，走不几步，又钻出两只，会于一处，共四只，四只螃蟹纠集在一起，一齐向前爬，爬到前面一个大腰盆就消失了。偶尔吹来一阵风，甬道上的一片杨叶就飘转起来，像迷途的鸟，找不到树，找不到归巢……但是一棵棵树毕竟出现，它就落在一棵楝树上，顷刻，化作一只碧鸟，原来是人的眼睛看错了，它不是一片树叶，是一只鸟。楝树的位置距大腰盆不过三四步，腰盆摆在小瓦房前面的空地上，小瓦房的门对着甬道。在甬道的一旁有一排低矮的房子，足十二间。沿着甬道往前走，到最后三间与一间烟雾缭绕的房子相连接，与一楼一底的小瓦建筑毗邻，并形成直角。小瓦建筑前面种植着一排树，这排树沿着另一条甬道一直往西去，由于雾气弥漫看不清它的尽头。看得清的只有眼前的事物。眼前只有一只羊，在这排树的第二棵树下。羊的黑白已不甚明晰，羊身上堆满了从上往下落的叶子。树上空空蒙蒙的叶子还在落。于是羊的身体便消失在一堆叶子的下面，只有两只羊角像树杈一样高高地凸伸在外面。甬道相交的交点上有一棵苦楝，夏季的叶子已全部从树上落下来。枝梢上坠满了金黄的楝果，果实虽然诱人却没有谁动它，一阵风也不能让它落下，楝果只是坠着长长的柄枝顽皮地荡秋千。一只鸟落在树梢上。那是一只碧鸟，碧鸟惊警地昂着小脑袋，一双圆眼骨碌碌地转动，但它从来不看楝果一下，苦楝在长到近三米的高处分开三根主枝，一枝朝西，一枝朝南，一枝朝东。在朝东的主枝上早已挂着几根绳子，仔细地看，原来是一根双了又双围上去，然后从一方拉出来的。突然绳子一紧，被拉出来的绳子一端仿佛坠着了什么重物，苦楝抖一下。白羊就来了。白羊看见了热气，从大腰盆里腾空而起的热气。羊看着热气就往苦楝后面躲，可是黑毛腿毅然地走了过来。白羊左右躲闪着。黑毛腿一个跨步，骑在羊身上，稳如泰山，两腿夹紧。两颗壮硕的卵子压在羊的头顶，羊感到非常惶恐，头昏、胸闷、眼发黑、喉头干涩，堵得慌……一道闪电，羊就感到有洪水奔突。奔突奔突奔突……一下子就涨过了喉头。身体就越来越轻，越来越把握不住……终于随着一股大水整个身子浮了起来，白羊漂泊在波涛之上，转了几个圈羊感到头很晕，四肢无力，四周的树啊房子啊雾气啊一起打转……羊很困，眼皮重，要睡觉。羊终于合上了双眼，沉沉地睡了过去……

天黑了下来，景物变得毛糊糊的，树枝朦朦胧胧地像梦一样耸在头顶，苦楝上的那只碧鸟黑黑的，一动不动地像空无一物地停在那里一样，看来它今天怕是非在这里过夜不可了。

所有的景物都在无声无息地变化着。黄狗由黄狗变作黑狗，地面比天空更黑，空气不仅潮湿，而且稠得发黏，黄狗一直没有吭声。黄狗先是在一定的距离内跟着羊。后来黄狗恭坐着，不走，也不吠，守着羊，尾巴慢悠悠地摇着，像一个修行有术的道人。

血在盆里，盆在院子里，血正在一层层暗下去，但血泡凸了起来，像眼睛一样，直直地望着越来越阴沉的天空……

血腥，院子充满了浓郁的血腥。

小纸瓦房的底楼的汽灯亮了。灯光白花花地照着靠墙的一方肉案，肉案空空的只余一颗闭目的羊头。白花花的灯光向外铺展开去，一直照到院门外的青砖拱桥上，桥下哗哗哗哗哗哗的流水，自东向西流去，昼夜不停，永无复归。这时桥上隐隐约约出现一只羊，羊在桥上哆嗦了一下，便迎着一道光走了过来。

当白羊走过来，肉案上羊头的眼睛睁开了一条缝……白羊走了一半吐出一片树叶，仔细一看，是一片杨叶，它一直含着从杨树上采下来的这片叶子，走进这座庄园，它径直奔向那只卵形的水竹篮，它用嘴叼起一把点心刀，放进一只盛盐水的脚盆里。

“这，这……”一个屠夫叫了起来。黑毛腿走上前去一看，发现点心刀刚一放进脚盆，脚盆里就注满了羊血，再去看那只白羊，它正昂着头，喉头还在咕哝咕哝地滴血，羊就这样滴着血转身走向一只冒着热气的大腰盆，纵身一跃，跳了进去。黑毛腿们赶过去，弯下腰，伸出手，接着又直起了腰，收回了手，茫然回顾，发现这只白羊自从跳进了这只腰盆，就再也没有走出来。腰盆里空荡荡地浮着羊毛和一些污秽物，然而羊早已吊在苦楝树上，白刷刷的在黑夜里显得分外扎眼。黑毛腿随手拿起一把方刀，走到楝树前，他刚把刀举起，刀影刚对准肚子的中缝，像核准了暗号揿着了密码似的就听得羊的胸前砉砉砉砉砉砉砉砉砉地响。黑毛腿吓得向后退了两步，然后向左又向右看了看，又揉了揉眼睛，以为自己听错了或没有看清楚。响声还在继续，一直响到羊的二阴处，停止。羊的胸口和腹部似乎有拉链全部打开。黑毛腿还没回过神来，就像地震到来时一样苦楝抖了一下，碧鸟飞了，楝果落了……碧鸟飞时，凄厉地长鸣了一分钟。一分钟之内楝果全部凋光。

刚收拾完这只羊，哆哆哆哆哆哆哆哆甬道上又来了一只，同样，后面跟着一条狗，只是天黑，不知道是黄狗是花狗还是黑狗。

下一个动作是打开羊的身体往外拿东西。先把生血的心拿掉，再把贮血的肝拿掉，然后把通气的肺拿掉，然后拿运化、升清的脾，然后是藏精的肾……

然而，蝴蝶……

蝴蝶的出现令黑毛腿们有些手忙脚乱，尤其在这初冬的夜晚。当时摘除了五脏六腑之后，黑毛腿直取那腹部两旁的雪白的脂肪，可是，当手指触到脂肪时，那脂肪像一对含羞的翅膀飞了起来，飞着飞着飞出无数对翅膀，接内脏的筛子、放刀器的篮子、盛羊血的脚盆、装污水的腰盆，羊头、羊肉、羊蹄上，人的头上、肩上、胳膊上、手上、脚上，地上、天上、树上、屋顶上……全是灵性的翅膀，不是一对，而是千对、万对、亿对……

蝴蝶从那棵苦楝树下的羊肚内飞出来让人不可思议，这不可思议的蝴蝶四散到上下左右前后各处，之后，蝴蝶便一生二、二生四……以至无穷，它们上上下下左左右右前前后后正正反反袅娜地飞，你到最后就弄不清它们到来的方向了，你就迷糊了。

然而，羊一只接一只地到来，一只接一只地跳到冒着白汽的腰盆里。一只羊刚刚出浴，另一只羊就跳进了腰盆。这只跳进了腰盆，院门口又出现了一羊。侧耳细听，哆哆哆哆哆哆哆哆……路上还走着一只羊，你又迷糊了；在这条路上——这条不归的路上，究竟还有多少只白羊在路上走，又有多少只羊踏上了这条路，还有多少只羊准备踏上这条路……

跨进院门要经过一排低矮的房子，这排房足足有十二间，一直连着那间烟雾氤氲的房屋。走完这十二间需要约四分钟的时间，每三间房子要走一分钟。走完四分钟就到了腰盆，腰盆的正确位置在最后一间房子前面的空地上。腰盆里腾腾地冒着白汽，说明里面刚刚倒了开水，腰盆的旁边放着两只水桶，这显然是倒过开水的水桶，但水桶里已放满了冷水。倒水的人已经走开，可能走进了那间冒着烟雾的房屋，也许走进了那间灯光明亮的纸瓦屋底楼，也许走进了十二间房子的任何一间，也许就隐在哪一棵树或哪一根廊柱的背后，他等待着白羊的到来。白羊一只接一只地走来，每四分钟就有一只羊出浴，四分钟就有一只羊跳进腰盆，四分钟就有一只羊出现在院门的拱桥上。夜越来越深了，血腥味越来越重，蝴蝶越来越多……不，不仅仅只有蝴蝶，空气中还有其他昆虫，比如苍蝇、金龟子、天牛等等。血液与血腥味渗透了这里的一草一木，唤醒了一部分冬眠的昆虫。它从隐秘的空间，从漆黑一团的地层出现，它们像子弹一样地射来，令黑毛腿们手忙脚乱。当时他们正在往外清理小肠，昆虫们就像子弹一样射来，额头、脸上、鼻子、眼睛均被击中，好端端的一盘肠子险些掉落到地上。黑毛腿连连用手拍打，并一顿臭骂。

“鸡巴日的金龟子，老子叫你撞……”

黑毛从脸上摸到一只金龟子，恶狠狠地掷在地下，并狠狠地用脚一踩，脚掌磨转了两下才肯罢休。刚刚踩碎了这只，脸上又撞来一只，踩碎一只，又撞来一只，一只比一只厉害，一只比一只凶狠。不只是撞，那金龟子还用带锯齿的爪子在他脸上来回抓拉。黑毛腿与另一名屠夫杀猪宰羊几十年，还从来没有看见过这种现象。据说黑毛腿这天夜里杀完羊吃了羊内脏喝了羊汤回家已是丑时时分，刚躺倒在床上公鸡就叫了。他这一躺下去就一直没有爬起来，成天在床上打战，牙齿、腮帮子、头部乃至全身打战，似乎得了惶恐症。从早到晚喊叫金龟子蝴蝶金龟子蝴蝶金龟子蝴蝶……家人为此非常焦急，把他的蚊帐衣裳、被子、床单全部搜遍了，也不见半只金龟子，但他依然叫喊着蚊帐里有金龟子蝴蝶。为了给他治病家人请来了当地最有名的巫医术士，最终也不能奏效。他还是像怕冷似的打着哆嗦，叫喊着金龟子蝴蝶、金龟子蝴蝶……饭也不吃，水也不喝……他死的那天大雾，说是大雾其实是类似那种打开冰窖后施放出来的冷气。金龟子蝴蝶真的在屋内出现，蚊帐里也有，连家人也清清楚楚地看见。黑毛腿再也不叫喊金龟子蝴蝶，而是像羊一样咩咩咩咩咩地叫，叫了整整一天一夜也不见停下来，让家人们见了很心疼。最后，从他口里吐出了一个字："刀！"接着又吐出一个字："盆！"而后又吐出一个字："水！"哦，家人一下子明白了。像他每次宰牲口那样拿来了一只脚盆，盆里盛了一些水，撒了少许的盐，然后把他经常从猪羊的喉头捅进去放血的点心刀拿来，放在脚盆里。家人刚把点心刀放进去，黑毛腿的喉咙就像水龙头断了水似的，咕哝咕哝咕哝地响，响了几下，便断气了。另一个屠夫与黑毛腿一样，回家就生病，从此一病不起，最后一命呜呼。

一只白羊像小姐一样正在向这座雾气紧锁的深院里走，走了一半的路程，跌了一跤，低头一看，原来是一地黄黄的楝果。是白羊一不小心踩在楝果上，摔了一跤，它不慎从嘴里掉下一片树叶。不难看出，这是一片杨叶，白羊一直叼在嘴上，它要将这片杨叶献给黑羊，它向四周看了看。不见有什么黑羊。忽然一阵风吹来，叶子就飘然消失了，它有所察觉地望望，只望见了一团白汽。那白汽是从腰盆中散发出来的。它就望着白汽一直往前赶，到了腰盆边，它就跳到白汽中去了。有四只螃蟹从地里爬上来，它们在盆沿绕了一周，变化成了四只多毛的黑手。四只手于是动作起来。一齐在羊身上抓挠，脊背、腿上、腿窝里、屁股沟、尾巴梢，出浴时，肚皮给吹得圆鼓鼓的。羊一生从来没有见过这样的礼遇，从来没有见过这么大的排场，从来没有像今天这样大腹便便气壮如牛过，也从来没有这样风光过。肮脏的蹄子像酒瓶盖儿一样给起掉了，头脸的长毛和胡子也刮得干干净净，好像要去赴一场圣筵。

其实圣筵早已开始，没有序幕的序幕早已拉开。菜一直在上。隆隆隆隆隆的声音一直在响，那摆圣筵的大玉石仙桌一直在拖，往后拖，一张接着一张往后拖……

吃这一场圣筵需要蒙受大汗，需要蒙受奇寒，需要冒着生命的危险，需要对有说无，对死说生，对生存说苦难，对死亡说干净，对肉体说肮脏，对凡俗说黑暗……那样才会有痛快，那样才会升腾，那样才会重生。

隆隆隆隆隆隆隆隆隆……圣筵的仙桌在拖、拖、拖、拖、拖……

白羊一直在脱、脱、脱、脱、脱……

首先，脏器与身体脱，然后头部与身体脱，接着四肢与身体脱，最后身体自身脱……

拖、拖、拖、拖、拖、拖、拖……

脱、脱、脱、脱、脱、脱、脱……

……对死亡说干净，对肉体说肮脏……那才叫痛快！

动物从来就是吃的。人从来不吃。人死了也不吃。谁叫动物们跑得慢，人跑得快呢？跑得快的就可以不叫动物，叫人，叫人就可以不吃。叫动物的就统统该吃，这就是人道。大凡物道是没有的，或不多见的。

人喜欢吃肉就把肉留给他（她）们去吃吧，让动物们的肉转移到他（她）们身上，让他（她）们像羊一样“咩”，像猪一样“哼”，像狗一样“吠”，像狼一样“嚎”吧……

该交换交换角色了。让动物们都卸任。把这个越来越浑浊、越来越肮脏、越来越罪恶、越来越失去灵气与神性的世界完全让位给人类吧。

再见了，我们种类不多的同胞（黑羊们）！再见杨树杨叶们、小花小草们！再见了，可怜的人们，再见亲爱的大地！

隆、隆、隆、隆、隆……

召唤亡灵的声音一遍又一遍响起，天国的另一场圣筵就要开始了，大玉石仙桌一直在拖，已拖了长长的一排。地上的筵席即将结束了。

但是，菜一直在上……

肉案上的肉空了（案板在那里）。冒烟的房屋吃喝声停止了。人的一种欲望满足了，另一种欲望开始延伸了。路上响起了“扑哧——扑哧——”的踏雪声。小瓦房的底楼依然亮如白昼，刺目的亮光一直照在腰盆上，腰盆里的白汽消失了，水早已凉了下去，但白羊仿佛还在往那只腰盘里跳，里面的水总是响个不停，这只羊刚一出浴，另一只又跳了进来，而另外一只羊却早已在桥头露面，正迎着刺目的寒光往前走。只是哆哆哆哆哆哆成了嚓嚓嚓嚓嚓嚓。感觉院子里像充满了积雪，但天空却只有翩跹的蝴蝶幽灵般地盘桓。

现在羊肉摆在案板上。羊被大卸八块，羊已不再成其为羊，羊成了羊肉。

刀斧手回撤的身影早已不见，砍剁的声音，血浆四溅、骨屑四飞的声音已然消逝。羊终于如愿地成了羊肉。屋子里很安静，只有蝴蝶像幽灵一样无声无息地飞舞。有几只飞倦了歇在一块块羊肉上，一动不动地停在那里，看上去像是有人贴上去的一些纸片。不过这也难说，因为很久以来——即那烟雾弥漫的房间吃喝的声音响起以来——这些蝴蝶一直未动，也可能就是一些编了号码的纸片。不过这种时候谁也懒得做这种推究和鉴定。锅里的肉很香，味很鲜，自顾自都顾不过来，哪里有工夫管这些呢？案板上的肉归之谁的名下也许是已成定数的，野狗也不用担心。黄狗并不是野狗，它跟随主人多年，看见过很多生生死死，早已修炼成了一条通情达理的良狗。案板上的肉狗是不吃的（那是人吃的），赏赐自然是不会少。现在它正有滋有味地撕扯着羊的二阴，还有那边桌子下的一堆热骨头，它跑来跑去地吃，可忙了。人们于是有理由放心大胆地吃。那餐桌上的，汤锅里的，那羊舌、羊脾、羊肝、羊心羊肺、羊血都是公共的，供大家宵夜的，不吃并不给予，多吃并不受指责。唯一的方式只有吃，把一切吃光。

咩咩咩咩咩咩咩咩咩咩咩咩咩咩咩咩咩……

这里没有羊叫声，案板上只有羊头和羊肉，这堆肉再也不能发出咩咩咩咩咩的叫声了。只是每隔两三分钟，有几块肉偶尔跳一下，像是做了一场噩梦似的跳。羊头寂静地蹲在案板上，羊头已不再率领着躯干和四肢向前走，羊的四肢也不再支撑着羊头，不再看道路两旁的风景。羊闭着眼睛似乎在回想着一段幸福的往事，谛听着一首无以名之的安魂曲。羊脸上的长毛和胡须刮得干干净净，极像一个与情人幽会的青年，只是现在有些疲倦，需要小憩一下。

……突然，案板上的羊肉消失一块又消失一块……原来肉案上出现了一只手的黑影，接着又出现一只手的黑影……底楼的灯光暗了下来，像是蒙上了一层阴云，伙房那边的吆喝声也停了下去。只是偶尔传来瓷匙当当的碰击声，喝汤的吧咂声和橡皮塞子开启的声音，可能还有一个或两个人在饮酒，吃着最后的残羹，但马上便被底楼的嘈杂所掩盖。手的黑影像一只只龇着长牙放着凶光的怪兽。羊肉一块块如临大敌，那停在肉上的蝴蝶一下子炸飞了。羊肉突然消失一块又消失一块……怪兽们咬住羊肉，紧紧地不放，坚定不移地向茫茫的野外走去。一会儿便消失在这永无谜底的初冬的寒夜里。

隆——隆——隆——隆——

天国的仙桌一直在拖，为丢失身体的亡灵们准备的圣筵一直在往后摆，地下的蝴蝶一直在飞，往天上飞。

华筵散了，食客们都走光了。羊头留了下来，羊头似乎一直在听歌、听歌……

第二天一早，世界一片白。昨夜下了一场罕见的大雪，在庄院门前的砖桥上立着一个女人，这女人一身黑：黑帽黑衣黑裙黑纱巾黑手套，扮酷的那种。女人耳边的秀发和长睫毛上结满了白霜和冰凌。她的身体面向整个院子，站在过膝的深雪里。往东，直到瓦河堤；往西，直通沉湖；往北，只有一条甬道，踏上甬道就走进了庄院。三条路上都不见她走过的脚印，不知她从何而来，将从何而归，在这里站了多久。只见她右手挎着一个黑绸缎包，小包坠坠的，褶皱绷得很直，看来有些沉，隔一会儿她就要把小包从右手转到左手臂上去。她的脸粉嫩，并且腾着白汽，眼睛红红的，目光波动不定，似乎在寻找着什么……此刻雪早已消歇，只偶尔有零星的雪片在半空中飞。院子里积满了厚厚的雪，房子堆得像雪山，如果有谁家打开房门，那一定要从里面爬出来，因为那雪已过了门槛，快半门高了。不过没有哪一家开门。只有当道的那间房子的门是开着的，不仅门开着，而且燃着一盏橘红的灯，看来这是一盏长明灯，彻夜亮着，不曾有谁关它……远远地望去，不能看清里面的什么。院子很静，静静地展现一部童话，偶尔树枝压断，“咔嚓——”一声只能是这部童话中的一个节奏或一个停顿，丝毫不影响童话的进行。一会儿，太阳出来了，奇迹也就出现了。半空中飘飞的雪片，不仅没有融化，太阳一照，却化作蝴蝶越飞越高——不过，也许它们本来就是蝴蝶。当林子没有一片避寒的树叶时，它们便乔装成雪片罢了。

可是，砖桥上的黑衣女人消逝了，也不知什么时候消逝的。但可以望见，在她站立的地方有一道阴影和两个深深的雪坑。忽然一阵风，那阴影立刻飘了起来。原来那不是阴影，而是女人不慎遗落的一方黑纱巾。黑纱巾在空中，化作一只凤蝶，绕着园子飞，转了三圈，便一直向东飞去。

1990 年 11 月 22 日完稿

2008 年 5 月 20 日再订

人在芈地

尹走下北方某所名牌大学的台阶，没费什么周折，他就回到了阔别已久的江南水乡——芈地。尹是一个靠吃大米长大的人。关于他的回故乡，简单地朴素地或者皮相地认为他是思念大米。他的志愿书上用鸵蓝墨水写着“芈”。官方认为尹是热爱家乡的表现值得嘉奖。芈地好像还为他张贴了热烈的红纸。此刻的他行李简单地在芈地的一条生草的土堤上，有一刻没一刻地辵(chuò)，头顶是一片纸鸢飞过的天空。这时，故乡的一阵风吹了他。他嗅到了苦楝的馨香。他望了望远方，望见了一条缓缓的河以及懒懒散散的村庄。河在远方飘逸形如带子。

尹走下了青草覆盖的土堤，习惯地回头看了看，他没有看见堤上走着的自己，看见了一只青蛙。他发现自己已走下了土堤。他看不见自己。年轻气盛的他现在竟然发现不了自己。他对自己的印象是，穿了衣服，还理着长发，一个大学生，如此而已。

尹用两只眼睛看路。路上他看不见人迹。这是一条朝天的大路。尹虽熟人返乡，但多年不在乡间走，所以尹是某种意义上的生人。尹摸索着前进。路的两侧很干净，不长黄花菜、地米菜，也不长肉绊跟草与回头青。尹的眼睛是认识这些菜的，因为他家的猪喜欢吃，尹曾是一个打猪草的伢。此刻，他要前往故乡的一所小学，向校长报到，去翻动教科书、教参和备课本，用红笔圈点学生作业。芈小校长在他后来的印象中是一黑色不透明的某物，习惯上每晨要吃掉一个报废的变质的臭鸡蛋。吃着吃着，有时蛋壳中还伸出一只鸡腿和一对已有羽毛的翅膀。现在，校长对尹来说是一个不咸不淡无滋无味不痛不痒的名词。眼下暖暖的春阳里，校长帽檐下的阴影以及阴影里的事物使尹感到难以预料。他此刻的内心与所处的时空是一致的、和谐的。他极为推崇那些诗人性哲学家。而尹的哲学残页多年来漫无际涯地偏离中心地在半地半空沉浮（子虚乌有的不及物）。

尹本可按一条清晰的路线顺理成章地返乡；在芈地的静虚中，他本可一个人完整地走，走得像没有一个人在走；走得纯粹，走得没有一点杂质。可是，愈来愈稠的空气和愈来愈稠的暗物质，让尹感到了某种不祥。果不其然，不大一会儿一个左腿不便的人迎面走来，逆向而去。记得此人长方脸，双眼皮，错身时还小心地看了他一眼，几步之遥，还在回头。

“怎么那么面熟？只是提了空桶，只是年龄很大。”尹嘀咕了一声。

十字路口一间猪舍上出现一幅红色的标语。远看不见字，空空的一张纸，走到墙根，字一个一个地显露。

“提倡一胎，杜绝二胎，严禁三胎！”

标语全是粗棕刷的，显然刚写的，滴着水。尹觉此人有些蹊跷，刷字走过，冷冷地刮来一阵风。尹顿感右腿阴寒、沉重、走路不便。那拎桶刷字的人看似很近，其实遥远。尹的内心历书一页页翻动，之后，尹连连否认；这是不可能的事。但刷字的人走过之后，尹倏然变轻了。尹感到自己有最最重要的东西被提取。没及细想，但尹预感到了些什么。

尹是一个能写字的人。他刷完标语就往回走，恰在这时尹看见返乡的大学生。像辨识一张珍贵的照片。尹回头，记得家中存有这么一张，是一技艺三流的乡村摄影师拍摄的。后来被孩子不慎失落于水，相纸上的药面失效，从此家中仅存的一张照片变成了一张白色的纸，纸上青春年少的形象消失于虚无之中。

家在尹的面前出现。

尹知道一张令人失望的相纸被保存在这个家中。尹马上就可以回到家里。可是为什么要回家成了他的一个问题。尹想，在路上不是更自由吗？在家中又何尝不是在路上？人永远只能在路上啊！甫一沉思，尹又进入一种哲人状。我在路上我真实吗？我比相纸上消失的形象更真实吗？我比路上遇到的大学生更真实吗？与其说我在回忆消失的他，毋宁说是他在设计未来中的我：除了刷字，还会教书，还会进入玄思妙想的我。人是什么……人是由一些乱七八糟的部件所组成。

尹离开猪舍走了一程，看见一棵熟悉的苦楝。他的手就有些发痒。他丢下简单的行李，脱下一件一件的衣，朝手上啐一口唾沫，就向树上爬，爬上树后一看方觉时令已值初夏。这时，他看见米粒般的、紫色的楝花。楝花闪现，楝的暗香也就出现了。尹站在树丫上，深吸一口气，小便的要求接着就来了。在树上小便可能与抽水马桶小便大异其趣。它潇洒。尹刚刚撒了一半，树下的竹床上传来一个女孩梦乡中呻吟转为惊呼之声。芸正在楝树下的一张竹床上午睡。芸已到随身携带卫生纸的年龄。已然开满紫花的楝树下她暖暖地做着春梦。起初芸以为是下雨，可是她尝到了“雨”中的盐味与尿素，而且这“雨”劈头盖脸连续不断，她的红色灯芯绒上衣就被淋湿了，直到她的春梦化作了竹床上弯弯曲曲的流走的水迹她一下警觉到是什么，她疾步奔向檐影中的竹篙。这时，尹的视界预先出现了危险的幻象：一个模糊不清的黑孩被竹篙轻轻一挑，便像蝉蜕般飘落下来，头向下，瓦罐一样撞碎在地上，血流成河……

尹的死因无可稽考，他生命的极线多次被黑色短线切断。他的忧郁、他的颓废、他的悲剧人生似乎是童年奠定。在进入我的叙事之流前或许已是早已不在人世的故人。他化名发表于各大报刊的文字公开对尹的存在的可能性表示否定，使尹的在乡间一盏豆油灯下完成的哲学断章蒙上了神秘的色彩。他曾认为人是一种没有根据的没有潜在性条件的或然的某物。人的整个存在都是扯皮影。带着云絮般的犹疑带着未定型的思路他走进了大学。在大学校园尹读了许多先哲的书，然后非常遗憾地拒绝了学校的诚挚挽留，毅然返回故里——芈地。

芈地诗意地保存在尹的记忆里。芈地人似乎住在摇啊摇的芦苇上，芈地的生活被密密层层的芦苇丛所装饰、所遮蔽，拨开幽幽的透着蓝光的芦苇可见那圆圆的黑乎乎的巢穴般的芈地人家。返乡的尹精神很好。尹大汗淋漓地走在芈地的一条生草的土堤上。他看见了故乡的清水河。是这条河送来了清凉凉的风。他疾步走下河堤，一个箭步就上了明末石拱桥。桥的古老与悠久更衬托了他的新秀气派。他后来经常忆起踏上故土的这一天。桥下长长的流水源源不断。他站在石拱桥上看着风景，他看到了几张白纸如梦似幻地不经意地飘入静如止水般的清水河，他不知道那时他的哲学笔记装订松散、麻线脱落。从河的此岸步入河的彼岸，时序已是六月天气。暑气有些逼人。他瞅见竹床上还在午睡的芸。一棵高高在上的楝树笼罩了她。此刻米粒般的紫色小花已然凋谢，替代的是青小楝果。家在芸背后一塌糊涂。此妇人颜值已衰，已不能引人入胜。尹平生一种忧郁、伤感的情调。继续往前，境与物越来越熟，越来越多的红桑葚涌现。那个预感中的男孩如期而至。男孩敏捷地爬上一棵曲里拐弯的桑树。男孩将紫色的汁水涂鸦在脸部。他迅速吃完东西像没吃一样毫无声息。他的纵情似乎忘了娉婷于桑树根部的一个逐渐显形的女孩。一粒子弹像一枚成熟的黑桑葚在附近的草丛里叫了一下。男孩像蝉蜕一样轻轻地飘进长长的清水河。一个埋伏多时的猎人则匪气十足地走了出来。荷枪实弹的猎人一推狼皮猎帽，说："我是芈地小学的校长。专程在此恭候。"

"你不可能是校长，你是猎人，你恭候的是猎物。我的校长在芈小，不是这个样子。"尹说。

"打猎是我的爱好，可惜没有打到猎物。"

学校是尹的一个绕不过的驿站。想当教师尹必须归属学校归属钦定课本归属教参归属标准答案。尹走进学校有如踩响了某种东西，它一直深藏而被尹的到来所触动。所以尹在芈小逗留了三十多年才落叶归根。记得刚到学校那天，校长正在训话。他在特定的环境中眼睛很亮。尹不知道抄小径返校的猎人正是芈小的校长。他早已卸下了猎装，露出校长的身份。尹的目光在聚焦校长的同时景深里竟呈现出一群"木俑"。校长正对这群"木俑"训话。"木俑"们的眼珠子绿莹莹的诡异地转动，看了叫人很后怕。尹就觉得"木俑"的腰间应该安装了活动的机件，只要扭动腰部的某一个旋钮，上足发条，一拍性命顶，他们就可以机械地运动，忙活一整天的工作……果然，一会儿，校长训完话亲切地拍了拍"众爱卿"的头部说"去吧"，就都去了。他们忙忙碌碌从贴身的衣袋里掏出一些葵花子，坐在长廊上，嗑着，聊着闲话，打发时光。一条不爱吃屎的、夏季吃黄瓜、春天吃瓜子的、伸着红舌垂着涎水的狗望着他们。离"木俑"稍远的墙边放着一把藤皮椅子。座位上的那个实有的人已经走出，椅子空着，只余一个人形的影像石刻般阴印在白墙上。尹没有感到有什么奇怪。他只是从这黑幽幽的影件中预知了此人的情形有点不同寻常。那么这个游离于阴印影件的人到哪里去了呢？尹走下穹形长廊的台阶，几个嗑葵花子的"木俑"消失于背后。尹觉得走下芈小的台阶与走下大学哲学系的台阶物理上感觉一样，但又觉出了某种不同寻常。不同在哪呢？一时半会说不清，迎面是一块很大的操场，尹在操场上静静地立了一会儿，顿觉胸前与背脊涌来许多熟悉的事物，放眼一看，无数纸鸢就出现在尹感觉要出现的天空。他看见同学们都在玩纸鸢，他也就玩纸鸢。尹凭借手力把一只纸鸢放到高空，他看见他的纸鸢到了力的尽处，然后稍做停留，颠一个头，借着空气的浮力滑向反面，围着一棵高高的楝树袅绕三匝，忽的一侧翅翼，向第二层楼东头一间红门房飞去，消失于窗内。尹就去踏楼梯。尹从第一层爬到第二层。他没有看见什么。这时有沉重的湿气压住天空。四周静得有点出奇，令人预感一件不祥的事发生。操场立着那个刷过字的人。他把字都刷了出来他就像呆子一样立着出神。他的样子似乎是凭吊地上那些曾经飞翔过的曾经生动过的纸……刷字人的出现使操场顿时蒙上了回忆的底色，近似黄昏。少不更事的尹似乎重临一件往事。一会儿，尹忽然觉得自己已是一个应该去上课的学生，他应该在五年级的五（1）班，所以他不可以像一个闲适的人一样观风景。

芸是初调芈小的音乐教师。她现在正给其中一个毕业班的，也即五（1）班的同学上第一节音乐课。尹在教室门前徘徊，隔着玻璃看人有点荫，但他还是看见了教室最后一排最后一张椅子上的一个少年，那个端端正正坐着的少年正是自己，他发现随着那个少年的注意力由散漫到集中而自己的影子则由深刻而浅淡，就像光舌舔食一样，越来越淡几近于无。芸也看见座位最后一排的一个五官端正、眉清目秀的少年。芸是一个饱含水汽的青年女子，她草色上装几排银质纽扣很闪亮。唱至少年尹面前，她不动，她就一直停在那里教唱。在停驻间，她感到了某种陌生的从未有过的兴奋，从未有过的痉挛全身洋溢。芸感觉尹特别出众特别大胆特别有魅力。尹是一个很特别的学生。从当时的情形来看，尹的行为确实有些逾矩，逾越了约定俗成的界线，但他抵御不住，抵御不了她的香，他抵御了她的香但他抵御不住自己的欲望。芸天才的领悟并理解，觉得尹活泼一点放纵一点逾越一点做倒没啥，也恰到好处。她不出声。沉浸。沉浸在歌里，沉浸在一种暗喻中。她就这样娉婷在尹的近处教唱。一些简单的毫无艺术价值的歌曲经由一个少女的倾心，就发生了某种惊人的变化。歌曲的教义和思想性下潜伏着某种欲望，只有天才性的人物才能谛听到。芸靠尹很近，她很近地若无其事地靠在尹似乎无意间放在位角的一只手上，尹就顽皮地跷起大拇指抠掰一下，就像抠掰打火链启开火机的开关。芸的心头一闪，一种奇异的痒酥划过全身，歌声瞬间停逗了一下，眼睛又红又亮，身子几近瘫软，但挺住，接着又唱。

放学后，尹心花怒放，与等在楼梯口的冬狗一道往家走。冬狗后来不叫冬狗，叫黄校长，尹说，比发面还软！尹一高兴就唱：

我挎上三八枪，我子弹上了膛……

路两边的地米菜、黄花菜一朵一朵地开，好心情像花儿一样不断地涌来……可是，走了不多一会儿，回家的路途将他颠覆，十五分钟的路程背后家庭在青空下寒冷地耸立。一种猪鼾之声如雷轰动，妻子正鼾声大作，爹叉在一张竹床上，一条裤带很不体面地拖沓在地上。芸显然是刚刚被人动用。此人已经隐去或是退到屋后的竹林里窥视。现在是正午，鸡在树荫深处和鸡埘上打鸣。远处的田野白日茫茫，一个或者二个人影荷锄。尹的儿子立在树丫上无声无息地撒尿，断泉一滴一滴注入芸的发髻。芸是被辞聘的闲居家中的民办教师。已徐娘半老，现在她禽兽般地沉睡。楝树早已过了它的花季。树上挂着一串串青小的楝果。尹的血管跳了一下，想到自己的职业尚不能保护家中贤妻便无地自容。尹到茅厕屙下几条木棍般的硬屎便进屋用膳。在一张四方形的桌子上他吃了发毛的梅干盐菜与一些咸得发苦的酱。饭后他就呆子般地矗立在一块青色的玻璃面前，用一把曾经梳理过他十八岁乌发的现在已然褪色的桃木梳子梳了一下他亚麻色的头发，然后静静地看着自己沉迷的眼睛。之后，他陷入一把古旧的椅子。他拿出一个笔记本，又拿出一支笔。他拧开笔帽，将皮管一捏放入一个瓶子，他让它吸饱驼蓝，他便在一盏豆油灯下开始了早在上大学时就已开始的哲学漫笔。尹的胃里装着发苦的酱与梅干盐菜——他是一个能低温启动的人。尹刚刚写了一句“双向深入的事物很难被凡俗所见”，枪声响了。猎人正在附近活动。尹的住址是一个有园有兽、有树有鸟、有沟有鱼的地方。尹感到园中的生物正一件件地丢失。尹觉得那个攀附于一棵桑树的孩子正蝉蜕似的下坠，一直向下，坠入清水河，无以挽回。

这一天，尹上路很早，上路再上学。

这是他选定的路，这条路一直通往北方某大学。路两旁的黄花菜与地米菜一朵接一朵地开。尹认识这些野菜，尹正是靠这些野菜的营养发奋成才的芈地第一代大学生。在通往遥远的北方的这条路上有一座古老的石桥。石桥是故乡的一个制高点。尹挥手告别家乡父老正是立在清水河的这座明末石拱建筑上。泪水盈盈，频频回首。他瞭望蜃气中深藏的树木和懒懒散散的村庄，瞭望村庄极不正常地被初日红润掩映着的病病歪歪的茅舍，他似乎望到了破窗纸背后站立的苦难的母亲，母亲正吧嗒吧嗒地掉眼泪；吧嗒吧嗒的黄花菜、地米菜正大朵大朵的苦涩地开。尹长嘘一口气转身走下石拱桥。走了一程，前边仿佛有一个“驿站”，他听见了木梆子响，他看见一条越不过的长板凳。他在板凳上坐了一会儿，他见板凳上凿有许多圆形槽眼，编了号，放了猪食般的饭菜。他既奇怪又饥饿。他就在第五号槽眼里用了午餐……他转身瞅见一只粗大的皇桶。热汗淋漓的他就脱光了衣服，一个猛子钻进皇桶。在桶底他看见了他的沉沦的尹氏弟兄，他们似乎自在游泳。他们横冲直撞。他也学他们横冲直撞，直到扑倒一个人，看不清她的脸，但他感到她的柔软她的不识水性。他莫名地兴奋。她死死地扣住下体。但他能够看清她的隐处她的关键部位，他几乎野蛮地扯飞了她几粒绿光小扣。

“弟弟，弟弟……你不可这样……”

他就要这样，他顾不了这么多，他需要一种放纵，需要一种野蛮。她抖得厉害，声音喑哑且越来越虚弱，无力地挣扎，不动，软软地停在那里……事后，尹才感到自己似乎触犯了“罪”，有了“罪”感。他敏捷地跳出皇桶，打算逃逸。父亲从不远的桥洞里一个箭步走出，以从未有过的机智和敏捷，一棒将尹的右腿敲断。母亲抢上一步将他背在背上，说：“你打他干什么，他还要上学去！”母亲背上他走过长达一个月的柳树林，来到学校。校长正用早膳，吃的是一个变质的臭蛋，见是芸背着尹走来，注意地看了一眼，说：“你不能这样老背着，要不你干脆就留校任教，边教书边照护他？”

“你去刷标语吧。有一名大学生要返乡。”校长转身对尹说。

尹摸了摸脑袋，有点莫名其妙。腿部还是有点阴疼。但他还是听校长的，摸索着往前走。他来到一间猪舍边，看见墙上已刷了标语，还滴着水。他看见一个面熟的人迎面走，逆向而去；走了一程，竟回头睃了他一眼，但一会儿就模糊不清。尹觉得既然无字可写就准备回去睡觉。回去的路线很复杂，他随便择出一条路往前走，在路旁他看到一口发黑的池塘。他满手满嘴桑葚的汁水，便下到池塘边，却一脚踩在塘边用来捣衣的圆木上，那圆木一般是大跃进时期从人家祖坟里掘出的棺木。尹就蹲在这种圆木上洗手。尹通过塘水看见四周野木环合，在一棵树上他看见了一串串的黑桑椹，一个小孩在树上摘，满手满嘴的汁液——突然尹看见自己的人影后面现身另一个人的人影。他认出这是他的邻居冬狗，冬狗是从哪里来的呢？他在想，在他还没有想明白的情况下圆木“轱辘——”一声就开始滚动。尹一头栽进水里。在水底他又看见了他歪睡如泥的苦难兄弟——这些永远没有浮上去的“萝卜”。或许，他们沉于水底永不冒面更高地体现了一种大智，尹想。离开沉睡的泥巴兄弟，尹似乎回到了更远的幼年，他看到自己的花草鞋被塘水塘泥涂鸦浸黑，他这才想起自己此刻湿漉漉孤单单是怎么回事。正午的阳光下是一摊黑水和一个湿黑的影子。那是他，他侥幸爬上了岸，那个推人下水的人已然消失，就像早上蒸发的水汽。尹开始走第一步，他走得很不舒服，阴湿的棉布裤擦伤他的裤裆很疼，他只得拖着沉重的步子向前走，走了好一程，才脱离了湿气，身上转暖。但就在他暖洋洋地在一条生草的土路上缓步行走时，芈塘及芈地的湿气、病气、瘴气、阴郁之气层层浸淫，不紧不慢不温不吞不知不觉地蚀入尹的胴体及四肢，最致命的是一条吸血的幼虫，在尹深入疫区时便神不知鬼不觉地通过汗腺深入他的腑器。多年后开始泛滥。

是的，双向乃至多向深入的事物很难被凡俗所见，尹说。

芈地也许是一处难以深入其中的子虚乌有的地方。它只曾隐隐约约的被那些不知名的某朝某代的落魄文人的笔记小说中的若干文字暂时所设定。这些文人多半穷居山林，家徒四壁，吃着粗粮，汲饮林泉，闲来著作文字若干，用以抵御光阴之荏苒。由于他们的穷困潦倒，名不见经传，于是他们所著书稿从不登大雅之堂。只是在坊间在芈地被草民传播，许多书籍装帧粗俗，线索崩断，一些书页纷纷散逸。空余一些趣闻逸事和有关民间传说。于是，芈地的历史中混合进去了许多缥缥缈缈的虚构之物。给形而下的尹荣归故里造成了某种困难。

尹大学毕业以后，在后现代小说作家黑丰的努力下，才得以一字一字地艰难地形而上地回到半浮半沉、半虚半实的芈地。很久以来芈地居住着一个喜好宽服、信奉宗教的少数民族。神秘文化几乎统摄了他们的生活。巨大的宗祠就矗立在芈地人文地理的深处。一股森寒之气从大殿后面的阴暗小殿扑来，穿越厅房，袭击了那天正路过宗祠的尹。多日来，使尹在一些夜晚的豆油灯下从内心的某个角度审视这黑乎乎的宗祠时连打三个喷嚏。其实，在进入芈地村头时，尹就感到一种逆向的风，他的从大学带回故里的一些精致的哲学和主义像一批做工考究的草帽被芈地的民风一顶一顶地吹落在村口。

那天，他心情很好，湛蓝的天空正飘送着一朵朵白云。尹刚到村口，忽听得一个人喊“五号”，久违了，好久没人这么叫了。谁呀？他一看是冬狗。正是他，这个昔日头顶留小辫带壶盖的冬狗。从冬狗口里吐出这个词，词的力量有时很专横很顽固蛮不讲理，一下就把自己从“尹”氏变成了“五号”。冬狗迈着正步向前走。尹连忙赶上前去，与冬狗逆时向前。走了一程境与物密集而熟悉。尹感到腿子酸痛，低头看见一根命定的圆木横着，越不过。那是一根棺木，阴沉、潮湿。

“我们做游戏吧！”冬狗说。

“不，迟到是要罚的！”尹说。

“没事。”

尹便走了这种阴沉圆木。冬狗熟门熟路地扶着尹的两只手，尹的两条腿蹬着圆木向后走。这是一种手推手脚推木的古老游戏。尹的后是冬狗的前，冬狗的前是尹的后，尹的后自己是看不见的，只有冬狗才能看见，尹不过是一个比圆木稍强一点的另一种机械，冬狗才是这一古老游戏的大脑。玩了一会儿，尹说不推了，要上学去，冬狗不理。冬狗很开心，不肯放手。尹走不下来，只得蹬着圆木往看不见的后面滚。滚着滚着，忽然，圆木一沉，塌方似的一声巨响，“哗嗒——”尹连人带木跌进一口深渊般的池塘。尹看见自己就像一只泡菜坛子“咕咚咕咚咕咚咕咚……”地冒着水泡沉入没顶的塘底。冬狗就笑嘻嘻地满意地拍着巴掌，很有一种成就感地立在岸上。一会儿，就醉醺醺地酡红地消失了。人影就像被一块橡皮擦擦去了一样，地面很干净，没有遗痕。但仔细辨析，还是有一些蛛丝马迹，那是一道模棱两可的印泥。印泥趋向池塘的，像是一个失水的孩子滑过的痕迹。池塘一片岑寂，像一个修为深厚的老者。但过了不多一会儿，就开始冒泡。一个一个又一个，由小而大，由少而多。一簇簇地涌，越涌越密越涌越密，当它越涌越密的时候，一只大得出奇的乌龟便浮出水面。乌龟缓缓地往岸边划，划了一会儿就爬上了岸，摸去头上的水藻就慢慢化成了“五号”。“五号”像刚刚睡醒的样子，东看一眼，西看一眼，最后看着太阳下自己冒着的水汽的影子。“五号”走路像一个弃婴学步。他走出一步又走出一步，走得流利的时候，他便成了尹。后来大学生的气派就走出来了，那个糟糕的被人戏耍的推着圆木的“五号”和“五号”身上晦气已然飘散。痛苦与沮丧的感觉已不在身上。他要去的是芈地、是一个金光闪闪的学校——芈小。……三十年后他在芈地的土层里，痛苦、尴尬与沮丧在他的骨头里。他的儿子，一个更年轻的留过洋的大学生毫无道理地提着篾穿的豆腐，从他的白骨边昂然走过，头也不回地进入了芈小。如今尹血气方刚使他不能看见从他生命中脱颖出来的大学生。他记得好

忽然，圆木一沉，塌方似的一声巨响，“哗嗒——”尹连人带木跌进一口深渊般的池塘。尹看见自己就像一只泡菜坛子“咕咚咕咚咕咚咕咚……”地冒着水泡沉入没顶的塘底。

像只见过一个刷字的工人提着桶迟迟疑疑地从他身边走过。他走进校门看见了堵在门口的冬狗，他刚要直呼其名：“冬，冬狗”，冬狗凭借一件又一件的服装，逐渐哗变成而今的黄校长。已不见小辫与壶盖。黄校长庄重地咳嗽了一下，在一张说不出特性的脸形下用了一个哪里都适应的笑笑了一下，说：

“你迟到了，五号！”

“我没有，我是来报到的，冬狗！”

“有调令吗？”

“没有，丢在县里了。”

“回去拿吧！”

回去的路上，尹不幸被一根莫名的白骨绊了一下，一个跟头差点栽昏过去。——他穿过一种叶子很细的乔木，走过一个没有月亮的夜晚，一间破败的牛棚在他的左边闪亮。他懵懵懂懂地走进一间牛棚，他看见一盏灯。他就在很黄很软的稻草堆上躺下，看着柱子上吊着的那盏浑黄的马灯。去县城的路途很崎岖很遥远，此刻已没有了班车，他需要在这里小憩一下。芸就在这时披散着头发走了进来。尹感到芸的身体又松又软，且有一种说不出的暗香。他精神为之一振，所有的晦气一扫而光。他老练地一把拉开芸的裤带的活结，他单纯得像一只生殖的器官。他很快地没费什么周章就揳入到了芸的身体。他感到自己好像进入了一个极其纯洁的世界，他甚至忘记了芸的存在，忘记了芸的轻声的呻吟……

在某种时刻，人不过就是一件器官一只生殖器。尹后来在笔记中写道。

尹已是芈地的一名教师。当他提笔写字，忽然听到楼下阴雷般圆木滚动。尹上完一节课便沿着一级一级出现的台阶往下走。楼下是长廊，已不见人嗑瓜子。而那只滴着清涎的夏季吃黄瓜、春季吃瓜子的狗，还满怀期待地望着台阶的上面，而上面只有空无一人的一把藤皮椅子，这把椅子没有人嗑瓜子，只有一个看书的幽幽的阴影石刻般地印在墙上。

这个人到哪去了呢？

操场空空荡荡，拥满了纸鸢。天空中尚有一只或者两只借手力升上空中的纸鸢无家可归地飞。尹在操场上立了一会儿，没有发现什么动静。他出其不意地转动，左脚跟与右脚尖谐调一致，一百八十度，身子的前面移向了后面。以左脚为前脚开步向前走。尹预测不多一会儿应有一个与自己同姓氏的人下楼梯。同是楼梯，上楼梯的尹不一定能见到下楼梯的尹。现在尹走在另一段时光里。他敞着衣走路。他爬了一会儿台阶，已有些气喘。他仔细地数了数，已走完台阶三十一级。在楼道上转了两个弯，他感到耳热心跳，脸上汗涔涔的，他用右手去拂汗，左手扶着栏杆。他把外衣脱去了一件又脱去一件，仅穿一件米黄色的褂子，一件墨绿色的羊毛背褡。在楼梯的拐角处的小窗前他逗留了片刻，他木木的脸上出现了少有的笑纹，笑纹维持了三秒钟就消失了。在小窗前他看见了什么呢？尹依稀望到了遥远的北方，看见了从哲学系的台阶上风度翩翩地走下来的自己。年少的尹负着乐器和简单的行囊。一支曾被几件破乐器奏响的乐曲（有点像丧葬的哀乐）在超前的时空中响着。尹在民间的一条生草的土堤上走。走了一程，尹看见一条河。尹感到水丰盈。是流动的河水送来了潮湿、温润的风。风吹送着尹从一条路辗转到另一条路。年轻的尹五脏健全地在路上走了一会儿，忽然肝脏的左叶阴暗……尹很痛苦，便离开了朝北的这扇小窗。他接着爬楼梯，在楼梯的拐角处又出现一扇与先前一模一样的方形小窗。尹好生奇怪，就走到窗前，看见在楼下碧绿的菜畦上有一个荷锄的少妇，女人熟悉的倩影遮蔽于青庄稼背后。从高高的小窗可以轻易地看见女人白皙的丰乳和乌青的发髻。现在是正午，暑气逼人。近处的篱笆旁走着一条保养得很好的狗。狗伸着红红的舌头滴着清涎。尹立刻认出了是那条夏季吃黄瓜、春季吃瓜子的狗。少妇回头看了看（狗），略有所思，撂下锄，走到一棵白日的楝树下，径直躺在一张凉床上，旁若无人地睡去，一会儿便鼾声大作。尹像一个堪舆家，注意地观察着周围的地形地貌。这时，一个熟悉的人影出现，他身着猎装，从幽暗的竹林中走来，像狗一样觊觎着。走了不多一会儿，他的轮廓越来越清晰。猎人机警地看了看四周，然后他匪气十足地绕过凉床，他绊了一跤，满口泥涎。他看见一根拖地的女人的裤带。他注意地看了衣装松散的少妇一眼，他垂下一滴明亮的口水，他除下子弹袋和一支似乎冒着烟气的猎枪，挂在楝树的一根枝丫上。猎人三下两下除掉女人的衣装就操，女人呻吟了一下，头一偏依然沉睡过去，仿佛一切都没有发生。任由猎人花样翻新，任由一张散架的竹床被折腾得“咯吱咯吱”地响……

少不更事的尹石刻一般，久久地立在小窗前。尹刚来芈小，许多事情没有经历。他看着好玩。

尹爬完三层楼梯，就停下来，转身往回走，一会儿便来到了早已空空荡荡的操场。

“爸爸！”

一个女孩急切的喊声成为操场的全部内容。声音起初很遥远，仿佛在操场的深处，然后是有层次地传来。他想也没想就答应了。他没有成家就有了孩子。他的血液里早就保存着“爸爸”这个词。一声“爸爸”他就进入了父系的角色。他甚至想我多年求学在外，孩子你像一颗种子风里雨里自己成长，我愧对这个称号。尹流出了眼泪。孩子拼命地摇拼命地拽着他的手往家走。他隐隐察觉出有什么异样，忙问：“你妈在家吗？”

“妈在一棵苦楝下睡着了。”

无端的尹就设想妻在大白日睡在竹床上必定会生出一些事端。

尹跟着孩子走在归家的途中。这时，一片黄色的楝叶飘来，尹绕过一口池塘；两片黄楝叶飘来，尹跨过一根横木；越来越多的黄楝叶像信件一样从一个方向飘来，境与物越来越熟。一棵预期的苦楝出现在应该出现的地方。竹床就顺理成章地出现在苦楝树下。此刻已是深秋天气，苦楝已过了它的茂盛时期。苦楝上伶仃地挂着一些不落的楝果，楝叶的叶柄正在松脱，一片片灿黄的楝叶在瑟瑟的秋风下无声无息地飘落。芸此时仍身着夏令时的服装躺在竹床上，一根裤带极不体面地拖到地上。芸衣着松散，仿佛刚刚梳洗过似的，才睡了过去。可是芸的身上和四周已积满了历史的楝叶。纷飞的楝叶似乎向人们述说着一件暧昧的往事。楝树的一面挂着一根安装了皮带的木棍，走近一看才辨认出是一杆猎枪，只是那木质的枪托隐在树的背后不易发现。枪的扳机生锈枪声喑哑。枪口黑幽幽地对准尹走来的方向。尹看见枪托上长出一朵很肥的黑木耳，尹举手将黑木耳粗暴地拧下。就在尹拧下黑木耳之际，枪自动掉在地上断为两截。只余一根空空的皮带在树上晃荡。尹虽初到芈地，但一切有如故地重访。他能指认出他背后不远的民居，以及民居背后那棵高大的阔叶杨，以及杨树上那只神秘的鸦巢。尹的一部分童年就像一枚鸟卵安放在这个鸦巢里，随着阔叶杨的一年年生长尹的童年也就升到了高高的天空。只是那只不可名状的鸟卵不可能再一次被孵化，卵内的流体已化作了一个能够四处走动的生命。此刻这一生命正在杨树不远处以一个局外人的身份打量着鸦巢，样子像打量着自己的旧居。此刻，这间旧居遗世独立，隐语层出不穷。

“谁在那儿？”枪身落地早已将芸震醒，她用一种近乎荒凉的目光注视着尹这位不速之客。

尹的一部分童年就像一枚鸟卵安放在这个鸦巢里，随着阔叶杨的一年年生长尹的童年也就升到了高高的天空。

“我！”尹说。

“我不认识你。”芸的目光发黄，瞳孔的深处隐约涌动着一些灰扑扑的飞蛾。

“我，我是五号，五号啊！”

“五号？不认识你。”

说罢，尹就一件一件地脱衣服。脱一件，芸不相信地摇一下头；脱一件，芸摇一下头。一会儿，在尹的面前脱了一大堆衣。芸感到这些衣服很陌生很遥远，不像是近处的衣不亲切。尹要除下最后一件衣了，这时芸阻止了他，芸微笑了，流泪了，芸认识这件衣——这是一件贴身的童衣，走南闯北永不褪色的衣。原来认不出尹是隔着外层的这些衣，芸恍然大悟。

一件童衣使他俩同时踏上了回忆之路。

在芈地凭着词语的激情尹书面地进入了一个杜撰的童年。母亲芸正在他童年深处的一张竹床上睡觉。房子前唯一的一棵苦楝高高地罩住了她。偏西的太阳从一侧照过来。母亲的曲线映在地上。这时，从西天残阳下的混沌地带走出一个猎人。虽然此人衬着阳光面孔黑暗模糊。但观察他老练、熟稔的动作，尹推算此人可能就是他风流的爷爷，母亲芸的公爹。走近竹床边，爷爷的嘴里垂一滴明亮的口水。爷爷绕着凉床小心翼翼地走了半圈，然后目光沉迷地停在母亲的某个部位，足足三秒钟，径去挂上猎枪与子弹袋，抢上前去，一把拉开母亲的便裤，狂风般地将母亲卷起。尹像一个惊叹号，立在陈述句的句丛后面。芸愚蠢地沉睡着……然后爷爷迅速地从桥洞里蹿走。此刻敲断尹的腿杆的父亲没有出场。地处同一平面的另一个方向尹的视线可以触及一只巨型皇桶。桶里盛满温水，桶沿一溜立着尹氏同胞系列：一尹、二尹、三尹、四尹们。他们脱光了衣服赤条条地站立着。你推我搡嘻嘻哈哈像一群游泳健儿——可惜健儿不健骨瘦如柴。一会儿，在没有鸣枪的前提下，他们纷纷落水。在他们潜入水底的一刹那尹看见了还是黄毛小丫的芸，由于隔着一段如烟的岁月，使尹与芸进行交流发生了某种困难。交流，则需要一个双方都十分熟悉的动词的诱导。依次跳入水里的是“五号”。尹对自己的专注，便发生了所谓移位现象。从而使现在的尹在起跳一刻“跳入”从前之尹的水波里。跳入一种水的回忆中他看见了弟兄们在皇桶底乱睡如泥。

母亲则在一张竹床上不管不顾地沉睡而去。

那根约定俗成的杨木拖耙预期地置放在皇桶边。这是一根杵萝卜用的木耙。尹一见这根白杨木制作的实木拖耙就头痛。尹曾接受过它的洗礼。他和弟兄们曾在这根拖耙的舞动下，上下沉浮，皮开肉绽。这哪是在洗尘垢，分明是在蜕皮。人是不能蜕皮的，也是不能当萝卜来洗的。操纵拖耙的这人是爷爷，有时也是母亲。

幸好，爷爷不在，母亲已然睡去。

天空悄悄地发生着变化。一些没有阴影的事物在空中虚缈地飘过。时间就稍稍地发生了某种程度的偏移。季节正在悄悄地改变。时令已到了需要长叶子的空间，一些扁形的事物便回到了树上。

——春天来了。

在尹的印象中，芸好像一直呼呼沉睡，没有醒来。记得连绵阴雨后的第一个晴天，树木亭亭如盖，树叶停在枝丫上，枝丫停在树干上，大树叠小树层层相依。有花的树与无花的树静穆不动，仿佛千百年来就是那个样子，止息在那里。刺槐已经开出一串串少女般素洁的白穗，桃树、李树与梨树已孕化出一些又青又小的果芽，柚树、橘树和泡柑树芬芳四溢香气扑鼻暗香远逸，榆树则开始了一场别开生面的大施舍榆钱大撒币，而楝树才见现一些小而萌小而乖巧的五瓣五枚小紫花。尹若有所思望了望楝树光溜溜的枝丫，就望见一个面熟的小男孩圪蹴在枝丫上；又望了望离楝树不远的大路，目光折回，就望见竹床上一动不动的老妇。竹床边靠着一柄曾经洗过萝卜的杨木拖耙。洗过的萝卜们和洗萝卜的动作消失不见了。木拖耙像惊叹号似的直放着。几朵饱含水汽的黑木耳雄赳赳地长着。芸此刻的身份变得难以捉摸。看得出芸是一个多子的女人，多子未必福，她的奶子已然塌陷。尹记得芸的奶子坠得像长长的布袋，她可以轻松而又风趣地将布袋前后左右甩摆，前后左右喂奶一样轻松自如。尹努力地回忆着有关芸的一些美好，少女的芸布袋丰盈，青丝柔软，做爱时芸喜欢叫尹叼住布袋吮吸，以激发骚情，情绪一旦高潮，他们可以整宿无眠一夜战斗一夜叫床至天明。

现在尹开始回溯。靠着词的内力返乡，尹一步步走出自己的脚。凭着良好的记忆尹在复杂的句丛里走，走得像没有一个人在走。他走在一条乡间小

他感觉童年的纸鸢在头顶的某一层天空永恒地飞，与其并行不悖。朝天的小径两旁是闪亮的黄花菜。

径，虽然七弯八拐走得很曲折，但很快就望见了散佚的水墨一般的村庄。他感觉童年的纸鸢在头顶的某一层天空永恒地飞，与其并行不悖。朝天的小径两旁是闪亮的黄花菜。乡路是那种湿度适中不生暴泥的路，偶尔也见出农人落下的一根或多根的稻草，一泡或几泡牛粪，在这种地上走，尹感到特别亲切。泥巴路的不净及脚丫对湿泥巴的体认，使尹体内产生了一种最原始的涌动。凭借这种地缘萌生的热力他除去了外装。

他多年在外求学，感觉故乡已是另一种状态，似乎是在一个遥不可及的地方几户人家随便地散散落落地杂居着——这便是芈地。记得芈地人宽服博带，信奉着南方佛教，跟地球其他地区一样同属碳素生物系列。尹片面地深入芈地，而芈地神殿之内形而上的风不明究竟地拂了他一下。他虽身体端正、步伐矫健，但也趔趄，他的存在之根已悄然发生了某种不同程度的偏转。道路两旁的红标语已然褪色，那个刷字工人已不知所踪。标语似乎在他刷过之后瞬息变白。而白色在芈地一直表示着与喜庆相反的一些意义。那么这些白色的标语暗喻什么？不得其解。尹费劲地在酸度越来越稠的空气中一步步走。他的装订松散的哲学笔记则一页一页地飘落。这些靠楝树皮制作的纸品飘逸着楝花时节的芬芳。一棵命中注定的树，一棵绕不开的树就出现在眼前。他走得疲乏，正想游戏一下，于是他除下简单的行李，爬上楝树。他爬树的动作像一只敏捷的老猴。爬到楝树的一半，他习惯性地回头望了望，他望见了年轻的自己，自己正走下堤坡。年轻气盛的他竟然没有发现这只爬树的老猴。他向上望了望，他看见了青云般高高在上的树冠。等尹爬上楝树的枝丫已是下午的一些时光。尹喘得厉害，叹息气功力不如当年——这时他望见遥远的地方有一支吹吹打打的丧葬队伍走过。

“谁又不吃饭了。”他想。

“也是，其实人活着是一件很痛苦的事……”他喃喃自语。

尹看出那个形容猥琐的夹杂在丧葬队伍里吹唢呐的人很面熟。他同情地看着他，看了很久，看着看着他奇怪地发现那人竟是自己，自己竟然就是那个吹唢呐的人。他充斥于一群送葬的队伍里吹奏着一首跑了调的哀乐，牙缝里还夹杂着几天前一家丧户的瘦肉，一张嘴满是口臭。他宁静地谛听着，谛听着一首似乎为自己吹奏的哀乐。他觉得那个在棺木里躺着的、已无须为吃饭穿衣结婚生子犯愁的人更合算，一了百了，躺着的不动的肉与活着的吹唢呐的肉无甚区别。肉体的寂灭并不意味着彻底的死，宇宙本身就有着生育万

他向上望了望，他看见了青云般高高在上的树冠。等尹爬上楝树的枝桠已是下午的一些时光。

物的力量，生命毋宁说灵魂以某种冥伏的状态存在于天地间。死并不意味着空无，不过是物质形式的转移和转换。尹离开大学，回到芈地，晚年生活，兑现于世俗，有日志为证：

> 一个人不在于生的世俗。生在俗世任何人亦无法免俗。关键是能否洞见自己的世俗，并努力克服世俗，尽量少些世俗，以致脱俗。高山流水不是不可以的。

尹晚年在一间“人”字形斋棚里住着，他不厌其烦地听着世间流水。他门前只种了一种树——楝树。他种这种树是为了思念一个人，为了思念楝树下的那个嗜睡的女人。他已很久不在灯下写作他的一直在写的哲学漫笔。他的晚年岑寂。他开始学着过芈地农夫们那样朴朴素素的日子。房前屋后栽瓜种豆，葱葱蒜蒜，鸡鸡鸭鸭如此而已——一种本色的生活。他学着忍受一个又一个没有文字的白日，忍受一个又一个没有文字的夜晚。闲时，退休的黄校长时常踱步到他所居住的水滨，下象棋，扳手劲，相处和睦。而黄校长最拿手的游戏是把尹送上一根粗大的圆木。黄校长熟门熟路地扶着尹的两只手，尹的两腿就情不自禁地蹬圆木。圆木隆隆滚动，有如闷雷，震得地皮忽闪忽闪。圆木越滚越快，就滚出惯性，碾坏了许多黄花菜地米菜苋菜。他几次想跳下来将它们扶起，可惜身不由己、走不下来，只有继续蹬圆木。忽然圆木跌进地下的一口很深的池塘，有如跌入深渊，“哗嗒——”一声。尹浑身湿淋淋的便沮丧地进入“五号”，回到童年状态了……他就哭哭啼啼地吵着上学去。

“算了算了，这是游戏，不能当真！”黄校长哈哈一阵大笑。黄校长见尹的衣服已被弄湿，就心满意足地撒手归去。

尹又回到了自己所熟识的孤寂。

尹就坐在斋棚门前看山看水看日出，看花看草看鱼游。当然他的大部分时间用来看楝树——泪水盈盈。他看着看着就看见了清水河上的石桥。据考，它的时间最早可推到明末清初，是一种以全石为结构的石拱建筑。一个青年男子从桥的一侧现身桥头，从短短的时装可以看出，时间正处在叶子绵密的夏季，青年步伐娴熟但仍然犹疑，他极其小心地近乎心事重重地跨步走过桥来。尹看出青年的骄傲酷似当年返乡的自己。尹是靠芈地的野菜营养发奋成长的第一代大学生。据推该青年学子的胃里不可能有芈地的野菜。当他走到斋棚前叫了一声“父亲”，尹就答应了。青年做了一个放的动作，尹才看出他同时携带的还有一只青篾篮子。尹就坐在那里，看儿子一块一块地往外拿豆腐，他就一块一块地体会儿子的孝心。之后，尹听儿子似乎情绪激动地讲述着有关芸的一些事；尹听出芸是他的女友，女友是陪他一起前来芈小报到的一名音乐教师。儿子对芸的印象不错。之后，儿子走入后面的菜园，他说他很久不吃桑葚了他想找些桑葚吃。这时，一颗隐蔽的子弹叫了，接着就是一声喊，撕心裂肺。一个影影绰绰的人像蝉蜕一样飘下，飘落到长长的清水河里。

“糟糕！”尹说。一定出事了。

尹起身走入后园。他来到一棵弯弯拐拐的倾伏的桑树边，他立在桑树的根部。他拾起一个弹壳。他吹了吹，弹壳嘘嘘作响。

“弹头飞了！”尹说。

尹向树上望了望，什么也没有。

“他再也不回了——空了！”尹又说。

清水河蜿蜒在桑树的下面，尹就见水动荡；一柄杨木拖耙动荡于河中。一只来历不明的青蛙蹲在木耙上，向下漂，漂到下游去，越漂越远，一会儿就消失不见。这时，桥那边暗了下来，天空布满了密集的雨云。地面上只有人影浮动，景物越来越看不清。看不清的还有尹的影像，虚与实，人与物，一道消失。

现在，实体的尹在读报，他只读旧报；他读着一张一读再读的旧报。沉重的湿气压住天空，四周静得有点出奇，令人十分不安，总感到今天怕是要发生点什么。站在门口向远处张望，黑气沉沉的天际，不见一只摇着翅膀飞的鸟，天空鸟飞尽，纸鸢更是没有。景物不甚清晰，屋里静虚、阴暗。墙上挂着的那张经年不更的似笑非笑的女子肖像画，由红变紫，由紫变黑，逐渐敷上了浓重而又十分均匀的黑色。黑气沉重得令人喘不过气来，女子也仿佛承受不住，啜泣，一种吞声的啜泣。哭着哭着一女子飘然而至，信步来到了房前的一棵苦楝树下。竹床在她抵达之际自动出现，成为她最后存在的依据。随便的一阵风，雨就摇落下来，远远近近，明明暗暗，簌簌一阵响，古币一样地落。潮湿的空气没有阴影的空气在竹床上空飘浮。

转眼几个月，天空落着无尽的阴雨。成片成片的庄稼倒伏，田野里倒伏着成熟的庄稼，数不清的细如发丝的幽草一团团从地里生长起来，缠住了待收的庄稼，覆盖大地。癞蛤蟆到处蹦跳，地下的虫豸也待不住爬了出来。一条蜒蚰爬上来，在杨木拖耙上留下一条光光的水迹；两条蜒蚰爬上来，在竹床腿上留下一条光光的水迹；三条、四条、五条……一齐爬上来在竹床上留下无数条光光的水迹，它们这里那里开裂的树皮里墙缝里竹筒里到处爬。芸的身上也爬满了滑腻的蜒蚰……尹立在斋棚门口无情无义地看风景。当然风景也许是被回忆的，就像抽开了的回忆闸门，一切都是可逆可回溯的，眼前的现象也许是几天前，几月或几年前的事情，被一个人的回忆之力偶然推动，情非得已才展现在你的面前。尹的后半生的存在状基本上一半民师一半农民，他的两手除了在衣袋里掏粉笔，其次就是向土里取食。他像一个农民一样在烈日里曝晒，在寒冷的北风里奔跑，所以他几近脱胎换骨，无须再造便有了一身人民粗糙的皮肤。只是在夜晚的一些时候，在一盏温暖的油灯下，在打开他的哲学笔记一刻，我们才发现他毛糙的轮廓里有一双清亮的眼睛。那双灵动而充满知性的眼睛为谁去留，不清楚。他说过他最喜欢宁静的生活，但他很后悔返乡，他认识到自己的返乡是一种策略上的错误。由于他当时年轻气盛，无法预见尚处于遥远的冥伏状态的后来这些糟糕的处境，他就豪气万丈地用一种劣质墨水写下了几个潇洒的文字，墨迹未干他就义无反顾踏上了归程、踏上了以为前程似锦的芈地。进入芈小工作之后，他才认识到自己的目的地是反目的，与之意愿相悖的。一切都是一个骗局。黄校长经常要无止无休地查备课查教案查练习题查自测题查这查那没完没了，附带还组织他去搞什么人口普查，动不动就找他谈心和推圆木。根本做不了研究也做不了田野调查。他的绝大部分生命与时日就这样被金光灿烂的芈小给挥霍了。现在他的目光穿过连绵的阴雨，驻留在其中的一个日子。他看见自己随学生放学回家，又看见自己披着蓑衣赤着脚提着马灯去地里锄草。锄那些怎么锄也锄不完的名叫菟丝子的幽草；还有那些锄过的幽草、绵绵的幽草回头就青，听说这种草就叫回头青。内心的历书继续往后翻，他看到了数月后一个奇光闪烁的晴天，他看到了一支送葬的队伍，正吹着唢呐敲着响器，把一个已然冰凉的人热热闹闹地送至空寂的墓地。他知道这是自己最后一次吹着唢呐送人入土了，自己的日子也不多了，已近一个行将就木之人；自己也将冰凉着身体躺在棺木里听人吹唢呐。

尹记得自己出生在芈地或北方的某地。他感到自己似乎不只是第一次诞生，他曾有过多次诞生的体验。他第一次面世时，他就朦朦胧胧地望见了那个手执唢呐的老者、那个似曾相识的形象，同时望见的还有一支委蛇飘摇的丧葬队伍，他们歪歪倒倒烂醉如泥地行走在一条飘飘扬扬的有如抛物线般的田间小路上。人之初的他望见这位被一种沮丧情绪压迫着的老人感到很好玩的，他并没有想到这就是自己的桑榆晚景。那个时候降生的他，没有一个红爆竹响，没一个人道喜，到了他出生二十几年后返回芈地的某一天他倒是见到了红爆竹。记得自己出生的前两天，他父亲早已箭步走出了家门。爬了三道坡，绕了六道弯，过了四条河，他父亲在最后一条像时间一样飞逝的河上玩着一些比骨头还硬的四方形的东西。父亲玩四方。恰在他父亲玩“四方”的这天夜里他降生了，一只纸鸢超前地在那日的天上飞，一条凿了多个槽眼的板凳放在距他不远的某处，一只特大号皇桶水荡漾，一棵楝树生满五瓣五枚小紫花，一根命定的圆木无精打采漫无际涯地滚动，一条夏季吃黄瓜、春天吃瓜子的狗伸着红舌垂着涎水…… 众多事物过早地存在与非法地弥漫。芸草草地产下尹后很快就找到了竹床。随着咯吱咯吱地响，尹的兄弟也萝卜头似的一个个降世，咯吱咯吱越多降世越繁，他们下地就直奔槽眼，吃过了各自的份饭，就一个接一个地潜入皇桶，然后在桶底呼呼大睡，如此演义一个生命的过程。尹产下之后，也曾在槽眼里用餐，也曾进了皇桶，但他没有呼齁沉睡，而是直取圆木。推圆木一个人是不行的，这是一种古老的游戏，一种“二人转”。于是那个名曰冬狗的黄校长应运而生，他在我的叙述中按照规定的时速成长。等他来到圆木前，尹早已立于圆木之上，像小学生一样呆呆地很守规矩地等着，豆大的汗珠啪嗒啪嗒直掉。

“你来迟了。”尹小心地说。

“我来迟了。”黄校长说。

于是，他们开始游戏；掉进一口深塘是必须的，化作“五号”也是一种必须……如此这般，周而复始地演习，一晃几年过去，尹很痛惜，痛惜人生的浪费性太大，很多很宝贵很充沛很闪亮的日子就这样给白白地浪费掉了。然而推圆木已是命定的生命要素的一种习惯，是习惯就有一股定力使你无法抗拒。

这一天。这是一个到处都充满阳光的亮闪闪的一天，尹又在推圆木。一辆靠小轮转动的北京小车远远地驶进了偏僻的芈地，车子悄然呻吟了一下，便静静地停靠在路旁，从车上下来的人很稀罕很投入地观看这种极富芈地色彩的古典的“二人转”。直到黄校长把尹从圆木上放下转过身反观他们和他们的车的时候，他们才想起了此行的目的收住了前倾的姿势。那个男的是尹的儿子小尹。那个女的是小尹的妻子。小尹他们看见了老尹他们，老尹他们也看见了小尹他们。彼此相见，并且认清：只有二人。对方在对方的视网膜上显示的不过是一个数字、性别、人物轮廓而已，不能真正达到省亲，因为隔了一段悠悠的烟云岁月。所以暂时对方尚处于不可知的状态。小尹在芈小教了几年书之后一考中的，学士硕士博士漂洋过海，在国外因读到了父亲的一篇关于“文化的认同与文化的变迁”之类的田野调查文章，方知道父亲在文化学术研究上已是鼎鼎大名，便动了返乡省亲之意，适逢在报社工作的妻子芸也要赴芈地采风，于是就结伴而行。

“请问两位先生，芈地的尹，就是尹老师现在何处？”小尹说。

“芈地没有尹。”黄校长说。

“芈地没……”尹说。

于是，车子继续前进，隔着玻璃小尹看见沿途的标语，小尹感到芈地可能有一个什么重要人物来到。标语上有“热烈欢迎”的字样。那个人刷完标语就头也不回地走了，好像是一个聋子，既没有感觉到车子的到来，也没有听到小尹打招呼。小尹目送他且听见了一首歌。这是当时的一首很流行的歌：

“我背上三八枪，我子弹上了膛……”

等小尹收回目光，再看那刚刷出的标语却立马变白，一晃，仿佛过了多年。他们像察看古人类遗迹那样惊诧地看了好一会儿，有点忘情，忘了车子。他们便凭借步行向前走。车子在记忆里自动松散分开，开始是四个轮子，忽然就跑了一个，又跑了一个，接着是机车就消失了。

他们爬了一条堤，下了一道坡，又走上了一条生草的路，小尹奇怪地看见一只冬季的青蛙在他前面不远不近地跳。导跳。于是，他看见道旁一个小孩坐在树上，看见一个熟悉的人影拖着长长的影子提着篾穿的豆腐走上石桥。

小尹坐了一会儿，从树上溜下来，除下一件衣又除下一件衣。小尹说，哦，我终于回到了故乡。芸也在楝树下找到了一张竹床，她说你回到了故乡，我也回到了故乡，不走了，走不动了，眯一觉。于是她摸上竹床疲惫地呼鼾睡去。尹怔怔地看着芸，怎么看都跟过去不一样；被一棵花季的楝树掩映的芸与房间的芸大相异趣，楝的幽香特别刺激，尹特别想“创造”。在房间里一直枯乏。芸睡得正香。他垂下一滴口水，他想到鬼子进村，他想偷袭一下。所有的委屈所有的疲惫所有的不幸所有的泪水，一扫而光。他抢上一步，掀开她裙子，一手扯掉了她的小裤衩，你要死呀你，芸给弄醒了，死死地扣住。不行不行不行。

“光，光天化日，你，你不可这样……”

小尹固执，但芸的身体明显发烫，抖得厉害。小尹只管用力，撞，再撞。芸升温，发烫。越撞越烫。直到把芸撞成一摊泥……这时一个黑乎乎的东西从树上掉下来。谁？！

小尹说：一只青蛙……

小尹感到罪孽深重，他罪孽深重地走上石拱桥。太阳已经偏西。小尹看见自己的影子黑乎乎拖拽在地上，很长很长。于是小尹看见自己提着篾穿的豆腐走上石桥。小尹感到景物很熟，越来越多的红桑葚出现时，那个神秘的园子也就出现了。这里的野物憨乎乎的似乎还没有听见过枪声。小尹预感到猎人的活动早已开始了……果然就听见草丛里一粒子弹叫了，一个小孩喊了，一只青蛙落了（难道枪击的是一只在土里冬眠的青蛙），一柄女人捣衣用的棒槌沉浮在河上，那只坠落的青蛙竟然逍遥地立在棒槌一端（那是女人手握的地方），随便的一阵风，棒槌就漂到了河中央，漂向河的下游，消失在天际。

从桥头到桥尾，几个跨步之后，小尹忽然感到年事已高。年轮有如一个能动的橡皮图章，被看不见的谁的一只大拇指用力推了一下，自己就身不由己，已是桑榆晚景，饱经沧桑。

尹老来奇怪地住在一间简陋的“人”字形的茅棚里，津津有味地翻看旧报与一些册页脱落的连环画。过着温暖的日子。茅草从父亲老尹的坟地里砍来，覆盖坟地的茅草用来覆盖茅棚，就仿佛茅草直接委蛇而来，延续到自己的棚子。老尹阴宅（坟）在一个阳光穿透不了的幽园里。父亲的幽园只长一种草——茅草。从老父的阴宅割来的茅草，刚好够盖一个简棚，但对老父的阴宅毫发无损，因为那茅草回头就青。

一天，尹住在简棚里，豆腐吃得好好的，却突发奇想。也许，第二天、第三天乃至第四天的豆腐正在桥的那头集结，正准备着一块一块地从桥的那头滑过来。他竟然无端地诋毁这长着牙齿吃着豆腐的自己的真实性。他甚至认同老尹与小尹。他甚至自我怪异地体认幽园里老尹的白茅瑟瑟的坟是自己进入睡眠时所抵达的一种情状。他在哲学漫笔中这样写道：

“生命普遍存在的任何形式都是真实的。而生命的任何形式的存在都是可疑的，经不住推敲的。”

尹甘愿在自己的哲学怪圈中自我受难。

又是一天，天光很好。尹摸索着将一把椅子搬到屋外。尹重新仰望天空，他希望发现一只鸟，哪怕是一只纸鸢；尹瞭望远方，他希望看见一个人；尹侧身听了听，他希望听到一声喊……结果什么也没有。周围一片岑静。大寂。他说："很好，很好！一个人吃饭，一个人放屁，没有人听见，没有人知道。很好！"他在笔记中写道："……我发现我有了眼睛，我有了耳朵，我有了牙齿，我还有肛门……人风平浪静时，什么也没有……"

尹无须睁开眼睛，景物就出现，一切都可以看见。他看见小尹提着豆腐，那是篾穿的豆腐。小尹一块一块地递给他，他就一块一块地递给芸，芸就一块一块地丢入油锅（其情形有如儿时递红砖），锅里的豆腐也就一块一块地吱吱地冒烟。

"算了，我的牙不吃豆腐了。"尹说。

"为什么？"小尹说。

"吃豆腐的牙被虫豸吃了。"尹说。

"我给你买药物牙膏，牙膏里有中药，中药是可以杀虫的。"小尹说。

"算了，我不要牙膏，也不要中药。"尹说。

听了小尹的话，老尹的心还是为之一动，心一动，一个初夏的如花的日子便出现了。少女的芸明亮地仰卧在竹床上。少女的一种逸得很远的暗香替代了幽园竹篁的香。少女的树随即出现。这是一棵正处于它的花季的楝树，少女的树。尹无可奈何地阉人般地摇摇头，说："不行了，再美的女子我也不行了，干不动了；我也不能推圆木，不能提马灯锄草了，四个轮子都滚开，旧有的事物，一个一个地滚开去！滚开去吧！"

尹推开一扇门便进了自己的那间"屋"，他爬上一张床说"什么也不想了"便开始想。他所有的梦在空中交织，交织，交织成一个共同的境，他看见自己身着牛仔服，背着简单的行囊和一件乐器，满面红光地走下了北方某名牌大学哲学系的台阶，在一条生草的土路上英气勃勃地走着，芈地的风吹送着他。走了不多一会儿，前面出现了一间金色闪亮的红房子，走近红房，便有三月的音乐把他送上芈地春季的天空……

1990.7 作

2021.7.11 修订

冰凉的眼睛

引　子

这是一个如梦的白昼，一团黢黑的人影慢腾腾地飘移在白日的街心，说是街心其实是新闻路与西昌路的交叉口。站在这街心前后左右一看，到处都是一片白花花的太阳，一个人影也不见，一辆车也没有。岗亭里也不见人，更不用说那挂满红绿广告条幅的摩登大厦了。全是白花花的，白得连自己的人影也看不见。从报社出来就两眼白花花的，只有这团黢黑的人影慢腾腾地移动。

最先出现人的是岗亭。这是一个穿蓝制服的戴白手套的警察，他要鸣哨、打手势执行公务。他的哨子一吹，白手套一挥，各个路口这才应声出现了人和车，这些人和车仿佛借着白光神秘地隐蔽下来。可是，这团人影似乎没有听见口哨，也没有看见警察对他专门打的手势，也没看见红灯，继续向街心移动，他要到新闻大街的另一头去。直到警察抓住了他，才听见从这团人影中发出了一阵咕嘟咕嘟的响："坏了坏了，怎么闯红灯了！"声音仿佛从茶壶里冒出来的，就像嘴里含着茶壶嘴，把话说到茶壶里，顶开茶壶盖冒出来的话。

"你聋了？"警察说。

咕嘟咕嘟咕嘟咕嘟咕嘟……

"走，跟我到岗亭去一趟！"警察又说。

咕嘟咕嘟咕嘟咕嘟咕嘟咕嘟咕嘟……

警察不明白究竟在说什么，烦了，就一手抓住了他的衣袖，但明显地感到被抓住的这团东西向外蹭，于是警察的另一只手向他的头顶抓去，结果抓住的是一张顶在头上的报纸。警察感到蹊跷，明明抓的是头部，怎么成了一张报纸呢？一张顶在头部的湿淋淋的报纸。报纸上密密麻麻地印满了黑蚁般的文字：某某杀了，某某枪打了，某某奸了，某某客车栽了，某某大楼被撞了，某某某某战争打响了，如此。再看看那被抓住的衣袖“哗啦——”一声落了地。这是一件咖啡色的上衣，水淋淋的。没有裤子。一股湖底淤泥的土腥臭直冲鼻子。

“撞鬼了，老子今天撞鬼了！”

正当警察叫喊时，半空中，也许是从羽状叶子的树上随风飘落下一张纸，像一个人的叹息，轻轻地落在这堆腥味扑鼻的衣服上。警察连忙拾起，分明是一张白纸。过了一会儿，纸上的字一个一个地显现。最先显现的是白纸上的附言：“警察先生，我知道在这个时刻只有您会看见这封信。算我运气。这封信是我生前写的，是写给《涵海晨报》热线部记者李菡的。现在只好烦请您将信它交给她一下。谢谢！芃芃”。

果然，附言下有一封信。《涵海晨报》信笺。上海元昌碳素墨水。

菡菡：我厌倦了，忍受不了了，我很绝望，我的精神崩溃了（你对精神崩溃是什么是没有体会的）。

亲爱的，如果这样的称呼还不算过的话，请让我这最后的人最后享用一下。我没有亲人，我只有你。在我即将离开人世的这一刻，请让我对你作一下最后的表述。

我的绝望有多种因素。

首先，我的童年是一个空白。我是一个没有童年就直接走过来的孩子。我只有一个被棍棒残酷的苦打的回忆，只有一个充满了血腥的尖叫的回忆。我骨头和肉体一遇到阴天就疼痛，旧病复发，我就仿佛又看到了我的暴君的父亲，正是他摧毁我作为一个孩子的基本天性。所以我有一种近乎天生的忧郁……

其次，结婚也许是我的一个错误，是一种失策。家庭的晦暗，几乎淹没或毁掉了我，它使我神经肿大、头痛、糊涂，使我的事业缺少必要的“氧”，看不到曙光……所以，我一直在出走，一直在离家。独处也许比什么都重要（请原谅我坦率地这么说）。

我的一生都在追求一种真，不管是哪种意义上的，生活的，生命的，艺术的。然而在报社我跌入了真空，我日复一日地虚掷或蹈虚。在悠久的期待中我的眼腔只有空荡。就像一个在夜色中行走的人，我不能具体地做一件事，哪怕只是一件很小的事。在一些零零碎碎的日子里，我踽踽地独走，我苦苦地思索，我在一个又一个人为的“O”的空符的日子中虚掷……我越来越失望，我曾瞩望，我曾惊愕，我曾大叫，我曾痛哭，但是最终我选择了沉默，选择了消失。

就像一根线段，委琐地存在不如收卷它，将它收到一个黑盒子里。

菡菡，你也许不知道，当一个特个性的人，特渴望追求自我的人，突然有一天他感觉他并不是他自己，他被别人耍了，被利用了，他不过是一个空壳，一个没有灵魂的人，假的，而且这个把自己榨成空壳的“别人”好像很庞大，大得你无法指认。你没法斗过他们，这一生你也甭想翻身，只要你活着，你存在，你就只能是一件工具，一件没有灵魂的没有性别的没有归属的工具。活着不如死去。你就很痛苦！所以，我选择消失。消失好！——消失可以什么也看不见，什么也不用看见。消失可以获得最后的真实。

这可恶的世界！

这充满鬼魅的世界！

是的，这世界的确是充满了鬼魅，只有鬼魅在行动。凡是有同类存在的地方，鬼魅就存在。鬼魅就永远也不会消失。既然鬼魅那么多，鬼魅又不能自行消失，我又无能为力，那就让我消失吧！

我太绝望了！

我看不见人的一点进步，哪怕是一点点。粗鄙的、低俗的、平庸的东西正充塞在我们的周围，并异化和吞噬着我们的同类。

菡菡，我的爱人，我的最温馨的朋友，请原谅我的这种选择，请原谅我没有前来与你告别，请原谅我没有听从你的苦劝就离开了报社！——报社对我来说实在是越来越成了一种折磨，它不但没有开脱我的忧郁，反而加重了我的病灶，加重了我的绝望。一种空在，一种空集，一种荒漠化正日趋疾速地压迫着我的脑丘……我要完蛋了，我要自毁了。

——我是一个可怜虫，一个十足的可怜虫！

当白日一个接一个在窗纸上晃过，滚到对面的岷山脚下时，我看到了自己的末日，我预感到了一次畅饮，我的最后一次畅饮。

我死后不要把我运到故乡，故乡是我的另一场噩梦。我的骨灰就撒了吧，随你撒在哪里，也许这有点矫情。矫情就矫情吧！

最后一次。最后一次矫情！

芃 芃

2001.7.15

故　事

芃芃出生在一个距峇省遥远的地方，那里江河湖泊纵横交错，人口密集。芃芃靠发奋读书走出了故乡，但后来因为一次全国性的重大事故的波及回到了出生地，当了一名中学教员，备课上课，上课备课，一干就是十来年，他觉得自己就像一头关在笼子里的猪（退化的程度，使芃芃感到自己连猪也不配）。教育的教条让芃芃厌烦了。在一个宁静的夜晚芃芃进入了峇省翢城。他是出来透气的。后来他才感到到处都一样，这里也不是一个透气的地方。他当时买了很多报纸，有《峇省日报》《峇省信息报》《大众消费报》《春城晚报》《湎海晨报》《都市时报》《峇省邮政报》《旅游报》《经济日报》等等，他一边看报，一边旅游。他在峇省对它的最迷人的部位进行了观光游，比如石林（天下奇观）、地热火山（高黎贡山下的奇观）、苍山洱海（五朵金花的故乡）、孔雀之乡（边陲秘境中的绿宝石）、东巴文化（玉龙雪山下的一朵奇葩）、香格里拉（走进亘古的梦境）等等，最后游览湎海。

走进翢城感觉仿佛走进了一种水里，芃芃看见一种离合的光在街上、在脸上、梧桐上、高楼上……晃荡，偶尔吹来一阵风，就飘来一朵云，凉丝丝的，尤其到了晚上气候更加温润、舒适、宜人……原来湎海就在城南不远。从湎海路口打的半小时就可以到达湎海。湎海蒸腾的水汽直接浸润着翢城，影响着翢城市民的生活。

游湎海是在最后，因为它最近。

给沈总沈栗打电话时芃芃在泸沽湖。泸沽湖在峇省之西北，距省城翢八百多公里，如果返城约要坐二十三个多小时的车。芃芃当时已上了一辆车，虽然上了车但他依然手不释卷地翻着近期的报纸，十多天的时光也就像这沓报纸一样一页页翻过去了，身上的银子也翻得差不多了，一个愿望开始在内心里萌动：留下来，在沓地工作，挺好的！而他当时最向往的是报社。因为报社是一个窗口，是自由人的天堂（至少他当时这么认为），记者是无冕之王；报社锻炼人，挣钱多。加之自己是喜欢文字的，在报社可以跟自己对路的文字打交道。于是他拨了《春城晚报》总编室的电话，他喜欢《春城晚报》，他感觉不错。接电话的是一个男的，喉咙很粗，语气很慢，态度很粗暴："不要，我们不需要编辑！""啪——"电话挂断了。接着又拨《沓省信息报》，接电话的是一个姓魏的小姐："不要不要不要不要…… 刚招了。"差不多说了一百个"不要"，就是没一句热乎话，像赶一只苍蝇。芃芃又麻起胆子拨《都市时报》的电话，一个男的声音，很客气："对不起，我们已招了。"芃芃的心凉透了。那股热乎劲，那股狂潮，那股潇洒和那自信心一下子没了。像一个满是腥味的鱼贩子，大老远把江南水乡的鱼贩来卖，不用说卖个好价钱，却一条也卖不出；卖不出去事小，还有人一手捂着鼻子一手扇着嫌鱼臭。芃芃就这样孤独地望着窗外。回去？回去？回去？回去？脑子一连串地闪着一个词闪着同样的一个问号。——不！不不！绝不回去！甭说没钱了，就是有钱也不回去。学校的人太讨嫌，一百年不见也不想。宁可在异乡受苦、受穷、受累、受歧视，也不回去！娘的，再拨，继续拨！就不信没有人要我，能写诗写小说难道在报社找一份文字工作都找不到？就是做校对也可以嘛！老子就拨《涵海晨报》！但不知《涵海晨报》肯不肯要，心抖了一下：它办得这么好！芃芃认真看过，确实不比《春城晚报》差多少，有些方面甚至还要强，比如《涵》的版式活泼、新颖，图片与标题很有一股冲击力。美中不足的是人文气息不浓，这不正好由自己去补充吗？使芃芃产生信心的还有一个重要因素，即《涵海晨报》头版下面有一则本报广告的广告词："追求最出色的新闻……比太阳更早，比往年更好！" 芃芃就喜欢这句。阳光！朝气！野心！提神鼓劲！这行文字对芃芃产生了致命的幻觉效果，就像旭日东升，一条开阔地平线展现在眼前，未来的老总正亮闪闪地从地平线那边阔步走来……拨吧，快拨吧！拨！命运在一个劲地暗示。总编室是一个姓张的小姐接的电话："您是？"

"找沈总沈栗，他在吗？"他没转弯，直呼其名，这是他刚刚在报头上看到的名字。

"您稍等，我拨一下他办公室电话。"

"好的。"

"……喂，他不在，他要下午四点才上班。——这样，您拨他的手机，好吗？”

“他的手机老不通，怕是变了吧。”

“您拨 135××××1881 再试试看。”

“好的，谢谢！”

可以呀，第一信号不错，总算没有被拒绝，还很热情，芃芃的精神受到了鼓舞，便立刻拨 135××××1881 这个号。嘟——嘟——嘟——嘟——通了。

“是沈总吗？”

“我就是。你哪位？”

“我是诗人芃芃。”

“你是怎么知道我手机的？”

“哎呀——这么有名的老总谁不知道您啊？是这样，我从湖北那边过来，在咎地观光旅游，爱上了这个地方，就不想回去了，希望留下来在这边找份合适的工作……我喜欢做编辑，就拨通了您的手机，不知贵报还有没有这个岗位？”

“你现在在哪里？”

“在泸沽湖通往舸城的客车上。”

“有应聘的资料吗？”

“有的有的。”

“过来吧，认识一下，我明天下午两点在办公室等你。”

据悉：西班牙有一批蝴蝶飞到墨西哥某森林去越冬，结果死掉 5 亿多。

芃芃往乌居尔大厦顶部望了一眼，望见了十几面热闹的彩旗和一块巨幅匾牌，比人还高的“湎海晨报”四个魏碑体字在青空下流光溢彩。芃芃一望脖子就发酸，感觉沈总沈栗就像如来佛一样坐在那彩旗的后面。腿肚子软得不行。

乌居尔大厦面对的是清凉的新闻路，芃芃就是从这条路上走来的。一种叶子羽状，树冠高大的乔木一株接一株密植在新闻路两旁，纵然整个舸城进入烈日炎炎的夏季，这里却像凉爽的秋天。若有谁在大厦前站上一刻钟，必然嘴唇发乌，舌头僵硬，浑身起鸡皮疙瘩。但那个咬肌发达令人生厌的推销四笑牙刷的男士却不怕起鸡皮疙瘩。他冒着浑身起鸡皮疙瘩的清凉满腔热情地把四笑牙刷从日出东方的早晨一直推销到日薄西山的傍晚，他怀里吊着手里拿着的全是四笑牙刷，他反反复复地拉扯着这里的行人这位先生那位小姐大伯大婶们，一遍又一遍地讲演着三笑磁力牙刷的好处及近期企业的举措。人们因为赶路或要办什么要紧的事非常讨厌他这种拉拉扯扯啰啰唆唆。

芃芃刚要跨进大门，却感到左手好像挂着了什么。

“先生，请试一试这四笑磁力牙刷，新产品、新包装、新上市，买一赠二……”

芃芃回头一看，见是一个咬肌发达的中等个儿的男士，正满怀期待地向自己推销牙刷。就在自己一愣神的当儿。那男士的劲头上来了：“您看，这是三支一包，买一送二……”

“我要牙刷干什么？不要不要不要不要不要……” 芃芃见了他真感到有点讨厌，因为他心里有事，说完就走进了大门，来到了电梯口。芃芃正要进电梯，衣服的后摆好像又挂住了什么。芃芃车过来一看，又一只手攥住了自己的后摆。好端端的一件衣服给攥出了无数的皱褶。芃芃非常生气，他正要呵斥，然而他忍住，他顺着手臂往上看过去，一件蓝制服出现在眼前。蓝制服不是空的，里面有一个人，芃芃一眼就认出这是新近从昭通招来的保安李安。

“先生，请出示有效证件。”李安又说一遍。

“你不是昭通来的李安吗？”

“是啊，你怎么认识我？”

“给我们送夜宵的不就是你吗？”

“是啊，我怎么不认识你，你是哪个部门的？叫什么？”

“你新来不久怎么认识？我是编辑中心的，叫芃芃。”

“不认识不认识不认识……奇怪，编辑中心个个我都认识，怎么独独不认识你呢？对不起，委屈一下，请你出示有效证件，填一下上访单，这是规矩，请不要让我为难。”

“好的。”

芃芃二话不说，亮出了身份证，并迅速在“来访者”“被访者”“事由”“月日”等栏填好。保安李安撕下一张给芃芃：“请沈总签字！”

“你怎么知道我要找沈总？”

“这你就不用问了。”

进电梯仿佛有一阵风，芃芃便被这阵风裹挟进去。芃芃隐隐感觉自己的周围黑压压地站满了很多人，这些人叽叽喳喳地议论着什么，但芃芃还在想：奇怪，自己怎么就认识李安，并且发展出“送夜宵”的细节呢？

出电梯也是一阵风，芃芃不用费力便被簇拥到过道的红地毯上。芃芃往左看了一眼就往右拐，总编室就在左边。一个秃头嘴皮翻翻的满脸麻子的老头就坐在那里（他不是总编牛光，也不是总编室主任，他是报社请来专门做报纸版面审读的职员，姓孙，孙子的孙）。芃芃领教过这头秃驴的厉害。那是总编室指名要交的一份个人资料，芃芃手里只有独一无二的一份了，蔡晓昱说你怎么这么蠢，你交总编室时顺便复印一份不就得了，都是这么做的。芃芃说也真是。芃芃到了总编室，正好孙麻子在，孙麻子说：“你把资料放在我的办公桌上。”

“我只有这最后一份了，帮我复印一份好吗？”

“复印，不行！报社这么多人，你要复印他要复印那还得了！”

“就印一份嘛！”

“一份也不行！”

所以芃芃往左边只望了一眼就车了过来，还好，没有看见怕要看见的人，他怕看见了窘迫、难堪。往右转他感到很空，很宁静。只有热线部几个女同胞在执守热线。不用回头，就知道莺鸣燕啭的一定是李菡她们几个。热线部对面的接待室看上去也很空，但是折叠沙发上慢慢地展现出一个人，这个人把脸和前胸埋在沙发里。芃芃只能看见他逐渐清晰的后脑、后背、臀部和后腿。感到这个人的背影很熟。再往前走就到了编辑中心。编辑中心在右边，是一个宽大的综合办公室，此刻办公室里空空荡荡的一个人也没有，与编辑中心相对的是一个更宽敞的办公室，现在也只有一两个人影在那里晃荡。一个人在那里坐着（是录入编辑，像鬼影一样坐在角落里，慢慢地移动的黑鼠标），像没坐人一样。现在已是下午四时，按规定编辑（这里不分白班夜班）一律四点半上班。芃芃提前了半小时，他每次都是这样，提前半小时就上班。芃芃在过道上走了约十五步便找到了自己的办公桌。他的办公桌上放的是一盆文竹，他的椅背用毛笔写了一个“芃”字。编辑中心的办公桌每三张或两张拼成一组，靠墙那边放三组，靠过道这边放四组。顺过道走过去第三组第一张桌子便是芃芃的。这一组主要处理“都市新闻”的稿子。芃芃处理的是副刊的稿子。比如菁菁校园（周六出刊，在第二版）、情感时空（周六第四版）、每周闲情（周日第五版）、的哥的姐（周日第六版）、连载（周一至周五）、特稿（不定期）等，但副刊少，版面小，分值不高，而且经常被广告和新闻挤占，广告多先砍副刊，副刊砍光了，再砍新闻。很多时候是这样，副刊被砍光之后，艽艽就像走进了一片光秃秃林子里，就像一只蹲在树蔸上的鸟，看着光光的地面，而毒辣的光照着他一个人的影子，一个在那里发愣，一个人蹲在那里冒虚汗。其实屋里并不热，他就这么一阵接一阵地冒汗。热得直炸，每一颗汗都在炸，恨不得将衣服炸开。很多天很多天都这样，就这么光光地坐着。今天，他来得很早，他像二百多天以来一直坐在那里一样地坐着。现在他放下随身携带的挎包，拿出一本书，是多萝西·A·鲍尔斯、黛安·L·博登著的《现代媒体编辑技巧》。他随手翻到一百零一页。他读道："视觉冲击中心要在一瞥之中吸引读者的视觉注意。"放下，他感觉有什么不对，应该先读读当日的报纸。牛总就是这么说的。于是他起身向会议室走去。编辑中心走过去是副总编室（沈总办公室）、摄影部、洗手间。会议室在过道尽头的左侧。尽头直直地正对着过道有道门，走进去，就到了出版部。艽艽往前走时感觉过道上已有人在走动。走进会议室他并没有看见人，只看见左边摆着一张大圆桌和一些皮椅子。还有迎面挂着的一副裱过的字。字不用看艽艽就知道上面写的是"人才的培养是《湎海晨报》最大的收获"。这是报社总编牛光开会时常常挂在嘴边的一句话，也是报社的座右铭。右边靠墙是一排报架和书架。书报架过去迎门靠窗的桌子上放着一台彩电，彩电前歪七倒八地放着一些能够折叠而没有折叠的不锈钢椅子，靠门的右手摆着一张条桌。桌子上放着一堆当天的报纸。艽艽伸手就拿了一份本报，他正要把同城的其他几家报纸也拿来看看。"慢着！你是哪个部门的？怎么一点规矩也不懂，随随便便拿报纸？"唉，拿张报纸看怎么啦？不是领导叫我们看的吗，怎么一下就成了一点规矩也不懂的人了呢？艽艽在找这个说话大口大气的人，这时，从桌子下面钻出一个黄毛丫头来，她似乎一直躲在桌子下面窥视着动静。

"我是副刊部的，怎么啦？"

"副刊部的不能拿外报！"

"怎么不能拿呢？"

"说不能拿就不能拿，你懂不懂？"

“……就在这里翻一下也不行吗？”

“不行不行，说不行就不行。这是规矩！”看她妈的长得人不像人，鬼不像鬼，还知道规矩！副刊部怎么啦？副刊部就不是人？芃芃一听就来气，心里一下子凉透了。本报也未拿，摔在地上就走。

远远地看见沈总办公室旁边“积”了很多人，他们一律都尽量伸长脖子望着墙，有的指着墙上的某一地方交头接耳地说着什么，有的信笔在墙上写着涂着什么。芃芃知道那是评报栏，还有报纸各版的等级，报社编辑人员版面奖励与罚款公布，报社人事任免，重大责任事故通报，报社活动、球讯、会议或休报通知等都将出现在这面墙上，芃芃一般很少去凑这个热闹，他总是等人群散去之后，再独自去看看。

现在是四时十五分，芃芃把一本扑在桌上的《现代媒体编辑技巧》翻过来，正好是一百零一页，他刚好读到这样一句话：“视觉冲击中心要在一瞥之中吸引读者的视觉注意。”记者雷捣从过道那头走过来，并且逐渐清晰，他一拍芃芃的肩膀说：“芃芃，你现在被解聘了。”

“开什么玩笑！”

“真的，开始我也不信，后来一看，果然有你，不信你自己去看看。”

“不会吧，我才转正一个多月，何况书市期间由我策划、编辑、报道的文化版面刚刚受到了省委宣传部晏部长的好评……怎么忽然毫无来由地将我解聘呢？”

“不知道，我也感到奇怪。但确确实实是你。你是排在第四，是唯一的一名编辑。其他，有的是记者，有的是校对。”

芃芃也无心阅读“视觉冲击中心要在一瞥之中吸引读者的视觉注意”了，他起身走到了他现在的视觉冲击中心，他看到了被解聘的五人：解敏、冷江文、方鸿吾、芃芃、刘卫东。前三位是校对，最后一位是记者。解敏早已到北京某报社去了。冷江文是一位英语通八级的教师，夜晚在这边上班，白天到晨光出版社上班，方鸿吾原在《呇省民族报》工作，现在是芃芃的校对。记者刘卫东到广东去了，据说因涉足黑社会而锒铛入狱。那么自己无缘无故地被解聘究竟是什么原因呢？芃芃的脑袋开始大起来，开始晃荡。晃荡晃荡晃荡晃荡……仝元的形象就像浪渣一样晃到眼前，这个猴瘦，说话阴阳怪气的小个子仝元穿着一件与他身体极不相称的西服，一张脸像一副黑狗肝。关于仝元的记忆像阴魂一样在芃芃的脑海里晃荡出来，时间已是午夜，编辑中心和记者部那边都空空荡荡的，编辑们都去出版部那边做版去了，只有一个自称徐大山人的记者歪斜在一把椅子上打电话。仝元拿着一只薄膜袋像黑电般地从出版部那边闪到编辑中心，他起初是收拾桌面上编辑看过后散放的报纸，收着收着收到了芃芃的桌边，芃芃桌上看过的报纸突然翘起一只角。值得一提的是芃芃的桌上除了报纸还放着两杯邓川牛奶和一块蛋糕，那是报社发给夜班编辑的晚餐。报纸的一角翘起后便向中心用力，向前滚动，报纸滚到两杯邓川牛奶和蛋糕跟前，顿了一下，就好像走夜路的人突然碰到了障碍物时的情景一样。但也只是顿了不到两秒钟时间，报纸便“呼”地滚了过去。报纸滚过去之后，两杯邓川牛奶和一块蛋糕便悄然消失了……芃芃也不知道自己当时回办公室拿什么东西，正巧看见了这一幕，但他什么也没说，什么也没有拿就回到了出版部。芃芃默默地做完自己的版就回到了住地，空着肚子躺在床上。这夜他怎么也无法入眠，他饥饿地望着天花板上吸饱了人血的红亮的蚊子。他无法想象，这个仝元怎么是这么一个人呢。芃芃知道他的为人不行，喜欢说大话，喜欢骂人，本位主义，喜欢排挤人，尤其是外地人，但不晓他这么下作。——这一夜，芃芃翻来覆去睡不着，他真想看一场武打……

突然芃芃的手机响了。他心惊肉跳，想，这么晚了，谁来电话，一看是410×××4，报社的，是仝元的声音。芃芃一听他的声音就心惊肉跳。

“好啦，你从今天开始就正式上班了，不准迟到啊！”

“马上到吗？”

“马上到。”

“可是……刚被解聘了？”

“谁解聘了？”

“我感觉自己好像被解聘了。”

“感觉？哪能来这么多的感觉？乱弹琴！”

是啊，好像刚刚上床，怕是午夜的时间吧？一看手表，已是下午三时许。不对不对不对，明明刚刚上床，明明被解聘了，明明拿着一张解聘人员的表，跑记者部跑财务室跑总编室……找各部门主任签过字的，怎么一切都成了没有呢……唉，也许确实是自己睡过头睡糊涂了。

芃芃连忙穿衣起床来到报社。仝元今天的态度很好，仝元说，你的考卷阅出来了，不错！你的文章我也看了，文字功夫很好。我过去也是教书的（拖长腔），跟你一样，我们也是同行嘛。随后，仝元把芃芃带到一张乳白色的桌子前，说，你暂时就坐这。对面坐的是曾在《岺省民族报》干过的郭编辑郭桦。你就跟他学编都市新闻。芃芃这才发现对面果然坐着一个人，年轻，结实，脸油黑，眼睛很细，戴着一副近视眼镜，很秀气的。郭编辑什么也没说地坐在那里。过了好久（也就是五时许），郭桦突然拿出一沓稿子，扔在芃芃的桌子上："你看看吧，先把错字和语病改掉，别的不要动。我去开编前会。"一连几天，芃芃只是改改错别字和语法毛病，别的不动。他眼里只有郭编辑和一堆等着要改错字和语病的稿子，其余的什么也听不见他也不想听见，什么也看不见他也不想看见。一切都在感觉之外迷迷蒙蒙地上下浮动，像一些皮影，或者干脆就是桌子、椅子、白墙、地毯、天花板。其实李菡一直满脸通红地坐在芃芃的右边，手里拿着一沓稿子，只是隔着一小盆文竹，如梦如幻。头几天，新鲜感依然存在。上班不远，走不了几步就到了乌居尔大厦139号，按一下电梯开关便升到了二十五楼的高空。二十五楼就是《涵海晨报》的办公地址。出电梯便踏上了过道的红地毯。中央首长出访外国上飞机下飞机也不过如此。进入编辑中心便换上了瓦蓝色的地毯。人们踩上瓦蓝的地毯在这里似乎就可以宁静地工作了。上班时间是下午四点半，四点半时，太阳尚在视角四十五度的天空悬着，白云慢悠悠地在城市的楼群之间一朵接一朵地滑动。以往这个时候，家乡的棉农们正在田野里辛勤地劳作，他们将在那里劳动到天黑，一直到禾苗们影影绰绰，伙伴们的轮廓也模糊不清了，才扛起农具或收拾柴担彼此呼唤着往家里赶，而自己在这时却升到了这座平均海拔为一千九百米米的城市的高空，右腿架在左腿上娴雅地晃悠（如果这也算夜晚的话，那么四点半就是自己夜晚的开始）。那些黑的红的白的电话机像一只只信鸽，可爱地停在光影可鉴的桌面上，偶尔有一只"信鸽"咕咕咕咕咕咕咕咕咕咕地叫了，自己只需拿起话筒，说"好的，我知道了，你的联系电话是……"或者"哦，你等等，我给你叫一下他"。或"你把电话打错了，这里是编辑中心，你应该把电话打到热线部……热线部的电话是……"很简单。四点半到七点这段时间编辑中心很安静。看着记者忙。看着别人忙，自己不忙，有时是一种优越，是一种高雅的享受。此刻，记者们都回来了。他们像一些工蜂，天一亮就飞出去，有的飞到城市，有的飞到偏远的村庄，有的飞到大山深处，有的飞到矿井飞到地心……现在他们都回来了。他们现在的主要任务是迅速将这些采到的“蜜”酿成最初的产品。到七时光景，这些“毛产品”便陆续送到了编辑中心每一位编辑的手上。编辑是另一类蜜蜂。接到“毛产品”的编辑，叽叽喳喳的闲言碎语或交头接耳便立即静止。桌面上只有一片黑色的圆脑袋。此时静极了，他们仿佛深深被桌上的这些“毛料”所吸引，其情形仿佛探身于一口口深井打捞极其重要和极有价值的物品。其实到野地去采蜜的工蜂们也不过如此，当工蜂带吸管的小脑袋探入花蕊之后，我们所见到的只是它们浑圆的尾部，所不同的是我们现在看到的是人的后脑。——编辑们对这些初级产品进行再加工，然后送到出版部(即电脑打印、排版、出片室中心)，然后提出小样，再看，再送进去，输大样，送编辑主任、值班总编终审，那样就快接近送印刷厂了……嘿，有趣，真的很有趣！再说这二十五楼它不正好像征一个人的价值幂的高位指数吗？在这座城市像这个样子在这样一份大报里兢兢业业地工作，感觉很舒服，也很值得。——这就是当时的想法。

又是下午四时，芃芃又到得最早。

今天，过道上聚满了人，好像全是一些记者，他们在热火朝天地研究福彩或体彩中奖号码走势图，芃芃对彩票不感兴趣，他依旧是去会议室拿当日的报纸。这时，有一个年轻的小伙子向他招了招手：“你到我办公室来一下。”芃芃一听“到我办公室来一下”，全身一震，这人是谁？有意思！这小伙子的办公室就在编辑中心的隔壁，隔着一层磨砂的蓝色有机玻璃。

“你就是诗人芃芃吗？”

“哎，你是？”

“我是沈栗。”

“哦，您就是沈总，这么年轻？！”芃芃惊得连看几眼，的确这个沈栗年轻、精神。

“不年轻不年轻，你有应聘材料吗？”芃芃连忙把早已准备好的简历、作品、样报样刊呈上。沈栗似乎是随便翻了一下，便嘱咐芃芃去总编室找张小姐要一张表填，填完再交他签字。芃芃就往回走，走到尽头，靠右手有一道门，门楣上白底黑体三个字“总编室”。里面空间不大，分内外两间，外间摆着两张桌子、一台电脑、一台复印机。内间只有一扇门可以望见墙上花绿的东西。从外间一张栗黑色的桌子上抬起一张女人的脸，显然，这就是要找的张小姐。这女人个子不高，披着散发，夹眼皮，嘴上蒙着一层细密的黑胡。张小姐问明缘由，就径直打开对面的一口柜门，拿出一张应聘表，交给芃芃，态度很严肃。嘱咐必须填清姓名、性别、年龄、籍贯、学历、原单位、联系电话、工资要求等等。

芃芃填好表交张小姐审查。

“可以了，交沈总签字吧。”张小姐说。

沈栗看了一下，没有说什么，在表上写了一行字，然后对芃芃说：“你去总编室斜对门找庄总签字吧，他是负责编辑这一块的。”芃芃真诚地说了声谢谢，然后退了出去，带好门，一边走，一边看表。只见在表的下边副总编意见一栏写着：

“建议去做编辑。——沈栗 3、15”。

芃芃又回到总编室门口，他往左边一看，在总编室斜对门果然看见了副总编室，但门紧紧地关着，透过磨砂玻璃，可以知道里面有人，而且正在谈话，两个头凑得很近，声音很低。芃芃犹豫了，敲，还是不敲呢？他在过道里来来回回地走了四五遍，估计谈话也应该接近尾声了，忍不住举起了右手，“咚咚、咚咚。”

“请进！”里面传来了一位中年男子很有礼貌的声音。推开门，只见靠左墙一张深褐色的桌子上一个中年男子正在审读着一份什么材料，手不停地在上面圈点着。芃芃进去后也没正面望一下便摸到右墙弯一溜的沙发上坐下来，小声地喘了一口气，隔着一张有机玻璃茶几静静地望着这位姓庄的副总编。庄总编似乎心思并不在修改材料上，而是把笔倒过来用笔的另一头敲着材料跟一个人说话。声音不高，但很清晰。

“……所以，你暂时还不能转正，要加强学习，要增强新闻的敏感性。”

这时就有人起身离去，开门，又带上门。

庄总终于抬起那双青蛙眼，打量着芃芃。芃芃连忙把应聘表送到他的桌上。庄扫了一眼说：“你以前是干什么的？”

“教书。”

“毕业于哪所学校？”

“华东师范大学。”

“今年多大年纪？”

“三十二岁。”

“你以前做过编辑吗？”

“主编过学校的校报。”

“不行啊，我们这是一份走市场的报纸，它要面向的是广大的市民读者，它要求一定好看，市民爱读、愿买，弄不好报纸就无法生存，这跟校报可大不一样啊！你一定要转变这个观念，尽快地找准自己的角色，迅速地成长、成熟，把自己融合到我们的新闻工作中来。要虚心地向老编辑学习，丰富自己的编辑经验。——作为一名编辑不仅要把自己的版面做好，还要懂得策划，不仅要有策划意识，还要团结我们广大的记者朋友，指导他们的工作。你是国家重点大学的毕业生，教书、写作，又长期办报，我们非常欢迎。你要多帮助我们的记者。我们的记者虽说能抓回一些新闻，但是很粗糙，文字功底差，有很多句子不规范，甚至有很多错别字，你要当面批评他们，不要给他们留面子，这样会害他们的。当然，我们的编辑队伍也良莠不齐，好的编辑非常匮乏……我们报除新闻之外，还有菁菁校园、情感时空、每周闲情、的哥的姐、美食天地、特稿连载等一些副刊，你在这里有广阔的发展空间。好好干吧！这样，你先跟着经验丰富的编辑学习一段时间的新闻，感觉一下，然后就跟王者也一道编副刊，好吗？”

“哎哎，好的——”

“你现在住在哪里？”

“我住在朔城国际南洋学校，我有一个老乡在那里教书，我就住在他那里。”

“是水海子里的那个南洋学校吗？”

“是的。”

“哦——不行，那太远了，你不能住在那里，那样不利于工作。我们在中国人民解放军×××部队住所租的有房子，是集体宿舍，三四人一个房间，每月六十元房租，其余部分由报社补贴。如果你没什么意见，可以先在这里住下来。这里距上班地点很近。”

芃芃很感激地说，谢谢！然后小心翼翼地带上门，出来，就有一个高个子男人等在那里。高个子男人说，我姓毛，你跟我去房间。说完姓毛的男人下了楼梯，上新闻路，然后往西，走了不到三十米便到了部队营房。爬到四楼，手指着401房间说，你就住在这里。然后又说，钥匙你找房间里的人要，自己去配一把。

推开401的房门，迎面扑来一股屎臭味。把卫生间建在大门的一侧这是咨省的一大创举。进门靠右就是一间仅容一人蹲的卫生间。401的门是向卫生间这边开的，401的门一经推开，卫生间的门就甭想打开了。所以卫生间一直很暗，又暗又臭。蹲这样的卫生间需要耐性和毅力，要想排遣臭味，只有将大门关上。

推开401的门可以望见直直地对着大门并与大门同样大小的另一扇。芃芃的床就摆在这一扇门里靠右手的这面墙边，芃芃睡上铺，下铺是广告部的一个姓武的青年男子。芃芃今天没有去推这扇门，而是往左看了一眼，往左有一道门，这道门形同虚设，实际上是没有门的门。他看见记者徐伯金徐大山人正把一双脚放进一只浅蓝色的盆子里。

“今天又、又没做版，啊？”徐大山人张着嘴巴问，他结巴，他问人总是眼睛、鼻子、耳朵、嘴全向你这个方向张望着，像雷达那样对着你，半天嘴巴也不合拢。

芃芃没有回答，他默默地看着徐大山人把脚洗一把，然后从盆子里抽出来，在空中沥着。芃芃专注地看着那脚上的水珠向下滴落，然后看着他把一双依旧水淋淋的脚放进一双皮鞋。芃芃记得他有时不是沥一下，而是像拔萝卜似的在空中甩两甩，就放进了皮鞋。从不揩。芃芃从未见他擦身子，他一般只洗脸和脚。

徐大山人的耳朵出了毛病，可能患慢性中耳炎，睡前或起床总见他拿着一根医用棉签擦耳朵。他买了一瓶乐天派冰爽橙子酒，也不见他怎么喝，但瓶塞已经打开，就放在对面墙上铝合金窗门的滑槽里，一任风雨洗刷。芃芃说你最好把耳朵治治，也省得常擦棉签（他一买就是两小袋），再者，一聋三痴，不好！可徐说，聋、聋好，什么闲、闲话也听不到，骂也听不到，我可以更、更宁静地生活，如果工作，如果想、想听，我就戴、戴上助听器。

“你今天怎、怎么回来得这么早、早，是不是又没、没做版，啊？”徐大山人第二次问。

芃芃怔怔地只看了徐一眼，没有说是，也没有说不是，就径直去开对面那道门。现在是八点半，他要上床休息了，他感到很疲倦。其实他白天也没有去哪里或招揽什么其他的活。他的上班时间是晚上。他的活动是猫头鹰式的——昼伏夜出。白天也只是到蔡家营那里买两个荞麦馒头或高粱馒头和五毛钱的豆腐脑。那馒头是五毛钱两个。馒头很甜，他爱吃。豆腐脑五毛钱买一大碗，他一餐吃不完。他常常是九点起床，上一趟卫生间，看一会书，然后步行到蔡家营去买馒头和豆腐脑，这样就靠近中午，相当吃了一顿中餐。一顿有时吃不完，就留着下午吃。往往一天才两元的花销，实在熬不住了，手上有报社的进餐票，一餐两元，有肉食，可以打打牙祭。

吃了馒头，他就伏在床上写他一直在写的小说《今夜我只想看武打》的下部。上部早已寄出，寄了五个出版社，至今一点回音也没有。今天白天与往常一样，照样是在房间里写小说，一直写到靠近下午四点，他才去上班……他刚把记者跑来的“的哥的姐”稿件改定、配图、校好、组版等一切事宜做妥做停当，全元对他说：“你去休息去吧，今天的广告很多，‘的哥的姐’上不了了。”上不了上不了上不了……每次他妈的都是上不了了，芃芃心里很烦，但他没有说出来，怎么好说呢？人家是领导，又是本地人，人家说了算，于是便立刻收拾纸笔，离开了办公室。他的头像一块木头。这做版跟女人怀胎一样，时间到了，一切准备就绪，只等生产了，却突然接到一道命令：不准生！这等于又“空孕”了一次。虽说是空孕，却是花了力气的。花力气是要吃东西的，力气使出去了，却得到一个“不准生”，“不准生”以后吃什么？没有版就等于没有钱啊，没钱就没有吃的，没有吃的就只能挨饿，这后果令人很恐惧。

现在他径直去开对面的这扇门，他看自己的床上睡了一个人，一看床上的衣和地上鞋子就知道是一个女人，这时他的木头脑袋突然划开一道亮光：这是谁公然在自己的床上睡觉呢？只见那女人翻了一个身，忽然一个鲤鱼打挺将被子顶在头上，背对着从窗户那边泻进来的一缕灯光。不语。

“倪颖，是你吗？”芃芃说。

倪颖是他的学生，前不久来信说要到朔城旅游。今天，她到了朔城怎么连招呼也不打就来了呢？更奇怪的是她怎么知道我的住地，并且就睡我的床上？这，这还是不太好吧……

“你看清楚，我是谁？”女人隔着被子，而捏着嗓子说话，实在猜不出是谁。

只见她“呼——”的又躺下，然后又揭开被子顶在头上。

“李菡，莫非是你？！”

李菡是热线部那位小姐，因为她嗓音好，灵活，报社让她守热线。她喜欢芃芃，没事就坐在芃芃的对面或矗立在不远处伤心地看着芃芃。有时没事找事地拿着一篇稿子假装不懂向芃芃请教。她喜欢称芃芃为老师。芃芃听了舒服，觉得她不讨厌。

“芃芃，睁开你的狗眼看清楚！”

“你是谁，怎么这么无礼？”

“好哇，你在外潇洒，果然是忘恩负义，连自己的老婆都不认识了？”

这么说，眼前的这个胆敢咒骂自己的混账女人就是自己的老婆。其实老婆对他来说已经很陌生了，死了，是一个过去时的旧词了，就像旧家具一样。然而当这个声称是自己老婆的人说出了“老婆”这个词的时候，一下子又接通了芃芃的一段苦涩的记忆。芃芃默认了这位堂而皇之睡在自己床上的女人。

“你暂时到外面的那张床上去睡吧！”

“偏不！你嫌弃我？来就撵我？”

“不是，这间屋里人很多，扎眼，不方便。”

“有什么不方便的，老婆跟自己的老公睡觉？外面那间尽是耳屎臭，你去睡！”

“我睡我睡，我去跟徐大山人打商量，让他回去睡，他是朔城人。”

“不，我要你在这里睡。”

说着，女人抓住他的一只手，按在她那已有些松垂的乳房上，芃芃感到那里尽是一堆皱皱的皮，触电似的把手缩了回来。女人又抓住他的手放到胸口，又移到小腹，又滑到耻处。芃芃的心动了一下。那里早已湿淋淋的一大片，像一团稀泥。格狗日的，骚货！不日了你看来还不行！芃芃一时性起，倒插了房门，翻上顶铺，三下五除二褪下女人的裤子，露出白刷刷的一大截，对准那黑茸茸的耻处，疯狂地干起来。直摇得天晕地转，大有房倒屋塌之势。女人早已快活得要死。他像一个老谋深算的嫖客，正面干了干反面，反面干了干正面。那女人就像一团面精，舒舒服服地闭上眼睛一任他揉、翻转、折腾。

“老子让你快活老子让你快活……”

芃芃操起她的两条大腿放在肩上，然后拼命地日下去，一下、两下、三下……

“哎哟——好疼！你要老娘的命啦！”正当芃芃奋勇撞击时，那女人却杀猪似的尖叫起来。女人用手连连捂住耻处，说：“不干了不干了，你这东西怎么这么硬？”

“老子好久没搞了，你看硬不硬？”

“好久不搞了就硬？”

芃芃没有回答，他想女人来也好，来了解决了他一个问题，他几乎把所有的积怨、愤懑、郁气一股脑儿地放射出去……现在反倒感到了一种轻松。

“喂，我们出去租一间房子吧！”

“到哪里？”

“张家河。”

芃芃睡着了，早已睡着了，被一团白云烘着……一觉醒来，天已大亮，再一看表：下午三点十五。往床上一摸，人没了，揉揉眼睛，还是不见她，想想，哦，她早已在三天前的一个黄光照射的早晨就走了。我怎么还认为她就在这里呢？看来这几天自己是被报社的事给弄糊涂了。不是跟她商量好了吗？她先到张家河那边租一间房子，那是二环以外，便宜。自己过完五月，就搬到那边去住。芃芃赶紧从箱子里拿出上午吃剩的一个馒头，就着半碗早已冰凉冰凉的豆腐脑吃了。洗刷完毕就匆匆往报社走。乘电梯到了二十五层，往右拐，他听见热线部李菡们正在莺啼燕语。接待室里那个看不见面目的男子还在睡觉。编辑中心依然空空荡荡的，只有一张报纸在微微飘动，像灵堂里设置的招魂灵幡。他随口吟了一句诗：“莺啼寂寞花枝雨，鬼啸荒郊松柏风。”吟完便朝这张飘动的报纸走去。这是一张外报，一张满是蓝调子的《都市时报》。斜靠在过道第二组第一张办公桌上。那封面的图像很刺激，并且有一条用超粗黑宋体做的标题耐人寻味：《男人没性趣，女人讨性福》。芃芃是副刊编辑，副刊编辑是不配外报的，他想看，便几步走到报纸前，伸手就拿。

“哎哎哎哎哎哎哎……你要干哪样你要干哪样？”芃芃吓了一跳，这报纸下面竟有一个人，是国际版的编辑王斌，他正仰着头看报纸。哎，自己先前怎么就一点也没有看出来呢？一听口音就知道王斌是本地人。这报社像土匪的山寨，也讲个先来后到，论资排辈，先来资格老，后来的就得称先来的为“老师”，加上王斌是本地人，气自然就粗，蔑视人，对后来的不屑一顾，对外地人就更不用说了，加上全元不给芃芃版做，芃芃就显得像个闲人。王斌们就认为芃芃没本事，便更加没把他放在眼里了。

“对不起对不起，我没有看见你。”芃芃说

“你是哪来的，怎么那样不懂规矩。”

“王斌啦，我是芃芃，你怎么不认识我，我在报社都干了几个月了？”

“哦哦哦哦哦，我想起来了，你就是那个每天无所事事，在这办公室里瞎转悠、碍手碍脚的大诗人芃芃？——听说市面上热销一本书，叫《今夜我只想看武打》，它的作者也叫芃芃。你的芃可是跟他一个芃啊！那该不会是你写的吧？”

“不，没有，我哪能呢？”

“我就说嘛……”

王斌说完，“啪”的一声将报纸锁进了抽屉，两手一拍屁股，到小会议室那边去了。留给芃芃一个黄黄的、毛发奓奓的背影和一双瞪在眼镜片后的圆鼓鼓的眼睛。现在还不到开会的时间，开会时间是五点。王斌到那边去显然是为了避开芃芃，表明自己对芃芃的讨厌，不愿与他为伍，认为跟他在一块儿有失身份，自己是国际版的大编辑，国际版的编辑是个什么概念？那简直就是联合国的公务员，或者就是联合国的秘书长……现在是四点二十，仝元来了，他是朔城人，听说老家在四川成都。他个子不高，喉咙却不小，像个大喇叭，人到声到。

“哎呀——小的们一个也没有到？全他妈的一伙混蛋！”

芃芃想，明明老子来了，他怎么说一个人也没有到？看来老子在他眼里是不算人数的，听他那口气我不是他的“小的们”，他妈的怪不得做版没有老子轮休也没有老子的，老子天天上班，他天天砍版，你说干脆不上班吧，他记你的旷班，你说上班吧，又等于变相的休息，不干就是没干，干也白干……这样一想，芃芃就身子发虚，虚得像一缕白气，作“S”形扭动，扭动扭动扭动扭动……越来越虚，穿过窗户，穿过羽状树冠，飘到天空，飘到遥远的天际消散……在高高的天上，他听见仝元还在呱嗒呱嗒自说自话。

“等会儿，都迟到了，看老子怎么一个个地收拾你们……”

边说仝元边去侍弄花草。美其名曰侍弄花草，也就是把花钵这里搬到那里那里搬到这里，改变它们的位置。然后拿把长剪刀，这里修修那里剪剪，然后是把活页窗帘拉开，用鸡毛掸子掸两掸，又拉上，然后是给花盆一一洒水，又把这盆花里的肥挑一坨到那盆花里，接着又从一盆花里挑一坨肥到另一盆花里。仝元每天都是这样反反复复、琐琐碎碎、忙忙碌碌。每天如此，周而复始。弄完花盆洗完手之后就是打电话，没完没了的，没完没了地跟电话线那一头的人嘎嘎嘎嘎嘎嘎地说话，像一只刚刚走出笼子里的水鸭子。没完没了地嘎嘎嘎嘎嘎嘎把话吐出去吐出去吐出去，装在对方的耳朵里，没完没了地说着“呷酒”呀、“玩牌”呀、“工资”呀、“子女考学”呀、“招办”呀、“分数段”呀、“×××报社”黄了、“×××”双开了等等等等，不管别人爱听不爱听，受不受得了（芃芃可受不了，耳朵听得流脓灌水了），他就这样把话吐出去吐出去吐出去……反正打电话不要钱。在芃芃办公桌上放着一本《现代媒体编辑技巧》。书是扑着的，他把它翻过来，正好是在101页的位置上，他读到这样一句话：“视觉冲击中心要在一瞥之中吸引读者的视觉注意。”三个多月来，他一直停在这一页，停在这一句上，没有向前推进。整个儿就在报社汩汩汩汩汩淙淙淙淙淙这里那里的流水声中泡着浮着沉不下去，日子就这样一天两天……一月两月……地流过去了，什么书（只要是叫作书的）你都别想读，只有耳畔汩汩汩汩汩淙淙淙淙淙的流水，你感到可惜，感到空茫，却又无可奈何。

“蔡小姐到——”

四点半差五分，娱乐版的蔡晓昱到了。蔡晓昱到了却没出声，仝元反而沉不住气像跑堂的堂倌一样高声地叫着。蔡晓昱是那种男人见了就想睡的女人。身着一套绣着暗朵梅花滚着金边的黑衣，脸微胖、白皙，戴着眼镜，披着一层薄雾似的白纱巾，背一个小背包，裤子明显地吊出一截，恰到好处地裸着白藕似的小腿。她不多说话，眼睛愚蠢地躲在白亮的玻璃镜片后面（你倒以为她内敛着什么），反而显出一点文静。她总是不多说话，但一说话就很甜很舒服，她的那装饰了朔城口音的北平语让人感到好听。甭说仝元见了她掉口水，有时就是总编牛光见了她也眼睛上雾。她虽然才华平平，业务素质差，但对人处事却很有分寸，孰亲孰疏孰冷孰热在不动声色中能见出分晓。她那沉甸甸的小背包里你猜她背的什么？文房四宝？刚刚从外地采访来的新闻稿？或是刚刚从新华书店里买的新书？不是！不是不是不是，都不是。她背的也可谓京广杂货，什么马奶葡萄、水蜜桃、山竹、火龙果、荔枝、豆腐干、豆豉、油炸豆腐、炸洋芋、牛肉片、羊肉串、麻辣鱼、薯条鱼、香草心、咖啡松糕等等等等，有好多好多是芃芃叫都叫不出名儿的好吃的东西。六点一到，就摆在了国际版编辑王斌的那张桌子上。仝元“刷——”地一下拉开抽屉，拿出了他的“不离口”酒，一声吆喝：“小的们，来，开怀大饮！”人们吃蔡晓昱的东西已吃成习惯了，就像吃自己的，都不客气，一窝蜂地围了过来，扎在一起。自然，一窝蜂也是蔡晓昱暗里默许，明里暗里奉承的几只

"蜂"。像编辑中心主任仝元、副主任隆非、一版责编王洪平、都市版责编查文字、编辑郭桦、国际版责编王斌、国内要闻版责编向阳平等等。这并不是几个等闲之辈。他们就像各个山头的山寨王，每人都管着好几个版。想当初，她蔡晓昱破例从校对组那边来，不用说跟编辑比，就是跟一个刚招进来的实习编辑比也比不上，只能算一个助编，弄不好又要滚到校对组去，那可是看瞎眼睛的。校对组那种永远唯唯诺诺的暗无天日的日子她过怕了，永远抬不起头。可是她被仝元引渡到了编辑中心，凭着她那一套，在几个"寨主"的支持下，这个寨子里遮一下风，那个寨子里避一下雨，日子过得还滋润。今天这个说："喂，蔡晓昱，这个版你去做！"明天，那个说："喂，蔡晓昱，这篇稿子你拿去改一下，等会给你加一个名字。"在几个寨主的拉扯下小字辈小妹蔡晓昱慢慢摸到了一点门道。如今她有了一点长进，知道了稿子的处理、机上作业、大样出来以至签样的整个流程，并且最终定位娱乐版，这就等于站稳了脚跟，拥有了自己的园地。于是，她咸鱼要翻身了，尾巴翘起来了，看人的目光也不一样了，她看人特别是看新到的同事目光就慢，发生了变异，叫她爱理不理，装聋，眼睛鼓凸得吓人，母仪威凌，说话喜欢带"这都不知道"等字眼。芃芃初来乍到自然就成了她眼睛鼓凸的对象，再者势利的蔡晓昱也早看出仝元根本就不喜欢芃芃，其他几位"寨主"也疏远他，蔡晓昱也就自然觉得有理由鼓凸他了。因为这个芃芃也又臭又硬，他一不称"小的们"为老师，而是直呼其名；二不套近乎，不献殷勤（不献马奶葡萄、水蜜桃……不爱洗碗，而蔡晓昱不同，她洗碗，她一收就是一大摞。但她也想着怎么将这洗碗的差事推给芃芃，自己也享受一把了，可是芃芃说不）；三不爱扎堆儿，不扯闲。有问题总爱独个儿琢磨，还是什么重点大学毕业的学生，简直一个木头脑瓜，一点也不开窍，饿死活该！

"蔡小姐，看看，我看看，今天带来些什么好吃的？"仝元像一只绿头苍蝇飞了过来。他哪里是要翻看蔡小昱的小包找什么吃的，分明是要占蔡的便宜。你看他那张黑狗肝的脸、那张臭嘴凑得多近，他一边嗅她头上脖子上的香味，一边偷看她薄纱下的乳沟。

"不告诉你，这是个秘密！"蔡晓昱一转身车过来，面对着他，把一根指头放在嘴唇那里，努嘴一笑，放下小背包，拿样报去了。

芃芃把头埋在昨日的一份报纸里，他不愿回过头去看见这一幕，也不愿让仝元知道自己在注意他。不用回头，他就知道仝元在动手动脚，他那种下贱坯子的举动，芃芃懒得去瞧。

一会儿，芃芃觉得脑后有很多人走动，并且围在一起研究着什么，他知道各版的编辑都到齐了，有的吵吵嚷嚷地说话，有的大呼小叫地唤记者，有的去看评报栏，有的回传呼，有的打手机，有的倒茶，有的上卫生间，有的开抽屉，有的小声说话……橐橐橐橐橐橐橐橐橐哒哒哒哒哒哒哒嚓嚓嚓嚓嚓嚓嚓嚓嚓到处是来来回回反反复复忙忙碌碌的脚步声，前前后后左左右右地充满着你包围着你，让你一刻也不得安宁，让你的意识化成元素化成原子化成中子散散散散散散散散散离离离离离离离离离分散出去飞离出去，散布到空中散布到太空，你什么也不是，什么也不能是。

“小的们，你们看，我今天给你们带来了什么？”

仝元一声喊，群响毕绝，所有的人都回过头来，叽叽喳喳的议论的，正在看评报栏的、研究彩票的打电话的、上卫生间的都回过头来，几乎编辑中心所有的人都回过头来，记者综合办公室的人也回过头来，有几个记者如跑公安和“午夜快车”的徐大山人、跑社会新闻的杨志国、跑“的哥的姐”的刘卫东等几位记者都饶有兴趣地往这边走，对新闻敏感的职业本能促使他们往这边移步，他们也想看看这个仝元又在玩什么西洋镜——这个“魔头”（引自记者徐大山人语，此头衔已为仝元所默认）！

“你们猜，是什么？”仝元还不想揭开谜底。

“我们哪知道呢？”

“嘻嘻，你搞哪样你哪那样……”国内要闻版的责编向阳平操着阴城话边说边动手抢了。

“不抢不抢不抢，是工条。”

“哇”，大家一听是工条一片欢呼，个个脸上都洋溢着喜色。大家这才想起今天是六月十日——报社发工资的时间。这一天就意味着五月份的工资已经打到阴城工商合作银行的账号上，人们只要持阴城工商合作银行的红色活期存折就可以领取五月份的工资了，工条只是报社发给每个员工的上月工资核算通知单。

听到工条欢呼雀跃的所谓“大家”也就是王斌们（“寨主”们）及他们所辖各版编辑，听到工条像石头一样毫无动静的是芃芃，听到工条沮丧的是王者也，听到工条反应平淡的是韦颖，听到工条反应温和的是郦茹，听到工条反应等于零的是左健……

王者也之沮丧，因为他是副刊版编辑，他跟芃芃一样有同样的心病，但他是仝元的酒友，他可以分到一杯羹，他可以在砍掉副刊的版子之后单另分得一些版子，比如“城市热线”“通缉与督捕”“朔城杂志”等等；有时也分到半个国际版，那是有时间的，像“9·11”恐怖事件，但毕竟“通缉”“杂志”有限，“热线”也不是天天都有，只有半个版。所以很多情况下在惶恐。韦颖是“财富”“美食”“车市”，郦茹是“财经”，这些版面虽不砍，但毕竟是少剂量的，左健是体育版的责编，收入是非常可观的，但体育部设在总编室那边，紧靠信息资源部，他人未到。

领到工条的王斌们都乐开了花，但他们一般都不愿把工条展示给别人看，虽不让看，但彼此都知道，起码能猜中个八九不离十。芃芃曾瞟了王斌工条一眼，也就一眼，他再也没看别人的工条了，他记得王斌的工资是四千五百四十八元。看了这一眼，他就鸦雀无声，静得像大洋深处的一块石头。他再也不看别人的工条了。现在人们都纷纷到仝元那里去领工条，他不愿去，他的绝望也像一块石头。

芃芃一听见“工条”就血管偾张，心脏立即停止了跳动。记得来的头一月，也就是三月份，工作一星期，工资一百四十五元，房租十元，罚款四元，实发工资一百三十一元。四月应发工资是六百零五元，房租六十元，罚款二百一十九元，实发工资三百二十六元，想想五月，也不会比四月多到哪里去。

“芃芃——”仝元叫他了。

“芃芃——”又叫一声。

“芃芃——”叫第三声。

芃芃虽然静得像一块石头，当听到叫声，这块石头的内芯还是炸了一下，翻起一朵烈焰。但他没有回应，喊第一声芃芃就听见了，他没回应；他的听觉极为敏感，但他却倦于应声，直到仝元的第三声“芃芃”出口，他才“哎——”地应了一声，接了他的工条。虽然结果在他的预料之中，但是见到工条仍然震了一下。

姓名	基本工资	效益工资	岗位津贴	补贴	工龄工资	奖励	其他	应发工资	扣税	房租	扣借款	罚款	应扣合计	实发工资
芃芃	200	187	100	100				487		60		115	175	312

三百一十二！三百一十二！三百一十二！……一刹那他连续读数四五遍，一刹那他的血液在体内放射急速流转也许高达四五十遍啊，简直是对他一个月三十天来在报社的工作，对他投身报社的热情的一个否定。

尤其令他血管偾张的一百一十五元的罚款，简直莫名其妙！

“仝，仝主任，您，您看，这一百一十五元的罚款是怎么回事？”芃芃憋足了气问道。

“哦，这个嘛——解释权在总编室。你可到那里查一查，如果你版上有错字，句子语法毛病或将文句有改错地方，那是要罚款的——哦，对了，你有过两次迟到，一次罚款二十元。”

“迟……迟到？没有！一次也没有！”芃芃一下子冲动了，“我每次都是提前到的，每次都是四点左右，怎么可能迟到？绝对不可能！！那肯定是记错了！”

“你不要太冲动嘛，好好想想吧！”

芃芃本想说“那一定是你狗日的记错了”，但在愤怒中理智还没有完全丧失，硬是把那个“你狗日的”字眼吞进了肚里，只叽咕了一句“不用想，我记得很清楚”，便强忍着回到了原位，在怒丛中坐了下来……芃芃的鼻子开始发酸，神情也有些恍惚，朦朦胧胧听见仝元还在说，你不用犟，哪个迟了，哪个没迟，我有一本账，都给你们记着呢……他想起了年迈的父亲，上学的孩子……多少个白天和夜晚就这样泡过去了，所兑换来的就这为数不多的几张钞票，连自己的生活都难以对付，怎么谈得上养家糊口呢？又怎么谈得上寄钱到几千里外父的亲？

心寒了！

不想不觉，一想就心寒！

芃芃感觉要走一下，要散一下心，要驱散一下周身的寒气，不然这样坐下去真的会坐成一块石头的……

芃芃迷迷糊糊推开一扇门，躺下就睡着了……也不知睡了多长时间，手机响了，一个人的声音在怪叫，听声音不像是沈总，也不像庄总，但口气上绝对像一个“总”，甚至比“总”更牛B。芃芃平生第一次听到这种声音，这声音不仅不友好，不仅阴阳怪气，而且杀气腾腾……打开手机就这样，几股邪恶沆瀣一气恶狠狠地扑上来，直往他身上乱钻乱蹿，顿时芃芃感到毛骨悚然，手机都快要震掉了……本来是通知芃芃上班的，然而这声音却变成了一场审问，比如，你是四川《华西都市报》那边来的吗？沈总怎么对你说？是沈总叫你来的？你以前认识沈总……芃芃只好老老实实地说我不是从四川来的，我是从湖北来的，我是来应聘编辑的……然后芃芃也很好奇，问：您是？对方说，我姓仝，你叫我仝主任好啦！你到报社来试试吧！

等到芃芃终于见到了仝，感到此人果然如同他的声音一样可怖。尖耳尖鼻尖嘴尖下巴，面相黢黑黢黑，鼻、嘴、耳全是这种颜色，没有一处红润；头小，发黄，夹眼皮，目光凶狠逼人。见面劈头一句："你就是那个所谓诗人芃芃吗？"

"我是芃芃。"

"听说你出过书？"

"……"

"出过书也没什么稀奇的。我们这里的编辑出过书的人多的是，但我要敬告你一句：这里不要诗，不要诗人，不要文学。这里要的是新闻，新闻，新闻，懂吗？"

"知道了。"

"——你以前是干什么的？"

"教书。"

"写过新闻吗？"

"写过一些，不多，但我编过报纸。"

"什么报？"

"校报。"

"那也叫报纸？——我问你，你编过走市场的报纸吗？"

"没有。"

"那——怎么行！一个从来没有编过走市场报纸的人，一下子怎么能够胜任这个岗位的工作呢？"停了一会儿，又说，"我们的报纸现在所处的位置知道吗？"

"……"

"我报目前是本市八大强势媒体之一，它要求编辑、记者必须个个都是精兵强将。作为一个媒体编辑必须熟悉新闻业务，懂得新闻的特点，要有策划意识、卖点意识、全局意识，要做到月月有策划，天天有目标。这样才能有效地指导记者采访，圆满地完成报社交给的采访任务……可是你却是一个从未做过走市场媒体编辑工作的新手，一切都还是空白这怎么行呢？我们的报纸没有那么多的时间让你来实习实习实习啦！唉——实在叫人为难！”

仝元一番话，像寒冬里泼来的一瓢冷水，把一个全直冒热气的艽艽从头到脚地泼凉了，他最后这句话的弦外之音还用猜吗？

“仝主任，不行就算了，我对到这个报社来本来也没抱多大的希望，只是沈总他……”

“好了好了好了……不说了我都知道了……既然是沈总他推荐过来的，你就试试吧。我这里有一张试卷，你先做一做。你就坐在我对面的这张桌上。”仝元一抬手腕，“已快五点了，我要去开编前会了，你做完试卷就放在我桌上。”

没想到说是通知上班，却变成了做试卷。那卷子的题型也无非是选择题、判断题、连线、名词解释、改错、改文章、给出材料写新闻，如此而已。最后是作文，要求谈自己对编辑工作的认识。艽艽喜欢写作文，就先将作文写了，艽艽的作文命题是“浅谈对编辑工作的认识——我的编辑观”。令艽艽深感头痛的有两道题：第一道题填空，第二道题连线。填空题：《湎海晨报》前身是________报，创办于_______年，________停刊，_______复刊；连线题：左边一组是峇省地州的名称，右边一组是峇省县市名称。答题者必须对峇省政区分布十分熟悉，才能稳操胜券，否则，答题将一定失败。

做完这张试卷，天就黑了。人就像麻雀子吃酒糟——晕头甩脑。心想：完了完了完了，早知如此，何必当初。走时仝元说了些什么也不怎么记得了，只是觉得晕头甩脑。

“试试，试试，试个屁！”

这是他走在大街上说的一句话。报社原来在艽艽的印象中像一只玻璃器皿，它是透明的，清亮的，而且闪烁着一种奇异的光泽，可是经由仝元这一搅和，感觉这只玻璃器皿全混了，信念没了，他甚至想到离开这里……

第二天.

第二天的太阳升起来了。当太阳把朙城的大街小巷、高高低低的建筑物全照亮的时候，他的信心就来了，人就这样，一见太阳，一见春和景明，信心就来了。管你结果怎样他决定先放松一下再说。他想去游湎海。游湎海是他心仪已久的事。早在家乡他就从卷帙浩繁的关于湎的神神秘秘的传说中，先验地形而上地深入到了臆想中的湎海了。湎海在艽艽心中一直占据着一个十分重要的位置，在芃芃想象中洄海黝黑而盛大……据说洄海里有一只老鳖，当然也只是传说，因为据言它非常庞大，没有人真正地见到过它，正因为没有见过它，都只是从爷爷的爷爷或姥姥的姥姥或民间的民间一代接一代地听传说，或从书的书中见到，在洄海是有这么一只老鳖，虽说谁也没有真正地见过它，然而谁都不否认它的存在，有时刮来一阵风，有时吹来一朵乌云，有时舺城罩上一团雾，有时大街小巷光影晃荡，人们便会想象它的到来及它的形象。芃芃就是冲着这种神秘味去的，究竟芃芃去洄海看见了些什么，听到了什么，想了些什么，不得而知。

从洄海回来，已是下午三时许，报社电话来了，依旧是仝，依旧是那心惊肉跳的声音。仝嘱咐芃芃立即赶到报社。到了报社，仝说：

“好啦，从今天起你就正式上班了，不准迟到早退。”

“我已干了四个月了，什么时候转正，仝主任？”

“你就跟对面的郭编辑郭桦学做都市新闻吧！”

“可是我只能改错别字和语病。”

“这是报社的规矩，二十八不准，你拿去学学吧！”

“报社有老编辑不准实习编辑学新闻这一不准吗？”

芃芃坐在一张乳白色的桌子前，对面果然出来了郭编辑郭桦。郭桦眼睛很细面带笑容，芃芃惶恐的心便安定了一些。但郭桦年纪很轻，使芃芃自觉很沉重，并生出一种红日西沉、身体腐朽的感慨。郭桦虽然年轻温和，但唬起记者来一点也不马虎。

“徐伯金，你过来！”

徐伯金（徐大山人）正在编辑中心对面的记者综合办公室打电话，与电话另一头的一个陌生女人永无休止地讨论土豆的多种吃法，老黄瓜如何美容，老母猪蹄熬膏如何去皱纹，但一听到郭桦的喊叫，放下电话就屁颠屁颠地跑过来了。

“郭桦老师，您好！”

“你这‘午夜快车’是怎么跑的？——昨晚十一时三十分在南窑火车站，也许是翠湖公园，本报摄影记者邹鹏……有这样叙述的吗？‘在南窑火车站，也许是……’”

“是邹鹏这样说的，他说许大山人，今天就撞鬼了，真的撞鬼了！一件事把我弄迷糊了。今晚发生的这件事我无法清楚地辨析了，我清清楚楚地记得一名衣冠楚楚的披着长发的青年男子从一片桉树丛中对我走来，堂而皇之地偷吃我放在包里的葱脆饼干，他当时走来的情景就像是取自己的东西一样坦然，毫无顾忌。我反而被他那种纯洁的情景弄傻眼了。这事件是清清楚楚明明白白的，这地点也是清清楚楚明明白白的，这时间也是清清楚楚明明白白的。但总觉得这晚的时钟捉弄了我，它没有走。它老是指向十一时三十分没有动。由于时间一样，事件一样，我就起蒙了，我总觉得一件事好像是另一件事的重复延伸，或者说一件事是对另一件事的回忆。这是在我的记者生涯中从没有过的事。真的，从未有过！这件事把我给弄迷糊了。邹鹏就是这样说的。”

“你写的是邹鹏正在执行公务吗？”

“对！并且这个偷吃葱脆饼干的是我们报社的人。”

“谁？”

“不能说，这是做新闻记者道德所不许的。”

“乱弹琴！高级乱弹！！难道邹鹏会在同一晚上的十一时三十分身处两地不成？你对此做何解释？这难道也是做新闻记者的道德规范吗？”

“问题就出在这里。”

“乱弹琴！高级乱弹！！去去去去，去核实清楚，新闻不能弄出迷宫来，读者也不可能跟你猜谜语。去！只能使用一个地点。不然，明天审下来，这钱可要扣你的啰！”

“是是是是……”徐大山人便像小鸡啄米似的下去了。

“王培崇，你过来！”

王培崇立马跑了过来，低着头，弓着腰，眼睛一眨不眨地盯着自己的稿子，心跳得都快蹦了出来。

“郭老师，您找我？”

“是啊，你的这条新闻我看了，那青年在蔡家营宣读自己的什么？”

“大、大概是一个《绝望的陈述》吧。”

“大概？这是从一个新闻记者口里应该说出的话吗？新闻没有大概，究竟是什么？”

“《绝望的陈述》。”

“写的是某青年在蔡家营疯狂地宣读自己的《绝望的陈述》，引来众多围观者，堵塞交通达一小时之久，是吧？”

“是是……”

“就这么简单的一件事，你写得那么复杂干什么？哪里有这么多恻隐，哪里有这么多分析？王培崇，你也是一名老记了，怎么一点也没有长进，新闻有这种写法的吗？”

“没有没有！是我手痒，手痒……”

“你这手可不能老痒啊，老痒恐怕就要安排你‘休养’了，你愿意‘休养’吗？”

“郭老师，您可要手下留情啊！千万不要跟我们的主任说！”

“可你老不长记性！王培崇啊，你写新闻一定要记住：少描写，少分析，少评价和议论。这样会出问题的，知道吗？”

“哎哎！”

“拿去吧！多余的文字我已给你删了，重誊一遍交过来再看看。”

“哎哎！”

王培崇下去了。

“杨志国，你过来！”

杨志国刚从抚仙湖回来，桌上摆放着一只钢盔，几粒长长的重机枪子弹。手里提着一把战刀，正在跟围观的记者表演鬼子进村。显然他这把战刀还有钢盔、机枪子弹都是从抚仙湖带回来的。一听郭桦叫他，吓得“当——”的一声，刀掉地下了。

“郭老师，您叫我？”

“杨志国，去了抚仙湖一趟收获可不小嘛！”

“哎哎！”

“把你那把战刀拿来看看？”

“好好！”

杨志国立刻从地上拾起那把战刀。

“这战刀……”

“这战刀……您喜欢？”

“不！只是看看，放在这里吧！一会儿还你。”

“不用，不用了……”

芃芃亲眼看见了郭桦的做派，并没有佩服得五体投地，却感到呕，一种肉麻……不用说，这是郭桦在暗示自己，向徐大山人、王培崇、杨志国们学习，俯首称臣，恭恭敬敬地称这个比自己的年龄还小的郭桦为老师。但芃芃口却一直拗着，“老师”这个词始终没有蹦出来。就这么一点狗屁东西一看就会，有必要吗？

“芃芃，这里有几篇稿子，你给看一下，只改别字和病句，别的不动。我要去开编前会了。”

今天（四月十日）见到工条，很兴奋。虽然微不足道，但芃芃感到很满足，这是他进报社以来第一次领薪，虽然只有一百四十五元，但毕竟只干了六天，而且只是改改错别字和病句（最后也校对），但毕竟所有稿件的处理、命题、组版等工作都是郭桦干的，自己只在后面署署名。虽然每晚都要跟着熬到凌晨一时至二时，初次干，不适应，受不了，眼睛充血，脑袋鸣响，但是六天能领到一百四十五元就很满足，就觉得这晚上眼睛充血脑袋鸣响是应该的。一百四十五元虽然不多，但这意味着报社对自己所付出的代价的承认。现在虽然不多，等到转正了就自然会多起来的。李菡就是这么说的。而且白天的时候可以自己支配，逛街、上书城、写小说。相比之下报社比教书好，人自由。教书不仅白天要上课、坐班，晚上还要写教案批改作业、试卷，有时晚上也要上课。这里白天不要上课。比较起来，还是报纸好，报社就像芃芃的天堂，值得干，而且应该更加积极主动地投入到工作中去。

由于脑子一发热，第二天芃芃迅速地草拟了一份他早就想拟的《关于拓展〈涵海晨报〉文化版块的几点意见》，并且有些自负地带到了报社。这天，报社总编牛光正好有事找仝元来到编辑中心。并且就立在芃芃的办公桌附近与仝元小声地说着什么。他极有耐心地等待着，等到牛光谈完话正要转身离开的时候他叫住了牛光。

“牛、牛总，我是实习编辑芃芃。”

“噢，你好！你有事吗？”

“牛总，我草拟了一份《关于拓展〈涵海晨报〉文化版块的几点意见》，请您过目！”

牛光陌生地看了芃芃几眼，接过他手里的几张稿纸，翻了翻，又轻轻地放在桌上。

“这个嘛，一直在我们的计划和考虑之中，只是目前市场还不够成熟，不能像《南方周末》那样做。”说完，牛光就走了。

芃芃一阵痉挛，从来没有过的。仿佛遇到了寒流。现在他的胃开始痉挛，他感到饿了，可是，他唯一的一张餐票被洗碎了。芃芃决定到下面的街上用现钱买碗面充饥。

芃芃掏了两元钱吃了一碗吃了半天也不见肉馅儿的馄饨，然后慢腾腾地沿着楼梯走上来，然后颓唐地坐在自己的办公桌前。他没有乘电梯，电梯太快，一下子就完了，走着上楼梯很好，走着上楼梯慢，他不需要快，他没有那多事，他有的是时间。他就这样慢腾腾地上楼梯，慢腾腾地坐在自己的办公桌前等版，编辑都这样，都等版。今天做几版，明天做几版，做什么版，做多大的版，版上的内容具体是什么，编辑并不十分清楚，这要根据记者的稿子和广告来决定。不过大多编辑都不必惊慌，因为他们大都有自己所在的栏目，就像他们都有自己的自留地和水沟，鱼是要来的，只是个时间问题。他们只需握紧鱼篓，守住水沟，鱼最终就被迎进鱼篓里来了，不存在着“无”，只有多和少的问题。然而，芃芃的等待是渺茫的、空无的、心惊肉跳的，他就像坐在空气中，坐在云朵上一样虚幻，不自在。他没有自己的可以自鸣得意的自留地和水沟。他虽说有“菁菁校园”“情感时空”“每周闲情”“特稿连载”等许多栏目，但这些都形同虚设。他像一个梦想仓廪的穷孩子他梦想着粮食梦想着白米饭……他经常幻想转正的那一天，幻想过天天有版做、日日有进步、月月有高薪，……他经常通过想象虚构自己的鱼，通过虚构抚摸它们，他能想出它们闪闪的鱼鳞，浓烈的气味，想象它们自由自在地飞，飞，飞……可是后来就破了，它们最后就像气泡一样一尾尾爆炸了，炸成了碎片，炸成了粉末，炸成了什么都不是，回归到了先前什么也没有的状态，就像大年三十卖火柴的小女孩，火柴熄灭后回到寒冷的街角的小女孩。

现在，他坐在那里，慢性自杀地坐在那里，他庄重地等待那个时刻的到来……也不知坐了多久，编前会也没有去开，吃饭的叫声也没有听到（李菡叫他吃饭）。他就这样一直坐到会开完，饭吃完，蔡晓昱抱着一大摞碗从身边一晃而过……终于，仝元拿着一张单子走来了，他开始宣布版面（芃芃开始紧张）：王斌三个国际（非常时期），向阳平两个国内要闻，查文宇两个都市，左健三个体育，蔡晓昱半个娱乐、半个周末红娘，王雁两个餐饮，韦颖一个天天财富，郦茹一个财经，王者也半个城市热线……曾福跟王斌做国际，倪东跟向阳平做国内，郭桦跟查文宇做都市，仇伦跟左健做体育……

芃芃一直紧张地沮丧地听着，听着谁做什么版，又听着谁跟谁做版，却始终没有听出自己的名字来，好像仝元好像报社永远把自己忘记了，就像当初根本就没有招聘他一样（或者说招聘他就是为了折磨他，让他忍受虚无的磨难）。他不服！他径直去找仝元。

“仝……仝主任”，他心跳得要命，“你忘，忘了我……我……我今天做什么？”

“哦——忘了告诉你，‘菁菁校园’被老总砍了。”

“为什么？！”

“没做好，老总不满意。”

“只做了两期，就定论做不好吗？”

“不是两期，一期就可看出，是不是做编辑的料。哦，听说‘情感时空’和‘每周闲情’也要砍掉……好吧，今天没有你的事了，你可以回去休息了。”一个“不是……料”，一个“听说”，一个“回去……”，就这么简单，清清楚楚明明白白，看似做游戏，看似时间的一瞬，但却是真的。真真实实的现实，没有就是没有，没有就等于零，零就等于没有钱，没有吃的喝的，没有就等于喝西北风，没有到时就变成了“有”，就好像虚并不等于虚无就是有一样，你就真真切切地感到了虚的存在虚的恐惧……芃芃颓唐地坐在座位上，他感到自己成了一堆狗屎，一堆垃圾。心里焦躁，慌乱得要命。这究竟是怎么回事呢，老总真的这么看，认为自己不行？……而国际版的王斌开始优美地吹口哨了，蔡晓昱则拿出了水蜜桃——这是她的保留节目，查文宇则踱到仝元跟前耳语着什么，郭桦又开始大呼小叫了：“×××，你过来！”一会儿，所有的声音都静下来，编辑们开始全面处理稿件……芃芃越来越不安，越来越坐不住。他清楚地知道回去休息是不可能的，因为没有工作的休息就等于没有休息；丧失了工作的时间就等于丧失了休息时间。所以他不想马上就回去，但坐下来肯定是要出问题，所以他选择离开座位，在各编辑的办公桌之间慢慢地走着，边走边看他们处理稿件，有时他也停在某位编辑的身旁定定地看着别人做。他想这一可以增长一点见识，其次或许某位编辑动了恻隐之心，同情他也可以分给他一部分工作，哪怕是很小很小的一部分，就像过去帮郭桦改改错别字和病句那样。自从分到副刊版，他已很久没有改错别字了。其实那改错别字和病句的日子现在想来是甜蜜的，因为毕竟有工作可做啊。但现在没有，人们见了他就像见了苍蝇见了一堆狗屎一样，那眼里全是侮蔑、鄙视的目光。蔡晓昱见了他瞪了一眼之后，干脆把背转过来对着他（这女人本来生了一对很好看的双眼皮，但瞪起人来却是那样的寒冷）。这骚婆娘！芃芃想一个男人被这种贱坯子女人瞪是很不值得的。他曾央求做国内的倪东：“倪东，向阳平今天休息，你一人要做两个版，我可以帮你分担一部分工作吗？”没等倪东回话，芃芃接着又说，“版上可以不放我的名字。”版上不放名字，就等于白做，给倪东尽义务。可是，就是这种低三下四到给人白干、尽义务的事，也不给，也得有人的恻隐和同情。一向说话慢条斯理的倪东用同样慢条斯理的语气，客客气气地回绝了他：

“向阳平昨天走时说‘不用了’。”

这是一句狡黠不出门的话，最愚笨的话！话刚一出，就能被人识破。向阳平昨天走时说“不用了”吗？难道向阳平走时就算计出芃芃必然无版，必然无版也就必然要向倪东讨版做？愚蠢！简直愚蠢到了极点！倪东说完这句话，以为很高明，有点扬扬自得，他在等待效果，可是好一会儿没有等到回音。芃芃木头似的坐回了原位，就像从来没有走出他的座位那样，一直就木头地坐在那里。倪东似乎自觉没趣，为了平衡一下自己，没趣找趣地说：

“芃芃啊，你老这个样子也不是个事儿，你应该尽快向老总申请调版，请整到新闻版上来……”

芃芃依旧像木头一样坐着，就像从来不存在倪东这人一样。不，不仅仅是不存在倪东，编辑中心的所有人都不存在，他就那样木头一样坐着。或者说他一直在全神贯注地读书。因为在他的面前始终摆放着一本书，这本书是两个美国人合著的，书名叫《现代媒体编辑技巧》，书的开口向上，从打开的书页来看，书已翻到一百零一页，并且书上做了很多笔记，其中在第一百零一页上有一句话特别用红笔做了记号：“视觉冲击中心在一瞥之中吸引读者的视觉注意。”不知是什么原因，芃芃始终盯着这一页，盯着这一句话，他的目光仿佛变成了两颗钉子，两颗透过书页、透过书的背脊、透到书桌的木质里面去的钉子。锈在木头里了。所以头像固定在那里了一样，已然无法抬起来了。

据悉：西班牙有一批蝴蝶越过大西洋，到墨西哥某森林去过冬，结果冻死5亿多。原因是，过度砍伐森林，这里的气温下降。

——摘自某报一则消息

芃芃感到身体寒冷。乌居尔大厦寒冷。朔都夜市寒冷。新闻路寒冷。芃芃的人像感染了一场寒病一场流行的疟疾。

现在，芃芃的影子出现在乌居尔大厦的大门前，他看见那个咬肌发达的人还在推销“四笑”牙刷。一种叶子羽状、树冠高耸入云的乔木，一株接一株密植在新闻路两旁。乌居尔大厦往左紧邻冰冻水果城和朔都夜市。冰冻水果城在距新闻路五十米的里面。门前有一个头发很长、穿着整洁的青年人在宣读着什么，在他周围聚了很多人。水果城里像正在举行一场歌舞晚会。不时有靡靡之音从里面传出。朔都夜市紧靠新闻路，对面是韩国铁板烧店。红灯绿灯以及各种彩灯早就不知在什么时候神秘地亮了起来。新闻路旁悄然地停满了各式小车。露天大吧厅的椅子早已停满了追求浪漫情调的女士和先生们。人们品着风味各异、颜色深浅不一的各种葡萄酒和冰冻冷饮，吃着一小碟一小碟果仁、果脯、茶香瓜籽、兰花瓜子、西瓜籽、带肉香的松子和各种甜食。灯光柔和、幽亮、暧昧，蓝蓝的像蓝色甜葡萄酒的色调，吧厅像蓝颜色的港湾，幽邃、神秘，适合人们做各种肢体动作，情侣们搀着扶着依着偎着吻着吮着啃着咬着逗打着翻转着……一个人在厅台一角歌唱，在架子鼓、铜管、萨克斯等乐器的伴奏下歌唱。人如潮涌。人在一拨一拨地来，一拨一拨地出，来来往往川流不息……但这里的地上、墙上、器具上、人们的身上都很干净，一切都像刚刚出厂的产品一样，干净，没有灰，仿佛这座城市低碳从来不生灰，不产生二恶英不产生对人体有害的废物，仿佛这里的树木也从来就不凋叶。凋，也像没凋，就像砍过的月桂一样，砍了又长，叶子替换的速度太快了。

芃芃走过大吧厅，不！不是走过，是飘过，他飘过这个大吧厅，又飘过一间酒吧、一间发屋、一间茶店、一间工艺店、一间花店，都很干净，并且店员们都很有礼貌很热情很好客，只要你稍微偏一偏头，或对糕点和其他食品看上哪怕只有一秒钟，也许你根本就无意看食品你是在看你心中的形象，想你的心事；也许你不是想心事，你只是对这些店员的一模一样的金灿灿的笑容和举止，对他们的民族服装好奇，但你的这一不经意的举动便立即引起他们的反应，他们马上会走过来说：“先生，您想要点什么？”或者“小姐，您要花吗？您看这里品种很多，康乃馨、波斯菊、月月红、水仙花……您想要哪一种，您……”而芃芃其实心不在焉，他并不是刚下飞机刚下火车刚下大巴的旅客，他是这里的常客。他对这里，对这里的“这些”已到了熟视无睹的程度了。他之在这里走动主要是为了打发他的最苦闷最难受最落寞最潦倒最伤痛的时刻。他经常无版经常是这种若无其事的日子。他现在肚子饿了，他要找一家便宜的食府，也不是什么食府，就是一个简易的小饭铺，来敷衍一下他的胃。他这样绅士这样文化人这样形状潇洒地走只不过是为了装装样子，为了一个知识人的那点虚荣，为了掩饰自己内心的崩溃和虚弱，哪怕在这最最困难的时刻他也不忘记这点。所以他对他们的热情也回之以礼貌的点头，当然也只是礼貌的，没有实质性的举动。所以，当芃芃在一家茶吧的塑料椅子上坐下时，立刻有一个青年男子走过来对他说："先生，如果您不喝茶的话，请您不要坐在这里。"在一家民族服饰店芃芃遇到了相同的情景，当他在一只彩釉瓷礅上坐下时，一位穿着蓝色工作服的小姐走过来对他说："先生，如果您对本店的商品没有特别需求的话，就请您把这个位置让出来一下！"芃芃立刻像烫着了屁股似的站起来，回头望了一眼这位小姐，他望见了一双美丽而满是鄙夷的眼睛（他想起了愚蠢的蔡晓昱）。芃芃没想到这些几乎天天见面、天天笑容可掬、和蔼可亲的他们（她们），如此青春焕发的他们（她们），态度却像他们（她们）背后的白墙壁，比白墙更加冰冷，没想到他们（她们）沉天站在这天上地下、四周都是商品的房子中间，商品和这个城市早已从他们（她们）的内部把他们（她们）给改变了，变成了一群比畜生都不如的另一种"人"，一点人的人味人的淳朴也没有，不像这高原人的禀性。他们（她们）把人的淳朴和纯情的禀性丧失在了这个城市的最精致的部位。芃芃再一次确确实实地领教到了异化和城市的可怕……然而，芃芃饿了，他听到了肚里有一种退水的声音，大浪拍岸，崩溃，连片的崩溃。豆腐毕竟是水货，馒头毕竟没有多少油分子。虽然下午的一餐是在靠近四时吃的，但毕竟已过去三个多小时了，三个多小时，早化瓤了，一种稀软、一种荒凉、一种陌途无归人、时时见废墟之感油然而生，眼睛、毛孔、头皮都在向里陷，或有鬼魅在用一根无形的钢纤丝向里牵扯或用一根细细的钢筋扦子在往外掏……

不行不行，得去找点吃的！

推开401的房门已是夜里九时，一股耳屎臭扑面而来，那是一种搅和着耳屎、药水味及腐肉脓血腥味的耳臭。芃芃看见记者徐大山人拿着一瓶"复方医用双氧水"，正在用棉签擦洗他的耳朵。一双脚泡在一只浅蓝色的盆子里，见芃芃这么早就回来，便问："今天你又没有做版，啊？……"徐大山人的嘴巴又张大了，准备接收芃芃发送过来的信号。

芃芃没有回答，只是默默地看着徐大山人擦耳朵，看他擦完又看他把棉签扔在床下，然后又从袋里抽出一只洁净的棉签，然后又看徐大山人把脚从盆子里抽出来，芃芃看见他那脚上的水珠儿一颗撞着一颗向下滴落，接着他就把脚装进一双皮鞋里。

“我早，早就跟你说了，你只，只要请仝元吃上一顿饭，就一顿饭，知道吗？或是给他送一瓶好酒，就搞定了！他是个酒，酒鬼！见了酒就好，好说话多，多了，包你版也有做的，正也可以早转。”

其时，芃芃也曾动过这个念头，但只是一闪，却拗住了。现在他只是无力地看了徐大山人一眼就进了自己寝室。虽然他在街吃了一碗馄饨，但是依然很饿，很无力。没有洗他就爬上床，蒙上了被子。

睡觉真好！

睡了可以什么都不必管，什么也不必急于考虑，蒙上被子就是一个世界，跟死了一样。死是怎么回事……死是不是也跟睡觉一样，如是的话，我真愿意去死，死了才好……可是我现在明明没有死，我的意识在动，波动，我在想亲人，想我的孩子，她现在在干什么……我现在是最困难的时候，最好不要出问题，最好不要……

时间已近午夜十二时，芃芃正在紧张地做版，刚好今天有版做，忽然有人拉了他一下：“你的电话。”芃芃只得很不情愿地放下手头的工作去接电话，他刚拿起还在桌上晃动的听筒，对方的声音就传过来了：“是芃芃吗？”

“是啊，你是？”

“我是田禾啊！”

“哦，你好你好！很久不见了，好想你！现在情况怎么样？”田禾是跟芃芃一起在家办过校刊的老师，很热情的一个人，芃芃跟他关系一直不错。记得自己的女儿要上城关中学，分不够，当初还是他帮的忙。

“还能怎么样，还不是依然旧景，上课下课下课上课，办公室教室寝室、寝室教室办公室。工资发不出照样发不出，一百五十元菜金不能兑现的照样不能兑现，当官的那帮人上馆子还不照样上馆子，该吃的吃该拿的拿？学校都吃成一个空洞了！”

“就没有人告他们吗？”

“告？告也白告？前天他们还到县政府告坐了，告也就告了，白告。一个当官的出来说，你们不要受少数人的挑拨，不要闹嘛！这样闹对你们谁也没有好处。要谈，你们派代表来谈嘛。你们要相信党相信人民政府。回去吧，回去！大家都回去！这个问题一定会得到解决的。结果人一走，事情一了结，也就一了百了了，什么也没解决。”

“你们到市政府告了吗？看他们管不管！舍不得孩子打不死狼。人做事就是要有决心。”

“都是些卵袋皮！”

“哎——什么时候到郧城来玩嘛！老待在家也不是个味！”

“谢谢，谢谢！”田禾说，“芃芃啊，我今天给你来电话是要告诉你一件事，你听了之后千万要冷静，不要生气。”一听“千万要冷静，不要生气”，芃芃就紧张了，头大起来，但还是平和地说：“田禾，你说吧，我不生气。”

“是这样，你女儿芃茹茹被城关中学开除了。”

“开除了？为什么？！她不是读得好好的吗？”

“原因是经常上网，搞网恋。最近一次上网，她因手头紧张，偷了一同上网的另一个中年妇女的小坤包。这妇人抓住了她，说自己包里的一枚戒指和八百多元现金丢了。并硬把她扭送到了学校。事情弄到这种地步，学校就做出了开除的决定。要求家长迅速去领人，并赔偿别人的现金和戒指，否则将用专车送回原校。”

“胡闹！简直是胡闹！难道学校就没有一点责任吗？怎么就没有做一下调查，听任别人的指控，别人说黑就黑说白就白呢？”

“不知道。”

“学校是教育人的场所，怎么动不动就处分，动不动就开除，动不动就用这种最简单最粗暴最下流的办法呢？！”

“不知道。”

“我女儿就没有为自己辩护吗？她原来是多么天真、多么纯洁的一个人！怎么会一下子污黑到这种地步？——不可能！这绝不可能！！”

“校方到处在联系你联系不上才最后想到我，把电话拨到了我的家里，他们要求你立刻回来，去接人，否则将马上用专车送回来。”

“混账！！！”芃芃的脸全白了，口喷白沫。他已又气又羞又恼，像一头关在笼子里的困兽，他要把笼子撕碎，把所有的人咬死……

“你还是要去接她啊！你们做父母的长期在外，远离了她，让她一人孤苦地留在家里，她本来就无依无靠的，在这种时候，你们不去接她，万一这孩子有个三长两短，那可怎么办？到时悔都悔不转来了。”

“是的是的，我会想办法的小田，谢谢你告诉我。”

接完电话，芃芃回到座位上，电话机依旧像原来那样黑气沉沉地摆放在那里，摆在那油光锃亮的桌上，一切都好像从来没有发生过的，左看右看还是原来那个样子，然而就在这编辑中心，就这部电话机，就这根电线，就这把听筒，就这些简单的摆设，改变着芃芃的心态，一切都像一场游戏，一切都像虚拟的，但却千真万确地发生了，不管你好笑也好，羞愧也好，愤怒撞墙也好，肺泡气炸也好，事实就是事实，事实一点也不讲情面，事实就严酷在那里存在，硬硬地在那里发生了。已经搅动了芃芃的血液，已经搅浑了芃芃的头，已经叫芃芃喊疼了，已经叫芃芃的头发开始发炸了。他已经看见，明明白白地看见了自己的女儿茹茹把头垂了下来，垂了下去。他感到她周遭很黑，很黑很黑，没有亮光，一点也没有，她被眼前目瞪口呆的事实重压着，她被关进了一间黑屋子，门被一把锁锁上了，她与世隔绝了，她周围没有亲人，一个亲人也没有，她周围只有陌生人，这些陌生人在嘿嘿嘿嘿嘿嘿嘿嘿嘿嘿地笑。她不得出去，不得以任何方式与外界的任何人接触，她不得上厕所，不得喝水和吃饭，不得像正常的人一样生活，她就这样被关在了黑屋子、黑屋子、黑屋子、黑屋子……啊，我的女儿！你等着，还有爸爸，爸爸，爸爸没有死，爸爸一定为你想办法，啊？听见了吗？……

那晚，他的版也不知怎么组的，反正他的心乱极了，像针扎，像刀捅……

一夜无眠。

天一亮，芃芃揉着红肿的眼睛接通了姐姐的电话，嘱咐她务必请在当地司法局工作的大外甥去处理好这个事，把事情摆平弄清楚。钱不用愁，我会汇过来的。孩子可在本校读书，本校虽说教学质量差一点，但本校毕竟是本校，何况我是本校的员工。我相信他们一定是欢迎的，——茹茹到本校读书的事可由田禾老师去办理，我跟他联系。

快十二点了（差五分），芃芃还在床上写小说，右边的叫卖声突然高了起来：“甜妹揪——”芃芃知道又是那个卖甜米酒的姑娘：个子矮矮的，腰没有

她就这样被关在了黑屋子、黑屋子、黑屋子、黑屋子……

颈子也没有，浑圆的屁股，浑圆的肩膀，拖着两条长长的发辫，一根乌亮的扁担挑着一对黑釉小瓷缸，那缸里盖得严严实实的正是她嘴里叫卖的“甜妹揪”（即甜米酒）。芃芃忽然想起今天下午两点报社要开员工大会，他还有一张餐票，决定到报社去吃中饭，打打牙祭。小说写不下去了。芃芃干脆去洗衣，尚有一条灯芯绒裤未洗，洗完裤子再去报社也不迟。他便去洗衣。等洗完灯芯绒裤子芃芃忽然想起那唯一的一张餐票就在那灯芯绒裤兜里的，坏了坏了，只怕给洗烂了。芃芃连忙伸手去掏，果然洗烂了，成了一小坨渣滓。芃芃小心翼翼地把它放在手心里，专注地看着纸渣，他内心里清楚这纸渣其实并不是纸渣，是米饭和肉食……

“喂，是田禾吗？我是芃芃，我女儿芃茹茹已接回来了，我想就把她放在本校读书。你看到学校报名应该找哪一个？”

“现在学校高一年级是甘波负责，他是年级主任，同时又是重点班的班主任，找他就行了。”

“我想请你代劳，你的人缘好，各方面关系都处理得不错，你给帮忙办一下吧！就放在甘波的班上。回来一定谢你！”

“行！我去办！会将茹茹安排好的。”

“你看这学期已去了三分之一，现在学费还会收开学时的那个价吗？”

“我们学校你还不知道吗？一直收费很低，最高九八百，六百、五百，甚至四百都收过。你的茹茹充其量五百元学费就够了。”

“多点也没事，只要她安心读书。”

“我跟你说，能少则少，他们一万两万都吞得下去，交多了情没有谊没有。你以为他们会领你的情？——你出去了，他们恨着你呢，说你不务正业……”

“唉唉，他们该不会在孩子的问题上卡我的壳吧？”

“不会不会！吃屎的才这样做呢。你女儿在本校读书，把钱交给本校，这是好事呀！难道学校怕钱？再说学校本来就在打起灯笼火把到处找生源，现在生源送上门来，而且是上城关中学的学生，他们还把生源赶到外面去不成？”

“我想也是，应该不会，再毒，也不会毒到这步！”

芃芃申请转正的书面材料早就送上去了，至今快满四月了，却一点音讯也没有。新闻基本不让沾边（仅跟郭桦当了一星期改字师傅。——芃芃语），接着干副刊，而副刊却一路砍版砍版砍版砍版砍版……业务能力无长进，工资仅够在㴋都活命……

芃芃感到非常蹊跷……自己初来乍到，与同事们都是新型关系，没招谁，没惹谁，凭什么别人有版做，自己没有……他感到报社有一团乌云，想遮蔽他，说不清它的方向、范围，但他常常感到它的存在，它包围着自己，笼罩着自己，妨碍了自己的手脚，阻挠了自己的行动，影响了自己的情绪，云气正在逐渐扩大，弥布于天空，使整个报社都笼罩在它的晦暗之中。

——为什么要砍掉副刊，副刊就真的那么无用吗？难道砍掉了副刊就是对报社最大的维护，对新闻对读者最大的尊重吗？既然副刊要随意砍掉，那么当初设置副刊编辑的意义何在？副刊编辑的劳动何在？为什么要让一个新招聘的“晨报”的员工，一天天地闲着，不让他“在工作中磨炼、成长、成熟，尽快地把自己融合到我们新闻工作中来”（庄总语）呢？又，这申请转正未批（“你对新闻缺少敏感性”——仝元语），申请调版（芃芃曾申请从副刊版调到新闻版）没有回音，莫非这都是仝元一人所为？他一人哪有这么大的权力？莫非这仝元非要我这个千里迢迢的外乡人给他“孝敬”点什么才肯写出好的鉴定决意我转正吗？可是，这，这一晃四个月马上就要过去了，自己的收入就是糊口都已十分困难又哪来的银子来做这种自己极不情愿打点的事呢……走到了这一步，现在甭说行贿，就是转一个地方换一个环境或者干脆回家都非常困难了……这些问题以及这些问题所涉及的后果不想不打紧，越想越恐惧……每当芃芃一个人形影相吊地走在光亮的大街上，空空地转悠时，它们便像饥饿的秃鹫一样在芃芃的头顶呱呱呱呱呱呱呱呱呱地叫着盘桓，它们嘶鸣着、争斗着、撕扯着，搅得翎羽满天飞舞。它们似乎只有啄破芃芃的五脏，吮干芃芃的血，吃光芃芃的肉才肯散罢干休，它们几乎整夜地搅扰着芃芃，使芃芃的灵魂不得安宁。

电话来了。

“谁？”

“我，田禾。”

“哦，你好！”

“这事还真有点蹊跷，告诉你不要烦！”

“你说吧！”

“茹茹被赶出来了。”

“谁？谁干的？”

“你听我跟你说，茹茹的事都已办妥了，甘波讲感情只收了四百元，安排到自己所在的重点班。可是这事杨君知道了，过问了这件事，他是校长，甘波只得将情况对他说。杨君一听非常恼火，他说，艽茹茹的事我早就听说了，我们怎么能收这种学生呢？甘波说了很多好话，没用。杨君把脸一马，说，不行不行不行！别人可以，她不行！不能让她败坏了我们学校的风气。——就这样，硬是把正在上课的茹茹从教室里‘请’了出来，你说，杨君还有一点人性没有？不用说你是学校的教师，对学校曾经有过贡献，退一步说我和甘波现在也是学校的台柱子，总该看点我们的薄面吧，可是他一点情面也不讲，再说你学校生源又不是很多，艽茹茹成绩又不是不行，她要不是在城关出了这么点事她能到这样的学校里来吗？你就是倒给她钱恐怕她也不会来。你说这杨君缺不缺德？”

“狗杂种！老子日他的先人！他怎么可以这样对待一个孩子呢！”

“他可能对你有成见，而且很深。你要不要打他的手机跟他沟通一下？”

“沟通个屁！跟这种比畜生还不如的东西，老子没有什么好跟他沟通的。你放心，我艽艽会有办法的！”

头疼。

瞌睡。

当电梯再一次把艽艽送到二十五楼的高空，他已没有以前曾有过的那种激情和优越感了。他也不想故乡。他内心里真正怀念的是土地和那些现在还守在土地上的庄稼人，他们才值得他怀念（他们活得实在。他们往地里播下种子就生根发芽，锄掉草就被晒死了，收集枯草皮摞在一起压上细土放一把火就变化成了薰土肥——这是多么实在多么纯粹的劳动）。

小会议室，编前会。

庄总庄福炳还在讲话。

庄总说：……做编辑最忌讳的是浮躁……编辑就是足球场的守门员，是最后的一道关（老总的那道关就不算了——芃芃小声嘀咕）。

庄总说：……“真实”的东西不一定能上报纸的版面，“真实”的东西也要从多方面进行推测……是不是侵犯了别人的肖像权、隐私权、注册商标权、著作版权等等，真实性要符合逻辑、时间的顺序……人物的关系……

庄总说：编辑要时刻用“怀疑”的目光对待稿件……对消息来源不甚明确的或需要隐去名称的要使用“据称”，“据消息灵通人士说”，或使用“某人某部门”或“化名”

庄总说：一篇新闻要从政治角度、法律角度、真实角实……来推敲考虑……一个编辑要对稿件的社会效果进行预期推测……

庄总说：一个优秀的编辑必须明确作为一名编辑所必须具备的八大意识：记者意识、报相意识、全局意识……（又对八大意识条分缕析）

庄总说：我多次地对大家说，不要做竖标题（做竖标题有什么不好？——芃芃说），标题最大不能超过十行……

庄总最后说：编辑不允许以任何理由和形式与记者沟通去要吃要喝拿红包……

（以上择自芃芃《咨省笔记》）

起风了。风真大，这风可以吹透人的身体，吹到人的骨髓……

芃芃走出来了。他很饥饿。豆腐脑毕竟是豆腐脑，两泡尿一屙就没事了。现在他急需要找点食物来充饥，于是他向一家面食店走去。

现在开始看新闻，这是编辑的必修课，芃芃看的是“午夜快车”。栏头下打着热线电话：4158998　4158578 本报记者：徐伯金　王培崇。这是一组新闻集纳，放在版面的左边一溜。

宣读“绝命书”堵塞交通

通昨晚 9 时 30 分，一青年男子在新闻路蔡家营宣读“绝命书”。引来众多群众围观，堵塞交通达 1 小时之久。五华区 24 号警务车迅速赶到现场。经了解，青年男子属神经病患者，已送往精神病医院。

两车追尾

昨晚11时许,在西园路与鱼翅路交叉口一辆昌河车撞上了前面一辆尼桑车。尼桑车后保险杆撞裂，后备车厢里一女式自行车被撞。

肚子饿拿饼干被逮

昨晚11时30分，在翠湖公园北路，本报摄影记者邹鹏正在拍摄一组红嘴鸥的镜头，一男大学生因肚子饥饿，堂而皇之地偷吃邹鹏包里的葱脆饼干，被逮了个正着，邹鹏一看是熟人就放了他。

看了三条消息摇摇头，又拿来一张，竟是蓝调子的《都市时报》，在一瞥之中，他看见了一条新闻，题目是：《男人没性趣　女人讨性福》。这条新闻放在头版头条图片新闻的下面。他匆匆地浏览了一下，也就是某打工仔的睾丸被老板打没了，他的女人把老板告上了法庭，要求索赔一万元金额并讨回公道。芃芃觉得内容并没有什么，但题目令人玩味，一下子就能让人记住，并且这个记忆一直保持到他生命的最后一刻……

人们来来往往地在芃芃面前晃动。

蔡晓昱走过去了，抱着一摞碗。

杨志国又过来了，戴着钢盔，提着一把军刀。他刚从抚仙湖回来，一副灰尘仆仆的样子。然而，芃芃不自信眨了眨眼睛，再看，的确是杨志国，咦——他怎么又弄到了一把破军刀呢？

刘卫东来了，剃着一个光头，带着一条小狗，一副怕光的样子，显然曾在黑屋子里待惯了。

余岚来了，带着一个小孩。她是“的哥的姐”版上记者，她一来就问：“芃老师，今天有版吗？”

“要等，等仝主任来了，才知道。”芃芃声音很低。

王斌来了，吹着口哨。

王者也来了，弓着背，像一只大虾公，哼着京剧：“临行喝妈一碗酒，浑身是胆雄赳赳……”不知等了多久，仝元来了。仝元来了不久，“小的们”一声喊，全场肃静，但不知道他今天要发布什么。仝元神情严肃地说：“你们可要听明白，现在国际恐怖活动猖獗，局势动荡不定，我们的版面随时可能调整，大家要有思想准备，并且要有长期打疲劳战的思想准备。从现在起，我们每天都要守到重要新闻到来的一刻，甚至还要迟。王斌的国际版待定，其他版面都只能是临时性的，一声调版，必须无条件服从全局安排。现在的安排是向阳平两个国内，郭桦两个都市（查文宇轮休），左健三个体育，蔡晓昱一个娱乐、半个周末，韦颖两个天天财富，郦茹一个财经，王者也半个城市热线、半个朔城故事……曾福跟王斌做国际，倪东跟向阳平做国内，仇伦跟左健做体育……”

芃芃一直听到最后一个字，也没有听到自己的名字。

乌云。

乌云上来了。从西山口上来，吞没了所有的光。

一幕一幕，一幕接一幕，一幕一幕……

乌云密布。

那也是一个无版的夜晚，芃芃空坐。仝元来了，以一副谈心的样子说：“芃芃啊，你进报社也有了三四个月了，业务上毫无进展，对新闻也缺乏敏感性，我想把你的位置调一下？”

“怎么调整呢？”一向怯懦的芃芃用冷得连自己听了都感到发毛的声音问。

“到信息资源部去怎么样？”

“到信息资源部干什么呢？”

“收集信息呀！”

“那样就可以提高新闻的敏感性？”

“当然啦！那是信息的最前沿，什么信息你都可以最先感受。”

“这是您的意思？”

“我是关心你。”

“不去！我不去！绝对不去!!”芃芃突然有了力量，他用一种果断的言辞有力地并且是不留半点余地地回绝。

“为什么？”

“老总当初聘我是让我做编辑的，不是让我去做信息的……可是进了报社以后，很多时候我没有做版，很多情况下我空坐，很多情况下砍版，这不是我的原因。不是我不做，是有人不让我做。现在说我没有进步，对新闻缺乏敏感性，这个结论下得过早，我无法接受。这个工作没有做出成绩来，又突然调到一个陌生的位置上去工作，换来换去，恐怕更谈不上进步了。再者，做编辑没有敏感性不行，做信息工作没有敏感性恐怕就更不行了……不，我不能去！这样对我的进步更加不利，这样距报社庄总、沈总最初跟我谈话时对我提的要求会更加遥远……我不能去！我要持之以恒地按照报社老总对我提的要求把本职工作做下去……”

一番话，说得仝元哑口无言，自这次谈话以后，仝元再也不对芃芃提调位置的事了。

“喂，是姐夫吗？”

“唉！”

“请你把茹茹送到本县第三中学，我有一个诗人朋友在那里教书，是教英语的，姓符，叫符桥。你找到符桥就好办了。学费七百元，重点班，已说好了。你暂给垫付一下，回来还你。符桥会安排的。好，好，谢谢！”

现在是下午2时，报社正在开员工大会，人们规规矩矩地坐着。庄总庄福炳正在讲话。芃芃从电梯里一出来就径直往黑压压的会场里赶。“芃芃！”谁在叫自己，芃芃回头一看是李菡，李菡递过一把椅子：“坐下快坐下，听会。”芃芃在李菡的对面坐下，说：“我不是来听会的，我是来辞职的。”

“发生了什么事啦？”

“没有发生什么。”

“沈总前不久都表扬你了，说你的意见提得很好，你怎么忽然就打退堂鼓了呢？”

“意见？”

“对呀，你贴在墙上的。”

“你怎么知道是我贴在墙上的？”

“一看就知道是你的手笔，真佩服你！”

“沈总点我的名啦！”

“没有。但他看了，在编前会上特意提到了你的许多观点，并给予了肯定。”

这一刻，芃芃感到李菡特别可爱。他真想抚她一下，抚一下这个奶子鼓得像水袋一样的红脸女人。

庄福炳鼓着一双青蛙眼还在讲话。他讲话的态度很严肃，条条框框很多。

比如他强调的做标题最大不能超过十行，不能做竖标题……比如他反复强调一个新闻工作者一定要牢牢记住做新闻的二十八不准，不准有政治问题、军事问题、国际问题、民族问题、港澳台及海外问题，不准用国家领导人的形象做广告等等等等。最后他再三强调了做一个合格的编辑必须具备八大意识，这是庄福炳多年做编辑呕心沥血的经验之谈，是做编辑的“三字经”，所以他在编辑会上经常唠叨，并把它作为一个题目放在试卷中对每一个编辑进行测试。所以芃芃都已经能够横流倒背了：1.把关意识，2.质量意识，3.策划意识，4.卖点意识，5.读者意识，6.记者意识，7.报相意识，8.全局意识。每一种意识庄福炳都要长长地演绎一番。庄福炳说话老像老奶奶摇纺车，他的一只手不停地摇车轴手柄，另一只手捏着棉絮不厌其烦地放线。眼看听众的头一点点大起来，低下去，可是他的手仍在不停地摇；尽管你盹了一会，以为这下他的话该讲完戏也该收场了，可是睁眼一看，他还意兴未尽，谈锋正健，眼睛（那双青蛙眼）正亮着呢！你弄不懂他究竟要谈到何时才是个了结，你弄不懂他这样反反复复啰啰唆唆唠唠叨叨地谈来谈去的意义和价值何在，不知道他本人想过没有或做过何种设想，他也许想的是谈得越多编辑们的工作就越扎实，谈得越多自己才越放心，谈得越多自己才没白费心思，谈得越多对报社才算尽了心。当然，也许是别有所用。唉，这人！你真弄不懂，琢磨不透。报社员工背地里送他一个外号，叫“庄奶奶”。

沈总沈栗年轻，他那里没有“纺车”，但他也有“棉絮”。沈栗有一个铃铛，他的“棉絮”是用来塞他的铃铛的。芃芃比较愿意看见他拿掉“棉絮”，因为一旦他拿掉“棉絮”打开铃铛，他的那些锦囊妙计便一条接一条地出笼了。比如由他策划的编采“百日战役”，他的“金点沙龙”“剐城十大夜市赚钱安全指南”“十四行当怎样赚钱系列报道” “订户幸运抽奖活动”，报社与“消协”联合评选群众信得过的商场，与旅行社联合开辟的东南亚黄金旅游航线等等等等。他说：“作为一份市民生活报，我认为必须做到两点：一是有用，二是好看。比如让市民懂得怎样赚钱，怎样省钱，怎样用钱开心，怎样把钱用到该用的地方，怎样把最能体现经济事件的矛盾冲突点放大，把经济报道做出悬念来，直观地表现出来……”最后，他满怀信心地说：“……兄弟们，好好干吧！《春城晚报》《都市时报》《沓省信息报》《大众消费报》真的没有什么，我们不跟他们玩，我们要跟全国的大报玩……”

牛总牛光则像一个具有诗人气质的演员，他善于调动沉睡在血液中的情感，沉睡在血液中的集体无意识，他经常说的一句话是：“《涮海晨报》最大的财富就是人才的培养。”（如今这句话，像伟人的语录一样被精心裱过，就挂在报社会议室里）他说他最希望得到的奖赏就是批评——员工对报社的批评，员工对报社领导层的报评。他说：“如果有哪一位员工在会上当面对我进行批评，而且是及时的准确的，我要给这位员工发奖金，当场奖他五百元……”（至今，芃芃尚未看到哪个员工斗胆面对这位赫赫有名的牛总提出过哪怕是一个字的批评，也从来未有见到有哪位幸运的员工得到过这笔奖金。但会散之后，就有人在评报栏写道：五百元，少啦！！！）牛光最喜欢回顾的一件事是“一九九九年二月初，《涮海晨报》刚刚复刊，发行一时上不去，当时的发行量仅七百来份，报社员工整整干了三个月没有领到一分钱的工资，同志们没有钱买牙刷牙膏，女记者连买卫生巾的钱也发生了困难，一个姓鲍的员工说家里只剩下三个土豆了……几个老总一商量，把自己带到朔城的安家费作为工资补发给了大家，才算渡过了年关……几年来我们还印刷费一百五十多万，加其他几项，七七八八还了近五百万元的账……”每每说到此事牛光总是眼眶潮湿，泪光盈盈（这究竟是表彰报社员工呢？还是在做秀自我表现往自己的脸上贴金呢？究竟是在推崇一分汗水一分辛劳一分功呢，还是在推崇艰苦奋斗、无私奉献的价值观呢？莫非这种经常性的泪光盈盈的抒发里隐藏着某种难以启齿的欲望和精打细算吗？这泪水究竟是咸是甜是酸是涩还是苦，是浅还是深？曾经有好长一段时间芃芃犯迷糊）。“……但是，我们熬过来了，在沓省第一轮报业大战中，我们经历了第一次洗牌风暴，许多报纸被淘汰出局，报纸的排名也有所变动。在朔城地区，《涮海晨报》从最小跃居最大，我们的市场份额还在逐日攀升，广告形势也不错，像深圳海王、青岛海尔等几个在中央台做过广告的大品牌也上了我们的报纸，而投放量越来越大……当然，这些可喜的成绩，都是在座的各位（芃芃也成了在座的各位）共同努力的结果，包括走掉的那些同志。那些走掉的同志是出过力的，有过很多贡献的，我从内心里感谢他们，也感谢大家！”接着牛光的话转入谆谆告诫，“……但是，同志们啦！我们的成就感不要来得太快，我们还在爬坡，我们有的同志不注意自己的形象，不顾报社的利益，喝了点酒，就说一些不上台阶的话，喜欢开黄口，自己不努力学习，对事情缺乏认识，妄做判断，妄下结论，捅了不少娄子，惹了不少官司，赔了不少钱，使报社经济蒙受了巨大的损失……说到这里，我要奉劝大家一句，有些事情涉及政界、军界、民族宗教的没有下结论的不要妄加报道，妄加评论，妄加追踪……大家都还记得四川的《蜀报》吧？就因为一个字，就被宣布一次性死亡。记得《蜀报》停刊那天，会议大厅正面条幅上写着‘沉重悼念百年《蜀报》’，下面停放了一只巨大的白花圈，中间是一个‘奠’字，四周也停满了花圈。全体员工都佩戴黑色袖章，对着《蜀报》默哀三分钟，一个个都痛哭失声，那个滋味可不好受啊！……我们都要吸取这个教训，不要因为这样那样的问题砸了报社的饭碗，砸了我们自己的饭碗，砸了这几千号人的饭碗。如果那样，就意味着有大批员工要失业，大批员工要重新找工作……那样我们这些人就成了历史的罪人啊，同志们！”最后，他讲好听的，“……现在我们员工工资高的三、四千，低的也是一千多吧。从四月份开始，工资还要上涨，每人每月加一百元，凡工龄满一年的员工增加一百元……以后，我们的工资要逐步地向采编部门倾斜，向战斗在第一线的同志们倾斜，让你们拿更多的钱，让别人羡慕，眼红你们的工作……工资不封顶。我们奖金和高工资一定要发到那些热爱报社、敬职敬业、勤于钻研业务、勇于吃苦的编采人员的手上……尽量缩短中间环节，实习编辑够条件的，一个月可以转为正式编辑，编辑够条件的升为责任编辑，责任编辑够条件的提拔为副主任、主任或首席编辑，主任够条件的可以做报社总编，我们让贤……”

听了牛光的一番话，芃芃有些犹豫了，他虽然讨厌报社，但牛光的这些话他爱听，他对牛光有信心，他虽然讨厌新闻，但不讨厌当编辑。

开完会已到了下午六点半，报社吃饭的时间已过了。芃芃只得到楼下吃了一碗没有馅的馄饨。现在他已坐到自己的办公桌前。他拿出索伦·克尔凯郭尔的《恐惧与颤栗》、《重复》和费尔南多·佩索尔的《惶然录》，翻了翻，又放进包里。最后拿出多萝西·A·鲍尔斯、黛安·L·博登合著的《现代媒体编辑技巧》。他翻到一百零一页，并用红笔在“视觉冲击中心要在一瞥之中吸引读者的视觉注意”一句上画了一条波浪线，然后，他就把书翻了过来，书脊朝上。他随手拿了一张报纸，这是习惯，在一瞥之中他看见“午夜快车”，又是 4158998　4158578，又是徐伯金、王培崇，又是“两车追尾”“肚子饿拿饼干被逮”“宣读‘绝命书’堵塞交通”。芃芃摇了摇头，便转过身子从一沓报纸中抽了一张，竟是《峇省信息报》，正要看，这时过道上一个年轻的小伙子走了过来，拍了拍他的肩膀：“到我办公室来一下。” 芃芃一看是沈总，便忐忑不安地到了他的办公室。

“你就是诗人芃芃吗？”

“……”

“《今夜我只想看武打》是你写的吗？”

“……不，不是，你弄错了。”

“名字一模一样，也是芃芃。”

“世界上一模一样的名字多得是。”

“我就说嘛！有的说芃芃会不会就是你，我说不可能这么巧吧？”

“……”

“芃芃，这本书是楚南人民出版社出版的，现在国内炒得很厉害，也很热销，你拿去连载，好不好？”

“好。”

芃芃回到座位上，正在想：这书都出了，楚南人民出版社也不打一声招呼。仝元来了。仝元穿着一件极不相称的西装，顶着一张晒干的黑瓜叶，仔细一看是一张老瓜脸。他阴魂一样地坐在芃芃的对面。黄眼珠子不时地闪出一道道波动不定的冷光。芃芃知道他有话要说。等了一会儿，果然他就开口说话了。

“……经过再三考虑，我们想把你调到信息资源部去……”

芃芃没有理他，一言不发地坐着，像块石头一样。

“喂，是芃芃吗？”

“我就是。”

“我是符桥。”

“哦，符桥，你好！茹茹现在怎么样？”

“唉，这孩子，眼看就要进行期末考试了，她却请假回去了。这不，一回就是十来天，头不见面不见，人找不到，电话也打不到。”

“她为什么要请假呢？”

“说是臀部长了一个包，坐不得。”

“那里就没有医院吗？完全可以在那里消炎嘛！”

“我就说嘛，她跟我招呼也不打一声就走了。听说没有钱了。后来，我调查清楚了，城关中学有两个流氓女生赶到三中勒索她的钱，她没法子，只好把生活费交给了她们。”

“这种事她没有跟班主任和学校政教处反映吗？”

“没有，估计茹茹以前与她们有瓜葛。她怕把事情闹大，对自己没有好处。”

“符桥啊，茹茹的事给你添麻烦了！我马上请她姑爷，把她送回学校。”

天越来越黑，四周都是雾气，天上地下到处弥漫，吞没了所有的光。

仿佛有什么重大的事情要发生。

一天、两天、三天……芃芃持续地生活在牛光点亮的灯光里，虽然头痛，虽然感到头上乌云翻滚，但乌云并没有遮住牛光的那盏灯，没有遮住那间亮着灯的房子。他的那些许诺依然光芒四射。但牛光说完那些话许完那些愿露了几次面便消失了。芃芃的现状依然如此，三天打鱼，两天晒网。砍版，还是照常的砍版。所不同的是芃芃可以像一个正式编辑那样去参加下午五时的编前会了，可以准时地聆听他以前很难听到的副总编庄福炳的谆谆教诲了。芃芃不得不憧憬着希望着，有时明知希望很渺茫，明知那种希望没有结局，但他仍然希望着。有希望总比没有希望的好。芃芃只有相信牛光了，相信他的那盏灯，相信有那么一间光芒四射的房间，相信有朝一日自己会好起来的。

……一片漆黑的土地是可怕的，同样没有希望的生命也是可怕的……

然而，牛光已习惯了说话就感情饱满，慷慨激昂，诗情画意；习惯了即时发挥，即时包装，即时完成他的专利；习惯了说话就掏手帕，说话眼睛就潮湿；习惯了把水说成油，油就是水，水可以点燃灯……其时芃芃看到的那盏灯，连牛光自己也恓惶、渺茫、不自信或信心不足的灯就是他自己用“水”点燃的。老编和老记们每年每月都是这样听过来的，听习惯了，听完后耸一下肩就走了，根本没当回事，没有希望，也没失望，也许他们一直就在失望着，他们知道牛光演讲完毕之后，拍拍屁股，就带着情妇到东南沿海去了。那里是福建的福州，那是一座美丽的海滨城市。在那里有一份叫《东南快报》的报纸在等着他。牛光已是《涵海晨报》和《东南快报》两报的董事了，他的工作是一边十五天。他把这盏水灯提到那边去了，在那边绿色的椰林地带挂上一段时间，然后又提回来。一年里，他就像光影一样在云天之上飞来飞去。

芃芃不知道这些，他怎么会知道这些呢？他平时喜欢独个儿在一起，不扎堆，不打探别人的私事，不拍马溜须。他倒认死牛光是一个可以说话的人，可以依托的人，为此他还专门写了一封信，亲自把它交给了牛光，以期改变自己的处境。他的信是这样写的：

牛光先生：

您好！

我是芃芃，您的员工，《晨报》的实习编辑。从进入报社的第一天起，我就对新的生活充满了希望，我就希望全身心地投入报社的工作，希望自己成为一个有所建树的优秀编辑。您的每次到场的讲话，我都注意地听了，非常鼓舞人心，我每次都很受感动，感到报社充满了生机、充满了活力、充满了希望。

——可是，我目前却面临着大面积的“白色”危机：一个星期一个星期的无版可做，一个星期一个星期地空度时日，让我寒心透了！我并不是报社请来的“坐客”，我是编辑，可是我无事可做，无所事事，我想，这也不是报社招聘人才的初衷；再者，我千里迢迢地从长江中游的“两湖”不辞舟车之劳奔向西南的羿城，也不是为了空怀壮志、徒具虚名地坐在那里（我进报社已三个多月了，我痛苦地贷款吃住，并非为追求赐坐报社的一把永远也坐不穿的冷椅子。三个多月，一百多天的等待，我几乎日日蹈虚，报社却对我熟视无睹）。我多次地向有关领导反映情况，请求调整到新闻版上去，或分一块版子给我做做（半版也可），可是，我等到的却是一种国体式的回答：“这个事情不好办，这是上级领导决定好了的。要不，你找责编们私人去打点商量。’一推千丈。

我听了全身直冒冷气。作为《晨报》的员工，我要求做版、要求进步、要求工作、要求劳动有什么错（生存无罪，劳动光荣），为什么要找私人打商量？难道《晨报》新员工每天的工作安排都要走后门都要行贿不成（我想如果一任报社这种风气发展下去，后果是不堪设想的）？不给版做是一，其次是批评我对新闻缺乏“敏感性”，这一切的最终目的是否定我、排斥我、不给转正。我要说，报社的某些中层干部有歪风邪气。这股邪气不是向内而是向外，不是加强而是削弱了报社的凝聚力，这股邪气对报社的人力、物力、信息等各种资源的整合，对报社的健康、兴旺、发展、壮大都极为不利。作为《晨报》的一名员工，我不仅为我自己的现状感到可耻，同时，我也为报社的现状感到可耻。现在我把问题反映到您这里（到顶了），期望引起您的注意，并得到您的妥善解决。

另，我注意到都市版只有一个编辑：郭桦。而责编查文字要指导两版的工作，我请求回到都市版，接受查文字的指导。再者，刚进报社我就是在这个版上。

请具体批示。

致

礼 芃芃

×月×日

芃芃提着辞职报告出了电梯。报社过道那条红色的地毯已不像过去那样新鲜，踩上去已不足惜，与踩在泥地上没有两样。接待室里的那个人依旧沉睡，依旧是把脸和前胸埋在沙发里，似乎从未见他翻身。芃芃想只怕是永远也不可能翻身了。对面热线部李菡她们几个还在莺鸣燕啭，他想这也许是自己最后一次听她们歌唱了，其实她们语音一直都很好听，只是自己一直在做自我挣扎没有去注意罢了。的确，只有青春期少女的喉音才创造了汉语的神奇，创造了汉语的飞跃，每一个汉语语素在她们那里是那么甜蜜，那么柔软，那么光亮，那么富有人性，那么富有女人味，那么富有性感。它消去了火气，消去了硝烟，消去了暴力，消去了功利，甚至消去特权与金钱，传到你耳畔只有一片灿烂、一片祥和、一片融融的春光……你听，她们说话像唱歌："我是《涵海晨报》……好的，有事您请说……好，好！行！知道了！您是说读了《今夜我只想看武打》的小说连载感触很深是吗……您是宝山地区的？您希望买到这本书？好的，您到新闻路294号图书批发市场看看……没有？应该会有的……小西门的新知图书城、文献书店您去过吗？……对，是那里，正是那里，这两家书店是斜对着的……其实南屏街的新华图书城、席殊书店朙城连锁店、二十一世纪书城都应该有的，并且正在热销……您希望见见作者，哦——那恐怕难以满足您的愿望。朙城全国书市期间都没有请到他……请问先生您的联系方式？姓刘，刘先生，电话是0871－82×××87，手机是138××××0341，好——好——好的，我们只能想办法转告给他，好，好的，再见！"

芃芃说："很好！"

芃芃又说："我再也不用看报纸了。"芃芃配了一副眼镜。他比过去更像一个文化人了。他原来看得见五号字的那双眼现在不存在了，他必须扶着眼镜才能看见。看远处的事物，他更要把眼镜拿起来，就像战壕里举起望远镜观察敌情的战士。

“芃芃老师，芃芃老师！”李菡从后面赶来了，“今天打来好多热线电话，对小说《今夜我只想看武打》反映十分强烈……都填好了单子，上面有他们的姓名性别联系方式工作单位，还有他们的感想感慨和要求。交给你，都交给你，由你处理好啦！”

“不用了！”

“为什么？”

“不为什么。”

“芃芃，你的情绪怎么这样低落？”

“敢有情绪吗？”

李菡没有作声。李菡的手一下子找到了芃芃的手，一齐往前走。

“芃芃啊，你说，写《今夜我只想看武打》的那个芃芃是你这个芃芃吗？”

“……”

一晃到了编辑中心。仝元很忙，他拿着一把长长的剪刀，这里修修，那里剪剪，一会儿把这盆花搬到那里，一会儿把那盆花放在这里，朝三暮四、暮四朝三。

“芃芃你今天迟到了。”

“我今天迟到了。”然后芃芃把辞职报告往仝元桌上一放。

“辞职？干得好好的为什么辞职？”仝元问。

桌上电话响了，仝元接电话：“嗯……是的，您哪位……哪家出版社……楚南人民出版社？找《今夜我只想看武打》的作者芃芃？我们也正在找他啦……有是有，他，不是！不是不是不是……好……好……好的……好，再见！”

李菡与芃芃低语着什么。

一个没有了激情的人，就像一间吹熄了灯的房子。

——芃芃《咎省笔记》

信是芃芃亲手交给牛光的。

一天、两天、三天……芃芃照样三天打鱼两天晒网。处境并没有转机。

头痛，依然是头痛。

七月的一天，牛光回到了乌居尔，回到了《涮海晨报》，在编前会上，他又开始语重心长地即时“演说”了。

——我们要培养全国一流的编辑、记者，办全国一流的报纸……《涮海晨报》是一份市民生活报，要让普通市民从我们的报纸中听到更多的政府声音，听到更多的赚钱信息……总的来说要增加三大信息量：经济信息量，新闻信息量，政府信息量……中层干部要容得下不同的声音，不要别人提了一点意见就不高兴。有人跟你提意见，那就说明你还有救……一个好的编辑没有三年功夫是磨炼不出来的……所以我们要加强对编辑的培训，对编辑没有培训的个人和领导我们要追究责任，要进行严厉的批评……每一个编辑都有权要求培训，这是编辑自身在报社的最大福利……难道我们把几个编辑都淘汰了你们就高兴吗……（牛光乱七八糟的“演说”，据芃芃死后的笔记整理）

芃芃一直在仔细地听，并且很注意牛光的表情。牛光在会上讲到了他陕西的父亲去世，又掏出了手帕。那时报社正值创业最艰难的时刻，他父亲去世了，身为大儿子的牛光只能站在中国地图前望着陕西关中方向默哀……

应该说牛光的讲话是成功的，他的高妙之处在于让你看不出他是怎样把水说成油，油就是水，水可以点燃灯的。但牛光确实把芃芃交给他的那封信给忘到九霄云外去了。

“没有，我那里什么也没有，没有你的信。你的信怎么会在我那里呢？”牛光说。

“不！不是我的信，是我写给您的信。”

“你写给我的信？……让我回去查一查。”

这是散会后芃芃在过道上向牛光提到的第一件事，紧接着他吞吞吐吐地提到了另一件事。

“牛，牛总，我，我因为版子做得少，资金非、非常紧张……”

“年轻人，以后多干点活嘛！多干点活资金不就上来了吗？”

“那是那是！牛，牛总，我可以向报社借点钱吗？钱实在不够用。”

“不可以。”

“不可以？”

“不可以。”

“为什么？”

“这是制度。”

牛光拿出制度来，芃芃就不再说话了，感到说什么都多余，说什么都是在伤害自己。

“喂，是芃芃吗？我是符桥。”

“哦，符桥，你好！有事吗？”

“茹茹又回家了。”

“她怎么又回家了呢，刚来学校？”

“才考了三科她就走了，招呼也不打！”

“唉——”

“这孩子恐怕与读书无缘了。她一点也不把上课当回事，爱交友，爱吃小吃，爱乱花钱，她姑爷一月给她三百元生活费，她用得一个子儿也没有，还向别人借钱用，光向我就借了五十元，另外学校商店赊欠一百多元。上课不听讲，时间尽拿来写信，这前后不到一学期写了四十多封信。芃芃啊，你看这孩子这样我怎么能管得了她？”

“这次回家主要是没有钱吗？”

“没有钱只是一个借口，主要还是后两个。”

“你说。”

“一个是她把同寝室女生租的杂志和小说拿到租书处去取押金，这事在同学们中影响极坏，同学普遍地对她反感，关系很僵，她很难待下去了，这是一个原因。”

“另一个呢？”

“另一个我一直没有告诉你，怕你生气。那就是她公然在黑板上写道：‘伊色狼，我的挚爱’。致使班主任伊虎下不了台。现在伊虎已经怕她了，看了她就躲路走，巴不得她离开，早离早安。因为自从她来了以后，很多事情接二连三地在这个班级发生，已引起了学校的注意，班级多次被扣分，伊虎的班贴也上不去，还经常听批评，坐角落。”

“这个畜生，这个不受培养的畜生！简直是个冷血动物！老子要是在家不一刀劈了她！她怎么就不长一点人心呢？”

“芃芃，养了这样的孩子是没有办法的事。你不要动怒！动怒只会伤你的身体。现在孩子都是独生子女，娇生惯养的，不珍惜时间，不珍惜生活，不珍惜生命，多的是。有的比你的孩子还要糟糕啊！她们这一代酿成的苦酒，最终归她们自己喝，谁也不跟她们喝。”

“——她怎么就成了这个样子了呢，啊？她怎么就成了这个样子了呢？

她怎么……”

一星期。

又过了一星期。

转眼又过了一星期，生存的压力压倒了一切，没法，芃芃只好又给牛光写了一封信，反映自己的现状，希望报社能够特殊情况特殊处理。

可是，一天、两天、三天，半月过去了，一点反应也没有，第二封信与第一封信的结果一样，如石沉大海。

再过两天，二00八年奥运会举办城市将要揭晓，记者们从早到晚像热水中的鱼一样上蹿下跳，打手机、接电话、跑采访、写稿子、看新闻，忙得不亦乐乎。编辑中心也热闹非凡。可是芃芃却像局外人一样如坐湖底，眼巴巴地望着湖面上的渔灯，眼睁睁地看着自己慢慢地滑入了一片漆黑、冰凉的世界，周遭只有冰凉冰凉的湖水。

芃芃在漆黑之中把手插进衣兜，触到了衣兜底的一小团东西。他把它掏出来，放在手心里一看，是一团纠结在一起的纸渣。他小心翼翼地展开，从断掉的笔画或仅存的笔迹里他发现这是一张餐票。餐票经过暴力的反复揉搓，已不能恢复到它的平展的初始状态了。

已不能恢复的还有芃芃写给牛光的两封信。这两封信经由牛光，也许根本没有经由牛光，最后不知是谁的一双手，粗暴地将信全都撕毁了，撒播出去，飘到空中，飘到树上，飘到瓦槽里、阳台上、大街上，到处都是。有认识芃芃的熟人读到了信的部分残页，把消息说给芃芃听，芃芃听了像木头一样。那眼腔里，眼珠子一动不动，空落落的冰凉。

芃芃的视力越来越不行了，眼睛越来越近视。他的上身几乎整个扑在小样和大样上。

一天，牛光来到编辑中心，看见芃芃这样工作大加赞赏，并且拍着芃芃肩膀说："不错不错！好好干，年轻人！"可是牛光的手像拍在石头上一样，一点反应也没有。越是这样，牛光兴趣反而更浓，对仝元说："这位编辑对工作很投入，要加强培养啊，老仝！"

在热线部值班的李菡见了这一幕，早已泣不成声。可是芃芃的视力已经很近很近，眼睛已不能看清她了……

“你是哪一位？”

“我是李菡，菡菡，知道吗？”

“找我有事？”

“有事有事，没有事人家就不能找你吗？给，这些餐票我吃不完，给你的！”

“不！我不要！我有……”

“嘴硬！骗得了我？拿着吧！我一般在家里吃饭，没多少时间在报社吃。”说完，李菡把一沓餐票塞进芃芃的包里就走了……

“老大，今天是你来做版？王者也呢？”电脑组版员刘涛用食指关节敲着键盘说。

“他从今天起不做了，连载由我来做。王者也主要负责城市热线。”

“你做得好吗？”

芃芃没有理他。

芃芃只把《今夜我只想看武打》的书和另一本《午夜日记》（鲍里斯·叶利钦著）要连载的内容指给刘涛看，并将书反扑在他的键盘一侧，转身就要离开。

“唉，唉——老大，你怎么不晓得规律？”

“做版还有什么规矩吗？”

“你不讲做多宽多高，广告做多少我怎么跟你做呢？”

“哦，先打文字再做嘛！”

“文字早打出来了，明天后天外后天的文字人家王者也都安排打出来。”

“连载 12×35，广告我马上去问。”

噔噔噔噔噔噔噔噔噔噔噔噔噔噔噔……芃芃立即跑到广告部，找到胡佐全。

“胡佐全，今天连载版的广告是多少？”

胡佐全好像很忙，没有听见。

“胡佐全，请问今天连载版的广告是多少？”芃芃只得重说一遍。

“是你呀，老大！”喜欢听人称胡老师的胡佐全没有从芃芃的口里听到预期的尊称，非常不高兴，“你不是到信息部去了吗？怎么又回来了，那边也不要你？”

“广告是多少？”

“听说连载《今夜我只想看武打》的作者好像跟你是一个名字，也叫芃芃？该不会是你芃老大写的吧！”

“我问你第七版国内、连载的广告是多少？”

“广告？你先去吧！我会统一挂出去的，到时你到出版部去看就是了。”

“到时？到什么时候？”

“快啦！你去吧去吧！”胡佐全像赶苍蝇似的连连挥手。

“不就一个数字吗？说一下不就完了。”

“我叫你去你就去，知道吧！各版的广告还没有最后定。等定了我就挂到出版部，你先别在这里打岔……要是人人都像你这样啰哩啰唆的，我这工作就做不了了！”

本来按惯例连载、广告先定，先定广告再做连载再做其他内容，芃芃一点也没错，可胡佐全硬是故意让芃芃为难。芃芃只好忍气吞声地又回到了出版部。

“老大，广告出来没？”

“还没有。”

“怎么可能呢？”

“不问这个了刘涛，你先给我把连载做出来，等广告来了放在后面不就得了？”

“不行不行不行不行，你简直是开玩笑。广告不来怎么能做呢？做也是白做！”

“难道就没有破例的吗？”

“破例？是你说的？行！到时候返工算你的！”

芃芃没办法，急得直跺脚，胡佐全那边的广告又没出来，刘涛这边也不肯做，国内版的倪东又在那边催了起来。“芃芃，你闲着没事啊？你快做嘛！你不做我到时怎么做啊，我的国内是摞在你上边还是摞在你下边？我跟你说，我现在在这边电脑上（他指的是出版部内的另一小间里）看国内，等我的稿子齐了你的那点狗屁连载还没弄出来，看你怎么跟我交代。九点半，啊！最迟不能迟过晚上九点半。你的连载必须做出来！”

芃芃听了一阵痉挛，身子像通了电似的，不用说，裤裆里一定潮糊糊的了（这种情况以前是从来没有的，但在报社已经发生过几次了，人一紧张一着急就这个样子）。

芃芃又连续跑了几次广告部，广告依旧没有出来，胡佐全不知在磨蹭些什么，一直等到晚上九点半，胡佐全才把广告挂到出版部的门前。芃芃这才看见了广告：35×18.5。是一个通览广告。”

“做吧，刘涛。”

“多少？”

“35×18.5。”

“图片在哪里？”

“在 E 盘。”

“放哪些图片？”

“《今夜我只想看武打》放那张在街头流浪的，对，就是这张！这张头顶乌云翻滚地上落叶翻飞的。《午夜日记》的放主人公午夜伏案写作的这张。对，就是这张！”

“再呢？”

“《武打》放左边，《日记》放在右边。流浪图放左上角，伏案写作图放右下角。图片对称，中间用线段隔开，下边打上‘连载精选’303 期……”

“啰唆！”

“这不都是你要问的吗？”

“……”

“不！编辑不打‘吴名’，打‘芃芃’。”

“这编辑打‘实习’呢，还是打……”

“实，实习吧！”

“行了，去校吧！”

倪东来了，看了芃芃一眼，说：“哇，还在校啊！人家还做不做版啊！”

“广告晚上九点半才挂出来。”

“哇！佩服佩服！真佩服你这等的功夫，你这磨蹭的精神！都像你这样等到晚上九点半广告挂出来那报社就要宣布停业了。你就不晓得跑广告部啊？不晓得找胡佐全啊，啊！”

“……”

他见芃芃把整个上身都伏在桌子上，全身心地看小样，不作声了，就愈发觉得芃芃是个可怜虫，糊涂虫，是个迂腐鬼，软弱可欺。噔噔噔噔噔噔噔噔噔噔，几步赶到编辑中心，当着仝元和众多编辑的面大骂起来：

“这龟日的芃芃，早该开排掉了！谁跟他在一个版谁倒霉！你们说，这连载不多吧，又没错别字，没删删减减、语法不当什么的——照书打！他妈的从早上八点钟开始晕到这时候，都晚上九点半了还没完，还在校，你们说烦不烦……”

“你不烦你不烦，我去看看！”仝元说。

仝元来到出版部，见芃芃依然静静地伏在桌子上看小样。

“芃芃，你今天怎么啦，这么大点事儿怎么还在磨蹭？”

芃芃依旧看小样，默不作声，直到校完最后一个字，吁了一口气，将满是红点的小样递给正在嗑瓜子的刘涛。

“哇，这么多错处！”刘涛说。

“倪东的骂我都听见了。今天主要是广告太迟了，晚上九点半才送过来。”芃芃转过身子平静地对仝元说。

“你就没到广告部去问吗？”

“怎么没去呢？没去一万遍！没用。胡佐全说没出来。”

“以后，你的版子不必等广告过来你才做，你要直接到广告部去要、催，知道吗？”

“知道。”

第二天。砍版。李菡陪芃芃到大街上去散步。

芃芃说看见老鳖了。

李菡说那不是老鳖，那是一朵乌云。

芃芃说看见老鳖竖起的脖子了。

李菡说那不是老鳖的脖子，那是街上竖起的电杆。

芃芃说看见了老鳖的眼睛了。

李菡说那不是老鳖的眼睛，那是华尔顿商贸大厦上安装的探照灯。

芃芃说到处有水在晃荡。

李菡说那不是真正的水晃荡，那是盘龙江、金汁河、银汁河倒映的波光在高楼上晃荡。

……

最后李菡说走走走走走走，到你的寝室去坐坐，歇会儿。

艽艽说我的寝室很脏。

李菡说男人寝室都这样，收拾一下不就行了。

推开401室，李菡嗅到一股浓烈的药水味和难闻的耳屎臭。往前走，从左边一扇没有门的门里，李菡看见了床前一只盛水的淡绿色的盆子和床底的医用棉签。艽艽抢上前去开门，赶紧把上午吃剩的豆腐脑和半个荞面馒头扔进卫生间，然后去收拾简易的军用被子。

“不用了不用了，艽艽！坐会儿，你也走吃亏了！——这综合套间里还有人吗？”

“没有了，都上班去了。”

“都上班去了？”

“都上班去了。”

这就是说，在这个套间里只有他们两个人：一个男人，一个女人。

李菡提出要同艽艽做爱，艽艽看了李菡一眼，他看见李菡的那对黑眼眸正专注地看着自己，他这才感到经常到自己的办公桌对面吃饭，经常找自己看稿，经常同自己谈文学、谈美学、谈哲学的李菡对自己的用情之深。记得有一天又一个编前会开完，艽艽没有走。艽艽像石头一样地坐着，他胸闷。他感到庄奶奶的“线”纺得实在头痛，脸上、身上、手上、脚上到处都是，到处都结满了网，网不仅缚住了自己的身子缚住了脚手，还缚住了自己的眼光。一时他产生了一种绝望和幻灭感，他对报社很绝望，悔不该来到这里。——在报社根本谈不上个人的观点，个人的立场。一篇稿子你改我改他改，你看我看他看，你审我审他审；改过来改过去，改过去改过来；编辑这样改，责编那样改；主任认为还是改成这样的好，值班总编认为改成那样比较理想。还有那么多暂行条例，那么多禁区，那么多黄牌。这里哪有什么独立的自我与个人意志，个人意志必须无条件地服从一个宏大的意志，无条件地服从整个报社的意志，服从全局的意志，服从市场的意志；个人意志必须零打碎敲，必须剁碎。在报社全是看报评报编报，编报评报看报；你看我的报，我看你的报；你挖我的新闻，我挖你的新闻（你挖我的记者我挖你的编辑）；“你吃我的屎，我吃你的屎。”（艽艽语）……

自己渐渐地成了一架看字机器，或一台看报机。一份新报哗啦哗啦，看一眼图、看一眼标题、看一眼版式，完了（内容都是夜晚大眼瞪小眼反复看过多次的，用得着细看吗）。几家外报拿在手上同样也就是哗啦几下，图片、标题、版式，完了。内容基本是你有我有全都有。找不到特色，找不到面孔，拉不开距离，分不出档次，没有自己的品牌和保留节目。报社老总哪天不高兴，“大刀”一举，砍、砍、砍、砍、砍、砍、砍……把所有的副刊全部砍光，把几个看了不顺眼的编辑、记者都赶走。如果要问在报社的好处和优越的话，在报社最大的好处就是让你什么书都不想读，最大的优越就是天天洗脑，将脑袋里原有的东西全部洗掉、洗干净。——芃芃那天就是洗脑后的一种效应。他真的已开始有一种坐在茧壳里的感觉了，有了那种严重缺氧、胸闷、呼吸不畅、喘息急促的感觉了……恰在这时候，李菡来了，李菡把一搪瓷缸子饭菜静静地放在他面前，把炸得几条葱香油酥的鲦鱼拨到他缸子里，静静地看着他，也像今天这样。在李菡的这种静静的缓慢到来的温存中，芃芃心中的冰块开始融化，脸上开始由青返白、由白泛红，眼睛开始潮湿、朦胧。他赶紧吃饭。两人一起吃饭。吃完饭，芃芃第一次向李菡，向一个外地女人慢慢地谈起了自己的人生经历，谈起了自己痛苦的童年，谈起了自己的民办教师生涯，谈起了自己不幸的婚姻，谈起了自己的事业和理想……后来又谈起了一些欧美自由思潮，李菡像一个爱听爷爷讲故事的黄毛小丫，点头像鸡啄米，太可爱了！那天，望着李菡那憨态可掬的样子，他第一次产生了一种久违的冲动，他真想伸出手来抚一下她可爱的头，捋一捋她的秀发，他想搞她……唉——那天李菡真的太可爱了！有她的陪伴，自己的痛苦好受多了……

“就拥一下不是很好吗？何必……”

“你是嫌弃……”

“不，我有点怕……”

“怕什么？怕我吃人啦？”

话音刚落，李菡的两腿直接放到芃芃的在腿上。芃芃的心闪了一下，那上了甲釉的红趾甲，那种不深也不浅，看得出是经过了太阳的洗礼的皮肤，吊带裙随着腿子跨步向上半遮半掩，那新潮的宽腰松紧白内裤，那白内裤上的深红的搭扣……芃芃的心又闪了一下，他紧张地看了李菡一眼，他看见李菡像一只熟睡的小猫；他动手轻轻地弹了一下她的浑圆的肌肤，又动手摸了一下她的小腿，摸了一下她的大腿内侧，很烫！很烫很烫！而且这女人像有些小说里写的确实有一种诱人的体香。他的心又闪了一下，他的血就涌了上来，他像饿狗一样扑了上去，解除了她的小褂搭扣，他的鼻子放在那里嗅。女人气息很浓。他一直往上拱，一直往上，他像一条小狗，一条带有猪的特性的小狗，一边嗅一边拱，一直拱到她的胸口，一直拱到她的乳沟，叼住她的乳头，他拼命地吮吸着，他已很久没有这样吮吸了，没有，真的很久没有了……他想起了他吮吸妈妈乳头的情景，他是一个长到八岁都要吮吸、把玩妈妈乳头的孩子，可是妈妈却在他九岁的时候离开了他独自到另一个世界里去了，现在回忆妈妈却是漫天大雪，妈妈就坐在大雪中梳头，妈妈死前的那几天一直在梳头，雪片就从她的头上飘下，一直飘飞到黄昏的天边……哦，不是妈妈，是李菡，是我的菡菡！啊，菡菡！菡菡！菡菡！我的菡菡！上天为我送来的菡菡！我要啃你，我要咬你，我要吃你！我要同你做爱，我真的只想做爱，我很久没有做爱了，我太想做爱了！人就是他妈的假正经、伪君子！男人谁不想做爱，报社老总不做爱……我才不信，那层层的服装包裹的是什么？是肉体，不是钢铁。我现在开始要同一个不是我妻子的女人做爱，我要做她的“作业”，解她的“题目”（这是曾经是教员的芃芃的专业词），做一个爱自己、自己也爱她的女人的作业……芃芃扯掉了李菡的内衣，蹬掉了自己的裤子，果断地把阳物把做一个男人的最根本的骄傲，挺进到了这个常称自己为芃老师后来称自己芃芃的女人身体，就这样似乎有点唐突地进入了一个异地女人的世界，她的萼、她芳菲繁密，嘤嘤嗡嗡，蜂飞蝶舞，她的花瓣一层层，一层层包抄，一层层又软又绵又滑。潮湿。突的一下吸盘吸住，芃芃震了一下，用力，顶进了一条极细极幽极其脆薄的阴凉的通道，然后别有洞天，滴水穿石，水波荡漾。朦胧，朦朦胧胧。朦胧中芃芃感到了一种从来没有过的清凉、放松和温馨！然而李菡叫了，一刹那，她轻轻地“啊”了一声，痉挛，接着就是痉挛，就像自己过度紧张时一样，两手紧紧扣住了他的双肩，头死死地顶住他的胸脯：“芃芃，快，快……”已婚男人芃芃知道女人叫的“快”是什么，芃芃开始疯狂……李菡的手松了下去，改而抓住床头的横栏以免被狂风刮走……

事后，芃芃感到肚子饿，很饿很饿。李菡起来找搭扣，嗔怪芃芃太粗暴。

“……都怪你！”

“对不起！”

“什么对不起，看你平时一副文弱书生的样子，干起来像个暴君！”

“……”

“有，有别针吗？”

“别稿子的曲别针可以吗？”

“可以。”

“把衣弄好了我们下去吃点东西好吗？”

“给，洋河快餐面，吃吧！”

李菡从包里拿出一包洋河快餐面递给艽艽，艽艽泡了一碗，不知是饿了的缘故还是别的什么原因，感觉这洋河快餐面味道美极了，比康师傅好。

“喂，你还没告诉我怕什么呢！”

“啊，是这样，因……因为你毕竟不是我的法定女人嘛，我有一种……一种犯罪的感觉……”

“假正经！都把我掀飞到天上去了还犯罪？这犯啥罪？这叫生活，谁不要生活？这是符合人性的！你以为你跟你妻子做爱就是贞洁的、合法的，跟我做爱就不洁，是吧？这里有一个问题，究竟是法性大于人性还是人性大于法性，究竟是法大还是爱大。这是必须要想清楚的。在这件事上，我的观念要比你的前卫。”

“不！菡菡，这事我想过，内心的认识跟你的其实是一致的，只是到付出行动时才……”

“才什么？才这么疯狂，是吧？嘻嘻嘻嘻嘻嘻……你这人就这样，顾忌多，爱也爱了，做也做了，人家的处女膜也破了，而你却长出一个处女膜……”

“是的，确实是这样，我内心里有一个处女膜……菡菡，我其实一直很感激你！”

“感激我什么，艽艽？我一没给你转正，二没给你涨工资，你说，感受激我什么？”李菡好笑。

“就因为你对我好，对我亲近……”

“就这些吗？”

“这些就足够了，足够我永远永远记住你。”

“我只是觉得他们对你太不公平了，我认为你是很有才华的。”

“不扯这些了。——菡菡啊，我还是想离开报社，离开这鬼地方。”

“艽艽，你怎么老这样想呢？其实你的心情我完全理解。我又何尝不想离开这里换一个环境呢？可是换一个环境又怎样？还不一样吗？在这里，有我陪着你，待一段时间嘛！这么长的时间都待了。想当初你进这家报社也不是挺容易的，都考了两回了。还是不要放弃，要珍惜这个岗位！兴许再过些日子就转正，转正就好了。再说你那么远来到阴城，还一点钱也没有挣到，家里的老父和孩子还等着你的钱呢，如果你的位置不断变动，对你的处境将更加不利，知道吗？你以为到新的地方就不实习啦？同样还要实习，这样实习来实习去你将会更加受不了的，芃芃。”

“我知道，正是因为考虑到这些，我感到很苦闷，犹豫不决。但是报社伤害人，被人排挤，被人捉弄，被莫名其妙地罚款，被一些无聊的东西被泡沫分解、吞没……这些，你又不是不知道。”

“对，是这样，人为了自己的利益什么事都干得出。可是谁又不是这样呢？还不都一样很泡沫地活着。”

“不！不仅仅是为了自己的利益，还有其他的因素，我发现人的本性中有一种天生的恶毒，天生的坏在里面。算了算了算了，不谈这些东西，我不想谈他们，谈他们只会让我更加伤感……菡菡啊，我只想告诉你，我可能要到一个非常遥远的地方，我要来一个突然消失……我终有一天要离开你，或者你们，我本来也不想说这个（离开），但又不得不对你说……所以我非常感激，也非常珍惜你对我的这份情谊，你是我在报社最大的温暖，也是我的最爱……不是抒情，是真的！只有你的出现和你的声音才能暂时止住我的忧伤，止住我汹涌的忧泉，使一些本来痛苦的时间变得好过一些……说‘暂时’请你不要介意，因为痛苦和忧伤的东西已经成了我的第二生存处境。”

“要走我们一起走嘛！”

“不，这次谁也不带。”

“噢，你真绝！难道你一个人上路吗？”

“对，一个人！轻轻松松。”

“……”

李菡的眼睛有些不自然了，本来就雾气蒙蒙的一双眼，现在的“雾气”就更大了，睫毛上也凝满了水珠。抽咽。

“菡菡，我的爱人，你不要伤心！我不要看见你落泪，不要看见你这个样子。我不忍！我的事情办妥以后，会告诉你的。”

“你说得太绝，太吓人了嘛！”

“我有一种忧虑……”

“什么忧虑嘛？”

“也许是一种预感，我有点不安……因为我最近老做一个相同的梦，老梦见水……”

“梦见水？！”

“对，我梦见我沉溺在水里，我的臀部朝上脸朝下，半沉半浮。我的眼睛睁不开，但我感到黑暗的水朝我涌来。我能隐约听见捶门的声音，擤鼻涕的声音；听见一个恶妇在门前大哭大闹大吵大叫……我能听见这些嘈杂的声音，但就是不能翻身。我努力翻身，可是我的多次翻身都宣告失败，感到有一种巨大的无法抗拒的力量强按着我的身子，翻不过来。我只能看见水里的阴凉与花花黄黄掠过水底的光影……”

“这是梦，这毕竟是梦嘛！梦反，梦是反的。人做梦就爱胡思乱想，男人啊女人啊天上啊地下啊什么稀奇古怪的事都搅在一起。”

水在荡漾，水也许一直在芃芃的周遭荡漾。

阳光是一种水，月光是一种水，夜凉是一种水，空气是一种水，人的意识是一种水，人的情感是一种水，民风民俗是一种水，历史是一种水，时间更是一种水，到处充满了水痕、水波、水花、水声。然而芃芃却洋溢在另一种水里，这种水是芃芃的水，所以只有芃芃知道，也只有芃芃能够感应。——这也许是一种宿命的水，从生命的源头到来的水，从他人生的萝藤丛生的忧泉中到来的水，或者干脆就是从他杜撰的文字中到来的水，他在杜撰文字的同时也就杜撰了这种水，既子虚乌有，又真真切切实实在在的水……在芃芃的心中充满着，激荡着。……然而整个舺城所沉沦的却是另一种形式的水。舺城的沉沦是自生自成的渐进的，舺城还在向下，一直向下，而人们却从来没有看见舺城在水中沉沦在水中消失……但芃芃看见了，芃芃最初也没有，后来就看见了。舺城奠基是高的，但接着就开始缓慢地在水中沉沦，沉沦的速度是一般人所难以察觉的，人们根本无知，无知便无畏。人们照常悠然自乐地沉醉于自己的生活。那些卖青枣的、石竹的、松子的、菠萝的、火龙果的、高原葡萄的、景洪西瓜的，卖猕猴桃、江西甘蔗、广东荔枝、福建蜜柚的，卖牛肝菌、洒水菌、小黑松菌、伞把菌的，卖饵丝饵块、臭豆腐、炸土豆片、卤鸡蛋、牛肉串羊肉串炸豆腐串的，卖凉米粉、青芭叶粽籽、竹筒饭、过桥米

对，我梦见我沉溺在水里，我的臀部朝上脸朝下，半沉半浮。我的眼睛睁不开，但我感到黑暗的水朝我涌来。

线的……那花江狗肉店、九尺鹅肠店、秦朝瓦罐店、野湖鲫鱼食府，那罗非鱼，那吃一送一的小肥羊火锅、韩国铁板烧，那朋都夜市、金碧广场、绿化广场、红嘴鸥袅绕的翠湖公园、圆通山动物园、世博园、新闻路图书批发市场、春城影院、朋城艺术剧院、沓省博物馆、省广播电视中心、市新闻中心、南屏街、书林街、弥勒寺、螺丝湾商品批发市场、工人文化宫、华尔顿大厦、国贸大厦、樱花大酒店、宝善大酒店、西苑立交桥、明波立交桥、小菜园立交桥、菊花村、董家湾、南窑火车站、金汁河、银汁河、盘龙江等等无一不沉沦在一种缓慢到来的水里。芃芃周身洋溢着水，洋溢着水，洋溢着这种水意，感觉自己的生命好正随水漂去，只有躯体像皮影子一样在通往乌居尔的新闻路上移动、移动……

刚到报社，就见评报栏那里“积”满了很多人，人们指着墙上某一地方交头接耳地说着什么。芃芃正想前去看过明白，忽然觉得衣摆被人扯了一下，谁？李安？回头一看不是那个保安李安，是李菡。李菡眼睛红红地说：“你是怎么搞的，又罚了一百元？噢——真狠心！一个连载才十多元，几个字出了点差错就罚一百元，这一个月都不用干了。”

“为什么罚款？”

“可能在《午夜日记》里出现了点问题，说你把‘叶力钦回到自己的办公室’弄成‘叶力钦回到济南的办公室’了。”

“这怎么可能呢？这些文字我都反复校了的。”

“不信，你自己去看嘛。”

芃芃走到评报栏跟前一看，果然，那里白纸黑字写着：“第 7 版连载《午夜日记》中‘叶力钦回到自己的办公室’句错为‘叶力钦回到济南的办公室’，故罚本版实习编辑芃芃一百元。”芃芃二话没说，直接跑到总编室，找到孙麻子。

“孙，孙老师，这一百元我是冤枉的。”

“你冤枉？你是谁？莫非就是那个每天做那么一丁点连载的芃芃……你说你做了这么大点连载就出了这么重大的问题，不感到羞耻还喊冤，还有脸找我？告诉你吧，这一百元是轻的！”

“这罚款也总得分个青红皂白吧？”

“什么？你说我们几个搞审读的老头儿不分青红皂白？”

“我是说你们应该认真核实一下我放在文件袋里的小样嘛，究竟谁出的错不就一清二白了吗？究竟是我的错，还是组版的途中出的错？”

“你是编辑，你要盯住他改！这本来就是你的责任。”

“关于济南，我改了两道，第一道交上去发样没改，第二道交上去发样仍未改。于是我专门指给刘涛看，他说你尽管放心走好啦。我说我要看你改了才放心！他说，好，不要啰唆了，你看着，我跟你改了，啊？确实，他当着我的面是改了，但结果出来却是这样？”

“这还是要罚你的款！你是编辑，你应负全权责任，不仅是文字，还有版式、图片，都是要负责的。”

“那么，组版员就没有一点责任啦？你们审读的就没有责任？你们核对过小样吗？”

“我没有那么多时间来回答你这么一大堆的问题，我还有事……但我要奉劝你一句，凡事要尽量多做自我检查，不要总是指责别人，不要把自己的责任都推到别人身上去，这样做对你是没有好处的，对你的处境也是极端不利的。”

“检查不检查总要尊重事实吧？我想过，这不是几个钱的问题，这是报纸蒙受损失的问题。究竟是谁不负责，谁在那里兴风作浪，一个刘涛怎么有恁大的胆？不搞清楚怎么行呢？否则的话，报纸的质量还会下降……”

“够了……你走！”孙麻子一拍桌子。

“哼！……”

芃芃终于蔫头耷脑地回到了自己的座位上，呆呆地坐着，像一块石头。他只觉觉得脑子片黑暗，暗得出奇……芃芃像一块退水的石头孤孤零零地矗立在沙丘上。

又到了做版的时间，芃芃去胡佐全那里问广告，

“芃老大，你怎么一点也不长记性，不是跟你说了吗？广告我会统一挂到出版部去的，你到出版部去等好了，又一颠一颠地跑来干什么？”

“又去等？！”

“怎么不呢？这叫规范化。你跑来问广告他跑来问广告，成什么体统？”

这话正好被从广告部走过的编辑中心副主任隆非听见，他狠狠地批评了胡佐全一顿：“有什么不成体统的？必须先定下来的版子像副刊版就得先做，

必须后定下来的版子，像国际国内重大新闻就后做。先做就得提前知道广告，他来问怎么啦？有什么不正确吗？你应该及时地把报社所有的副刊版子先定下来，公布出去，不得影响报社的整个做版时间，否则，我就要拿你是问！——以后副刊版我们可能要改到白天做，你们广告部白天也要有人上班……胡佐全，我看你的脑子有问题！要加强学习噢！”

“是是是是是……是这样，隆主任，我看他有点迂，跟他开个玩笑。”

“开玩笑可不能拿工作来开玩笑嘛！”

“是是是是是是……”

隆非走了。

胡佐全的脸又严肃起来，隆非的话好像并没有使他难堪，倒好像是给他颁了一个大奖，口里“吱吱吱吱吱吱”的水响着吮着，像是含着一块酥心糖似的，“吧嗒”了一下才说：“艽艽，你可听好，不要又记错了啰！

“一个 8.5×8。”

“嗯，一个 8.5×8。”

“7.5×12。”

“嗯，7.5×12。”

“2 个 6×3.8。”

“嗯，2 个 6×3.8。”

“2 个 4×11.8。”

“嗯，2 个 4×11.8。”

“3.7×11.8。”

“嗯，3.7×11.8。”

“4.5×11.8。”

“嗯，4.5×11.8。”

“8×12。”

“嗯，8×12。”

“4 个 4×6。”

“嗯，4 个 4×6。”

“没有了。”

“没有了？”

“没有了。”

“总共 13 个广告。”

“你自己记清楚就行了。”

“不会错的。我都记在纸片上了。”

到了出版部，艽艽将一张字条交给刘涛，刘涛说：“今天不该我做，金长洪做。”

“金长洪？他是哪一位？”

“他不在这里，可能在小会议室看电视。”

艽艽到小会议室一问，小会议室里的人告诉他，金长洪刚出去，你最好打他的手机。艽艽又从出版部的墙上找到金长洪的手机 130××××3913。拨通了，金长洪说话了：“啊，哪个，你要搞那样，格日的！老子等你半天，你不来，你等老子刚走你就来了。格日的！”“啪——”的一声关机了。

遭了一顿骂，艽艽转而请刘涛帮忙代劳。刘涛说：“别人的忙我可以帮，独独他的忙我不能帮。这是金长洪的活，我跟他做了，就等于我抢了他的饭碗，他会责骂我的。”艽艽又请了周海兵、赵海燕两位组版员，都异口同声地说：“别人的活我们可以代劳，金长洪的我们可不能，他会凶我们的。”

艽艽只好等，一直等到餐饮版的王雁、天天财富的韦颖、财经版的郦茹、热线版的王者也、娱乐版的蔡晓昱都来做版了，金长洪还不见踪影。艽艽的汗刷的一下就来了，一阵阵地往外冒，完了！完了完了！艽艽感觉好像就要天塌地陷了，暗河里的流沙正在不安地翻滚、翻滚……地下的熔岩奔突正在到处奔突，地壳快要断裂……

“金长洪来了，你看。”赵海燕指给艽艽看，艽艽顺着她手指的方向望去，一个瘦高个儿的枣核头的男人吹着口哨从电梯口那边走来。他排着腿，夹着烟，摇着身子，眼睛左右睃着，后背头梳得油光锃亮。当他走近出版部前时却身子一摇，闪进了左边的一道门。左边是一个小会议室，有三分之一的地方放着中央和各省的报刊。金长洪到小会议室并不是来看报刊的，他是来看电视连续剧《大宅门》的，因为会议室同时放着一部彩电和一些折叠式的钢椅。金长洪就一屁股坐在其中一把折叠钢椅上。

艽艽赶进小会议室时，金长洪正腾云吐雾。

“金……”

“不用说了，抽完这支烟就去做！”金看也不看，就挥了一下手。

艽艽只好一直等到他把烟抽完把烟瘾过足，才与他一起走出小会议室。

金长洪刚到出版部坐定，把鼠眼一瞪："广告呢？"芃芃忙把一张字条递上去。

"这么多广告，全堆在你的版上啊？"

"哎，没、没办法！"

"还哎哎哎哎哎的，哎什么，哎？窝囊废！！"

"……"

"去去去去去，买雪糕去？"

芃芃一头雾水，这"买雪糕"好像不是本期连载版的内容嘛。赵海燕示意芃芃快去，并说最好买瓜子，出版部的都可以分享。芃芃后来才知道首次请金长洪组版都要开门见喜的，买点小东西"孝敬"一下。芃芃不动，很固执地坐在那里，是黑老大还是山寨王，还要拜码头啊？

"来来来来来，我这里还有一袋牛肉干和几袋葵瓜子，你要是不嫌弃先拿去吃了吧！"

蔡晓昱来了。

蔡晓昱操着她那不很标准的朔城普通话，经过那青春期女性的磁化装饰，听起来有点勾魂，男人就爱听这贱女人的声音。她一来又发牛肉干又发葵瓜子，自然很受欢迎，愿意做她的事。芃芃不发牛肉干，不发葵瓜子，还拒绝买雪糕，就只有坐冷板凳，坐黑旮旯。

"来嘛来嘛，蔡晓昱！做第几版？"金长洪发话了。

"十一版，跟这倒霉蛋（芃芃）一版嘛，他不做我怎么做？"

"没事没事，我有办法。他的悬在这，你的先做。"蔡晓昱便坐了过来，与金长洪很近地坐在一起。一不留神金长洪的一只手摸了过去，放在她性感的大腿上摸了一把。蔡娇嗔地瞪了他一眼。金长洪高兴了，歪叼着烟吹了她一口，很快地做版了。一会儿，蔡晓昱去校小样，金长洪心里向芃芃一招手，来吧来吧，看着可怜。一副大人不计小人过的样，把芃芃版的十三个广告一个个丢了上去，然后调出前一天第七版连载换上今天的，然后打上 304 期。芃芃一看连载只有十厘米高，说："这么少？"

"哪个叫你不买雪糕？人家先做你后做就吃亏。校去吧！"

芃芃只好迅速地去校版，刚校了不到一半，金长洪就狂吼起来了："芃芃，你是怎么搞的怎么搞，连几个广告也搞不清楚啊？"

"怎么搞不清楚？"

"几个广告？"

“十三个。”

“再说一遍。”

“十三个嘛！”芃芃重重地说道。

此时金长洪戳在出部门前看广告，一支烟栽在嘴上，向上翘。他指着一张A3的纸说：“你来看看你来看看！”芃芃跑去一看，竟然又多出了一个广告。

芃芃二话没说，直接赶到广告部。

“胡……”

“什么事这么急啊老大？”胡佐全说。

“什么事你知道的……不是你亲口报的十三个广告吗？怎么现在又多出了一个？”

“唉——你这个人啦真糟糕！我不是叫你记清楚的嘛？你看你看你看你，结果还是出错了不是？连广告有几个都搞不清楚还做版！去吧去吧，不用再问啦，都挂出去啦！”

芃芃看着这个穿得人模狗样的东西，实在是有一种无法言说的厌恶，只感到血粒子炸得要命，血管噼噼啪啪地响……他就这样忍着痛回到了出版部。

“金长洪，改吧！”

“噢，你说改就改，你说不改就不改？你是仝元，还是牛光？我一天到晚就专听你的使唤啊！哼，几个广告都搞不清楚怎么就跑来当编辑？”

“那就不改啦，算了！”芃芃实在气得不行。

“改，可以。你叫仝元来。看他怎么跟我解释。”

“我来了……金大人！”

说曹操，曹操到。仝元正巧一步跨进出版部大门，随后胡佐全也走了进来，他是来输胶片的。其他组版员都转过了身子。

“什么事什么事，金大人！哪路神仙得罪了您，您请尽管说。”仝元一边说，一边笑嘻嘻地拍着金长洪的肩膀。

“这连载版的广告一会儿十三个，一会儿十四个，你叫我这组版员怎么做，你说？”

“哦，原来是这点小事，不烦不烦，不要伤了贵体嘛！这个问题，我相信您金大人的手段是高明的，一下子就可以搞定。我们下不为例！下不为例！下不为例，好不好？”依旧拍着金的肩膀。

“这个芃芃最近也真是的，脑子不知是怎么搞的。仝主任，你看，我明明给他报的十四个广告，我也见他用笔记了，结果做版的时候却弄丢了一个。”胡佐全说。

全元一听，马上转过身子，此刻的全元早已乌风黑脸，早已不是刚拍完肩膀的那个全元，他的变脸术是快的。目光像尖刀一样锋利。他的目光在芃芃身上上上下下、左左右右、前前后后刮了个遍，他像从来没有看见过芃芃一样地看着芃芃，不，不是在看芃芃，像看一头旧石器时代的怪物，他在思谋着寻找着该从哪里对这头怪物下手。那眼睛足足看了三分钟，毒辣了三分钟，在毒辣的三分钟里，芃芃迅速地小下去，小下去，再小，再小，小，小，小成了一堆狗屎，那满眼的嫌与厌、满眼的腻味像蜒蚰一样爬满了芃芃的全身。在全元的眼里，芃芃已然成了一个干什么就败什么、做什么就坏什么的什么也干不成的多余人。但全元最终不是通过目光而是通过嘴把要说的说出来了。

“芃芃，你说，我应该怎么处置你，啊？前天，你把叶力钦的办公室弄到了山东的济南，今天又把一个客户的广告弄丢了，明天还不知会出现一些什么稀奇古怪的问题。你想想，要是明天的报纸一出来，客户从我们的报纸上翻不到他想要上的广告，他会怎么想？这个损失该怎么负？由谁负？是由你负，还是我负，还是金长洪，还是胡佐全给你负？啊？你说？今天，要不是人家金长洪、胡佐全好心给你指出来，那个损失就难以挽回了。这可就不是一百元哪？这最起码是上万元哪……芃芃！你不是常常抱怨没有版做吗？你不是常常感觉自己屈才吗？你不是常常认为自己在报社没有得到足够的重视吗？你不是常常抱怨待在报社快要把自己待成文盲了吗？你不是常常认为报社没有尊重你的独特个性吗？好，很好！我们现在尊重你的选择，让你充分发挥，发挥你的一技之长和独特才华，结果怎样？现在让你单独做版才几天，就出了这么多问题，你叫我怎么对你放心？当初，我叫你到信息资源部去，你不去，你还以为我加害你，你看，事实证明我的安排是对的。”说到这里，全元无可奈何地摇了摇头，“好吧，今天这件事就看在沈总的面上姑且饶你一次，你也才刚刚起步，以后做事一定要仔细。知道吗？”

芃芃披着一头长发，脸上一点表情也没有，不说知道，也不说不知道，他就这么孤寂地坐着，像个犯了错误的孩子正在受父亲的训斥一样。或者他也没有感到自己有什么过错，这只不过是田间劳作的间隙，他疲惫了，想在地头小憩一会儿。他低着头，细心地察看着自己的那双知识人特有的白皙的长手掌。他看了看手背，又看了看手掌，然后又看手指头。他看手掌的时间特别长，他似乎要从那纵横交错的纹理中参悟到自己命理的某种冥然中不可告知的秘密。他的手很肮脏，指甲长长的，藏满了污垢，从他的手相上已根本找不出高等学府学子的形象了。他一言不发，像白痴一样呆坐着……他坐得很静很静，在众多睽睽的目光中他坐得一个人也没有，像坐在一片空阔的旷野……

……芃芃越来越沉静，越来越沉静，越来越无话可说……同时也越来越清白，越来越没有污染，同时也越来越尖锐……

发夜宵的保安李安来了。芃芃只吃了一块蛋糕，就不吃了，他必须把两杯邓川牛奶留着，带给他的妻子和女儿（他的妻儿是喜欢喝邓川牛奶的），他就把它们放在办公桌上。

但放上去就永远放上去了，永远……

夜晚，他淋着冷雨，拖着僵硬的身子摇摇晃晃地回到了灯光暗淡的西山的张家河——他昏暗的家。妻子听到门打开，头一句话就是她的邓川牛奶带回来了没有，他没有回答，人冻得像木头一样，嘴也张不开了。

这时，已是凌晨一时。

第二天。

第二天去做版，广告的数据依旧是像魔圈一样变来变去。不是广告的数量变多就是变少，要不就是某几块广告的面积发生变化。第三天，第四天，依然这样。胡佐全总是指着几个广告数字问芃芃：“你看懂没有？”有时他甚至在全元分版之前就十分有把握地对芃芃预言：“……今天，你可能做不成了，广告特别多……”语气中明显有一种不容置疑的幸灾乐祸和一种恶毒的幽默。芃芃从来不理睬他，胡佐全仿佛看出了什么，又说：“万一要做也是可以的，你今天只有跟别人打商量了，把一部分广告转到别人版上去……”芃芃的血管快爆破了，只差没日他娘了：凭什么说老子又做不成了，又凭什么说你该这样做不该那样做，你在报社算老几？有你在老子面前指手画脚的资格吗？……但芃芃仍然强忍着，强忍着在怒火丛中坐了下来，自己说服自己。胡佐全则把芃芃的忍耐看作软弱可欺，他甚至把每日这样编排芃芃看成了打发无奈生活的一种乐趣。

一天，芃芃随手写了一张字条，折起来请做“天天财富”的编辑韦颖转交胡佐全。胡佐全特别高兴，还以为韦颖暗恋他给他写的情书呢，并非常快地睃了韦颖一眼，跑到比较避人的地方，展开一看，字条仅仅写了十七个大字：

王八蛋!!

再这样做，小心老子一刀送你的命!!!

胡佐全连忙赶出来问：“谁写的？”

答：“芃芃。”

从此，芃芃似乎再也没有发现广告上出过明显的错误了，胡佐全像吃了安眠药，嘴沉寂起来，再也没有对芃芃说三道四了。然而，另一种情况出现了，它折腾得芃芃无法安静做事。那是又一个晚上，就在芃芃看小样或做版时，眼前突然一暗，头顶像有一团乌云，当然芃芃敢肯定这不是一团乌云，一定是一个人，但回头却看不见那个人的人影，弄得芃芃神经兮兮，高度紧张。这个人，这团暗影，这团幽灵一直追逐着他，跟踪着他，并且一直追击到了他的梦境，使他经常从噩梦中惊叫着醒来，接着睡觉却又进入了另一场噩梦。

一天，芃芃正在聚精会神地做书市版，他神经质回头，看见一个人，很近很近，近得看不清，黑乎乎的一片，在自己的面前一动不动，他吓得“啊”的一声瘫跌在皮椅上，面色苍白。你知道是谁？——李菡。立着的不是别人，正是李菡，李菡是来看他的，见他正在聚精会神地工作，所以不想惊动他，只是屏息地立着，从背后深情地看着他，她看他在版上用红笔圈点，校出一个错别又校出一个错别字。不意自己的行为反而吓着芃芃，李菡也被吓住了，该死！她慌忙一把将芃芃揽在怀里柔情地抚摸着他那日渐瘦削的脸，小声地说：“芃芃、芃芃、芃芃！我该死，我该死，我吓着你啦？！”

“你真把我吓坏了，真的！……”

“你怎么开始怕起我来了呢？”

“不是怕你，是怕一个人。”

“谁？”

“不知道。但这个人最近一直在监视我做版。我能够清楚地感到他就立在我背后，但我一直没有看见过他。越是看不见，便越是觉得他无处不在；

越是看不见，便越是不能破解我心中的疑团；越是看不见，便越是有压力，心里越是紧张、不安，我的神经都快出问题了。近来，我的半个头一直在疼，像钉子穿地疼……”

“是仝元吗？”

“不知道。但我感到不是他！”

“不是他又是谁呢？”

“我感到不是他。”

“那是谁呢？”

“不知道，但肯定是另一个人。”

“芃芃，我们离开这里吧！”

“……”

“离开这里，好吗？”

“为什么？这不是你的话，是我的话啊！你的想法不是这样！”

“不……哦，改变了，为了你，为了我们！”李菡深情地看着芃芃。

“不！我目前还不能离开这里，知道吗？为了孩子，为了我的父亲，我必须待上一段时间。”

“芃芃啊，离开这里吧，我们到缅甸去！”

“缅甸？”芃芃几乎叫起来，“怎么想到去缅甸？”

“我的姥姥就在那边，我妈就是缅甸人。我妈叫玛鲁，是缅甸克钦族人。我曾多次随妈妈去缅甸看我姥姥，我可以带你到那边去。”

“你带我到那边去？”

“对，由我做你的向导，到缅甸去，定居也可，旅游、观光、采风也可，总之离开这里，离开这伤心的地方，换一个环境，换一种心态，重新获得生活的信念。你看，我们先到瑞丽。”李菡边说边写，“然后渡过瑞丽江，在木姐、南坎稍作逗留，然后经八莫、密支那、丐南到达帕敢。我姥姥家就住在帕敢。帕敢，知道吧？这可是世界有名的翡翠之乡，那里到处都是宝石，你到了那里一定会好起来的。”

“不不不！！我现在还没有到国外去发展的计划，我现在不能想象到那陌生的地方去将出现的种种情况，但你的点子我很感兴趣，你的话好像给我吹来了一阵清风，我很振奋……”

“振奋就行动！”

“不不！现在还未考虑成熟。”

“好吧，我等你，等你考虑成熟！”

也许是一种倔强，一种不服气，也许是一种离异的意念所燃起的火星，也许是绝望之后，怯懦的人所突然爆发的勇气……芃芃再度执笔，分别给庄总和沈总各写了一封书信，并亲自送到他们的桌上，然后，芃芃就耐着性子等他们的回音。结果，二十多天过去了，这两封信像给牛光的两封信一样，如石沉大海，不仅仅石沉大海，后来在一次编前会上，沈总沈栗竟然点名批评了芃芃所策划的第二期与第三期书市版。在第二期与第三期书市版上，芃芃连续推出了国内两位“影响重大而最具争议的学者”。其中第二期“名家荐书”推出了某著名作家译的《惶然录》，作者：费尔南多·佩索阿。配发作家本人的译序文字。标题是：逼向终极绝境。批评人，正是芃芃一直抱有好感的沈总沈栗。沈栗说：“……什么‘逼向终极绝境’？糟糕得很……芃芃，你这个人脑袋是不是注了水，做出这种糟糕的标题……”接着沈栗强调：“凡是涉及有争议的、待定的人和事一定要严格送审。”因为当时的值班副总编是蒋明，蒋明是沈栗的“战友”，刚从《华西都市报》过来，沈栗不便点名，所以只强调到这里，“一定要严格送审”后面的话就语焉不详了。

芃芃感觉自己像一只被人吊着脖子的鸭子，彻底地蔫了。血液不能输到头部，食物也不能吞进胃里，眼睛越来越看不清，头越来越昏，脖子越来越长，身体越来越沉……

“书市”过后，仍然是三天打鱼两天晒网，仍然是连载，仍然是罚款，仍然是饥饿，仍然是一个实习编辑，仍然是四点半准时上班……但芃芃不怎么看报了（在报纸里他看到了对自己的伤害），也不看人，他看手看空地。他把两只手放在胸前看手掌，看了左手手掌又看右手手掌；看了右手手掌又把左手手指一根根掰开看左手指缝，看了左手指缝又把右手手指一根根掰开看右手指缝；指缝看了又把手掌翻过来看手背，看了左手手背又看右手手背；看了右手手背又看左手手掌，看了左手手掌又看右手手掌；看了右手手掌之后又把左手手指一根根掰开看指缝，看了左手指缝又把右手手指一根根掰开看右手指缝；指缝看了看指甲，每一处都看得非常仔细，仿佛那里面有一种耐人寻味的东西。芃芃的手掌苍白而肮脏。他的指甲长长的，藏满了污垢，似乎很久没有修剪，没有刮指甲了。芃芃有时不一定看手掌看手指看指缝，他就坐那里，一动不动地看桌面或看前面的空地，他不看人家的脸和眼睛，他就看空地，看不同人的一双双脚踩在地毯上，看人们把痰吐在地毯上，看各式各样的脚风风火火来了又去了，去了又来了……他不同任何人说话（他本来就不愿说话）和打招呼，不打听别人的事情（包括私事），他也不接任何电话和手机，什么样的电话也不接。一到做版他就兢兢业业，他似乎只对看版做版很感兴趣，在做版的时候，他就像饥饿的人扑在面包上一样，他似乎要把整个生命都注进版子里去，然后消失掉……

一天，沈栗喊芃芃接电话，说是出版社的，出版社把电话打到了沈栗的办公室。

“是我的电话吗？”

“是你的电话。”

“我没有电话。”

“是你的电话！”

“不是我的电话，是你弄错了，我没有电话。”

“是你的！是楚南人民出版社打来的！他们证明《今夜我只想看武打》就是你写的，想跟你谈谈。”

“他们弄错人了，一定弄错人了。我从来未写过什么《今夜我只想看武打》的小说，不是我，我不能接他们的电话。”

后来楚南人民出版社的人问到了报社，问到了芃芃的办公桌前，看到他正在看手掌，一下子怔住了。

“请问，您是小说《今夜我只想看武打》的作者芃芃先生吗？”

“不不！我不是！我从来不写小说。”

“听说您的大名就叫芃芃，是吗？”

“不！我不叫芃芃。”

就这样，芃芃当着众多人的面否认了自己的名字，也否认了自己的存在，出版社的仔细一看，此人的确不像一个作家，一副老年痴呆症的样子，而且手掌那么脏，指甲那么长，指甲里满是污垢，也就相信了芃芃的话。出版社的人就离开了报社。过了一会儿，当他们又折回报社时，这时，芃芃早已起身离开座位，不见了人影。出版的人只在芃芃的办公桌前看见了一把空空的椅子，椅子的背后，用毛笔写着一个大大的草书：“芃”。

芃芃离开了报社，来到了大街上，他像一匹秋天的落叶一样一任自己在街上飘、飘、飘、飘、飘、飘……值得交代的是，在走出电梯走出乌居尔大厦底楼前厅时，他又遇到了那位推销四笑牙刷的咬肌发达的男士，男士看见了芃芃，就赶上前来，拉住芃芃叫卖。

“新产品、新款式、新包装，买一送二。先生，请您试一试这四笑磁力牙刷。”

“我不是买了吗？”

“买了？——这是新的！最新产品，新款式，新包装……”

“新产品，新款式，新包装？”芃芃念叨着广告词摸了摸衣兜，摸了半天一分钱的银子也没有摸到，最后他掏出一小坨纸，展开一看，原来是供报社采编人员用的餐票，可惜，已经洗成渣滓了。

“餐票！餐票，你要吧？我用一张餐票换你一把牙刷，好吗？”卖牙刷的男士把芃芃上下打量了一下，说：“你这人是不是有病哪，你？我要你的进餐票干什么？！”说完，就头也不回地走了。

芃芃的座位终于空了，空得让李菡心疼。

一天、二天、三天、四天……都空着。李菡一直不能看见自己非常想见到的芃芃回来，也不见芃芃捎来的任何口信和芃芃打给她的任何电话。李菡难受极了！李菡心里非常非常地空，非常非常地苦恼。芃芃啊芃芃，你现在在哪里？李菡心里小声地叨念着。

“菡菡啊，我可能要到一个非常遥远的地方……我终有一天要离开你……”

“要走我们一起走嘛！”

“不！这次谁也不带。”

“难道你就一个人上路吗？”

“对，一个人！轻轻松松！”

李菡想起上次的对话，不由得打了一个冷噤。不对，一定是出了什么问题。李菡凭着一个女孩子特有敏感和直觉感到情况有点不对劲。

晚上，李菡乘报社的车回到家里。她刚推开卧室的门，就看见从对面窗子上跳进一只白猫。当她走到窗前却什么也没有看见，她猜想也许是藏到书桌底下或床底下的什么地方去了，她就揿亮手电，到书桌和床底下去找，结果什么也没有找到，她后来又到电脑桌底下和箱子靠墙的地方去找，结果仍然什么也没有找到。她问家人有没有看见一只白猫跳进她的卧室。没有，家人说。她感到非常奇怪，明明看见一只白猫跳进来，怎么就找遍了所有房间也找不到呢？最后她只能认为自己也许是看花了眼。

可是，夜里她做了一个梦。上床不久，便开始做梦。她梦见白茫茫的一大片水，从来未有经验过的大水，大水满是泡沫，又混又浊，白茫茫一片，望不到边。她一看见大水就伤心，接着就哭了起来，从早上哭到黄昏，又从黄昏哭到早上，好像有很多人来劝她，但任凭你怎么劝就是不能止住她的泪水。她真的是好伤心好伤心，她从来没有看见过这么大的一片水。她哭着哭着，芃芃的一把座椅就在白茫茫的一片泡沫中一沉一沉地浮出了水面，在水上慢悠悠地荡着。她没有看见芃芃的人影，只能看见芃芃的一张空椅静静地浮在水面，她就找来一根长长竹篙，企图将空椅拨到岸边，但一个浪花，空椅就向水面的中心漂去，她只能眼睁睁地看着它漂去，漂去……

结　局

第二天，李菡看见仝元领来一个人到了编辑中心，仝元对这个陌生的人说："这就是你的办公桌，你就在这张桌上办公。"这个人就坐在芃芃以前的座位上，他始终低着头，李菡没有看见他的脸。

第三天，李菡打开抽屉，一股浓郁的湖底淤泥腥臭扑面而来。土腥来自一封信，是芃芃写的。信的地址不详时间不详，信纸潮湿字迹漫漶。李菡的眼里顿时一片迷茫，她又依稀看见了那片白茫茫的大水，那片使她从早上哭到黄昏又从黄昏哭到早上的大水，她看见那张空椅子离她而去，愈漂愈远……

第八天，有可靠消息说，芃芃出事了，他的尸体出现在湎海，一张渔网缚住了他。

他的尸体浮出水面的这天，天空中正放送着一朵朵白云，白云似乎成了诗人芃芃最后的缅想。芃芃很享受地伏在水上，任凭白云一朵一朵向江南移动，向他的种植棉花的故乡飘去……

最后一次跟妻子做爱，芃芃只有泪水……

最后一次做爱满是泥泞。芃芃像一个疲惫的旅人，他非常渴望在这夜行的泥路上，出现一个可供歇脚的荒村和野店，不，什么也没有！谁也不准休息，谁也不肯收留他，他只有拖着疲倦的身体深一脚浅一脚地在烂泥潭里跋涉，无可奈何地望着黑暗的远方，不知何时才能走出这泥潭的尽头……他就这样想着想着睡着了。

第二天中午，他醒了。他终于醒过来了。他想人为什么会醒过来，为什么？他又睡，睡到第三天。第三天，他又醒了。他想人是可以不醒过来的。人要是不醒过来该多好，永远留在自己的夜里，永远留在梦中。可是他想起了前夜的跋涉，想起了那深渊般的泥潭……啊，可怕！太可怕了！

他醒后没有下床，没有下楼梯，没有离开他的住地——人民西路的张家河。他恹恹地躺在床上，他看着窗子上的阳光，他看见阳光像气泡一样有时瘪凹下去，有时鼓凸起来。瘪凹下去之后就只剩惨白惨白的白光，并且窗子上有一些暗淡的斑影，也许是一些树叶，也许是其他的什么投下的。鼓凸时，阳光饱满、柔和、红润、温暖；瘪凹时，阳光阴森、苍白、暗淡、恐惧。但今天很多时候阳光瘪凹下去，屋子里就一直阴森森地蒙着惨白惨白的白光。芃芃便不看阳光了，看窗子上的报纸。他看到这样一则消息，这则消息他似乎在报社见过几回。

据悉：西班牙有一批蝴蝶飞过大西洋到墨西哥去越冬，结果死掉5亿多。原因是，这里的气温比那里的还要低。

看完这则消息，他就睡了，一直睡到红日沉入西边的岷山，一直睡到鸟雀归巢，乌云升起来。

第四天早上起来，芃芃又陷入了茫然。他不知道实现自己的目标在哪里，希望在哪里，自己的真正的真实在哪里。就像当年干民办教师时一样，每天工作就是教书种田、种田教书，每天活动的空间就是教室办公室、办公室教室，水田旱田、旱田水田，每天看的就是学生学生学生学生学生作业作业作业作业作业，水稻水稻水稻水稻水稻棉花棉花棉花棉花棉花，如此而已，看不出什么新的名堂，找不到新的突破和新的发展……远处的汽车、火车在响，人们在说话，那卖臭豆腐的、“甜妹揪”的，卖煤的，收废旧电冰箱的、电视机、洗衣机的叫喊声又开始了，新的一天又来了。来了又怎么样？芃芃看不出有什么新的意义，看不出一天与别样的一天有什么不同。天黄黄的，一会儿，就有一大片肮脏的云朵，像刚刚擦了柴油机油污的抹布，迅速地占住了整个天空。

第五天，正月初一，老板来了。

房东黑沉着脸，一点笑容也没有。

房东是来收水电和房租的。

房东就坐在书桌旁的床边上。距芃芃躺着的头和脖子很近。

“再等几天吧，房东！”

“不能等了。”

“再等几天，我的稿费（指楚南人民出版社的）也许就要到了。”

“不能再等，还等哪样？一年都等过了！”

老板的脸色阴郁得厉害。芃芃的心抖了一下，把二百四十元的生活费做房租水电交了。钱一交出去，心就空了下来，芃芃就真真切切地看见了一道光，一种惊心动魄的亮光，比刀光更亮，比刀子更深、更逼人的眼，这道光一直亮到人的心底。但这种感受，芃芃对谁也没有说。

这天晚上，安静。

谁也没有出声。

这天晚上的电视剧是《李卫当官》和《笑傲江湖》，都挺好看的，但谁也没有要看的意思。一家三口就这么默然地坐在黑屋子里。

第二天，也就是正月初三，一家人谁也没有出声，生存的压力像乌云一样笼罩着这个家庭。

第三天，芃芃的妻子开始唠叨。

第四天、第五天依然。在这种时候，在正月，人们都在家里过春节，报社杂志社学校和一些文化单位都没有开工。但妻子的唠叨无异就像渔人赶鸬鹚下水，就像渔人敲船板，赶得饥饿的鸬鹚四处扑腾，敲得那水里的鱼儿心惊肉跳。芃芃就是这时出去的，出去了就再也没有回来。

在出事前，有人在南窑火车站见到过芃芃。见到芃芃吃垃圾桶里的食物。当时，旅客们包括见到芃芃的这位报社的同人，谁也不会相信他吃垃圾桶里的食物。虽然芃芃穷困潦倒，但谁也没有想到他会沦落到这个地步。当时芃芃文质彬彬，戴着眼镜，蓄着一头长发，脸苍白，只是胡子已好几天没有刮了，但这些一点也不影响他的气质和形象。他在候车大厅前左侧的一间简易候车棚里坐着，当时谁也没有觉察到这个青年有什么异常，谁都认为他是一位马上就要登上下班火车远行的旅客，只是他看起来很无力，很疲倦。一会儿，当一个中年旅客把吃剩的盒饭放进苍蝇四射的垃圾桶时，他径直走了过去，像走到自家的餐柜前一样，毫不犹豫地端起了那盒尚未吃完的饭菜，狼吞虎咽地吃了起来。此时人们才感到这位旅客的异样。芃芃吃完后便上了二环路，顺着二环路往西经过南坝路，南坝路过去是海埂路，海埂路过去是滇海。芃芃走的就是这个方向。

清理遗物是在芃芃部队营防住所。芃芃虽然在张家河与妻子租了房子，不知什么原因，但这里他仍然住着。李菡在清理时，发现了四笑牙刷一包，诗稿一部（《生活残酷的开花》），随笔一部（《呇省笔记》），小说稿一部（长篇小说《今夜我只想看武打》第二部手稿），转正申请一份，尚未吃完的荞面馒头一个，豆腐脑半搪瓷缸子（但已生满了黑霉）。另外，李菡在他的铺盖下面发现了大量的被涂被改被叉被删的写满字的信纸散页。李菡开始紧张，女人毕竟是女人！女人对信有一种特殊的敏感和好奇！她随手拿起一页不加辨析地拼读起来，读着读着她发现这不是一封封情书，而是写给报社老总的一封封鸣冤叫屈的信。

庄福炳先生：

您好！

您知道，我是多么希望在一个适当的时候，放开俗世间所有的那些加在我们头上的光环，裸心、对等地与您谈谈！但是，现实告诉我，这是不可能的。这是梦，白日梦（我其实就是一个白日梦幻者）。

庄先生，我永远记得三月二十二日那个阳光灿烂的下午，就在您的办室里，您的声音不高，又极有层次，恰到好处地到达我的耳朵。我聆听了您的鼓舞人心的教诲。我隐隐听到您在幽叹编辑资源的匮乏，资质的不高，很多记者基础薄弱，力不从心，并由衷地表现出了您对教书出身且有相当写作功底的我的欢迎和好感。您的不经意的忧虑与焦灼让我看到了一个深孚众望的老总肩上的重担与责任。您让我初来乍到就怦然心动，产生了一种迫不及待的工作冲动（我是属于那种很容易冲动的人，我愿意为我动心的工作和事业从容赴死）。当时我就恨不得立马赶赴工作岗位，甩开膀子大干一番（听说您来自山东，齐鲁之地，孔子家乡。我知道那儿靠近海滨，它的开放的商业文化与秦地封闭的农耕文化是截然不同的。我相信，在您的身上也一定会体现齐地开放文化的风采）。那天，我通体透明，我看到新闻路上的每一个人都非常亲切，看到每一片树叶都金灿灿的。一种入驻羿城的主人翁的自在感、放松感、家园感不断焕发出来。

可是，当我进入报社，进入编辑中心，尤其进入副刊之后，却出现另一幅图景。就好像进入了漆黑的午夜。在这里碰到的看不见的变数让人措手不及。砍版，挤占，倾轧，攻讦。几次三番地砍版，挤占，长久的搁置。各种迹象表明：我成了报社的一个闲人，一个多余的人，一块赘疣。没有我倒好，有我他们反觉碍手碍脚。一天又一天，一月又一月，我就这么人为地空落落地坐着，时间被我坐成了空，坐成了灰，坐成了满天的乌云……我一天天蹈虚，一天天蹈空……我的热血正在静止，变黑……

这是怎么回事呀，怎么回事？

我反复地询问自己，是谁在制造我，又是谁在使我贬值？

中国经验告诉我，这是不能具体而言他的。扼制同类咽喉的手能够具体化吗？也许是某某，也许是某某某某某某，看不见的手比看见的手更厉害（有些黑暗和罪恶也许是从血液里来的）。

但是，我是《晨报》的员工，我关心《晨报》的发展，热爱《晨报》，我希望在《晨报》得到锻炼，得到培养；在《晨报》成长，在《晨报》工作。可是《晨报》有人以种种理由和借口，怠慢我，挤轧我，不许锻炼……我遇到很多的“不许”，给出的永远只有“只许”，只许永久地实习实习实习实习实习……

我不能老实习实习呀，庄总。这不是我的初衷，我想这也不是报社的初衷。

下面我提几点想法，作为我陈述的最后的陈述，我也没有计较什么后果，只能抱侥幸了。

首先，我希望尽快转正。尽快做版。近四个月的申请，一百多天的等待，够了！

其次，我要说某某称我“对新闻缺乏敏感性”是报社造成的，是某些别有用心的人造成的，是有人在对报社的渎职。我个人不能接受这种无稽的批评。

第三，副刊的期值要提高，要有所升温，不能老砍砍砍砍砍砍砍，砍得人泄气，砍得人无力，砍得人精神涣散。副刊人才要受到应有的尊重和鼓励，要让人珍惜和羡慕这个岗位。不然，以后，没有人干了，因为副刊编辑比狗都不如。

第五，建议报社增强深度报道（要有大报意识），开辟独特视角，丰富《晨报》的人文精神，提高“《晨报》的思想品位。

即颂

安好

芃芃

×月×日

下一封，是写给沈栗的告别信。

沈总：

昨晚，仝元突然找我谈话，批评我对新闻缺乏敏感性，建议我去信息资源部。

沈总，我已义正词严地回绝了他。我不否认他具有至高无上的安排权力，但我只知道自己有说“不”的权力。再过不久（也就是一月满了之后吧），我可能也要对您说不了。这个结局我已看见，毋庸别人来撵我。

作为一个外地人，我没有什么遗憾，您最初的电话已让我灿烂，您最初的签字已让我很温暖。只是我没能在这个岗位上好好地发挥，没有很好地创造业绩，辜负了这个岗位。

再见了，沈总。

芃芃

×月×日

芃芃啊，何苦跟他们写信？李菡心说，还没把他们看透啊？还不死心……

李菡引燃了这些具有反讽意味的书信。在燃烧中李菡听见了咆哮，听出来了，是芃芃的，是芃芃最后爆发出来的一阵阵歇斯底里的咆哮。从这些皱皱巴巴的信纸里，从这噩梦般纠结的文字下面，从熊熊的火光中，从另一种真实里，从渊面黝黑的大海上，从冥冥的玄虚中……

尾　声

李菡谢绝了报社的挽留，收拾好一切，带着芃芃的手稿，离开了朔城，到缅甸去了。

仝元最终也未能在报社待下去，他到《西南商报》任副总，但不到半年，《西南商报》因在头版正中位置刊登了某政治人物不恰当的大幅照片，黄牌警告，日报改成周报，大版改成了小版……然而终因无以为继停刊了，仝元也下课了。后来听说他又回到了《湎海晨报》，但已不是编辑中心主任，而是审读，主要是对比较敏感的政治问题进行审读。依旧是一件极不相称的大西装，依旧是一副黑狗肝的脸，依旧是獐头鼠目，然昔日的威风扫地，说话也顺溜多了；然而命运还是不佳，厄运反复降到他的头上，先是他的那个大块头的老婆与他离婚了，继而是一场酒后的车祸，一条腿被轧断，走路的形象便有点不美，一瘸一瘸的；位置继续下降，审读没干了，去了校对组，因为他老把政治问题审不出，老出政治问题；听说校对也不合格，老校不出错别字，他校的版糟糕得很，老是排在倒数的位置，经常受到头儿们的批评，有的就是他过去的下级，如王斌、郭桦、查俊等；工资也低，从审读两千五百多降到一千出头。他也感到了自己的寒冬来临枯叶凋敝的严峻和滋味。

那个青蛙眼的副总编庄福炳也离开了《湎海晨报》，到省新闻出版局谋了一个闲差。

再后来牛光也走了，到福州去了，再也没见他回来，他再也不用像光影那样在天上飞来飞去了。报社一时成了四川人的天下。再后来，沈栗也被赶回成都去了。再往后面去，听说是甘肃人接管了报社，但终因客户不信任，广告上不去，报社不赢利，卷铺盖走人了。以后又成了陕西人的天下。再以后如何，《湎海晨报》的牌子究竟打多久，就不得而知了。

2002.10 动笔
2004.8 完稿
2021.7.7 修订

一种小说地理的言说（代跋）

一九九三年夏季的一天，我在乡下老家的菜园里，写下了这样一段话：

> 在纸上的漂泊中，我呼唤并期望寻索一种新的地理。我提倡人的不灭，祖先永远活在土地上。认为文学实则是一种变相的考古学。我们不仅要善于从人使用过的器物中，从历史的的遗迹与印痕中，从空间的迷局中给祖先和易失的人类按脉，还要善于从当代人的身上发掘我们的祖先，从而发掘人的存在的多样性，从而开启另一扇人的生存之门，进而拓展一种神性的文学新疆界，让比我们更古老的词语重新开口说话。

第一次在我的笔下提出了“地理”的概念，凭直觉认为“人”（的灵魂）是不灭的，认为“祖先永远活在土地上”，并且推论文学应该是“一种变相的考古学”。文学“地理”的提出，主要经由一九九〇年前后几个实验小说的托举和承重，具体形成“地理”这一概念是一九九三年。

现在看来，仍然是对的。这个认识后来在福柯和德里达的著作中得以认证。福柯的“知识考古学”正是研究时间中的“空间”、历史中的“档案”的。他认为空间为外化了的时间，时间不单纯是“绵延”的，也是沉淀的。“博物馆”看起来保存的是“物”，但其实是时间的“遗迹”，使用它们的人虽然不在，但使用的印痕、生命浸淫的汁渍和时间沉淀的“遗迹”还在。物就像一个“贮放人性的容器”（里尔克语）。时间虽然从死亡的零界、从握着“烟斗”（福柯）的手上断裂，但消失的时间会在“烟斗”上一层层“冷冻”下来，同时它也会在今人身上“沉淀”，这就需要我们去发现发掘。“烟斗”的所指具有意义，它的能指同样具有意义，或许更为本质。德里达的《文字学》也有进一步的表达，《文字学》是一部强调“写”“轨迹”“文本”的书。他认为世界万事万物皆是“时间—历史”的“轨迹”，这种“轨迹”不是直线的“绵延”，而是层层覆盖。现在“覆盖—删改”着过去，透示着未来。眼前的事物，大多为昨天的事物，事物在“延续”中“自身同一”，但今日的事物，已非昨日的事物，今非昔比，“同”中有“异”。这就是德里达的“延异”。

在我的实验小说《人在芈地》中，主人物“尹”三次遭遇一棵命定的楝树，其中有两次是爬树的。三次，表象地看似乎是三个时间片断爬向了一种沉淀的时间；但也可以这样看，三次爬向的不是一棵楝树，而是爬向（尹）自己，自己（在某一刻）就是家乡（芈地）的一棵苦楝。

> 尹离开猪舍，走了一程，看见一棵熟悉的苦楝。他的手有些发痒。他丢下简单的行李，脱下一件一件的衣，朝手上吐一口唾沫，就向树上爬，爬上树后一看方觉时令已值初夏。这时，他看见米粒般的、紫色的楝花。楝花出现，楝花的暗香也就出现了。尹站在树丫上，深吸一口气，小便的要求接着就来。在树上小便可能与抽水马桶小便大相异趣。它潇洒。尹刚刚撒了一半，树下的竹床上传来一个女孩梦乡中呻吟转为惊呼之声。芸正在楝树下竹床上午睡。芸已到随身携带卫生纸的年龄。芸正在开满紫花的楝树下暖暖地做着春梦……
>
> 尹费劲地在酸度越来越稠的空气中一步一步走。他的装订松散的哲学笔记一页一页地飘落。这些靠楝树皮制作的纸品飘逸着楝花时节的芬芳。一棵命中注定绕不开的楝树就出现在眼前。他除下简单的行李，爬上楝树。他爬树的动作像一只敏捷的老猴。爬到楝树的一半，他习惯性地回头望了望，他望见了年轻的自己，自己正走下堤坡。年轻气盛的他竟然没有发现这只爬树的老猴。他向上望了望，他看见了青云般高高在上的树冠。等尹爬上楝树的枝丫已是下午的一些时光。尹喘得厉害，叹息气力不如当年——这时他望见遥远的地方有一支吹吹打打的丧葬队伍走过。
>
> 尹跟着孩子走在归家的途中。这时，一片黄色的楝叶飘来，尹绕过一口池塘；两片黄楝叶飘来，尹跨过一根横木；越来越多的黄叶从一个方向飘来，境与物越来越熟。一棵预期的苦楝出现在应该出现的地方。

凉床就顺理成章地出现在苦楝的下面。此时已是深秋天气，苦楝已过了它的茂盛时期。苦楝上伶仃地挂着一些不落的楝果，楝叶的叶柄正在松脱，一片片灿黄的楝叶在瑟瑟的秋风下无声无息地飘落。芸此刻仍身着夏令时的服装躺在凉床上，一根裤带极不体面地拖到地上。芸衣着松散，仿佛刚刚梳洗过似的，才睡了过去的样子。可是芸的身上和四周已积满了历史的楝叶。纷飞的楝叶似乎向人们述说着一件暧昧的往事。

三次，一次与一次都不一样。小说中尹第一次（并非尹的人生第一次）爬树，动作是“丢下”（行李），第二次“除下”（行李）……渐变的。渐变的还有其他。楝树在这里，既可是另一情状的“人”，也可是另一种“泥土”。“人”也罢，“泥土”也罢，都是以空间形式现世或在世的。泥土可以理解成一种高举的“地理”，“芈地”通过这棵树升到了空中，“升”是时间页岩的另一种沉降。“尹”的诞生“尹”的童年“尹”走下北方那所大学的台阶“尹”归故里（芈地）以至“尹”走入棺木等，都能在这棵树的深处望到。树的“深处”正是这一楝树所处的被日常所遮蔽的特殊区域。这一区域，与你所处的纯物理区间也许是一致的，部分是重叠的；但它的未可知的（大片大片的）“页岩”就“叠”在那里，冷冻在那里，你在树下望不到，或很难望到，根本无法楔入。当“丢下……行李”或“除下……”，他（尹）就望到了这一隐在的区域，望到了“时令已值初夏”，望见了“年轻的自己”。他的小便洇醒了冷冻在一区间的“正在楝树下竹床上午睡”的芸。有时一匹黄叶打开一扇门，将你引入一棵树的“深处”，使你看见另一区域。飘落的树叶一匹一匹地向你诉说，你（尹）的亲人，那个疑似姐姐疑似情侣疑似母亲的身份不明的女人（芸），芸可以在树叶的飘打中像经霜的黄叶一日之内年老色衰，极不检点，“衣着松散”，“一根裤带……拖到地上”。

我的写作“考古学”的意义，是空间的，遗迹的（发掘）；“人虽不在场，却完全存在于景物当中”（塞尚）。因此，我重视“物像”，重视罗伯·格里耶，重视他的重要代表作《嫉妒》。物体和词语中存在“一种非有机体的生命的力量”，“消亡的是有机物，不是生命。”（德勒兹）

我的小说撇开了传统小说的故事链条，特别强调了地理的因素，强调一种考古学意义的地层发掘。《第六种昏暗》《人在芈地》《白棺》《黑鸟为什么盘桓》《蛇的弥漫》等多篇实验小说都特别重视地理。譬如一九九〇写的《黑鸟为什么盘桓》就是一篇特别具有地理性的象征小说。虽然它尚够不上一个短篇的那种特有的精致，但它的价值不在这，而在于叛逆，在于它的延“异”（这正是我所要标举的最可贵的地方）。其实从中国文学传统“延”下的（东西）只能是很小的一部分，重点在“异”（陌生化），重在（血液的）刷新。因为只有这样才能重生。

有一种写作不是承继的、顺从的，而是“反父性的，它自始至终是一场搏斗——既与他者，又与‘孤家’。这个他者，可以是历史幽暗渊薮中的所有‘他们’（父亲们，但不是天父）。在此，我们必须用力、用烈火，打倒并销毁‘父辈’的永生的金像，只有在残酷的销熔中，我们方得以再生（或重生）。同时，写作又是一种召唤（直指可能之物和未知事物）——对神意、对那些游荡的、无家可归的虚位‘在者’，使那些曾经‘在’的‘在者’重新临在，复位和安居。”（见拙作《一个逐渐逼近天造的我的永梦》）

人的这种“反父性”和叛逆与一个人的个性有关。当初严词否决一种大众化的惯性（故事化）写作，否定一种既定系统，一意孤行地确立地理地貌上的物像变化，这确实是很生理很个人化的反应，就像吃某种东西就过敏就呕吐一样，它不适应我的身体和我的胃。可能，我的体液中有一种特别异质的东西，它抵制，它不允许我这么做。人一旦有了这种异质便不易在惯性轨道中滑翔。它规避，它易燃也易爆。如果顺滑它就有可能要（精神）分裂，化为碎片，使不复存在。最主要的是我的身体需要陌生化，需要深潜沉，需要有异于淡水的咸海中的那种逆流；需要一种新的价值、新的路径和炳朗星空的照彻。所以我不看好那种线性的很平面化的写作。我所认可的小说和我所认为的世界不是这样的，所有事物都是共在的、平等的。人不是升起的孤礁，不能孤立地独存。人是由与人共生共荣的天地万物（包括日月星辰大气液态）构成的，万物构成自己也构成人。它们像上帝的恩宠和奥秘一样日夜围浸着我们并成为我们。一点一滴的悸动、一片树叶在枝儿上的轻摇、一只青蛙在一座新坟上的叫喊、一颗黑桑葚“噗——”的滴落、一支猎枪的蛇影在水面蠕动……都与我们的生命和生活有着千丝万缕的联系，都暗示着什么昭显着什么言说着什么。并非空穴来风。万物静默如谜，但万物也倾声如诉，只是不为人知而已。

所有写作最终在于指向并言说一种不可言说，指向并言说天地万物之深奥。指向并无限切近这种感性背后最本质的存在。指向并非沉默论者维特根斯坦在《逻辑哲学论》中之所谓“对不可言说的必须沉默”。

“如果存在某种不可说但对人类意义深远的真实，那么，人们怎么能言说这种真实呢？不可说的怎样变得可以说？”这就是一个问题。这个问题由著名宗教哲学家 H·奥特提出并在他那里解决，“在此重要的是不可说的必须作为不可说的说出。‘不可说性’、神秘没有被消除。”——那么，如何使“不可说的”作为“不可说的”说出，又保持了它们的“不可说性”与“神秘”呢？

H·奥特的答案是：象征。惟有象才使“不可说的”作为“不可说的”说出，又保持了它们的“不可说性”与“神秘”。

事实上，地理是象征的。因为地理中任何一种物像，都不是无缘无故的。它们每时每刻都在言说，通过一种未知的语言介入我们的生活。

那种认为世界万物都清清楚楚、明明白白的科学的唯物史观，实际上是片面的、值得商榷的，那是人的一种“盲”。认为小说就是一个接一个的故事，写就是生产，写就是组装，无休无止。无休无止地写无休无止地看。这是制造庸众。也是对现象、对世界真相的和个性的扼杀，对物自体的粗暴干预。

任何一件事的发生都有迹象、有应和、有先兆、有暗示、有预警。不是孤立的。过去时现在时未来时，都在一定的地理中核磁共振。不同的时空也可并置。《黑鸟为什么盘桓》写了一个小孩的惨死，他妈妈很伤痛（振动），他的弟弟很惊恐（振动），周边的事物与气象一起振动。孩子是如何死的？是砍树枝、偷吃桑葚，还是被一支猎枪捕杀？这是一个谜。作品没有明确的宣喻。但围绕这一事件构成的有许多动态、零碎的物像与地缘片断，它们像一个阴谋，一种忧伤的雾霾，像大雨临界的种种征候，围浸着言说着，但又含糊着。

H·奥特的象征，实际上就是强调了一种空间的、地理的要素。记忆的历史的时间的都是地理的，都会在大地上沉降或沉淀。地理实际上是一种十分感性的东西，时间才是理性的。人对时间的记忆实际上是对一种地理的记忆，因为它们总是在一定的地理（或境遇）中发生的，然后在相似或相同的地理中遣悲怀、追忆、停顿或展望（向前推进）。地理诞生时间也迷失时间；诞生人类也迷失人类；诞生万物也迷失万物。

强调小说中的地理性，这是空间颠覆时间，感性颠覆理性。把时间还给本源（祂）。这种颠覆性的地理写作直指一种无法把控的最高存在、直指祂的理性。本源（祂）的理性即人类永远也无法参透的神秘性。

这就是我所认为的地理小说，也是我的小说观。

2014.5.22 北京牌楼营

图书在版编目（CIP）数据

蝴蝶是这个下午的一半 / 黑丰著. -- 北京 : 中国文史出版社，2021.6

（锐势力. 名家小说集）

ISBN 978-7-5205-3037-8

Ⅰ. ①蝴… Ⅱ. ①黑… Ⅲ. ①中篇小说－小说集－中国－当代②短篇小说－小说集－中国－当代 Ⅳ. I247.7

中国版本图书馆 CIP 数据核字(2021)第 115301 号

责任编辑：全秋生

出版发行：中国文史出版社
地　　址：北京市海淀区西八里庄路 69 号　　邮编：100142
电　　话：010－81136602　　81136603　　81136606（发行部）
传　　真：010－81136655
印　　装：北京温林源印刷有限公司
经　　销：全国新华书店
开　　本：787×1092　　1/16
印　　张：16.25　　字数：256 千字
版　　次：2022 年 1 月北京第 1 版
印　　次：2022 年 1 月第 1 次印刷
定　　价：49.80 元
